Um das Andermann-Haus in einer Vorstadtstraße Berlins rankt sich die Geschichte von drei Generationen. Da ist Hilde, die Großmutter, die als Dienstmädchen in das Haus gekommen war und wie eine Spinne in ihrem Netz von Erinnerungen hockt. Da sind Lucie und ihre Tochter Vera, die Kunststudentin. Vera, deren Vater Bruno Steiner Jude war und von den Nazis ermordet wurde. Da ist schließlich Simon, der farbige Adoptivsohn, der in das Haus ebenso aufgenommen wurde wie der Student Justus, ein entfernter Verwandter der Andermanns, der seine Familie verließ, als er erfuhr, daß sein Vater in der Nazizeit schuldig geworden ist. Justus verliebt sich in Vera und hofft, mit ihrer Hilfe verwinden zu lernen, der Sohn eines solchen Vaters zu sein. Doch er erfährt, daß Veras Vater im KZ umgebracht wurde. Er selbst, Justus, könnte der Sohn des Mannes sein, der es getan hat. Die Schuld seines Vaters steht nun zwischen Vera und ihm und droht, ihre Liebe zu zerstören.
Johanna Moosdorf beschreibt in ihrem 1969 erstmals erschienenen Roman am Schicksal einer Familie die seelischen Nöte einer jungen Generation in Deutschland, die sich gegen das Erbe auflehnt, das ihr Schuld und Versagen der Väter aufbürdeten. Es ist eine schonungslose Abrechnung, die die Autorin mit der Generation zwischen Weimar und Nachkriegsdeutschland hält. In gedrängten, unheilbeladenen Visionen beschwört sie eine schreckliche Vergangenheit. Die Frage nach der Schuld und dem Schuldigwerden steht im Zentrum dieses Romans ebenso wie die Kritik an der »Männerwelt« als »Mörderwelt«. »Im Grunde genommen ist der Roman ›Die Andermanns‹ der Roman der Deutschen in diesem Jahrhundert« (Elisabeth Pablé). Auch in »Die Andermanns« erweist sich Johanna Moosdorf als sensible Erzählerin von Rang.

Johanna Moosdorf wurde 1911 in Leipzig geboren. Sie schrieb schon als Kind Erzählungen und Gedichte. 1932 heiratete sie Paul Bernstein, der Jude war und kurz vor Kriegsende in Auschwitz ermordet wurde. Sie konnte mit ihren beiden Kindern in die Tschechoslowakei fliehen und kehrte kurz vor Kriegsende nach Leipzig zurück. Zunächst arbeitete sie als Feuilletonredakteurin der »Leipziger Volkszeitung«, in den Jahren 1948–1949 als Chefredakteurin der literarischen Zeitschrift »März«. Seit 1950 lebt sie als freie Schriftstellerin in West-Berlin. Sie veröffentlichte zahlreiche Romane, Erzählungen und drei Lyrikbände. Im Fischer Taschenbuch Verlag erschienen: »Fahr hinaus in das Nachtmeer« (Bd. 10217), »Die Freundinnen« (Bd. 4712), »Jahrhundertträume« (Bd. 4739) und »Die Tochter« (Bd. 10506).

Johanna Moosdorf

Die Andermanns

Roman

Mit einem Nachwort von
Regula Venske

Fischer Taschenbuch Verlag

Die Frau in der Gesellschaft
Lektorat: Ingeborg Mues

Veröffentlicht im Fischer Taschenbuch Verlag GmbH,
Frankfurt am Main, September 1992

Umschlaggestaltung: Ingrid Hensinger, Hamburg
Umschlagabbildung: August Macke, ›Rotes Haus im Park‹
Gesamtherstellung: Clausen & Bosse, Leck
Printed in Germany
ISBN 3-596-11191-9

Gedruckt auf chlor- und säurefreiem Papier

Inhalt

Personen

DR. HUGO ANDERMANN, Arzt, Sohn des Fabrikanten Friedrich Andermann.

HILDE ANDERMANN, seine Frau. Sie war – noch sehr jung – Dienstmädchen bei Hugos Eltern.

WERNER ANDERMANN, Sohn von Hugo und Hilde, schreibt ein Buch, gärtnert.

ANITA FALK, geb. Andermann, Hugos und Hildes spät geborene Tochter. Sie hat ihr Studium abgebrochen und geheiratet.

DR. KILIAN FALK, Arzt, Anitas Mann. Beide leben im Andermann-Haus.

LUCIE ANDERMANN, geb. Hank, Werners Frau, Lehrerin. War vor ihrer Heirat die Geliebte von Werners Freund Bruno Steiner.

MARIE HANK, Hilde Andermanns Kusine, Lucies Mutter.

VERA ANDERMANN, Kind von Lucie und Bruno Steiner, geboren als Tochter von Werner und Lucie Andermann. Studiert Malerei.

JACOB, RUTH UND BRUNO STEINER, eine jüdische Familie.

SIMON ANDERMANN, Werners und Lucies Adoptivsohn.

GERTRUD PROSSKE, Hausangestellte der Andermanns, Simons Mutter.

JERRY HOLLAND, ein amerikanischer Deserteur, lebte bei Gertrud Proßke und ist Simons Vater.

JUSTUS ANDERMANN, westdeutscher Verwandter, studiert in Berlin, lebt im Andermann-Haus.

REINHARD, Justus' Freund.

PAT, Jerrys Freundin in Amerika.

TED GRIFFIN, Sohn von Pats Arbeitgeber.

Zeit: Anfang der sechziger Jahre.
Ort: Hauptsächlich Berlin.

Der Traumfisch

Es war in einem Augenblick unerwarteter Stille. Ein zögerndes Zwielicht fiel durch die verglaste Tür auf die Regale. Justus blickte auf, stellte das Buch zurück, in dem er geblättert hatte, und trat hinaus in das Getöse des Nachmittags, das Zischen der Räder auf der nassen Fahrbahn, das Lachen und Schnattern der Angestellten, die aus den Büros und Geschäftshäusern strömten, das Laufen und Schieben der in die Busse drängenden Menschen, die Kommandorufe der Schaffner. Stand unter der rotweißgestreiften Markise vor dem Schaufenster der Buchhandlung, überlegte, ob er etwas vergessen hätte, etwas Wichtiges, das erledigt sein wollte, aber ihm fiel nichts ein. So erging es ihm seit heute morgen. Ein Unbehagen peinigte ihn. Er hatte Stunde um Stunde eines ereignislosen Tages hinter sich gebracht in einer schwülen Gemütsstille, die kein Geistesblitz erhellte, kein Zorn zerriß. Ein Wind ließ ihn erschauern. Er starrte auf den Touristenbus mit der Aufschrift »Stadtrundfahrt«, der langsam am Straßenrand vorbeiwankte, sah hinter einem der trüben Fenster einen Herrn mit graublondem Haar, dachte noch: Es ist das Andermannhaus, das Leben dort macht mich grillig – und erschrak: mein Vater. Der Mann im Bus ist mein Vater.

Er blickte dem Bus nach. Plötzlich bemerkte er, daß die Menschen unter aufgespannten Schirmen gingen. Es regnete, nein, es graupelte, beides, es regnete und es graupelte zugleich, Eiskörnchen prasselten auf die Sonnenplane, ihr Gestänge klapperte, ihre Volants flatterten im Wind, aus dem Saum einer schwarzen Wolke floß ein grüngelbes Licht. Er lief in die Seitenstraße, wo er seinen Wagen geparkt hatte, reihte sich ein in den Strom der Autos, die den Kurfürstendamm entlangfuhren und entdeckte den Bus vor einem Reisebüro. Die Fahrgäste stiegen aus. Der graublonde Herr stand unter einem Mauervorsprung, bemüht, einen widerspenstigen Regenschirm aufzuspannen. Erleichtert lenkte Justus seinen Wagen in die nächste Querstraße und fuhr nach Hause. Der Mann war nicht sein Vater, natürlich nicht, sein Vater würde nicht an einer Stadtbesichtigung teilnehmen, nicht mit fremden Menschen in einem holpernden Bus. Er würde bei Andermanns auf ihn warten, käme er nach Berlin, und wenn plötzlich Simon in der Tür stände. Rotlicht, Justus bremste, die Hand am Lenkrad, den Fuß locker auf dem Gaspedal, bereit weiterzufahren. Wer ist denn das, würde sein Vater sagen, Simon anstarrend, gehört der auch zur Familie. Jemand hupte, Justus sah im Rückspiegel eine Reihe Fahrzeuge, sah zornige Gesichter, einen Mann mit Glatze, der sich aus einem Wagenfenster beugte und ihm etwas zurief, auf die Verkehrsampel weisend; auch ein Fußgänger gestikulierte, das Licht war grün, wie lange schon? Justus fuhr los mit tackendem Scheibenwischer, aber ehe er und der Glatzkopf drüben ankamen, wechselte das Licht, die anderen Fahrer blieben zurück.

Eine Verkehrsstockung verursacht. Ich er wer, genannt Justus – habe nicht aufgepaßt. Eine Generation von Aufpassern wächst heran, von Kindern, die nicht mehr trödeln, schlendern, spielen und träumen dürfen, sondern aufpassen müssen, daß sie nicht zermalmt werden, sagte die alte Frau Andermann, die er Tante Hilde nannte. Sie blickte ihn an: Was für Menschen sollen das werden? Hohenzollerndamm. Es hörte zu regnen auf, Justus hielt den Scheibenwischer an. Die Kinder müßten ja nicht unbedingt auf der Straße träumen, antwortete Tante Lucie, Tante Hildes Schwiegertochter, die Lehrerin war, und ihr Mann, Werner, griff das Thema auf und spann es weiter: So entwickelt die Technik selber den Menschentyp, den sie braucht, nicht träumen, aufpassen, heißt die Devise.

Clayallee. Eines Tages wird die Erde wie eine einzige Clayallee aussehen, auf der wir dahinrollen in sauberen Reihen. Argentinische Allee, Onkel-Tom-Straße, Fischerhüttenstraße, die Ecke mit der Litfaßsäule –; er hielt, stieg aus, horchte in die Stille, roch den Wind, die Gartenerde, die Blätter, sah viel Rotes zwischen dem gilbenden Laub und den hohen Rädern der Sonnenblumen: eine hagebuttengespickte Rosenhecke, Astern, die feurigen Lämpchen der Judenkirschen an schon entblätterten Stengeln, glasige, am Boden schleifende Begonienblüten, auch einen verregneten Sonnenschirm auf einem Balkon und ein mit Mennige gestrichenes Eisengatter, vor allem aber den wilden Wein auf der Fassade des Andermannhauses. Er züngelte über Fenster und Veranden, hing, ein rot leuchtender Blätterpelz, über der Tür, flammte bis zur Mansarde hinauf. Das Haus stand zwischen den sauberen Neubauten der Nachbarn wie ein eigensinniger alter Kerl unter jungen Snobs. Ein verwilderter Garten mit großen alten Bäumen schuf ihm Raum. Eisenzäune mit dolchartigen Spitzen, ein windschiefer Schuppen wie ein verlassener Stacheldrahtverhau hinter Nesseln und Brombeergestrüpp, das schmutzige Glasdach des Gewächshauses, die seit Jahrzehnten nicht mehr verputzten Mauern, Schußlöcher unter dem Weinlaub. Justus stellte sich vor, das Haus brenne, Rauch ziehe durch zerbrochene Fenster, Schüsse knatterten. Natürlich hörte er nur den Wind in den Bäumen und das ferne Brausen der Stadt. Auch hatte Tante Hilde erzählt, es wäre nicht hier, sondern drüben in den Wäldern zwischen Avus und Havelchaussee gekämpft worden, wo sich deutsche Soldaten verschanzt hätten, um den Konjew-Vortrupp zu erwarten. Der Panzer verrottete dort vielleicht noch immer. 1952 oder 1953, als Tante Hilde noch rüstig genug war für längere Spaziergänge, habe er in einer Schneise gelegen, überwuchert von Gras und Farn. Hier, »Im Ried«, wie die kleine Straße hieß, hätten nur ein paar Verrückte aus dem Villenmonstrum gegenüber auf Zivilisten geschossen, die den Russen mit weißen Fahnen entgegengehen wollten. ›Ja, es gab auch Tote, ja doch, der Hügel im Garten war das Grab eines Unbekannten, der später auf Anordnung der Bezirksbehörde umgebettet wurde, aber Lucie warf den Hügel über dem leeren Grab wieder auf und pflanzte Rosen darauf.‹ Rosen auf ein leeres Grab, verschrobene Idee, paßte eigentlich nicht zu Lucie, ob auch ihre Tochter solche Einfälle hatte? Ihre Tochter. Vera. Werner und Lucie Andermanns Tochter, die heute aus Paris kommen sollte, wo sie ihre Semesterferien verbracht hatte. Er blickte die Straße hinauf und hinunter. Es dunkelte. Das Rot und Gelb erlosch. Eine schwarze Wolkenwand schob sich hinter den Häusern herauf. Ein Wehen, Rascheln, ein Rieseln und Tropfen begann. Windstöße wirbelten Laub und Papierfetzen auf, bogen die Bäume, bliesen die Gardine hoch, die aus einem offenen Fenster hing, klirrend schlug es zu, die Gardine klemmte zwischen den Rahmen. Gegen sechzehn Uhr war Veras Maschine gelandet, Justus hatte versprochen, ihre Eltern und Simon zum Flughafen zu fahren, nun war es zu spät, es sei denn. Er ging zu seinem Wagen zurück, den Jackenkragen hochschlagend, es regnete wieder. Vielleicht warteten sie im Flughafenrestaurant, sei's auch nur Simon zuliebe, der die Flugzeuge gern starten und landen sah. Hätte Simon, hätten Werner, Lucie, Anita, Kilian Falk, Tante Hilde – irgendeiner von ihnen – ihn daran erinnert, daß heute der siebenundzwanzigste war, das heißt: morgen, dachte er verwirrt, in die Straßenlaternen blinzelnd, die soeben eingeschaltet worden waren, als sei der Regen eine Art Signal gewesen, gestern abend hätten sie sagen müssen: Morgen, denke daran, morgen kommt Vera.

Er startete den Motor, blickte aber noch einmal zurück und nahm den Fuß vom Pedal. In der rieselnden Düsternis schwammen die Lichtinseln der Lampen. Es regnete heftiger. Die Fenster des Andermannhauses glänzten dunkel, aber im Verandazimmer hatte jemand die gelbe Stehlampe angeknipst, Tante Hilde vielleicht, die das Haus nur selten verließ. Mit ihren grünen Blatt- und Rankenpflanzen auf den Fensterbrettern und an den Wänden, vom Licht der Zimmerlampe sanft erhellt, schimmerte die Veranda wie ein Aquarium. Sie erinnerte Justus an den Fisch, von dem er geträumt hatte, einen großen, schollenartigen, türkisfarbenen Fisch mit gewölbtem Leib und lautlos wabernden Lippen, der durch die grüne Nacht an sein Fenster geschwommen kam, seinen Körper mit den aufglitzernden Schuppen langsam um die eigene Achse bewegte und stehenblieb mit sanft wehenden Schleierflossen, das Gesicht, das einen horchenden Ausdruck annahm, Justus zugekehrt. So verharrten sie lange, der Fisch draußen, Justus drinnen, getrennt von einer dünnen Glasscheibe – bis die Stille über ihnen zusammenschlug. Justus erwachte. Er konnte keinen Schimmer seines Fensters sehen, es war tiefe Nacht, die Vorhänge waren zugezogen.

Er glaubte einen Lichtschein im Garten zu erkennen, ging hinter das Haus und sah, daß sie längst zurückgekommen waren. Hatten sie vielleicht gar nicht auf ihn gewartet, dachten: Er hat's vergessen und riefen ein Taxi oder fuhren mit dem alten Lieferwagen, den Werner vor Jahren für seine Gärtnerei angeschafft hatte. In dem großen Gartenzimmer, in der Küche und in allen Zimmern der ersten Etage, die in den Garten blickten, brannte Licht, viel Licht. Sämtliche Lampen, Decken-, Lese-, Wand- und Schreibtischlampen waren eingeschaltet. Aus einem offenen Fenster drang fröhliche Unruhe, Rufe und Gelächter. »Es zieht«, sagte eine weibliche Stimme sehr deutlich, nicht Anitas, nicht Tante Hildes oder Lucies Stimme, aber Tante Hilde erschien jetzt am Fenster und schloß es mit raschem Griff, sprach etwas ins Zimmer hinein, das er nicht verstand; er bemerkte aber das ungewöhnlich Leichte ihrer Gebärde, und nun sah er Simons dunklen Kopf und Anita, die etwas Blaues hochhielt, ein Stück Stoff oder ein Kleid, sah ihren glatten, glänzenden Haarhelm. Dann tauchte Werner auf, verschwand, kam noch einmal am Fenster vorbei, stolzierte, seine kurze Pfeife paffend, im Zimmer hin und her, sprach mit Kilian, Anitas Mann, einem langen dürren Burschen mit Vogelkopf und dick umrandeter Brille, der jetzt am Fensterkreuz lehnte. Hat er mich bemerkt?

Er hatte es jetzt eilig, ins Haus zu kommen, lief, stolperte über die Einfassung der Blumenrabatten, blickte ängstlich zurück, ob ihn auch niemand hörte. Da sah er die schmale Silhouette eines jungen Mädchens mit langem dunklen Haar hinter einem der erleuchteten Fenster. Das ist sie, das ist Vera, dachte er bestürzt, als hätte er nicht eigentlich an ihre leibhaftige Existenz geglaubt. Trat in das Licht, die Wärme, den Geruch, ein Hauch von Muskat, nein, von Harz, etwas Sommerliches, Wald, Fichtenwald. Tante Hilde behauptete allerdings, es rieche im Erdgeschoß noch immer nach Doktor. Ihr Mann, der in den fünfziger Jahren starb, war Arzt gewesen.

Die Hexenhausfenster über dem Treppenabsatz glänzten ihm entgegen, rot, grün und honiggelb. Wenn die Sonne hereinschien, warfen sie Regenbogenreflexe auf die Treppenstufen, während die Dinge draußen, Garten, Schuppen, Gewächshaus und Himmel in einer grünen, gelben und rötlichen Tinte schwammen, je nachdem, durch welche der wabenförmigen Butzenscheiben er blickte.

Er streifte seine Schuhe ab und warf sich auf sein Bett, erschöpft, als hätte er angestrengt gearbeitet. Schlief er ein? Vielleicht lag er nur still im Dunkeln, wie es ihm zur Gewohnheit geworden, seit er nach Berlin gekommen war. Ihm schien, er habe seitdem nichts anderes getan als auf einem Bett zu liegen, zuerst in einer kleinen Pension, Taubenschlag für zufällige Liebespaare, dann in möblierten Zimmern, auf dem knarrenden Bett der Witwe Wendt zum Beispiel, in ihrem Abstellraum für ausrangierte Möbel, den sie als möbliertes Zimmer – nicht vermietete, nein, abließ, ich lasse Ihnen das Zimmer ab, sagte sie mit gnädigem Kopfnicken.

Es war im Januar gewesen. Die Stadt zog ihr grämlichstes Gesicht. Vor dem Fenster ragte die Brandmauer des nächsten Hauses in einen schneeverhangenen Himmel, der sich auch mittags nicht aufhellte. Hinter der Tür schlich die Witwe Wendt und horchte, aber er enttäuschte sie, falls sie gehofft hatte, ihn mit einem Mädchen zu erwischen. Er enttäuschte auch die Damen, die freitags zu Besuch kamen. Dann wisperte und raschelte es im Korridor, Scharen schwarzgekleideter Witwen bewachten seine Tür. ›Du übertreibst, raus hier, ehe du überschnappst‹, sagte sein Freund Reinhardt. Das nächste Bett, auf dem er landete, war eine Luftmatratze, die Reinhard in seinem Zimmer im Ulmenhof für ihn aufschlug, ein illegales Bett, es war den Studentenheimbewohnern nicht erlaubt, Schlafgäste in ihren Zimmern zu beherbergen. Eines Tages schrieb Justus' Mutter, es lebten vielleicht noch Verwandte seines Vaters in Berlin, die auch Andermann hießen. In den zwanziger Jahren hätten sie dort ein Haus gehabt. Sie wußte sogar die Adresse, nahm allerdings nicht an, sie stimme noch. Verwandte! Justus schrieb zurück, er pfeife auf Verwandte, besonders auf Verwandte seines Vaters, verschone mich mit Verwandten, schrieb er. Als er aber in den Sommerferien ein paar Tage zu Hause war, erzählte sie ihm, sein Vater habe 1932 oder 1933 die Beziehungen zu den Berliner Andermanns wiederaufnehmen wollen, auf einer Geschäftsreise habe er sie besucht. Sie zögerte, blickte ihn ängstlich an. ›Ja?‹ ›Er kam sehr verärgert zurück, beleidigt, es hatte politische Gründe, sie wären Rote, sagte er, Judenknechte –.‹ ›Judenknechte‹, wiederholte Justus. ›Ja, du verstehst. Sag ihm nicht, daß ich dir von ihnen erzählt habe.‹ Es alarmierte Justus. Er fuhr nach Berlin zurück, fand das Haus, buchstabierte die Namen an der Gartenpforte: An-der-mann. Darunter stand auf einem neuen Schild: Dr. Kilian Falk. Er spähte die Fensterfronten entlang. Das Weinlaub, noch feucht von dem Gewitterregen, der soeben niedergegangen war, glänzte ihn an. Dicke Fruchtbüschel hingen an den Bäumen. Rings um das Haus blühten Phlox und Rosen. Er atmete schwer. Er hatte sich noch immer nicht damit abgefunden, der Sohn seines Vaters zu sein, und nun glaubte er auf einmal wieder, etwas Wunderbares werde geschehen, wenn auch nicht etwas Unmögliches, das seinen Vater nachträglich in sein Gegenteil verwandelte, das nicht, solchen kindischen Knabenträumen gab er sich nicht mehr hin, aber seine Phantasie schnurrte wie eine Märchenspindel, die aus Stroh Goldfäden spinnt: Verwandte meines Vaters, Judenknechte. Stand im Geruch der aufgeblätterten Rosen, die in dicken Trauben über den Zaun quollen, stieß die Gartentür auf, ging hinein in die wuchernde Wildnis unter breiten Baumkronen, stieg über Brombeerranken, Grashügel und Stauden fetten Sauerampfers, die sich auf den Weg verirrt hatten, wand sich an Nesseln vorbei, durch ein stachliges, gelbloderndes Gebüsch, hinter dem der Weg plötzlich aufhörte, ging durch hohes Gras, getupft mit Löwenzahn, Margeriten, Glockenblumen und rotem Klee auf die Gewächshäuser und Blumenbeete im Hintergrund des Gartens zu. Der Sommer summte. ›Suchen Sie etwas?‹ fragte eine Knabenstimme. Er fuhr herum, da stand Simon. Vielleicht bin ich auf ein Nachbargrundstück geraten, das Ausländern gehört, dachte Justus.

Die Augen fielen ihm zu. Er fühlte sich enttäuscht und betrogen, erinnerte sich der Verlegenheit seiner ersten Besuche, wie sich Werner und Anita mit der Aufzeichnung eines Stammbaumes geplagt hatten, der die Verwandtschaftsverhältnisse zwischen ihnen und Justus klären sollte, aber ihr Gekritzel glich mehr einem Stammgestrüpp. Schließlich fanden sie heraus, daß ihr Vater und Justus' Großvater Brüder gewesen und also nicht Justus, sondern Justus' Vater ein Vetter von Werner und Anita war. Ihr Eifer erlosch. Justus erinnerte sich seiner eigenen ersten Reaktion auf die neuen Verwandten: Ich pfeife, da merkte er, daß die Angelegenheit mindestens für Werner noch nicht erledigt war. Den schweren Oberkörper vornübergebeugt, die Hände auf dem Rücken zusammengelegt, ging er mit kurzen Schritten auf dem Teppich hin und her und schimpfte auf Dummheit, Vorurteile und Borniertheit, wenn auch noch sehr allgemein, aber Justus glaubte zu wissen, worauf er hinauswollte, und plötzlich wurde Werners Blick dringlich. Den Kopf gesenkt, blieb er vor Justus stehen. Jetzt – jetzt wird er mich fragen, und ich werde antworten und erfahren, daß nicht alle Andermanns –. Simons Vater sei ein amerikanischer Soldat gewesen, er starb an Leukämie, sagte Werner. Simons Mutter habe nicht für Nylonstrümpfe, Schokolade und ein Päckchen amerikanische Erbsensuppe wie manche Mädchen, damals, in der Hungerzeit nach dem Kriege, oder sagte er Camel, ich glaube, er hat eine Stange Camel gesagt. ›Falls du so etwas gedacht hast‹, fügte er hinzu, sonderbarer Vogel, Einfälle hat der, selbstverständlich hatte Justus nichts dergleichen gedacht, hatte überhaupt nicht an Simon gedacht und blickte wohl nun einigermaßen bestürzt drein, denn Werner atmete auf: ›Entschuldige, reden wir nicht mehr davon, wir haben Simon adoptiert, und ich dulde nicht.‹ Er lachte verlegen, weil er wieder diesen Ton anschlug, für den er sich soeben entschuldigt hatte, erkundigte sich nach Justus' Lebensumständen, bot ihm die Mansarde seines Hauses an: ›Du lebst ungestört dort oben, und mach dir keine Sorgen, wenn du mal nicht bei Kasse bist, wir sind Pechsträhnen gewöhnt.‹ ›Ja?‹ Justus horchte begierig.

Wenn er sich jedoch fragte, welche Befreiung, Erlösung, Erleuchtung, was immer er von Werner erwartete, von seiner Frau, Lucie, einer hageren, dunkel gekleideten Person mit Brille, aber ihr Haar wirkte sehr jugendlich, es leuchtete, und etwas Undefinierbares in ihrem Blick zog ihn an, oder von Werners Schwester Anita, die Werner seine kleine Schwester nannte, obgleich sie ihn überragte. Allerdings war sie fast zwanzig Jahre jünger als er, ein dünnes, verschlafenes Geschöpf mit überraschendem Augenaufschlag, hatte Naturwissenschaften studiert, Chemie oder Biochemie.

Ihre Augen waren honigbraun und unergründlich. Er lachte auf. Die und rot – lebten wie eingesponnen, wie sein Traumfisch in einer fremden Wasserwelt hinter Glas. Manchmal begegnete er Simon mitten in der Nacht im Treppenhaus, ihrem Jüngsten, wie sie sagten, Sohn eines deutschen Mädchens und eines farbigen Soldaten der US-Army. Ein sensibler Junge, Simon, ließ sich von Träumen aus dem Bett jagen, kam mit verstörtem Gesicht aus einem dunklen Korridor gelaufen und bemerkte Justus nicht. ›Er träumt auch Erfreuliches‹, sagte Werner verlegen, als hätte Justus seinen Verstand bezweifelt, ›wir haben ihm einen Motorroller gekauft, mit dem er wohl endlich Krach machen wird wie andere Jungen, wenn auch.‹ Natürlich: wenn auch, ohne ein »Wenn auch« und Augenzwinkern, mit dem er das soeben Gesagte wieder in Frage stellte, beendete Werner selten einen Satz, und nur ausnahmsweise erfuhr der Zuhörer Näheres über die angedeutete Einschränkung.

Damals, in den dreißiger Jahren, als er jung war: Justus blickte ihn erwartungsvoll an. ›Durchgegammelt, sozusagen, entschuldige den Ausdruck. Nach 45 fing ich dann mit der Gärtnerei an, pflanzte Tomaten, Bohnen und Tabak, verkaufte auch gelegentlich etwas, schloß mit dem alten Wienicke Freundschaft, der zur Zunft gehört, ein gelernter Gärtner, du wirst ihn kennenlernen, falls du ihn noch nicht.‹ ›Ich kenne ihn. Du selber hast ihn mir vorgestellt.‹ ›Ah ja. Ein As, der Wienicke, hat mir geholfen, eine richtige kleine Gärtnerei einzurichten mit fester Kundschaft. Früher war er Stadtgärtner in Leipzig. Übrigens arbeite ich auch als Verlagslektor, belästige Zeitungs- und Rundfunkredakteure, mache sogar gelegentlich meiner Frau Konkurrenz, nicht als Schullehrer, sondern in der Erwachsenenbildung, ein vielseitiger Bursche, dein – ja, was eigentlich, Vetter deines Vaters, nicht wahr?‹

Ein Narr? Ein Einfaltspinsel mit schriftstellerischen Ambitionen? Denn Werner schrieb etwas, nichts Wissenschaftliches: Hör doch auf, aber nichts war schwieriger als aufzuhören. Justus zog die Decke über seinen Kopf, rollte sich zusammen, drückte sein Gesicht in das Kopfkissen, das frisch bezogen und kühl war. Langsam erwärmte es sich an seinem Atem. Ihm war aber, nicht er sei es, der atme, sondern das Bett, die Wand, der Fußboden. Er dachte, er müsse nur selbstvergessen genug lauschen, und die dikken Mauern, die großen, verblichenen Sofas und Sessel, die schweren Eichentische, Kommoden, Bücherregale, Schreibtische aus Großväterzeiten, die hohen altmodischen Schränke in den Korridoren, die Ölgemälde Veras, die auf den dunkelnden Tapeten wie grelle Schreie wirkten, würden das Geheimnis des Hauses verraten. Erinnerte sich Tante Hilde an den Besuch seines Vaters? Sie sagte nein, und es war ja auch dreißig Jahre her, sie habe ihn nur zwei-, dreimal gesehen, und das sei im ersten Krieg gewesen, wenn er mit seiner Mutter zu Besuch kam, ein artiger kleiner Junge. ›Sein Vater, dein Großvater also, fiel 1917, und bald gab es Meinungsverschiedenheiten mit deiner Großmutter. Sie heiratete wieder. Dein Vater blieb bei ihr. Als der alte Herr Andermann starb, mein Schwiegervater, du verstehst, nahm dein Vater nicht am Begräbnis teil. Nur deine Großmutter erschien, blieb, bis die Erbschaftsangelegenheiten geregelt waren, dann verloren wir einander aus den Augen.‹ Sie seufzte. Die Zeit verginge schnell, schneller als früher, sagte sie. Sitzt am Fenster in ihrem graugrünen Seidenkleid mit platzenden Nähten, die fetten Patschhände im Schoß zusammengelegt, schielt nach dem letzten Stück Streuselkuchen, satt, aber sie findet keine Ruhe, ehe der Teller leer ist, räkelt sich zufrieden, wischt sich die Krümel von den Lippen, blickt hinaus in das Blätterwehen, das Spiel der Schatten und Sonnenflecke, murmelt: unheimlich schnell, nickt ein, hebt plötzlich den Kopf und erklärt mit fester Stimme: ›Tatsächlich sind die Jahre nach 1945 schneller vergangen als die zwölf Jahre vorher. Wirst du den Dachgarten renovieren lassen?‹ sagt sie zu Werner, der zusammenzuckt, aufgestört aus seinen Gedanken. Leider werde es eine Stange Geld kosten, antwortet er schließlich, und solange er mit seinen Aufzeichnungen beschäftigt sei –. ›Du schreibst?‹ fragt Justus. ›Ach, deine Geschichte‹, sagt Werners Mutter. Geschichte. Werner schreibt eine Geschichte. ›Keine richtige Geschichte, keine erfundene, jedenfalls‹, sagt er mit abwesendem Blick, als habe er nur aus Gedankenlosigkeit davon gesprochen. ›Und wann wird sie fertig sein?‹ ›Am Sankt-Nimmerleins-Tag.‹ Eine Hand legt sich auf Justus' Hand, leicht, sehr zart. ›Glaub mir, als wir heirateten, Kilian und ich, da ahnten wir nicht, auch er nicht, ahnten nicht.‹ Es ist Anita, die spricht. Ihre Mutter schläft. Lucie steht auf der Veranda und pflückt welke Blätter von den Pflanzen, Werner liest, Simon ist noch einmal mit seinem Roller weggefahren, obgleich es schon dunkel ist, Kilian hat Nachtdienst im Krankenhaus. ›Wir dachten, es hört nie auf, aber eines Tages war es weg.‹ ›Was? Was war weg?‹ ›Das Beben‹, sagt Anita, er starrt sie an, das Beben war weg. Lucie kommt herein und betrachtet sie mit ihren Augen, die jung geblieben sind wie ihr Haar. ›Ich wünschte, ich hätte mein Studium nicht aufgegeben‹, klagt Anita. ›Nimm es doch wieder auf‹, sagt Lucie munter, ›denk an mich, ich war nach dem Krieg, als ich endlich mein Examen machte, auch schon verheiratet‹, und dann, Justus anblikkend: ›Ich erinnere mich deines Vaters. Er war allerdings nicht lange hier.‹ Justus erstarrt. Rede. So rede doch. ›Ist irgend etwas – ich meine – ist etwas Besonderes vorgefallen während seines Besuches, hat es eine Auseinandersetzung gegeben?‹ Es entgeht ihm nicht, daß Werner ihn beobachtet, aber Lucie sagt: ›Nein, eigentlich nicht, es hat keine Auseinandersetzung gegeben.‹ Da sprechen sie schon von etwas anderem, regen sich auf, Worte wie Geschosse fliegen hin und her. Sie streiten, denkt Justus erschrocken, worüber streiten sie so erbittert. Über Löwenzahn, wie lächerlich, er horcht erstaunt, streiten über Löwenzahn. ›Befiehl dem Wind, seine Samen nicht in Hübners Garten zu wehen...‹ Sie lachen, sind sich plötzlich einig, Löwenzahn gefällt ihnen, sein Gelb auf grünen Flächen und später die Samenlaternchen, wie Milchstraßen kreuz und quer über die Wiese hin. Ein Banause, der Herr Hübner, kreidet es dem Löwenzahn als ausgesuchte Bosheit an, daß er sich schwer roden läßt, während es doch nur vernünftig ist vom Löwenzahn, zähe Wurzeln zu entwickeln angesichts der Spachtel und langen Messer, mit denen Herr Hübner ihm zu Leibe rückt.

Es war noch nicht zu spät, hinunterzugehen und Vera zu begrüßen, aber Justus rührte sich nicht. Er hielt die Augen fest geschlossen. Klein, ich war klein, verstand nichts, fragte nicht, warum es dünne, kahlgeschorene Männer in Lumpen und in häßlichen, gestreiften Anzügen gab, die ich nicht grüßen durfte, und andere, in Stiefeln und sauberen Uniformen mit Koppel, Dolch und Gewehr, die neben den dünnen hergingen und brüllten, weil die immer zu langsam waren, auch wenn sie rannten und hinfielen. Begegnete mir aber einer der dicken Männer im Garten oder im Haus, nickte er mir zu, lachte, schnitt Grimassen, nahm mich auf den Arm und machte killekille. Ich schätzte solche Vertraulichkeiten vielleicht nicht. ›Ein Junge und flennt‹, sagte der Mann. Schlaf. Trägt mich, läßt mich sinken, schwemmt mich wieder an Land – aber das ist lange danach. Er starrt in die Dunkelheit, sieht die Beine, die Füße im aufwirbelnden Staub der Straße, preßt sein Gesicht zwischen die Zaunlücke, an der sie vorbeilaufen, Füße in Holzschuhen, in

Lappen, nackte Füße, ein Wald von Beinen und Füßen, die rennen und rennen, gehetzt von einer Stimme. Jemand zerrt ihn fort, schilt ihn. Er steht da, hustet sich den Staub aus dem Halse, weint, weil er sich an dem Bretterzaun die Backe verletzt hat, und viele Jahre später sagt seine Mutter bestürzt: ›Es sind Träume, Justus, keine Erinnerungen.‹ Das glaubt er nicht. Sie windet sich, er gibt nicht nach. ›Es war Vaters Stimme‹, sagt er rauh, und in seinem Blick muß etwas Befremdendes sein, etwas Zwingendes, vor dem seine Mutter erschrickt. Widerstrebend gehorcht sie: ›Ein Teil der Wachmannschaften unterstand ihm.‹ ›Wo?‹ Sie beißt sich auf die Lippen. ›In – im Osten‹, sagt sie ausweichend. ›Wo – im Osten? In einem Vernichtungslager?‹ Sie schreit ihn an: ›Ich lasse mich nicht von dir verhören, als wäre dein Vater ein, ein.‹ ›Ist er einer?‹ ›Er hat seine Pflicht getan wie andere auch, eine harte Pflicht, und das wurde anerkannt, wurde nicht wie heute von jungen Leuten, die keine Ahnung haben –.‹ ›Wurde nicht Mord genannt.‹ Sie zuckt zusammen, als hätte er sie geschlagen. Sie wimmert: ›Ich darf nicht darüber sprechen, auch mit dir nicht, er hat es mir streng verboten, darüber zu sprechen, du hast es aus mir herausgepreßt, es ist gefährlich, er kann angeklagt werden, und wenn er erfährt, daß du es weißt. Sag ihm nichts, bitte, versprich mir zu schweigen.‹ Sie schluchzt, er beobachtet sie kalt, nie war sie ihm so fremd, meine Mutter, eine fremde Frau, mein Vater... ›Versprichst du es mir?‹ Er nickt, hört sie aufatmen, hört sie sagen, sie verlasse sich auf ihn.

Fort. Verschwinde. Er sieht noch ihre aufgerissenen Augen, die Haarsträhne, die ihr in die Stirn fällt, den zuckenden Mund. Die Vorstadt nimmt kein Ende, wächst, dehnt sich aus wie ein Sumpf. Weiter, über die Brücke, die Bauplätze, den Bahndamm, an der Gartenkolonie vorbei. Eine Frau harkt Laub zusammen, stützt sich auf den Rechen und blickt ihm nach. Lauf, lauf doch, die Landstraße ist nicht mehr weit, die Autobahn, der Wald. Er hält ein Fünfmarkstück in der Faust, spürt den Blick seiner Mutter auf seiner Stirn wie ein Brandmal, tritt aus dem Wald. ›Deine Augen sind immer traurig‹, sagt Reinhard. Nein, das war ein andermal, später, mindestens acht Jahre später. Er lebte in Berlin und war nicht allein. Reinhard ging neben ihm und erzählte von seinen engen häuslichen Verhältnissen und finanziellen Schwierigkeiten, spottete über den Ehrgeiz seiner Mutter, ihre Angst, er, ihr Sohn, büße für ihre Dummheit. Dummheit? Sein Vater habe sie sitzen lassen mit ihrem Kind, er sei verheiratet gewesen, und sie habe seine Lügen geglaubt, sagte er, und dann, unvermittelt: ›Du hast selber einen Kummer. Deine Augen sind immer traurig, auch wenn du lachst.‹ – Ach, fasele nicht. – Sie traten aus dem Wald, schütteten Sand und Kiefernnadeln aus ihren Schuhen, sahen hinter raschelnden Binsen den See und hoch über ihm in einer nie vernommenen Stille die Quelle des sanft strömenden Lichtes, das sie umfloß. Sternbilder wie Zeichnungen von Klee auf dem Samt des Himmels. Wind, der seine Stirn streifte. Da brach der Schmerz in ihm aus wie eine Krankheit. Die Kiefern torkelten am Himmelsrand. Der Mond riß ein weißes Maul auf. ›Du brauchst wohl ein Mädchen‹, kicherte Reinhard. In einem gläsernen Haus, das sich langsam an ihm vorbeibewegte wie auf Rädern, saß sein Vater und blickte ihn an. Das Haus stürzte über ihm zusammen. Justus sah ihn schreien, stand da und horchte und hörte weder den Schrei noch das Klirren des Glases. Menschen zogen durch die Straße unter aufgespannten Regenschirmen. Ein alter Mann trug einen Adler auf der Schulter, der Justus mit gelben Augen anstarrte. Der Luftraum über der Straße glitzerte wie ein großes buntes Schaufenster, in dem sich Kerzen spiegeln. Hoch oben in dem Gefunkel beugte sich ein junges Mädchen über die Brüstung des Balkons. Es hatte langes dunkles Haar. Wach auf! Er hörte sich keuchen. Das Erwachen fiel ihm schwer. Einen Augenblick glaubte er, er hätte die Szene auf der Straße mit dem langsam vorbeifahrenden Touristenbus nicht wirklich erlebt. Er machte Licht, sein Tisch war leer. Er hob die Jacke auf, die er auf einen Stuhl geworfen hatte, seine Wochenzeitung lag darunter. Er war also in der Buchhandlung gewesen, die Zeitung bewies es. Auch der Alte mit dem Adler war keine Phantasiegestalt. Reinhard hatte ihm von dem Mann erzählt: eins der letzten Originale der Stadt, trägt einen gezähmten Adler spazieren, du wirst ihm gewiß einmal begegnen zwischen Uhlandstraße und Tauentzien. Nun war er ihm vielleicht begegnet, ja, er erinnerte sich jetzt, als er unter der Markise vor der Buchhandlung stand, hatte er den Mann gesehen und hatte erst im Traum wieder an ihn gedacht. Stimmen, auf der Straße vielleicht oder im Haus; sie entfernten sich, summten, klein war, krank war, der Hals tat ihm weh, die Stirn, vor allem die Stirn. Er spürte deutlich einen Schmerz wie greifbar über seinen Augen. Da näherten sich die Stimmen wieder, und auf einmal klangen sie bedrohlich. Eine Stimme löste sich aus dem Chor, *die* Stimme. Er kroch tiefer in die Kissen. Sein Vater sagte: ›Wovor drückt er sich wieder, wenn er kein Fieber hat, soll er aufstehen.‹ – ›Ich bin krank, kann nicht schlucken.‹ – Aber er wußte, sein Vater stand vor seinem Bett, ein dröhnender Berg, Argumente und Geschrei ließen ihn kalt. Die Telefonklingel schrillte durch das Haus. Er ist es, will endlich mit mir sprechen, mich umstimmen, überzeugen, mein Mitgefühl wecken. War er kein fürsorglicher Vater? Phantasterei! Justus zog seine Jacke an und ging hinunter, ging mit kleinen steifen Schritten und gefaßtem Gesicht, ein Schauspieler, der seine Rolle weiterspielt, obgleich das Stück aus ist. Hat denn niemand das Telefon gehört? Eine Frau lachte, er kannte die Stimme, wußte aber nicht sogleich, wem sie gehörte. Im ersten Stock wurde eine Tür geschlossen, Anitas oder Werners Tür. Eine Weile hörte er nichts, bis in der Nische unter der Treppe wieder das Telefon läutete. Es war Reinhard, der anrief. »Wir pokern. Hast du Lust?«

»Ich? Nein.«

Lucie erschien über ihm auf dem Treppenabsatz, beugte sich über das Geländer, winkte ihm zu und verschwand wieder.

»Ist etwas los?«

»Nein – wieso.«

»Nora ist wohl nicht bei euch?«

Nora. Die Frauenstimme war Noras Stimme gewesen. Justus sagte vorsichtig: »Ich glaube, sie ist hier.«

»Wieso glaubst du es?«

»Ich habe sie nicht gesehen, nur gehört.«

»Dann ist sie ja gut aufgehoben. Du kommst also nicht? Es gibt etwas zu trinken. Bentler ist beschwipst. Schwafelt von seinem Alten, der ein Goldfasan war.«

»Ein Goldfasan?«

»Du brauchst deshalb nicht zu stottern, es ist kein Geheimnis, und natürlich hat er nur das Beste gewollt.«

»Wie erklärt er es seinem Sohn?«

»Schwierig, die eigene Dummheit zu erklären.«

»Aber es ist doch kein angenehmer Gedanke für einen Vater, daß sein Sohn nicht verstehen kann.«

»Nicht verstehen? Bentler? Du vielleicht, du würdest es nicht. Ah, jetzt geht mir ein Licht auf. Deiner auch, wie? Vielleicht sogar nicht bloß aus Dummheit. Du hättest es natürlich verhindert, schade, daß du noch ein Baby warst«, spöttelte er, und dann, immer in dieser forschen Tonart, die seine Verlegenheit überspielen sollte: »Geh auf den Paukboden, wo sie ex saufen und noch lebt die deutsche Treue grölen. Komm her. Trink. Spül deinen Vaterkomplex runter.«

»Ich komme nicht, ich bin müde. Soll ich Nora etwas ausrichten?«

»Untersteh dich.«

»Hat sie dich denn endgültig?«

»Ich war es, ich habe sie aufgegeben, ich lasse mich nicht von einem Flittchen an der Nase führen«, sagte Reinhard und legte auf.

Nora sitzt auf Reinhards Bett, Mittelpunkt des schmalen Studentenzimmers, das Reinhard mit mir geteilt hat. Ich will mich zurückziehen, aber sie ruft: ›Komm herein.‹ Es ist mir peinlich, sie zu stören, andererseits graut mir vor dem Herumlungern im Bierkeller, im Hobbyraum, vor dem Fernsehschirm, bei Herbert Böhm oder bei Krautwig, der mich offenbar für einen Experten für Schwangerschaftsverhütung hält, jedesmal fängt er davon an. Nora erzählt von irgendeiner Veranstaltung, die Reinhard nicht interessiert. Sie stützt sich auf den linken Arm, umfaßt mit dem rechten ihre unter den Körper gezogenen Beine, über die sich ihr Faltenrock breitet. Ich blicke ängstlich auf die glimmende Zigarette zwischen ihren Fingern: Sie wird die Bettdecke versengen –. Da führt sie die Zigarette zum Mund, ihre Beine gleiten seitlich unter ihrem Rock hervor, sie nimmt drei, vier tiefe Züge, setzt sich wieder zurecht, stützt sich auf die Hand mit der Zigarette; die Decke gerät von neuem in Gefahr. Ich bewundere ihre Gelassenheit, aber Reinhard macht mich nervös, kann nicht still sitzen, keinen Satz zu Ende sprechen, preßt immerzu die Handflächen gegeneinander: Hat es Streit gegeben? Es ist übrigens kurz vor meinem Umzug gewesen. Sie kenne meine Verwandten, hat Nora gesagt, sei mit Anita befreundet, Anita Falk, eine geborene Andermann. ›Mögen Sie die Andermanns?‹ ›Sie sind wenigstens nicht prüde‹, antwortete Nora mit einem anzüglichen Blick auf Reinhard, ich dachte: Warum lacht sie so gequält.

Justus riß sein Fenster auf und beugte sich hinaus, sah die weiße Villa gegenüber, die bis tief in die Nacht hinein mit Scheinwerfern angestrahlt wurde wie eine Opernszenerie. Sie lag hinter feierlichen Silbertannen. Steingirlanden umrahmten ihre Fenster. Rechts und links der hohen Tür drehten sich Säulen empor, die in menschliche Oberkörper mit Faunsgesichtern übergingen. Um das Dach zog sich ein Kranz schießschartenartiger Gebilde, und auf einer Ecke saß völlig unmotiviert ein gotischer Turm. ›Spül deinen Vaterkomplex runter‹, hörte er Reinhard spotten. Ihn fror. Er hob den Blick. Das Bild war verändert. Er starrte auf eine düstere, mit Platanen bepflanzte kleine Straße, links liegen gelassen von den Verkehrsströmen, bewohnt von rasenmähenden Pensionären und Beamtenwitwen mit Kanarienvögeln und Hunden, die Ruhe wollten, nichts als Ruhe, draußen, drinnen, laßt uns in Ruhe, laßt uns, laßt uns doch endlich. Die Scheinwerfer! Jemand hatte die Scheinwerfer ausgeschaltet, die soeben noch die Villa hinter Silbertannen anstrahlten, nimm ihr Licht weg... Aber das Haus sah manierlicher aus im Schatten, im erlösenden, im auslöschenden, wegwischenden. Nur der Turm und die Schießscharten rings um das Dach standen scharf vor dem wolkigen Hintergrund, einer unruhigen Kulisse, zart rostrot überhaucht vom Widerschein der erleuchteten Stadt, locker, luftig, in sanft quellender Bewegung, Gestalt andeutend und sogleich auflösend, als sei ein träumerischer Geist am Werk, dessen Formwille sich selbst immerzu widersprach oder der sich nicht aufraffen konnte, aus einem angenehm melancholischen Dämmerzustand aufzutauchen in die unwiderrufliche Einseitigkeit der Entscheidung.

Ein Verdacht, der nicht Wort werden wollte, peinigte Justus zwischen Schlaf und Wachen die ganze unruhige Nacht hindurch, aber am Ende packte er ihn wie ein glitschiges Stück Seife im Badewasser: Ich selber bin ein unscharfer Geist, der sich nicht aufraffen kann. Da graute schon der Morgen. Ein Drang, aufzuspringen, hinunterzulaufen, Werner aus dem Schlaf zu rütteln, gewann plötzlich Macht über ihn. Er bezwang ihn, sank zurück. Willst du deinen Kummer zur Schau stellen. Werner hat Besseres zu tun. Züchtet Blumen mit anspruchsvollen lateinischen Namen, *trillium grandiflorum*, *tiarella cordifolia*, die gedeihen im Baumschatten, Pflanzzeit für ihre Knollen ist der kommende Monat, der November. Ich höre gut zu, wenn der Herr des Hauses den Mund aufzumachen geruht, wozu er keine übertriebene Neigung zeigt. Lieber brütet er über der Geschichte, die er schreibt. Wer weiß, wovon die handelt. Ein Mann seiner Generation, der damals ein junger Mensch war, kann eigentlich nur ein Thema – Unsinn, es interessiert ihn wenig, dieses Thema, er gibt sich mit kargen Auskünften zufrieden, wird es zufällig einmal angeschnitten. In Polen war er also während des Krieges, dein Vater, unser Vetter Georg. Ich blicke ihn atemlos an, aber er fragt nicht, was mein Vater in Polen getrieben hat, wartet auch nicht, hat sich längst abgewendet, spricht vom Herbst, der früh kommt in diesem Jahr, oder von irgendeinem kuriosen Grünzeug, das aus einem seiner Mistbeete sprießt, aber auch davon nur aus Höflichkeit, weil ihm gelegentlich auffällt, daß er nicht allein ist –. Aus seiner Bettperspektive sah Justus den Himmel im Rechteck seines Fensters. Wie zum Hohn nahm die Wolke, die ihm entgegensegelte, sekundenlang die klare Gestalt eines Fisches an, seines Fisches, er hatte nur die Farbe gewechselt, er schwamm in schäumendem Licht.

Der Anfang einer Geschichte

Werner Andermann konnte von seinem Fenster aus den Gartenzaun des Köhlerschen Grundstücks nicht sehen, ihn aber, Jerry, der an diesem Zaun gelehnt hatte, das Gesicht der Straße zugekehrt, eine erloschene Zigarette im Mundwinkel, ihn sah er so deutlich, als sei es nicht damals nach dem Krieg, sondern gestern gewesen, und als habe er ihn selber dort beobachtet, während doch nur Gertrud Proßke – nein, zuerst bemerkte ihn Werners kleine Schwester. So war es. Anita, damals ungefähr zwölf Jahre alt, wollte Gertrud entgegengehen und ihr tragen helfen. Da stand Jerry an Köhlers Gartenzaun; Anita kroch in die Hecke.

Damit könnte ich beginnen. Meine Schwester, in der Hecke vor Kerstens Haus versteckt, Jerry, in Gedanken versunken am Zaun des Köhler-Grundstücks lehnend, und nach einer Weile kommt Gertrud Proßke die Allee herauf unter dem Dach braunglänzender Äste, dem Wind- und Lichtspiel junger Blätter. Sie trägt einen Rucksack, stützt ihn mit ihren im Rücken gefalteten Händen, schiebt ihn ein wenig hoch, damit die Schulterriemen nicht drükken. Bald wird sie zu Hause sein, auf ihr Bett fallen und die Strapazen der Bahnfahrt vergessen. Wie sie in dieser Menschentraube hing, die aus dem Wagen quoll, mit einem Fuß auf dem Trittbrett, die Stange umklammerte, bis sie an irgendeiner Station auf den Perron gepreßt wurde. Niemand hätte geglaubt, es wäre noch möglich, aber nun schoben, stießen und boxten die Menschen, die den Zug am Bahnsteig erwartet hatten, und plötzlich stand sie oben. Vielleicht waren drinnen einige ins Gepäcknetz gestiegen oder aus dem Fenster gesprungen.

Sie ging an Kerstens Haus vorbei, grüßte erschrocken, als plötzlich Frau Kersten in der Tür erschien und neidisch auf ihren Rucksack blickte. Jerry sah sie nicht, obgleich sie einen Augenblick stehenblieb, weil Frau Kersten mit ihr sprach. Später, murmelte sie erschöpft, und hoffte, ihr werde etwas einfallen, irgendein Vorwand, unter dem sie Frau Kersten Mehl und ein paar Speckscheiben geben konnte, ohne Frau Andermanns Zorn herauszufordern, die schließlich dafür bezahlte. Aber was bedeutete Geld. Die Quellen mußte man kennen. Bäuerliche Verwandte mußte man haben. Blickte auf und sah ihn, der in seiner Uniform lässig am Gartenzaun lehnte, an einer erloschenen Zigarette ziehend. Die Lichter in seinen Augen sprangen ihr entgegen. Sie lächelte, ging auf ihn zu wie im Schlaf, dachte nicht: Ein Neger, was will er? ich kann mich nicht mit einem Neger einlassen. Später sagte sie erstaunt und zweifelnd: Ich habe überhaupt nichts gedacht.

Weiter. Jerry wirft die Zigarette weg, stößt sich vom Zaun ab und ist mit einem Schritt neben ihr, und auch diese Bewegung auf sie zu mit plötzlich verschleiertem Blick erschreckt sie nicht. Sie bleibt stehen, läßt sich den Rucksack abnehmen, atmet auf, froh, die Last los zu sein, wundert sich, weil er ihn an seinen Arm hängt, als wäre er nicht schwer. So gehen sie zusammen weiter durch die abendliche Straße, und dann endlich sagt er etwas. Sie horcht, versteht ihn schließlich. Er will wissen, wie ich heiße, aber warum sage ich nicht Gertrud, sondern Trudie, so nannte mich mein Vater, da war ich noch klein, seitdem hat niemand mehr Trudie zu mir gesagt, nicht einmal Alfred, der doch mein Verlobter ist. Sie muß lachen und ich weiß nicht warum, aus Verlegenheit vielleicht, aus Nervosität oder weil sie Trudie gesagt und an Alfred gedacht hat oder auch nur über Jerrys hohe Gestalt. Sie reicht ihm kaum bis zur Schulter. ›Hallo, Trudie‹, sagt er, ›I'm Jerry, Jerome Hartwell Holland.‹

So ungefähr, so kann es gewesen sein, aber Werner schrieb es nicht auf, noch nicht, das hatte Zeit. Er sah Gertrud und Jerry vor dem Andermann-Hause stehen, sah Anita aus der Hecke kriechen und zur Ecke laufen. Dort wartete sie. Jerry trat zurück und betrachtete das Haus, aber er interessierte sich auch für die gegenüberliegende Villa mit Säulenvorbau und Silbertannen, nicht ausgebrannt wie das Nachbarhaus, nur etwas ramponiert. Ich muß hinauf, man erwartet mich, ich bin bei Andermanns angestellt, *housekeeper*, sagte Gertrud hoffnungsvoll, denn dieses Wort, das die in der Gegend lebenden amerikanischen Familien für ihre deutschen Hausgehilfen gebrauchten, mußte ihm doch geläufig sein. Es war ihm geläufig. Er wiederholte es, redete jedoch plötzlich aufgeregt in fragendem Tonfall auf sie ein, wies auf die Mansardenfenster, als wisse er, daß hinter ihnen ihr Zimmer lag. Sie griff nach dem Rucksack, aber er hielt ihn fest. Männer, dachte sie vielleicht und merkte plötzlich, daß sie immerzu stumm den Kopf schüttelte, während sie flüchtig überlegte, daß Frau Andermann seit Jahr und Tag nicht in der Mansarde gewesen war, geschweige denn ihr Mann, der Doktor, auch Werners junge Frau kümmerte sich nicht um Gertruds Privatangelegenheiten oder Werner selber. Ich, dachte er, aber er spielte in seiner Geschichte eine unbedeutende Rolle, Karl also oder Fritz, es ist unwichtig, überlege es später. War der Mittwoch der Tag, an dem Elterlein und Fred Rabe kamen. Ich glaube ja. Mittwoch also, es ist Mittwoch, dachte Gertrud, mittwochs kommen Werners Kollegen, und bewegte sich nicht die Gardine hinter Anitas Fenster? Sie ahnte nicht, daß Anita an der Ecke stand und sah, wie Jerry mit dem Fuß die Gartentür aufstieß, aber in diesem Augenblick wandte Gertrud sich um, Anita zog schnell den Kopf zurück. Als sie wieder um die Ecke spähte, waren Gertrud und Jerry verschwunden, denn Jerry –: Was tut er, was soll's, er ist müde wie sie, benimmt sich wie ein schläfriges Kind, das zu Bett gehen möchte, wankt hin und her, schmiegt die Wange an die zusammengelegten Hände, lächelt, schließt die Augen, läßt den Kopf auf die Schulter nicken, atmet tief. Sie lacht auf, hascht nach seiner Hand und zieht ihn mit sich fort ins Haus. Gelassen nimmt sie wahr, daß niemand in der Diele und im Treppenhaus ist. Hat nichts anderes erwartet, hat keinen Widerstand erwartet, fühlt sich auf eine grundlose Weise glücklich, setzt den Rucksack auf einen Stuhl, springt vor Jerry her die Treppe hinauf, leichtfüßig, nicht wie eine, die soeben noch vor Müdigkeit umfallen wollte. Erst drinnen, wenn sie Jerry in ihrem Zimmer stehen sieht, und er blickt sich um, als komme er sich selber plötzlich fremd vor, drinnen erschrickt sie, ihre bittere und humorlose Kleinbürgerseele richtet sich auf in ihr wie ein drohendes Gespenst, das die Sprache ihrer Mutter spricht, sie anblickt mit bieder entrüsteten Augen: Ein wildfremder Mensch, ein Mann, ein Neger, allein mit dir – Hure. Nein, daran hat sie nicht gedacht, als sie Jerry mitnahm, und niemand würde es ihr glauben, auch sie selber würde es vielleicht nicht glauben, hörte sie es von einer anderen. Aber was ist mit ihm, hat er vergessen, wie ein Heim aussieht, in Kasernen hausend, in Mannschaftsstuben, Eß- und Schlafsälen? Geht umher wie einer, der nach langer Abwesenheit nach Hause kommt, streicht über die Tischdecke, die Stuhllehne, dreht den Fensterwirbel, ohne das Fenster zu öffnen, als probiere er, ob es noch klemme, betrachtet die Fotografien auf der Kommode, nimmt die Vase mit den Frühlingskätzchen in die Hand, stellt sie wieder hin, öffnet das Badezimmer, den Kleiderschrank, nickt, als stelle er fest, daß sich nichts verändert hat, starrt auf das Bett. Sie, Gertrud, hat er vergessen. Es beunruhigt ihn nicht, daß sie noch immer an der Tür lehnt. Er setzt sich auf das Bett, knöpft seine Uniform auf, zieht die Schuhe aus, schleudert sie von sich. Sie poltern auf den Fußboden. Gertrud erwacht aus ihrer Erstarrung, hebt die Schuhe auf und stellt sie vor seine Füße: Zieh nur deine Schuhe wieder an, wir sind uns noch lange nicht einig. Er nickt freundlich, lacht. Mit einer hilflosen halben Bewegung wendet sie sich ab, flieht in die Küche hinunter, muß sich beschäftigen, etwas Gewohntes tun, den Rucksack auspacken, für Werner und seine Gäste einen Abendimbiß anrichten, Anita suchen, die lesend in dem großen Sessel ihres Vaters kauert –: Warum starrt sie mich an? »Komm in die Küche, du wirst hungrig sein. Das Buch läßt du lieber hier. Oder ist es eins, das du lesen darfst?«

»Es ist keins, das ich lesen darf, und ich nehme es mit. War die Bahnfahrt schlimm? Essen Sie nichts?«

»Nachher. Oben.«

»Das ist das Neueste, daß Sie oben essen. Und so viel«, sagt Anita, auf den Brotteller schielend, der allerdings nicht für sie allein gedacht ist. »Vorsicht! Ihre Hand zittert!«

Das Messer fällt klirrend auf die Fliesen. Gertrud bemerkt noch Anitas seltsamen Blick, die langsam rückwärts hinausgeht, da glaubt sie plötzlich sich selber zu sehen, ihr eigenes Gesicht, ihre erschrockenen, argwöhnischen Augen und das einfältige Glück in den Mundwinkeln –; was hat sie nur gedacht, sie kann nicht angenommen haben, er beabsichtige nichts, wolle nur zur Unterhaltung – Unsinn –, er versteht nicht Deutsch, und sie kennt nur ein paar englische Sprachbrocken. Zum Schlafen also. Ich habe ihn zum Schlafen mitgenommen wie einen Obdachlosen, aus Mitleid, weil er sehr müde war. Seit wann bemitleide ich amerikanische

Soldaten. Die entbehren nichts. Oder fürchtete ich, er werde sich gekränkt fühlen, werde denken, sie geht nicht mit mir, weil ich schwarz bin...

Sie horcht. Er rührt sich nicht. Kann ja auch nicht wissen, daß sie es ist, die die Treppe heraufkommt. Sie klopft an, ehe sie eintritt, um ihn nicht zu erschrecken, aber er steht nicht ängstlich lauschend hinter der Tür, er liegt in ihrem Bett und schläft. Das kommt ihr lächerlich logisch vor. Er wollte ja schlafen, nicht wahr. Leise ruft sie seinen Namen. Hei, antwortet er, ein Soldat, gedrillt wie ein Hund, schnell zu erwachen, und sogleich sind seine Augen klar. Er setzt sich auf. Seine Schultern glänzen im Lampenlicht. In dieser dunklen Haut wirkt ein Mensch ohne Hemd nicht so nackt, denkt sie. Aber sein Blick wirkt nackt, dringt auf sie ein. Sie reißt das Fenster auf und beugt sich hinaus. Auch er hat aufgeatmet, erleichtert auch er, auch mein Blick ist ihm unerträglich gewesen. Sie starrt in die Nacht, die von Wind und Regen rauscht, fühlt wieder ihre Erschöpfung, hört Jerry wie aus weiter Ferne rufen. Er klopft auf den freien Platz neben sich, redet sanft auf sie ein, als wolle er sie trösten oder beruhigen, aber sie ist nicht aufgeregt, auch er hat Angst, und wenn ich mich wehre, zwingen wird er mich nicht, er nicht. Sie zieht sich aus in der Schrankecke. Jerry rückt an die Wand. Sie schlüpft unter die Decke, horcht und hört ihn nicht atmen. Nur ihren eigenen Atem hört sie und ihr Herz, das klopft laut, und auf einmal findet sie es sonderbar und unbegreiflich, daß er nichts von ihr will. Ich muß ihm doch gefallen haben. Worauf wartet er. Natürlich würde ich seine Hand zurückstoßen, aber warum versucht er es nicht. Die Augen fallen ihr zu, ihre Spannung läßt nach, ihre Glieder lockern sich. Sie beginnt zu begreifen, daß er sein Versprechen zu halten gedenkt, falls es eins war, vorhin, als er sanft zu ihr sprach und vielleicht sagte: Ich tu dir nichts, bestimmt nicht. Sie sieht seinen Blick aufglänzen, aber das ist schon im Traum, und am anderen Morgen glaubt sie, ihr Abenteuer sei überstanden. Er schläft noch oder stellt sich schlafend, während sie sich wäscht und anzieht. Dann erklärt sie ihm, wann er das Haus unbemerkt verlassen kann, stellt die Zeiger der Weckuhr auf sechs, dreht sie langsam auf sieben, sagt: Hier, *you must go*, schreibt es auf einen Zettel: 6 – 7 h oder auch 8 – 9 h, wenn

Anita in der Schule ist und die anderen Hausbewohner sich noch in ihren Zimmern aufhalten, ›*you go*‹, schreibt sie. Er starrt unglücklich auf den Zettel, aber er hat sie verstanden, es ist unmöglich, sie nicht zu verstehen. Kurz nach acht hört sie leise Schritte auf der Treppe, dann klappt die Haustür. Sie atmet auf. Erst am anderen Tag erfährt sie, daß Anita zurückgekommen ist, um ein vergessenes Buch zu holen.

Wie hat aber Jerry diesen ersten Tag in dem fremden Haus verbracht? Werner blätterte in seinem Manuskript, hier: schlafend, horchend, grübelnd. Es ist niemand gekommen. Wieder und immer wieder hat er das Zimmer mit Ted Griffins Zimmer verglichen, das auch ein Mansardenzimmer war, und das Bett stand an der linken Wand. Allerdings waren Teds Möbel aus leichtem, hellen Holz gewesen, auch hingen Tennisschläger an der Tür, und Ted hatte die Wände mit Fotografien halbnackter Mädchen beklebt. Jerry stützte sich auf die Ellenbogen, sah im Rahmen des Fensters den Himmel und die Wolkenblase, eine schuppige Geschwulst aus Wolken, die sich aufblähte, wobei ihre gefurchte Oberfläche in eine sanft kreisende Bewegung geriet: Ein Gehirn, ein riesiges, pulsendes, am Himmel hängendes Gehirn, das schauerte, erblaßte und sich langsam von innen heraus auffraß. Er warf die Decke von sich, lief geduckt zum Fenster, hob vorsichtig den Kopf und spähte über das Fensterbrett hinweg durch die Scheibe. Auf der Straße waren nur spielende Kinder. Schnell richtete er sich auf, öffnete das Fenster und beugte sich hinaus. Die Regenrinne befand sich neben dem Fenster. Er hätte sich an ihr hinunterlassen können. Die gegenüberliegende Villa besaß wenig Ähnlichkeit mit dem Begräbnisinstitut, an das sie ihn gestern abend flüchtig erinnert hatte. Auch fehlte das Neonschild mit der Aufschrift: Friedensstätte, und es gab keine Autoreihen vor dem Portal, keine Prozessionen schwarz gekleideter Menschen. Gleichviel. Er hatte sich wieder hingelegt, tief beruhigt, gerettet, nicht vor Ted Griffin, der nach Berlin versetzt worden war, sondern vor sich selbst. Er erkannte aber nur die sichtbaren Dimensionen seiner Sicherheit, Bett, Wände und Dach, wußte nicht, daß er sich bereits auf dem Weg in die letzte, die einzige Sicherheit und Gewißheit befand. Todesahnungen suchten ihn erst viel später heim. Noch war etwas

Hochgespanntes, Funkelndes, Federndes an seiner Schlankheit. Er fühlte sich geborgen in diesem Zimmer, diesem Bett, wo er Ted Griffin nicht begegnen würde und wo ihn niemand störte, dachte dankbar an das Mädchen, das Trudie hieß, bemüht, sich ihrer zu erinnern, ihres breiten, bekümmerten Gesichts, schleppte einen Rucksack, der viel zu schwer für sie war. Würde sie ihn fortschikken? Er spürte ihre Unsicherheit, ihr Schwanken zwischen Faszination und Angst vor dem Ungewöhnlichen. Noch war ihr Mut zu sich selbst gering, auch erschrak sie heftig, als sie ahnungslos die Tür öffnete, Licht machte, und er war noch da, war nicht gegangen. Erregt redete sie auf ihn ein, der geduldig wartete, bis sie sich ausgesprochen hatte, *yes* sagte, oder: *yes, baby*. Steht auf der Straße, läßt mich herankommen, wirft seine Zigarette weg und geht neben mir her, geht mit, als müsse es so sein, sei es nie anders gewesen, zieht sich aus, legt sich in mein Bett und liegt dort noch immer. Ein Soldat, der vielleicht ein Mädchen sucht. Nein, dann hätte er mich nicht in Ruhe gelassen. Es war ein warmer Abend, ein Aprilabend, später regnete es und hörte wieder auf, aber da schliefen wir schon. Will er nun noch eine Nacht hierbleiben? Hat sich vielleicht mit seiner Freundin gezankt, kann sie nicht vergessen, schämt sich aber nicht, eine andere Frau zum Narren zu halten. Einerlei, sie beherbergt ihn seit gestern abend, etwas Unbegreifliches ist geschehen und geschieht noch immer, lauert vor dem Fenster, in den Winkeln ihres Zimmers, unter seinen Lidern, in seinen Händen. Sie hört Schritte, die sie kennt. Der Polizeimeister Gernicke macht um diese Zeit seine Runde. Sie rüttelt Jerry, schreit: »Ich rufe um Hilfe, wenn du nicht gehst.« Er antwortet nicht. Auch er horcht auf die Schritte, die jetzt am Hause vorbeigehen, diese unerschütterlichen, ordnungsheischenden Schritte, die in jedem Lande den gleichen drohenden Klang haben. »Herr Gernicke!« ruft Gertrud aus dem Fenster, »bitte kommen Sie herauf, hier ist jemand.« Gernicke kehrt um, stößt die Gartentür auf. »Ich werfe Ihnen die Schlüssel hinunter. Der große ist der Hausschlüssel.« Mit einem dumpfen Laut fallen die Schlüssel auf die Erde. Sie wendet sich Jerry zu und erschrickt. Schwer atmend blickt er sie an, während die Schritte heraufkommen, unaufhaltsam. Ein Leid, jemand hat ihm ein Leid angetan, und seine Hände krallen sich in die

Bettdecke. Sie starrt auf seine Hände, die schmal, aber kräftig sind, Hände, mit denen er sich wehren könnte, aber er bezwingt sie, wehrt sich nicht, will sich nicht wehren. Will nicht? Erschüttert stolpert sie hinaus, verstört, und im nächsten Augenblick hört sie sich sagen: »Es war auf dem Speicher. Dort.«

»Ein Geräusch?«

»Ja. Wie von Schritten. Ich bin allein im Haus mit den Kindern. Ich fürchte mich.«

Gernicke reißt die Speichertür auf, leuchtet mit seiner Stablampe in den großen dunklen Raum, der noch kein elektrisches Licht hat. »Da ist niemand.«

»Bitte, sehen Sie genau nach.«

Glaubt sie nun selber an die Schritte? Sie zittert plötzlich: Was sag ich, wenn er einen Blick in mein Zimmer werfen will. Sie lehnt sich fest an ihre Tür. Gernicke sieht sie dort stehen, hoch aufgerichtet. »Na, denn kann ick woll wieder«, sagt er betreten.

Sie horcht seinen Schritten nach. Drinnen wartet Jerry mit vorwurfsvollem Gesicht: Du wolltest mich ausliefern. Ausliefern? Ich wollte, daß du aus dem Haus kommst, weiter nichts. Aber er blickt sie nicht vorwurfsvoll an, sondern wie einer, der ihre Gedanken kennt, ihre verworrenen Gefühle, ihre Angst. Er legt seine Hand auf ihren Nacken und zieht ihren Kopf zu sich hinunter. So verharrt sie lange, die Stirn auf seine Brust gepreßt, und seine Hand ist wie ein Trost, nimm sie nicht weg. Er hebt Gertrud auf das Bett. Soll ich schlafen, ohne mich auszuziehen. Wieder kommt seine Hand, schließt sich fest um ihre, heiß, trocken. Wie kann ein Mensch so heiße Hände haben.

Sie erwacht lange danach, weil Jerry sie anstößt, nicht absichtlich, er murmelt etwas, das wie eine Entschuldigung klingt. Sie antwortet ruhig: »Hab doch keine Angst. Ich verrate dich nicht. You must not go.« Stille. Sie horcht in die Stille, in die ihre Worte hinabsinken, unwiderruflich –: Was habe ich da gesagt? Er kann bleiben. Braucht nicht zu gehen. Ich hänge dann seine Uniform in den Schrank, gebe ihm die Hälfte von meinem Essen, verschließe das Zimmer, und er darf sich nicht rühren, damit ihn niemand hört. Besonders muß ich auf Anita achten, die neugierig ist, muß Alfred sagen. Nein! »Hör zu, Jerry, sei vernünftig, warte, ich mache Licht, du mußt mich jetzt verstehen.« Er blickt ihr strahlend entgegen, als sie vom Lichtschalter kommt. Er hat sie verstanden. Wie soll sie es nun zurücknehmen?

Ein Wort – ausliefern –, ein nicht zu Ende geführter Gedanke – ich verrate dich nicht –, ein unterdrückter Verdacht quält sie im Traum mit widerwärtigen Assoziationen, und sowie sie die Augen aufschlägt, ist ihr klar, was Jerry bei ihr sucht: ein Versteck vor der Polizei. Sein schlechtes Gewissen läßt ihn nicht schlafen. Sie sieht seinen Augen an, daß er wachgelegen und gegrübelt hat, während sie arglos an seiner Seite, arglos, jawohl, auch sie ist kein Tugendbold, allerdings ist meistens nur ihre Dummheit schuld, ihre Gutmütigkeit. Was aber hat er getan?

Sie läßt sich jetzt nicht von seinem Blick beeindrucken. Sie ist wach und sehr nüchtern, und ihr Unwille gegen ihn wächst, der sich in den Kissen räkelt, während sie aufräumt und mit einem feuchten Tuch den Fußboden aufwischt. »Heute, *today*, ist Schluß, verstanden. *To-day you must go*«, sagt sie schrill, in einem Ton, den er nicht wieder mit einem Lächeln, einem *Yes* oder *No* beantworten kann. Er sagt auch nicht *yes* oder *no*. Er wirft ihr einen finsteren Blick zu und zischt ein Wort, das wie ein Schimpf klingt. Sie duckt sich, lacht verzerrt. Warum schmerzen sein Anblick, seine Stimme, ihre eigene Stimme, warum erfreut sie der Gedanke nicht, daß er nun nicht mehr liegenbleiben und auf den Abend warten kann. Wirklich? Kann er nicht? Draußen werden ihr die Knie schwach. Eine tiefe Niedergeschlagenheit bemächtigt sich ihrer. Sie rumort laut in der Küche, klappert mit dem Frühstücksgeschirr, weckt Anita, die keine Minute eher aufsteht. Ein Knurren aus dem Bettwulst an der Wand ist die Antwort. »Hast du mich gehört?«

»Sie haben wohl schlecht geschlafen«, sagt Anita und später, in der Küche, während sie mit spitzen Zähnen ihr Brötchen benagt: »Treffen Sie ihn wieder?« fragt sie.

»Wen. Wovon sprichst du?«

»Er ist ein Amerikaner, nicht wahr. Ich habe ihn gesehen.«

»Du hast?«

»Plötzlich waren Sie mit ihm verschwunden. Haben Sie ihn mit hinaufgenommen?«

»Unsinn. Hör mit dem Unsinn auf. Es ist dreiviertel acht, du mußt gehen.«

»Ich habe Zeit. Krach bekomme ich sowieso – wegen der Franzarbeit.«

»Was ist denn eine Franzarbeit?«

»Eine französische Arbeit. Ich fragte, ob Sie ihn wiedertreffen.«

Wiedertreffen. Sie atmete auf. Anita ahnte nicht, daß er sich noch in ihrem Zimmer befindet, darauf kommt sie nicht, darauf kommt niemand. Sie kann auch seine Hautfarbe nicht bemerkt haben. War es denn schon so dunkel? Es muß so dunkel gewesen sein. Anita behielte es nicht für sich. Ein Neger, würde sie sagen, aber sie ruft: »Ich gehe!« Nimmt ihre Schultasche, fragt, ob ihre Zöpfe in Ordnung sind, und schlendert davon, während Gertrud erschöpft auf einen Stuhl sinkt, horchend, aber jetzt kann Jerry das Haus nicht verlassen, erst nachher, nach acht. Will er es denn verlassen? Sie meint ihn denken zu hören. Es gefällt mir in Trudies Zimmer, ich habe ein Bett, in dem ich schlafen kann, für alles andere sorgt Trudie. Tut sie es etwa nicht? Ohne ihn eines Blickes zu würdigen, deckt sie den Tisch, sagt: das Frühstück, Jerry, *breakfast*. Heute ist er hungrig. Sie schiebt ihm eine zweite Schnitte hin, auch die verschwindet. Dann trinkt er seine Suppe, bedankt sich, sinkt in die Kissen zurück. Sie starrt ihn an. Wirst du nun aufstehen und gehen. Sie legt seine Uniform auf die Bettdecke. Er hebt die Hand, fegt die Sachen herunter; seine Augen lachen: *I like you, Trudie*. Sie steht so da, fassungslos auf ihn blickend. Ein unbestimmtes Verlangen, stärker als Angst und Zorn, breitet sich in ihr aus mit unwiderstehlich ziehender Gewalt. Noch wagt sie ihr Gefühl nicht zu deuten, nicht beim Namen zu nennen. Auch verwirrt es sie, daß das Leben im Hause ungestört weitergeht, als sei nichts geschehen. Niemandem fällt auf, wie schreckhaft sie geworden ist, wie ängstlich. Schleicht umher, muß Dinge beachten, die ihr früher gleichgültig waren. Wer ist auf der Treppe, wer kommt, wer geht, wer flüstert hinter der Tür, was bedeutet Frau Andermanns, Werners, Anitas Blick, warum weint die kleine Vera, ist ihre Mutter nicht bei ihr, sucht vielleicht ein Spielzeug in der Kiste auf dem Speicher neben Gertruds Zimmer, warum steht der Doktor im Korridor, die Hand auf der Türklinke. Die vertrauten Geräusche klingen laut und bedrohlich, das Klappen der Türen, Stimmen, Schritte, früher hörte sie sie kaum, aber jetzt. Es ist nur Frau Andermann, die die Treppe herunterkommt. Blick ihr ruhig entgegen wie immer. Mach sie nicht mißtrauisch. Sie will ausgehen, trägt einen hellen Mantel und einen Blumenhut, der ein bißchen lächerlich wirkt, und wenn sie mich anblickt, sieht sie mich gar nicht, sie sieht nur sich selbst. Dieses Leben reibt mich auf, klagt sie und starrt auf ihre Hände in weißen Handschuhen. Gertrud windet sich vor Verlegenheit. Frau Andermann ist doch schon Großmutter, sozusagen, und geniert sich nicht, mit Herrn Lorenz in den neuen Nachtclub zu gehen, wo die Amis verrückt spielen. Die Amis, und was tu ich, wenn Frau Andermann wieder hysterisch wird, durch das Haus rennt, schreit, die Türen aufreißt, alle Türen, meine Tür, Unsinn, meine Tür ist abgeschlossen. Das fällt ihr ein, von ungefähr, fällt ihr zu wie ein Geschenk, während Frau Andermann von Salat redet. Etwas Frisches, einen Salat mit viel Öl und Zitrone, sagt sie und blickt Gertrud unschuldig an, als wüßte sie nicht, wie schwierig es ist, ihre Wünsche zu erfüllen. Nimm dich zusammen, zeig ihr ein gleichmütiges Gesicht, lache nicht, wenn sie wieder sagt – da sagt sie es schon. »Auch ich war ein Mädchen wie Sie, robust, unkompliziert, besaß nichts als meine Hände und meinen Mutterwitz. Ich verplaudere mich. Herr Lorenz wartet.« In der Haustür dreht sie sich noch einmal um. »Abends sind wir hier. Halten Sie uns Anita fern, sie stört.«

Meine Mutter, dachte Werner seufzend, Frau Ixypsilon oder wie ich sie nennen werde. Intensiv mit sich selber beschäftigt, nahm sie Gertruds verändertes Wesen nicht wahr. Nur ich bemerkte es, gelegentlich. »Was passiert?« frag ich, am Küchentisch sitzend, Kaffee trinkend, kauend. Viel ist geschehen. Jerry ist gekommen und hat Gertrud verwandelt, leise, sie merkte es kaum. Eines Tages hörte sie auf zu hadern. Jerry nahm sie in die Arme, so ruhig und selbstverständlich und ohne Frage wie er mit ihr gegangen war. Als Alfred Könnicke kam, wies sie ihn gleichgültig ab, blickte zufrieden an ihm vorbei in den Garten hinaus, als sähe sie zum erstenmal die Kirschbäume blühen, weißschäumend über der grünen Brombeerwildnis. Sie wunderte sich über diesen eifernden Menschen, der wüst mit ihr sprach, seinen rohen Griff, das keuchende Abrackern, das er Liebe nannte, und danach sein Gerede, zäh wie Sirup. Sie wunderte sich auch über sich selbst, daß sie ihn so lange ertragen hatte, ihn heiraten wollte. ›Du hast ja keine Ahnung, Liebe ist anders.‹ Er hätte am liebsten hineingeschlagen in ihr plötzlich fremdes, abgewandt lächelndes Gesicht, und sie nahm es kaum wahr, ihr waren die Augen aufgegangen für Eigenschaften, die sie an Männern nicht gesucht hatte, für Charme, für Anmut. Ich weiß nichts von ihrem atemlosen, verschwiegenen Glück. Fast mitleidig blickt sie mich an. Eine gedrungene, zu Fettansatz neigende Gestalt mit schwerem Kopf und schwieligen Händen, sitze ich in dem kühlen Aprillicht. Meine Augen haben vielleicht wieder diesen grüblerischen Ausdruck, den sie unheimlich findet. Natürlich könnte sie sich mir anvertrauen, könnte sagen: Ein Mann ist in meinem Zimmer, ein amerikanischer Soldat, ein Neger, wir lieben uns, er wird auch Ihnen gefallen. Wenn allerdings der Verdacht, den sie gegen ihn hegt, berechtigt, wenn auch nur ein Fünkchen Wahrheit daran ist – Unsinn, ein Mann, so behutsam, so liebenswürdig wie Jerry kann nicht. Wirklich nicht? Bist du sicher? Sie starrt auf das weiße Regal mit den blitzenden Töpfen und Pfannen, blickt in den Garten hinaus und dann wieder auf meinen kauenden Mund. »Gibt's nichts Neues? Erzählen Sie doch. Jetzt hab ich meine Zuteilung überschritten.« Entsetzt blicke ich auf meinen Teller. Macht nichts, sagt Gertrud. Aber warum blinzele ich merkwürdig, will etwas sagen, und es fällt mir nicht ein, gehe hinaus. Spürt Gertrud, daß ich etwas vergessen habe? Sie wartet, richtig, ich kehre um: Hilfe! Ziehe meinen Schuh aus und gebe ihn ihr, vorwurfsvoll schweigend. Ich verlasse mich auf sie, erwarte, daß sie den Fleck auf meiner Jacke, den schmutzigen Hemdkragen, die unpassende Krawatte oder den verknoteten Schnürsenkel entdeckt. Auch erinnere ich mich nun ihrer verschlossenen Tür. »Ich konnte nicht hinein«, sage ich. Ist sie taub? Steht da, knotet mein Schuhband auf und antwortet nicht. Hat sie nicht das Recht, ihr Zimmer zu verschließen? Der Schlüssel, der an einem Band unter ihrer Bluse hängt, ist auf einmal schwer wie ein großes Stück Blei und drückt.

»Erledigt«, sagt sie und gibt mir den Schuh mit den aufgeknoteten Senkeln zurück, hofft, ich werde ihre Tür vergessen. Aber so billig soll sie mir nicht davonkommen. »Ich hatte das Gefühl, jemand sei in Ihrem Zimmer«, sage ich und gehe, lasse sie stehen in ihrer Bestürzung, halte es vielleicht für generös, ihre Antwort nicht abzuwarten, die nur eine Lüge sein kann, denke: Es wird ihr Alfred gewesen sein, unangenehmer Mensch, will sie aber nicht noch mehr in Verlegenheit bringen. Auch irritiert mich ihr Blick, der auf mir ruht, als erkenne er mich nicht, als wäre ich plötzlich ein Fremder. So starrt sie auch meinen Vater an, braucht Zeit, begreift nur langsam, daß der Mann, der seinen breiten Kopf zur Küchentür hereinschiebt, der Doktor ist – im Morgenrock und hat die Zeitung unter den Arm geklemmt auf dem Weg ins Klo. »Lassen Sie Peter nicht warten. Soll gleich reinkommen, der Junge.«

»Peter Beck?«

»Ja. Mutter ist Kriegerwitwe, armes Luder, vier Kinder, keine Aussicht auf eine Lehrstelle für Peter. Er kann Sie ein bißchen entlasten. Will mir den Bengel schon ziehen. Also gleich reinlassen. Gehört von jetzt ab zur Familie.«

»Es ist gut, Herr Doktor.«

Nein, ein vornehmer Mann ist er nicht, zum großen Kummer seiner Frau, aber er hat ein Herz für die Menschen. Damals allerdings, als Lucie ihr Kind bekam –. Aber da hat er nur Angst gehabt, sogar vor ihr, vor Gertrud, fürchtete, sie werde etwas ausplaudern. Wer poltert dort oben, das ist doch, in der Mansarde ist es, auf dem Dachboden. Sie hastet hinauf. Aufab-aufab-aufab-, kommandiert Anita, die einen schulfreien Tag hat, und dann so schnell, daß ihre Freundinnen mit Arm- und Beinschwingen nicht mitkommen: aufabaufabaufabaufab. Sie wirft sich zu Boden, rollt quiekend quer durch den Speicher. »Geht in den Garten. Dort habt ihr Rasen zum Turnen.«

»Wir brauchen keinen Rasen.«

»In Ihrem Zimmer ist doch ein Kontakt. Wir könnten einen Radioapparat anschließen.«

»Musik!« rufen die Mädchen. »Musik wär prima.«

Anita steht mit ihren dünnen Beinen und der flach atmenden Brust vor ihr und kaut an ihrem Zopf. Störrisch blickt sie zu ihr auf. »Ich sag's Papa, dann müssen Sie uns an den Kontakt lassen.«

»Nein!« Gertrud sieht Anitas Zuneigung zerbrechen, als wäre

sie ein handgreifliches, zartes kleines Ding, das sie zu Boden schleudert. Vor ihren Augen bewegen sich die halbnackten Leiber der Mädchen. Ihr Kopf schwirrt. Vielleicht steht Jerry hinter der Tür und horcht. »Schert euch raus!« Soeben war es noch still im Haus und nun dieser Lärm, bedrohlich nahe, und die keifende Stimme ist Trudies Stimme. Sie packt Anita am Handgelenk und schleift sie auf den Korridor hinaus, an ihrem Zimmer vorbei zur Treppe. »Papa! Mama! Werner!« Anita stürzt mit tränenüberströmtem Gesicht davon. Die anderen folgen ihr. Im Vorbeilaufen drückt Nora auf Gertruds Türklinke, ruft: »Sie hat abgeschlossen!« Türen klappen.

»Seid ihr toll?« Das bin ich selber, Werner. Ich sehe Gertrud, die sich keuchend über das Treppengeländer beugt und zuhört, wie sich die Kinder über sie beklagen. Ich ziehe meine Tür hinter ihnen zu. Nach einer Weile öffne ich sie wieder. Die Mädchen poltern aufgeregt plappernd die Treppe hinunter. Gertrud ist verschwunden. Es war nichts, Jerry, beruhige dich. Sonne, Stille, ein Blick aus weiter Ferne, ein Erkennen, ein Lächeln, doch sie kann nicht lächeln, sie ist ganz starr, und auf einmal zittern ihr die Knie. Sie wankt hinaus, lehnt sich an die Wand, atmet tief: Er ist da, Jerry ist da. Sie muß plötzlich lachen. Dachte sie, er wäre nicht mehr da, hätte sich in Luft aufgelöst.

Die Haustürklingel schrillt. Es sind Herr Elterlein und Herr Rabe; Gertrud läßt sie herein. »...er ist bei einer Frau untergekrochen«, sagt Herr Elterlein zu Herrn Rabe oder Herr Rabe zu Herrn Elterlein. Sie kichern; es amüsiert sie, daß »er« bei einer Frau –. Wer ist bei einer Frau, von wem sprechen sie? Gertrud steht vor meiner Tür, aber sie versteht kein Wort. Das Blut saust ihr in den Ohren; ihr ist übel vom Horchen und Argwöhnen, und die Zeit vergeht. Eigentlich müßte sie Dr. Andermanns Patienten empfangen; es gehört zu den vielen Pflichten, die sie nach und nach übernommen hat. Da kommen sie schon, aber sie rührt sich nicht. Jemand anders läßt die Leute herein, Peter, seine Stimme schallt durch das Haus: »Guten Tag, mein Herr, meine Dame, bitte, treten Sie ein.« Sei ruhig, ganz ruhig, Herr Elterlein und Herr Rabe meinten nicht Jerry. Sie sprachen von irgendeinem jungen Mann, den sie kennen. Es ist keine Gefahr. Gib nur acht, daß du nicht übermütig wirst, sprich leise, um Himmels willen, schreie nicht.

Einmal hörte Werner sie schreien, das heißt, schreien ist vielleicht übertrieben, sagen wir, er hörte einen Schreckensruf. Es war tiefe Nacht, und er kam aus der Mansarde, der Ruf. Vielleicht ist Gertrud krank, dachte er, raffte sich auf und ging hinauf. Die Stille in ihrem Zimmer berührte ihn seltsam. Er klopfte: »Brauchen Sie Hilfe? Ich bin's, Werner.« – Sie brauchte keine Hilfe. Sie liege doch schon lange im Bett und schlafe, sagte sie, ohne die Tür zu öffnen.

»Haben Sie nicht gerufen?«

»Gerufen? Ich? Nein. Ich habe schlecht geträumt. Möglich, daß ich im Traum –.«

Werner ging. Er glaubte ihr nicht. Vielleicht war ihr Verlobter bei ihr und hatte sie erschreckt. An das Wörterbuch dachte er nicht, das sie von ihm geliehen hatte, deutsch-englisch und umgekehrt. »Treiben Sie Sprachstudien?« fragte er. Das tat sie allerdings, mit Jerry. Das hier ist ein Tisch. *Table*. *Table* heißt Tisch. – Tisch, sagte Jerry. Sie nickt, geht zum Fenster: *window*. Fenster. – Fen-ster. – Das Bett. *Bed*. Dasselbe Wort, nur hart, te. – Das Bett. – *And I*, ich bin ein Mädchen. *Girl*. Mädchen. – *You are*. Du bist. Du bist Mädchen. – Er lacht: Tisch, Fenster, Bett, Mädchen. Er zeigt auf die genannten Gegenstände und zuletzt auf sie, nimmt ihr das Lexikon aus der Hand, sucht selber Wörter, blickt gespannt auf ihren Mund, wenn sie seine Aussprache berichtigt. – Ich lernen. – Ich lerne. – Draußen hockt die Nacht, schwebt herein, lautlos, streift ihre Stirn, ihre Lider, die zufallen. Jerry legt den Arm um sie; ihr Kopf ruht auf seiner Brust. Sie lächelt schlaftrunken, zufrieden, daß sie ihm keine verfänglichen Fragen gestellt hat, denn das ist ihre Absicht gewesen, zu diesem Zweck hat sie das Wörterbuch geliehen, was hast du getan, sag mir die Wahrheit, warum mußt du dich verstecken. Sie hat es nicht gefragt. Da fängt er plötzlich in seiner schnellen und undeutlichen Art zu sprechen an. Sie horcht, versteht nichts, beugt sich über ihn: Fehlt ihm etwas? Sie hört wieder diesen Namen, Ted Griffin, und irgend etwas mit *kill*. Sie zuckt zurück, springt auf, macht Licht, blättert im Wörterbuch. Manche Wörter haben mehrere Bedeutungen, nein, *kill* nicht, *kill* ist eindeutig, glaube es endlich, er hat diesen Ted Griffin umgebracht. Die Hand auf den Mund gepreßt, als wolle sie den Schrei darin festhalten, der ihr entfuhr, starrt sie ihn an, und er bestreitet nichts, nickt, spricht bekümmert weiter. Sie glaubt den Sinn seiner Rede zu erraten, einen Sinn, den sie in jeder Sprache verstände. Er hat es nicht gewollt. Etwas, das stärker war als er, zwang ihn. Sie hört Schritte auf der Treppe, im Korridor. Jerry legt seinen Kopf in ihren Schoß. Hat es nicht gewollt. Sie streichelt seine Schultern, seinen Nacken. Nie wird diese Qual aufhören. Jetzt bin ich – ist Werner – an der Tür: »Brauchen Sie Hilfe?« Was immer Jerry getan hat, er bereut es, er leidet. Sie streichelt ihn ruhig weiter, während sie antwortet, gibt ihrer Stimme einen verschlafenen Klang. Endlich verschwindet der Störenfried vor der Tür. Sie sitzt noch lange auf ihrem Bett, erschöpft, mit schweren Lidern. Jerrys Gesicht atmet in ihrem Schoß.

Simon

Es war auf einmal sehr still, alle horchten auf den Regen, dann rannte Klaus die Straße hinunter, die anderen folgten ihm, nur Lilo und ich standen noch da. Die Bäume sangen. Lilo sagte: »Komm mit, so komm doch.« Ihre Hand war hart wie eine Hundepfote. Ich ging mit ihr in den Keller ihres Hauses, einen großen, warmen Keller ohne Gerümpel und Spinngeweb. Hinter dem Wandschirm war eine Bar. Lilo schaltete die rote Laterne über der Theke ein, blickte mich herausfordernd an: »Wetten, daß du dich nicht traust?« Ich nahm die erste beste Flasche und stöpselte sie auf. Der Schnapsgeruch war mir widerlich, aber ich wollte Lilo beweisen, daß ich mich traue. Sie lachte: »Ich meine doch nicht den Schnaps, du Dummer.« Da verstand ich. Mädchen sind so, dachte ich, sie können nichts dafür. Sie nahm die Spange aus ihrem feuchten Haar und kämmte mit ihren Fingern zwei breite Strähnen nach vorne. Dabei drehte sie sich hin und her, sagte, sie trage keinen Büstenhalter, das habe sie nicht nötig. Dann wollte sie wissen, ob sie hübsch sei. Ich sagte ja. – »Hübscher als deine große Schwester?« – Sie meinte Vera, aber niemand ist wie Vera oder gar hübscher als Vera, auch bin ich nicht sicher, ob ich von Vera sagen kann, sie sei hübsch, es kommt mir dumm vor. Ich sah sie einen Augenblick so deutlich, als stünde ich neben ihr in ihrem Zimmer, sah, wie sie eine grünglänzende Farbenwurst auf ihre Palette preßte und mit einem kleinen Klecks Blau verrührte. Mit diesem saftigen Blaugrün begann sie ihr neues Bild zu malen, ein grünes Bild, ganz grün, sagte sie, aber das Licht war grau. Sie zog die Vorhänge zu und knipste ihre Tageslichtlampe an, die weißes Licht gibt, obgleich die Birne aus blauem Glas ist. »Du kannst mich nicht ärgern.« Das war Lilos Stimme. Sie blickte mich wütend an; ich lachte. Sie kam auf mich zu mit offenen Lippen, kam immer näher. Ich konnte die Poren ihrer Haut sehen. Ihr Atem roch nach Pfefferminzdrops. Ich preßte meine Hände auf dem Rücken ineinander und küßte sie schnell wie ein Dieb auf den Mund. Ihre Lippen schnappten nach mir, aber ich ließ mich nicht fangen. Sie drückte sich an mich, so daß ich ihre harten Brustspitzen fühlte. Da mußte ich wieder an Vera denken, ließ Lilo los und rannte aus dem Keller. Sie schrie hinter mir her: »Warte nur! Warte nur!« Es ist gestern gewesen; ich habe bis heute mittag gewartet, aber ihre Eltern sind nicht gekommen, und es hat auch in der Schule keinen Stunk gegeben. Lilo tat, als wäre nichts gewesen. Allerdings traute ich ihr nicht, sah etwas Tückisches in ihrem Blick, wunderte mich, als sie mir in der Deutschstunde eine Papierkugel an den Kopf warf, ein Zeichen, das wir verabredet hatten: Wenn ich eine Papierkugel werfe, drehst du dich um, dann zeig ich dir was, hatte sie gesagt. Ich dachte, sie werde es nun nicht mehr tun, da kam die Kugel geflogen. Ich fuhr herum. Lilo lehnte sich zurück und schloß die Augen. Ihr Mund war wie ein Herz, das in der Mitte ein dunkles Loch hat, darin schimmerten ihre Zähne. Unsere Lehrerin pochte auf den Tisch: Hier ist's interessant, Simon, nicht hinter dir. Ich sah noch, wie Lilo die Augen aufschlug und heftig die Lider auf- und zuklappte, als wolle sie ein Insekt herausblinzeln. Ich will nicht ihr Freund werden, dachte ich, ich liebe Vera.

Nach Schulschluß warf ich meine Mappe durch das offene Fenster in mein Zimmer und ging spazieren. Ich war schon am Rathaus, als ich Lilo bemerkte. Sie winkte und rief. Ihr rotes Kleid leuchtete. Ich rannte über den Teltower Damm, wünschte mir einen großen Wind, der mich forttrüge wie manchmal im Traum. Da kann ich wie ein Vogel fliegen. Wenn ich nach rechts will, bewege ich meine Beine nach links und umgekehrt. Auch ziehe ich sie gern unter den Bauch und stoße sie kräftig zurück. So schnelle ich höher und höher. Abwärts fliege ich mit hohlem Kreuz und steifen, nach oben gestreckten Beinen. Dabei bewege ich die Hände wie Fischflossen. Ich kann auch ruhig steigen, ohne die Arme zu schwingen; ich muß mich nur vorher voll Wind pumpen. Am liebsten fliege ich geradeaus in gleicher Höhe mit groß schwingenden Armen, wie ein Rabe schreiend. So sause ich über die Wälder, die Flüsse, die Städte und Berge und übers Meer. Ich bin in Ländern gewesen, die noch niemand gesehen hat, weil sie in der Steinzeit liegen. Genug vom Fliegen. Hätte ich wenigstens meinen Roller, dachte ich, dann könnte mir Lilo nicht folgen. Ich rannte durch den düsteren Bahnhofstunnel, links hinauf in die

Prinz-Handjery-Straße, aber wenn ich glaubte, Lilo abgeschüttelt zu haben, bog sie keuchend um die Ecke. Es kam ein Kiefernwäldchen, ein Bahndamm, ein Fabrikgelände, eine Gartenkolonie, die neue Wohnsiedlung mit Einkaufszentrum und Kinderspielplatz. Ich rannte vorbei. Eine schmale, frisch geteerte Straße führte in die Felder hinaus. Ich blickte mich noch einmal um; endlich blieb Lilo zurück. Ich wartete ein paar Minuten, sie kam nicht. Da holte ich tief Luft und ging die geteerte Straße hinauf zwischen kleinen abbruchreifen Häusern, sah eine Reihe Fabrikschornsteine mit lang wehenden Rauchfahnen am Horizont. Dort war schon Ostberlin. Auf einem einsamen Hochhausblock zu meiner Rechten, weiß und sauber mit blauen Balkonen über den schiefen Dächern einer Kleingartensiedlung, standen zwei Männer vor der Wolkenwand und arbeiteten an den Antennen. Das Brausen der Stadt wurde leise, und auf einmal verstummte es.

Ein noch blankes Schild an der vernagelten Tür einer verlassenen Tischlerwerkstatt, Wäschestücke auf einer Leine zwischen Apfelbäumen, scharrende Hühner hinter einem morschen Gartenzaun. Ich ging schnell. Meine Schritten hallten. Vielleicht horchten die Menschen in den niedrigen Stuben auf die Schritte draußen, alte Männer, alte Frauen, hockten im Ofenwinkel, junge wären neugierig und kämen an die Fenster, junge verhielten sich nicht so still. Am Himmel tauchte jetzt die Spitze eines Kirchturms auf; nun wußte ich, wo ich mich befand, am Kanal. Irgendwo führte ein Feldweg hinüber, hier vielleicht, hinter der Schutthalde. Ich stocherte darin. Eine alte Matratze, ein durchlöcherter Eimer, ein Wasserkrug ohne Henkel, eine Kaffeekanne mit abgebrochener Schnauze, Papierfetzen lagen da zwischen Haufen faulender Kohlstrünke. Ich spielte mit dem Eimer Fußball; er schepperte vor mir her. Es roch nach Jauche, mit der die Krautfelder gedüngt wurden. Hinter dem Abfallhaufen war ein Bach. Ich sprang auf den Weg hinüber, der mit schlierigem Gras bewachsen war. Die kleinen Rinnsale in den Erdfurchen und Mulden sahen aus wie gefroren. Eine hauchdünne, schwarze Filmschicht aus erstarrter Schmutzbrühe bedeckte sie. Wenn ich sie mit der Fußspitze antippte, zerbarst sie in viele feine Nadeln. Die Krähen schrien. Sie kreisten in weitem Bogen über meinem Kopf. Überall war Himmel. Ein paar vergessene Wirsingköpfe faulten auf dem Feld. Dahinter kam ein Streifen Winterkohl, blaugrün, dann eine Fläche hellen glasigen Grüns, das war vielleicht Spinat. Die Krähen, große, schwarzglänzende Vögel, ließen sich dort nieder und gingen hin und her. Ich drehte mich um, da stand Lilo, ein roter Fleck mitten im Krautfeld. Ihre Haare flatterten. Plötzlich machte sie einen Sprung und rannte auf mich zu. Ich flüchtete. Sie schrie: »Warte doch!« Da schlug ich einen Haken, lief zurück und jagte sie kreuz und quer über das Feld, aber sie verlor bald die Lust und blieb stehen. »Wenn der Bauer kommt...« sagte sie und tat, als fürchte sie sich. Das verfallene Gehöft am Himmelsrand war bewohnt. Ein Hund bellte, Wäsche hing im Garten. »Komm weg von hier.« Wir schlängelten uns durch die Schlehen am Feldrain. Am Kanal entlang führte ein Weg. Es wehte kalt vom Wasser herauf. Die Binsen raschelten mit ihren langen Bärten. Drüben am anderen Ufer war das Gebüsch abgeholzt worden. Ein dichtes Stacheldrahtgestrüpp war an seine Stelle getreten. Masten mit Scheinwerferlampen ragten daraus empor. Die zwei, drei Häuser in unmittelbarer Nähe des Ufers waren leer. Vielleicht stand hinter einem der blinden Fenster ein Soldat und beobachtete uns durch ein Guckloch. Dahinter lag das Dorf Teltow, überragt vom Turm der kleinen Kirche, den ich vorhin von weitem gesehen hatte. »Wenigstens sind keine Lautsprecher mehr da«, sagte Lilo. Ich erinnerte mich der Lautsprecher, die sehr lästig gewesen waren; sie dröhnten von der Brücke bis nach Zehlendorf hinein. Auch die Brücke war mit Stacheldraht bespannt, allerdings nur bis zur Mitte, die andere Hälfte gehörte zu Westberlin. Damals, als ich mit Vera hier war, standen viele Menschen am Kanal, die winkten und riefen und durch Ferngläser hinüberblickten, wo auch Menschen winkten. Ein alter Mann hatte sich zwischen uns gedrängt. Er rammte seinen Stock in die Erde, stützte sich darauf und starrte auf den Soldaten, der wie ein Osterhase drüben im Gebüsch hockte. Er war mit einem Maschinengewehr bewaffnet. Als der Alte es erkannte, spie er einen Schwall Schimpfwörter aus.

Heute war niemand da. Lilo fragte, was ich hier suche. »Nichts«, antwortete ich, »warum bist du mir nachgelaufen, ich wollte dich loswerden.« Sie lächelte verschlagen, aber da war mein

Stein, ein Gletscherstein. Er liegt hier seit Jahrtausenden, und es kümmert ihn nicht, ob ich auf ihm sitze, ob ein Vogel aus der kleinen Mulde in seiner Oberfläche Regenwasser trinkt, ein Hund ihn anpißt oder ob ich ein Herz in seine harte Kruste kratze. Das war eine langwierige Arbeit. Ich suchte das Herz, während Lilo, die Hände auf dem Rücken, zum Wachtturm ging, der wie ein Käfig auf einem Leitergerüst aus schwarzen Stangen und Brettern über der Brücke schwebte. Ein Soldat stand auf dem Wachtturm und blickte zu uns herüber. Das Herz war noch da, aber die Farbe verblaßte. Ich nahm mir vor, sie mit einem Rotstift aufzufrischen. Mir fiel ein, daß Lilo behauptet hatte, es sähe wie ein Rettich aus und die ineinanderverschlungenen Buchstaben S und V bedeuteten einen Dollar. Damals habe ich vier Wochen lang nicht mit Lilo gesprochen. Man verliebe sich nicht in seine Schwester, auch nicht in seine Stiefschwester, sagte sie, das sei Blutschande. Ich versteckte mich hinter dem Stein. Ein großer, grüngoldener Käfer kroch über meine Hand. Hoch oben fuhr der Wind in die Wolken und jagte sie auseinander. Ich hockte hinter dem Stein und sah zu. Veras Lied ging mir durch den Sinn: *il était une*... Eine kleine Wolke, die wie ein Tier aussah, schwamm auf mich zu. *Bergère*. Aber das Tier war verkehrt, wollte vorn nach rechts und hinten nach links springen. *Et ron ron ron, petit patapon*. Da machte sich der Kopf selbständig, schwebte dem Wolkentier an einem zum Zerreißen dünnen Faden davon. *Qui gardait ses moutons ron ron*... Was nun? Aus dem Rumpf wuchs ein neuer Hals, streckte sich, holte den Kopf ein. Ich lachte; so also wird's gemacht. Auf einmal weiß der Wolkenkuckuck dort oben auch, wie er die Beine der Kreatur in eine vernünftige Lage zu bringen hat, und nun läßt er ihr an der richtigen Stelle einen Schwanz und vorne auf der Stirn zwei Hörnchen sprießen: *Blanche, ma petite chèvre, un amour de petite chèvre*. Vera sitzt an meinem Bett: Es dunkelt, der Wald rauscht auf, die kleine weiße Ziege, allein in den Bergen, fürchtet sich. Aber meine *petite chèvre* war nicht vom Bart bis zur Schwanzspitze schneeweiß, sie hatte einen schwarzen Fleck, einen glänzenden, blattförmigen, hier auf der Stirn. Ich malte die Ziege mit dem schwarzen Fleck auf ein Blatt Papier. Vera nickte: Ich muß den Fleck übersehen haben. »Simon! Si – mooon!« Das ist Lilo, sie sucht mich.

Vera ist wieder da, ihr Gesicht ist schmal geworden, nicht ein einziger Ölfarbenfleck ist an ihren Händen, und sie hat sich in Paris die Fingernägel wachsen lassen, ich schnupperte, kein Terpentingeruch, da stutzte auch Vater, und Vera sagte, als hätten wir etwas Schlimmes an ihr entdeckt: Die Nägel werden wieder abgeschnitten. Drei Monate keinen Pinsel angerührt, fügte sie hinzu und blickte uns an, wir lachten.

Blanche war verschwunden. Die Wolken türmten sich jetzt wie Schneeberge, und nun endlich kam Lilo auf den Gedanken, mich hinter dem Stein zu suchen; da saß ich. Sie sagte: »Du bildest dir wohl was ein.«

»Ich bilde mir nichts ein, hör mal, wenn du dich mit mir zanken willst, na, ich gehe, tjüs«, sagte ich und rannte an der Brücke vorbei durch das Eichenwäldchen auf die Straße, von der aus der geteerte Weg abzweigte, den ich vorhin entlanggegangen war. In meiner Tasche fand ich ein paar Groschen. Ich konnte den Bus nehmen. Den holt sie nicht ein. Ich kann's nicht leiden, wenn sie sagt, ich bilde mir etwas ein. Der Bus fuhr ab, da kam sie gelaufen, hatte mich vielleicht im Wäldchen gesucht. Sie schrie auf, als ich mich aus der Tür beugte. Der Schaffner rief: »He, du dort, das ist verboten!« Mein Herz klopfte, der Wind raubte mir den Atem, Lilo wurde kleiner und kleiner, ein roter Strich, ein Punkt. »Du sollst von der Tür verschwinden, Lausebengel!« Ich setzte mich in den Wagen. Mir war nicht wohl. Ich hätte Lilo nicht so stehenlassen dürfen. Ach was, soll mich in Ruhe lassen. Habe ich sie gebeten, mir nachzulaufen?

Rathaus. Ich steige aus und gehe traurig nach Hause. Lilo tut mir nun leid; ich werde ihr einen Aufsatz schreiben, für den sie eine glatte Eins bekommt. Die Häuser stehen mit blanken horchenden Fenstern unter dem Himmel, der nicht mehr leuchtet. Die Wolken jagen Rücken an Rücken dahin wie eine Herde Elefanten. Hinter unserer Gartentür wartet Kiki auf mich. Ich nehme ihn auf den Arm, wate mit ihm durch das Laub, das raschelt und ihn neugierig macht. Mit einem schiefen Satz springt er mitten in einen Blätterhaufen. Ich schütte ihm zwei Hände voll des bräunlichen Geknisters ins Gesicht. Er lacht, ist ganz konfus, jagt hierhin und dorthin, schlägt mit der Pfote zu, guckt dumm, weil's wieder nichts war, keine Maus oder was er gedacht hat. Das Rascheln regt ihn so auf, daß er mein Verschwinden nicht bemerkt. Ich gehe ins Haus, da höre ich Justus' Auto abfahren, der vielleicht Vera wieder von der Akademie abholt.

Ich schlendere in die Küche. Frau Hersfeld steht am Tisch und hackt Petersilie. Es muß Donnerstag sein. Donnerstags kommt Frau Hersfeld zum Putzen. Auf dem Herd bruzzelt Fleisch, es riecht gut; Frau Hersfeld fragt, ob ich hungrig sei, und gibt mir eine Banane aus dem Obstkorb. Ich gehe hinauf. In dem farbigen Licht des Treppenfensters steht Anita mit großen traurigen Augen, aber ich muß lachen, mir fällt ein, daß ich sie als kleiner Junge Anita Husch genannt habe. Sie sagt: »Laß dich nur nicht irritieren. Bleibe auf deinem Weg.«

»Wer soll mich denn irritieren?«

»Du selbst. Etwas in dir.«

»Das Fleisch brennt an!« ruft Frau Hersfeld aus der Küche. Anita schiebt sich an mir vorbei die Treppe hinunter. Etwas in mir. Ich blicke ihr nach. Zuerst hat es ihr Spaß gemacht, verheiratet zu sein, aber nun langweilt sie sich, wird erst munter, wenn Kilian nach Hause kommt. Damals allerdings, als ich sie Anita Husch nannte, war sie ein übermütiges Mädchen. Einmal fürchtete ich mich sogar vor ihr, oder ich spielte, ich fürchte mich, ich kann's manchmal nicht unterscheiden. Kramte in ihrer Schultasche, die mich sehr interessierte, und sie erwischte mich, stand plötzlich hinter mir, höchstens siebzehn Jahre alt, aber ich dachte, sie reicht bis an die Decke, ihre Augen sind Monde, ihre Hände flattern wie Vögel aus ihren Ärmeln, und sie hat Flügel an den Schulterblättern. Gleich wird sie husch sagen. ›Was machst du denn hier, Simon, husch, hinaus mit dir!‹ Es klang überhaupt nicht zornig, aber ich sauste an ihr vorbei.

Die Tür von Veras Zimmer ist offen. Drinnen sitzt Bertram Brinkmann und wartet auf Vera, als hätte sie ihn nicht deutlich genug abgewiesen. Er war der erste, der sie zu Hause besuchte. Früher hatte sie einen Freund, mit dem sie manchmal spazieren und ins Kino ging, aber Bertram wünschte, ihre Familie kennenzulernen. Als er mich sah, verbarg er seine Bestürzung und informierte sich unauffällig, unauffällig für die anderen; er fragte nämlich mich, das schien ihm wohl am sichersten zu sein. Kam zu mir in den Garten geschlendert, Vera dachte: wie freundschaftlich er mit Simon spricht, und er dachte: Wenn er kein Blutsverwandter Veras ist, brauchen meine Eltern von seiner Existenz nichts zu erfahren. Das sagte er natürlich nicht, aber ich hörte ihn denken, und ich wußte seitdem, daß er Vera nicht bekommen würde, obgleich er nicht nur mit ihr schlafen, sondern sie heiraten will. Das ließ er durchblicken. Großmutter war hingerissen, aber die übrige Familie nicht. Vater blickte Vera betreten an, Anita sagte spöttisch: ›Er hält sich für unwiderstehlich‹, und Mutter, ganz verstört zu Vater. ›Sie hat recht, nicht wahr, er paßt nicht zu uns.‹ Aber niemand wollte Vera beeinflussen, auch Mutter nicht, nur Großmutter. Sie ermunterte Vera, die plötzlich viel redete und fahrig und aufgeregt war. Sie werde wohl einmal über ihren Schatten springen, diese schreckliche Hürde nehmen müssen, sagte sie. Ich glaubte es keinen Augenblick, sah ihre Angst und sagte es ihr. ›Du hast ja Angst‹, sagte ich, und sie: ›Hättest du an meiner Stelle keine Angst? Man kann nie wissen, nicht wahr. Natürlich habe ich ihn nach seinem Vater gefragt. Er ist in der Wirtschaft tätig, in der Industrie. Aber über den Sinn meiner Frage ist Bertram hinweggeglitten. Du weißt ja, wie er das macht.‹ Ich hatte keine Ahnung, »wie er das macht«. Als er mit mir sprach, duldete er kein Hinweggleiten über Unangenehmes. Allerdings handelte es sich um seine Fragen, nicht um meine. Er wollte es genau wissen. ›Ist ihre Mutter auch deine Mutter? Oder war es ihr Vater, hat er sich einen Seitensprung mit einem farbigen Mädchen erlaubt?‹ Vera sagte, Bertrams Vater sei auch früher in der Wirtschaft tätig gewesen, sozusagen. ›Was heißt sozusagen?‹ ›Das habe ich ihn ebenfalls gefragt, aber er hat schnell das Thema gewechselt. Ich glaube fast, er ist zu gut erzogen für mich, so glatt poliert, so geschickt, ich komme mir indiskret vor, plump, zudringlich. Wüßte ich nicht, daß unter der geleckten Fassade ein Herz schlägt.‹ Das wußte sie also, kein Grund zu weinen, eigentlich, aber ihre Augen waren feucht. ›Vera, ich bin doch da!‹ Sie hat mich fest in die Arme genommen, mein Bein ist eingeschlafen, es kribbelte und tat weh, aber ich habe mich nicht bewegt. Ihre Wange klebte an meiner, ihre Haare kitzelten mich, ihre Tränen tropften auf meine Knie. ›Wüßte ich nur‹, schluchzte sie, ›wüßte, ob es wirklich Liebe ist.‹ Ich sagte ihr aber nicht: Es ist keine; sie sollte es selber merken, und so geschah es. Ein paar Wochen später fuhr sie nach Paris. Als sie zurückkam, war Justus da und hat sich in sie verliebt. Vielleicht weiß sie es noch nicht, aber mir ist bange, und nun ist also auch Bertram wieder aufgekreuzt. Was will er noch?

Unser Haus hat dicke Mauern und viele Winkel, aber am liebsten verstecke ich mich im Keller. Die Ziegel bröckeln. Auf manchen klebt noch Tünche, die einmal weiß war, und statt einer Bar gibt es nur ein paar alte Möbel, einen Schrank ohne Füße, dessen Tür sich nicht schließen läßt – immer denkt man, jemand habe sich darin versteckt und werde jeden Augenblick herauskommen –, dreibeinige Stühle, ein Sofa mit zerrissenem Bezug, aus dem Seegras quillt, und eine mit Zeitschriften vollgestopfte Kommode. Die kleinen Fenster oben in der Mauer, durch die man nur die Beine eines Vorübergehenden sehen kann, sind verstaubt und hängen voller Spinngewebe. Es ist still und stickig wie in einer Gruft. Lilo würde es hier nicht aushalten. Lilo! Warum hat sie mich nicht verpetzt? Es nützte mir nichts zu sagen: sie lief mir nach, das glaubte niemand. Ich habe manchmal farbige Studenten mit ihren Freundinnen gesehen, einmal in der Wilmersdorfer Straße, eigentlich nicht seht weit vom Kurfürstendamm, von dem es heißt, er sei ein internationales Pflaster, aber die Passanten drehten sich nach den beiden um, schüttelten die Köpfe und machten Bemerkungen. Ich dachte an Herrn Becker, der gesagt hat: ›Sei froh, daß du nicht von der Fürsorge abhängig bist.‹ Ich war noch klein und wußte keine Antwort, aber als ich in die Oberschule kommen sollte und er sagte: ›Du? du willst in die Oberschule?‹ Da antwortete ich: ›Warum denn nicht?‹ Er sagte: ›Wenn ich dein Klassenlehrer wäre... hopp, an die Kletterstange. Zeig deine Kunststückchen, kleiner Affe, zeig wie du klettern kannst.‹ – Die Kinder lachten. Ich konnte nicht klettern. – ›Na los, zier dich nicht.‹ – Da war ich schon an der Tür. Er brüllte durch die Turnhalle: ›Komm sofort zurück!‹ Ich rannte hinaus. Ich hatte meine Turnhose und die Turnschuhe an. Es war im Februar, sehr kalt. Ich traf meine Mutter am Teltower Damm. Sie erschrak, brachte mich nach Hause und packte mich ins Bett, aber ich schämte mich vor ihr, sagte ihr nicht, daß mich Herr Becker einen Affen genannt hatte, und dann kam mein Vater herein, mein richtiger Vater. Mutter sagte: ›Du hast ja Schüttelfrost, Simon, trink, es ist Lindenblütentee.‹ Meine Zähne klapperten. Ich konnte nicht schlucken. Mein Vater war ein Mann wie ein Baum, seine Stimme rauschte, seine Arme breiteten sich über mich, aber auf einmal verwandelte er sich in einen Affen, ging, auf die Hände gestützt, durch das Zimmer, bleckte die Zähne, schwang sich auf das Fenstersims, machte Schneebälle und schmiß sie mir an den Kopf. Ich weinte, aber dann war Nacht. Ich bin aufgestanden und habe ihn gesucht. Ich bin durch das ganze Haus gegangen und konnte ihn nicht finden, stieg in den Keller hinunter, kletterte auf die Leiter, öffnete das kleine Fenster und kroch hinaus. Durch die Straße fuhr ein Jeep. Am Steuer saß mein Vater. Er lachte freundlich, sein Gesicht glänzte. Ich rief: ›*Have you some chocolate?*‹ Er warf mir ein Päckchen Schokolade zu. Mein anderer Vater sagte, er selber hätte mir von dem kleinen Jungen erzählt, der aus dem Kellerloch gekrochen ist und meinen Vater um Schokolade angebettelt hat. Damals gab es keine Schokolade, sagte mein Adoptivvater, nur Amerikaner hatten Schokolade. Es stimmte, er hatte mir die Geschichte erzählt. Früher hatte mein richtiger Vater sie ihm erzählt. Der Kleine ist aber ein weißer Junge gewesen.

Anita rief zum Essen. Ich machte viel Schaum beim Händewaschen, sehr weiß auf meiner Haut. Weiß steht mir gut, aber erst als ich in die Schule kam, merkte ich, daß etwas mit mir nicht stimmte. Als die anderen Kinder mich Mohrenkopf nannten und mir Seife auf den Tisch legten: wasch dich mal, vielleicht geht's ab, da merkte ich es.

Wir aßen in Mutters Zimmer, das einer grünen Grotte gleicht. Auf kleinen Tischen, vor den Fenstern und in den Winkeln stehen Töpfe mit Blattpflanzen. Auch an den Wänden hängen Blumentöpfe, aus denen sich lange schmale Blätter biegen wie Schilf, hellgrün mit weißen Streifen. Auf manchen flimmert ein zarter Silberpelz. Die Aloen und der Gummibaum haben fette, dunkelgrüne, spiegelglatte Blätter. Ich vermißte Vera. Mutter sagte: »Sie ißt in der Mensa.«

»Und ihr Galan?«

»Ich habe ihn fortgeschickt. Er kann nicht bis zum Abend hier herumsitzen«, antwortete Mutter und vergaß, das Wort Galan zu kritisieren, das ihr bestimmt nicht gefiel. Sie fragte, woran ich denke, wenn ich morgens erwache. Zuerst an gar nichts, sagte ich, zuerst wundere ich mich nur. – Und dann? – Manchmal möchte ich schreien. – Ich auch, sagte Anita. Niemand fragte, warum. Vater erklärte, er brauche mindestens eine halbe Stunde, bis er überhaupt denken könne, er sei verbiestert, frühmorgens, darüber mußte ich lachen. Mutter wies auf die Schulhefte, die auf ihrem Schreibtisch lagen. »Einer aus meiner Klasse schreibt, er danke Gott, daß er ihm das Leben geschenkt habe. Das wäre sein erster Gedanke beim Erwachen.«

»Na so was. So ein Heuchler.«

»Du glaubst es nicht?«

»Vielleicht hat er Angst in der Nacht«, sagte Vater, »Angst zu sterben, und dann wacht er auf und lebt noch.«

»Müßt ihr unbedingt vom Sterben sprechen beim Essen?« sagte Großmutter. Ihr Gebiß rutschte. Erschrocken klappte sie den Mund zu und drückte das Gebiß mit der Zunge an den Gaumen. Ich hörte nicht mehr zu. Draußen war Wind. Die Zweige der Birken schwangen vor dem Fenster. Ich sah Lilo an der Bushaltestelle stehen und schreien, ging in mein Zimmer, nahm zwei große Bogen Papier und zwei Stifte, einen roten und einen blauen, nein, mit dem roten durfte ich Lilos Aufsatz nicht schreiben, Mädchen denken, rot bedeutet Liebe, aber auch blau war nicht die richtige Farbe; ich nahm meinen Kugelschreiber, der ist neutral. Wenn mir etwas auffiel, das nicht zu Lilo paßte, schrieb ich es auf das andere Blatt für meinen eigenen Aufsatz. Ich nahm mir vor, ihn nicht wieder besser zu machen als ihren. Das Thema hieß: Erinnerungen an den Sommer. Ich dachte für Lilo an den Sommer im vergangenen Jahr, als ich mit Mutter und Vera an der Ostsee war. Ich beschrieb das Meer, die Vögel, die Schiffe, die fetten, ölig glänzenden Spießer in den Strandkörben und wie sie mit ihren Autos durch die Straßen der kleinen Stadt kurvten, aber vor allem beschrieb ich die Steine, die am Strand hockten wie sagenhafte, vor Millionen Jahren gestorbene Tiere, sanfte und mächtige, graue, rötliche, blaugrüne und weißglimmernde. Ich streichelte ihre hohen glatten Rücken, lauschte ihrem Schweigen, ihren Geschichten von ungeheuerlichen Wanderschaften in dröhnenden, weißdampfenden Eislawinen. Urwälder zerbrachen unter ihrem Ansturm wie trockene Halme. In panischer Furcht stürzten sich weißäugige Riesen in blonden Fellen und Heere gewaltiger Tiere mit Hörnern und Hufen ins Meer. Würde aber Lilo das Schweigen der Steine verstehen? Ich mußte vorsichtig sein, mußte auch meine Spottlust unterdrükken, zum Beispiel: Spießer in den Strandkörben, nein, Lilo würde nicht Spießer sagen. Ich seufzte. Eine angenehme Aufgabe war es nicht, einen Aufsatz zu schreiben, den Lilo für den ihren ausgeben konnte. Zur Erholung beschäftigte ich mich mit meinem eigenen Aufsatz, dachte an die Sommerwiese in unserem Garten. Sie schimmerte von Hirtentäschelkraut. Die dicken Löwenzahnköpfe auf ihren fleischigen Stengeln, die Margeriten und Glockenblumen wiegten sich, Bienen summten. Ich warf mich ins Gras, roch den wilden, grünen Geruch. Plötzlich hörte ich Schritte. Sie hielten an, näherten sich. Ich hob den Kopf und sah den Schatten. Wer bist du, Schatten. Ich drehte mich um, sprang auf, da stand Justus und starrte mich an, einen schwarzen Bastard im Garten seiner schneeweißen Verwandten, huh huh huh. Nicht doch, nicht so, Fräulein Behringer wird wieder: schade! sagen, mit deinem Lästermaul verdirbst du deine Aufsätze. Das schmerzt, ihr Blick kann sehr vorwurfsvoll sein, aber auch strahlend, du bist ja ein Dichter, Simon, hat sie einmal gesagt.

Es ist lästig, eine andere Haut zu haben. Entweder wird man verächtlich angesehen oder mit einer Erwartung, die man vielleicht nicht erfüllen kann. Damals allerdings, als Fräulein Behringer sagte, ich sei ein Dichter, war ich stolz, das Blut schoß mir ins Gesicht, ich hatte mir gewünscht, einmal nicht wegen meiner Hautfarbe, sondern wegen meines Geistes aufzufallen. Auch in einer braunen Haut kann ein großer Geist wohnen, dachte ich, auch in mir, ihn sollen sie eines Tages erkennen und mich nicht mehr mit dummen Bemerkungen zum Weinen bringen. Natürlich weinte ich nicht vor ihnen, im Gegenteil, ich tat, als hörte ich nichts, oder ich wurde keß: nur heraus mit der Sprache, ihr braucht nicht an eurer Bosheit zu ersticken. Ein großer Geist, das war es, war die Rettung, ein großer Geist wollte ich werden, und alle würden sich wundern. Ich hätte mir auch wünschen können, ein berühmter Fußballspieler oder ein Rennfahrer oder ein Pilot zu werden, aber ich bin in dieser Beziehung wie Vater, auch er macht sich nichts aus Sport, findet große Geister interessanter als berühmte Sportler, die bärtigen Götter seiner Jugend zum Beispiel, Nietzsche und Marx. Ich schliff meine Sätze, strich das Verrückte und Übertriebene heraus. Fräulein Behringer war zufrieden mit mir, aber Mutter, die auch Lehrerin ist und eigentlich etwas von Aufsätzen verstehen müßte, ließ sich nicht beeindrukken. Sie blickte mich merkwürdig an durch ihre Brille und seufzte: Gib nur acht, daß dir das Beste nicht verlorengeht. Das Beste. Ich stand da und hörte es noch, nachdem Mutter schon lange gegangen war. Es verfolgte mich. Manchmal, wenn ich durch die Straßen lief, hallte es hinter mir wie ein großes Echo: Gib acht, gib acht!

Eine Handvoll Kiesel prasselt an mein Fenster. Das kann nur Lilo sein, Klaus und Frank kämen an die Haustür und klingelten. Aber ich bin nicht fertig mit ihrem Aufsatz. »Simon!« ruft sie und läutet schließlich doch. Ich horche erstaunt; ihre Eltern haben ihr verboten, mich zu besuchen. Schnell laufe ich hinaus, aber Mutter ist schon an der Tür. »Du bist es«, sagt sie zu Lilo, »wie geht es dir, ich habe dich lange nicht gesehen.«

»Darf ich fragen, ob Simon noch ein bißchen herauskommt?« Ihre Stimme klingt falsch. Darf ich, wieso darf ich, wenn sie doch schon fragt. Ich ziehe rasch meine Jacke an, will nicht, daß Mutter sagt: komm doch herein, sprich selber mit ihm, und dann druckst Lilo herum und sagt wieder: darf, nur diesmal nicht fragend, sondern bestimmt: ich darf nicht, und Mutter erstarrt, bleich und stumm steht sie da und will's nicht glauben, immer will sie es nicht glauben. »Na, wo brennt's denn!« rufe ich. Mutter wirft mir einen befremdeten Blick zu. »Ich bin gleich wieder da«, sag ich und gehe eilig mit Lilo vom Haus fort. Ich sehe noch, wie Mutter den Kopf schüttelt.

Es dunkelte. Die Laternen brannten. Es roch nach Regen, nach Herbst. Ich wollte mich für mein schlechtes Benehmen entschuldigen, tut mir leid, daß ich dich an der Bushaltestelle zurückließ, wollte ich sagen, aber ich sah die Blätter wie Fledermäuse durch das Scheinwerferlicht des neuen Straßenkreuzes von Pichlers schwirren. Lilo sagte, ihre Mama wolle sich scheiden lassen, wenn ihr Papa nicht endlich auch einen Mercedes. Blablabla. Ich hielt mir die Ohren zu. Lilo blieb stehen und blickte mich an, die Augen wie giftige Beeren, wie Tollkirschen. Sie sagte leise zwischen den Zähnen: »Wenn du auch nie zuhörst, jetzt wirst du, jetzt mußt du, jetzt sag ich dir alles, damit du's weißt, dann wirst du dir nichts mehr einbilden.« Ich horchte. Die Bäume sangen. »Du denkst, sie ist tot, nicht wahr, das haben sie dir erzählt, damit du nicht nach ihr fragst.«

»Wer ist tot?«

»Wer! Deine Mutter, natürlich, deine richtige, meine ich, aber es stimmt nicht, sie lebt, ist verheiratet und hat zwei Kinder, zwei weiße Kinder.« Sie lebt. Meine Mutter lebt und hat zwei weiße. »Dich wollte sie nicht haben, und wenn ihr Mann erfährt, daß sie mit einem Neger geschlafen hat –.« Ich wankte, ich lief, die Laternen zischten hinter mir her. Ich hörte Lilo sagen, sie wisse es von ihrer Putzfrau, die lebe schon immer hier. »Du hast keinen Grund stolz zu sein, du nicht.« Ich dachte an die Fotografie, sah das Gesicht –; es ging nicht weg. Ich schlich hinter das Haus, da sah ich es über der Brüstung des Dachgartens. Die Augen waren kreideweiß. Überlege, denk nach, schnell, dann verschwindet es. Ich ging über die Küchenterrasse ins Haus. Die weißen Augen, überlegte ich, die habe ich selber so gemacht, mit Deckweiß, da war ich klein, wußte nicht, daß die Fotografie, die ich gefunden hatte, meine Mutter darstellte. Vera sagte: steck sie weg, schnell, ehe Mutter dein Geschmier entdeckt.

Auf der Treppe horchte ich, aber es kam niemand; vorsichtig lief ich hinauf. Sie dürfen mich jetzt nicht sehen, sie sind naiv, denken: die schlimme Zeit ist vorbei, man muß die Augen offen halten und auf die junge Generation warten. Ihnen sagt ja auch keiner ein Wort. Erwachsene sind Erwachsenen gegenüber verlogen und scheinheilig. Nur mir sagen sie ein Wort. Vor allem ihre lieben Kinderchen sagen es; wartet nur, bis die groß sind, tun freundlich wie Lilo. Ich erschrak. Das ist es, das macht mir Angst. Lilo war freundlich bis gestern nachmittag. Als ich sie nicht noch einmal küssen wollte, wurde sie böse. Muß ich tun, was die anderen von mir erwarten, sonst... Nein, ich tue, was ich selber will.

Ich zögerte vor der Speichertür, dann schob ich sie auf, die knarrte, die sich wehrte. Drinnen herrschte Finsternis. In der Fensterluke tanzte und funkelte ein Stern. Warum hat sie mich nicht abgetrieben, wenn sie mich nicht haben wollte, nicht umgebracht, warum hat sie nicht sich selber, als ich noch in ihr war. »Simon!« Es wurde hell. Vera stand in der Tür. Ihr Gesicht war im Licht der nackten Birne sehr bleich. »Meine Mutter lebt«, sagte ich und sah, wie sie erschrak. Ich starrte auf den Balken in der Ecke unter dem Dach, sah meine Mutter dort auf einem Schemel stehen, barfuß, den Hals in einer Schlinge, die vom Dachbalken hing. Sie stößt den Schemel unter sich weg, ihre Füße zappeln, verkrampfen sich, suchen einen Halt, aber da ist nur Luft, die Zehen krallen sich um die Luft – nein!

»Simon«, sagt Vera, »hier ist niemand, nur ich bin hier.« Sie kniet vor mir und hält mich fest. »Du hörst mich, du erkennst mich, nicht wahr?« Ich nicke, nehme mich zusammen. Sie blickt zu mir auf mit weit offenen Augen, nachtblau, feucht: »Sie haßte mich. Sie wollte kein Negerkind.«

»Unsinn«, sagt Vera und steht auf, legt den Arm um meine Schulter, geht mit mir hinaus, meiner Stimme nachhorchend, die hohl und brüchig klang. »Es war anders.« Sie nimmt mich bei der Hand und führt mich zu Mutter. »Wie ich ihr allerdings erklären soll, daß du es weißt – woher eigentlich?«

»Von Lilo.«

»Und woher hat Lilo?«

»Von ihrer Putzfrau«, sage ich und muß lachen, und auch mein Lachen klingt abscheulich, aber Vera beachtet es nicht. Sie zieht ein strenges Gesicht. Auch Mutter, Lucie, die Frau, die mich aufgezogen hat und mich liebt, anders als die andere, die mich zur Welt brachte, denke ich und werde ganz ruhig, ich sage Mutter zu Veras Mutter und meine es auch, die andere geht mich nichts an, hat mich im Stich gelassen, als ich klein und hilflos war, zum Teufel mit ihr, ich will nicht, daß der Gedanke an sie weh tut; auch Mutter braucht Vera nur anzusehen, da weiß sie, daß sie etwas Wichtiges auf dem Herzen hat. Sie seufzt, Mutter. Sie wirkt abgespannt und müde, aber Vera duldet keine Ausflüchte, nicht wenn es um Wahrheit geht oder um Gerechtigkeit, denn etwas Geringeres kann es nicht sein, denkt Mutter vielleicht.

Ich saß in der Sofaecke und wartete, während Vera ihrer Mutter auseinandersetzte, daß ich ein Recht auf die Wahrheit hätte, nachdem diese Tratschtanten mir eine halbe, eine entstellte... Nein, sie habe keine Ahnung, wer die Putzfrau von Lilos Eltern sei, es interessiere sie auch nicht, bitte, komm zur Sache, Mutter. Wie sie wieder mit ihr umspringt, und Mutter kann sich nicht wehren, kann es nie, im Herzen erkennt sie Veras Eifer an. Ich spitze die Ohren, als ich höre, Vera habe schon früher dafür gestimmt, mir alles zu sagen. Alles! – Warum sprach sie nicht heimlich mit mir, unter vier Augen. Loyal, sie war loyal, hatte versprochen, den Mund zu halten, und hielt ihn, aber das sei nun nicht mehr wichtig, sagte sie ungeduldig, er quält sich, und du kannst ihm sagen: er bin ich, und ich quäle mich also, aber ich bin kalt und weit weg, verschwunden hinter den zarten Rauchspiralen, die von der brennenden Zigarette auf Mutters Aschenschale aufsteigen. Ein Gedanke rumort in mir, nagt und beißt wie ein bösartiges kleines Tier – loyal gegen wen? – Ich sehe Veras Hände, kleine, bewegliche Werkzeughände mit wieder kurz geschnittenen Nägeln, geduldige Hände, sogar Kiki läßt sich von ihnen, ohne mit der Wimper zu zucken, einen Dorn aus dem Fußballen ziehen. Jetzt umklammern sie ihre gespreizten Knie. So sitzt sie dort in ihrer alten Balletthose, über der sie einen von Ölfarbenflecken steif gewordenen Kittel trägt, das Haar auf der Höhe des Hinterkopfes zusammengebunden, damit es ihr nicht ins Gesicht fällt, die Stirn, schmal mit zarten Schläfen unter den Ponyfransen. Ich möchte ihr weh tun, mir selber weh tun. Loyal. Sitzt da, hält den Atem an und blickt auf mich, während Mutter immer wieder Angst sagt, sie hatte Angst, war närrisch vor Angst. Ah ja, meine Mutter, Mutter spricht von meiner Mutter. »Wovor hatte sie denn Angst?« Plötzlich kam Vater herein. Wir starrten ihn an wie ein Gespenst. »Was ist hier los«, fragte er, und nun fing alles von vorne an, die Erklärungen: er weiß, der Schreck, die Fragen: woher. Aber Mutter fühlte sich erleichtert. »Du hast ihre Angst von Anfang an mit erlebt.«

»Das ist wahr«, begann Vater schließlich. »Deine Mutter begriff eines Tages, daß es nicht das faule Leben war, das Nichtstun, das deinen Vater schlaff und apathisch machte. So hatten wir uns seine Müdigkeit und Unlust erklärt, seine Magerkeit und die Schmerzen, die ihn manchmal heimsuchten und die so plötzlich wieder verschwanden, wie sie gekommen waren. Du weißt ja, er war krank, todkrank, hatte nicht mehr lange zu leben, und Gertrud, deine Mutter, wandte sich von ihm ab, als sie es begriff. Versuche sie zu verstehen, eine gesunde junge Frau und er. Alles brach zusammen. Es war ein Sturz aus großer Höhe. Die Luft dort oben war ihr zu dünn geworden. Sie konnte nicht atmen, sehnte sich nach Geborgenheit, nach einem normalen Leben, schlüpfte erschrocken in ihre alte Haut zurück, überwältigt von Angst.«

Angst vor dem schwarzen Baby, dachte ich noch, da begann der böse kleine Gedanke, der mich peinigte, allmählich Gestalt anzunehmen. »Vierzehn Jahre lang habt ihr mich angeschwindelt«, sagte ich. Aber ich meinte die Eltern gar nicht, sie hatten mir nichts versprochen; nur Vera hatte mir etwas versprochen, und sie dachte nicht daran. Sie warf Vater einen ängstlichen Blick zu, der ja so wenig ihr Vater ist wie meiner. Er fühlte sich von mir angegriffen, sagte: »Deine Mutter hat es uns zur Bedingung gemacht, damals, bei der Adoption, und du solltest doch zu uns gehören, ohne Amtsvormund und Behördenkram. Wir mußten ihren Wunsch berücksichtigen.«

Ich nickte. Zu allem Überfluß fing nun auch Mutter an, sich zu rechtfertigen: »Halte uns wenigstens zugute, daß wir die Lüge nicht ausgesprochen haben. Niemand versuchte, sie glaubhaft zu machen. Wir sagten, wie sie es wünschte, deine Mutter ist tot, weiter nichts. Du hättest uns in große Verlegenheit bringen können.«

»Ach, ihr versteht nichts.« Ich war dem Weinen nahe.

Mutter sagte verzagt: »Brauchst du denn deine Mutter?«

Ich schluchzte an ihrem Hals. »Die mit ihrem Mann und ihren weißen Kindern.«

»Sie hatte auch um dich Angst, Simon.«

»Um mich?«

»Es klingt allerdings unlogisch, daß sie dann davonlief – mit dieser Angst. Auch kann es ja keine Kurzschlußreaktion gewesen sein.«

»Warum hatte sie denn Angst um mich?«

»Ach, das war töricht. Sie dachte, du hättest die Krankheit deines Vaters geerbt. Wenn jemand an dein Bettchen trat, stieß sie ihn beiseite und riß dich an sich. Sie wollte dich keine Minute aus den Augen lassen.«

»Das hat sie aber reichlich nachgeholt.«

»Wir warnten sie, hielten uns für klug. Machen Sie ihn nicht nervös, sagten wir, laufen Sie nicht bei jedem Laut, den er von sich gibt, hinauf, lassen Sie ihn doch in Ruhe, behandeln Sie ihn gleichmäßig und küssen Sie ihn nicht immerzu ab. Sie blickte uns verzweifelt an. Wir erkannten ihre Verstörung nicht, auch nicht, als sie uns eines Abends in einem Anfall von Redseligkeit diesen Traum erzählte, Vater und mir. Ich glaube, die Gefühle, die darin zum Ausdruck kamen, kränkten uns, begriffsstutzig, wie wir waren, vernagelt. Hatte sie Ursache, sich zu ängstigen, glaubte sie nicht, daß wir sie und dich beschützen würden?«

»Von einem Traum hast du nie gesprochen«, sagte Vera.

»Nein?« Mutter blickte mich unsicher an.

»Er ist groß genug, Mutter.«

Nun blickte sie Vater an, er nickte, und als sie dann den Traum meiner Mutter erzählte, war mir, ich träume ihn selber, sähe sie durch eine Straße mit hohen Häusern gehen, die kein Ende nahm, sähe sie mit meinem Vater gehen, mit Jerry. »... Menschen quollen aus den Türen und Fenstern und zeigten mit Fingern auf sie, die lief, aber dann war es gar nicht dein Vater, der neben ihr ging, es war ein Kind, ein kleiner Junge, du warst es, obgleich du erst einen Monat alt warst und noch gar nicht laufen konntest. Natürlich, Simon, sagte deine Mutter, als hätte sie dich soeben erst erkannt, wer sonst, sagte sie. Du trippeltest mit kleinen Füßen wie ein Mäuschen. Deine Mutter hielt dich fest an der Hand. Sie mußte sich tief bücken. Die Leute lachten, weil du so winzig warst, ganz anders. Deine Mutter mußte selber über dich lachen, setzte dich auf ihre Hand wie ein Püppchen, hob dich hoch und lachte, aber das duldeten die Leute nicht. Sie zeigten auf ihre eigenen Babys, die groß und fett waren und blaue Augen hatten: Na? seht ihr? Da legte ihr Traumsimon den Kopf auf die Schulter, seufzte und stieg hoch in die Luft, eine Seifenblase. Die Leute standen da und blickten ihm nach. Seine Windeln flogen durch die Luft, überall wehten und flatterten Windeln. Die Seifenblase schimmerte und zersprang. Die Leute heulten, stürzten sich auf deine Mutter und schlugen sie, die weiterkroch unter ihren Schlägen, keuchend, auf ihrem Bett. Simon! schrie sie und wachte auf. Da lagst du und atmetest ruhig. Sie preßte ihr Ohr an deinen Körper, auf die Brust, den Rücken, auf Bauch und Schenkel. Irgendwo sitzt es, ein Keim, der wächst und wächst und ihn vernichten wird, sagte sie und glaubte niemandem, auch nicht eurem Großvater, der doch Arzt war und ihr versicherte, daß du kerngesund wärst. Sehen Sie den Prachtbengel doch an, sagte er. Sie schüttelte den Kopf. Wir nannten sie halsstarrig und abergläubisch, aber ihr Entsetzen saß zu tief, es war heillos, und als du dann tatsächlich krank wurdest – nichts Gefährliches, ein Katarrh, aber natürlich hattest du keinen Appetit und nahmst ein paar Gramm ab. Vielleicht hat auch euer Großvater ein ernstes Gesicht gezogen oder irgend etwas gemurmelt. Wir wissen es nicht, wissen überhaupt nichts von den letzten Tagen, die deine Mutter bei uns verbrachte. Vielleicht fühlten wir uns sogar erleichtert, weil sie uns nicht mehr mit ihrer Angst in den Ohren lag. Erst hinterher fiel uns auf, daß sie völlig verstummt wie ein Schatten durch das Haus gehuscht war, so daß wir es gar nicht merkten, als sie eines Tages nicht mehr durch das Haus huschte. Vielleicht hätten wir sie erst am anderen Morgen vermißt, wäre nicht Vera zu dir hinaufgegangen. Auf deiner Bettdecke lag ein Brief, adressiert an uns. Darin stand, deine Mutter befinde sich auf dem Wege zu ihrem zukünftigen Mann, sie wolle heiraten, habe den Mann durch eine Zeitungsannonce kennengelernt. Dich müsse sie allerdings weggeben, so schwer es ihr auch falle. Sie habe sich lange gequält, sehe aber keinen anderen Ausweg, denn wenn sie jetzt nicht heirate, werde sie ihr Leben lang allein bleiben. Leider sei es zwecklos, ihren Zukünftigen um Verständnis zu bitten. Er hege keinen Rassedünkel, aber daß seine eigene Frau und so weiter, das wäre zu viel. Auch könne er es sich aus geschäftlichen Gründen nicht leisten, irgendwie aufzufallen; in der kleinen Stadt, wo er lebe, wären die Leute stur. Nichts als dummes Zeug, das ich ihr nicht zugetraut hätte. Sie bat mich, dich zu behalten, bis sie ein Heim für dich gefunden hätte. Sie besaß übrigens ein Recht darauf, es von mir zu verlangen, aber das ist eine andere Geschichte.«

»Lucie!« hörte ich Vater noch sagen und wußte, daß diese andere Geschichte mit Veras Vater zusammenhing, das erkannte ich an Vaters Tonfall.

Ich bin blind. Vor meinen Augen ist ein Nebel, darin blitzt das Wort, das ich nun nicht mehr unterdrücken kann: Verrat! Veras Loyalität gegenüber den Eltern war Verrat an mir. Einer wird immer verraten.

Ich sitze in meinem Zimmer und horche. Nicht der Schatten eines Geheimnisses zwischen dir und mir. Es ist lange her, aber ich höre es wieder, und ich habe daran geglaubt.

Schritte. Veras Schritte. Ich bin mit einem Sprung an meiner Tür, drehe den Schlüssel herum, der rostig ist und knirscht, muß mich anstrengen, wem wäre es je eingefallen, diese Tür abzuschließen, aber jetzt ist sie zu, sie ist zu! schreie ich oder flüstere ich. Vera ruft: »Simon, mach auf!« Ihre Stimme klingt wie Kikis Stimme, wenn er auf dem Fenstersims sitzt und mauzt, weil er nicht herein kann. Sie bettelt: »Bitte, Simon.«

»Nein!« sage ich, »neineineinein!« Sie trommelt an die Tür. Ich blicke durch das Holz, als wäre es Glas, sehe ihre kleinen, wild an die Tür schlagenden Fäuste, sehe die blaue Angst in ihren Augen. Plötzlich schluchzt sie auf, einmal nur, dann ist es still. Ich lege mein Ohr an die Tür. Sie muß gegangen sein, aber wie, warum höre ich die Dielen nicht knarren? Ich bin allein. Das ist, als werfe mir jemand ein schwarzes Tuch über den Kopf. Einen Augenblick wundere ich mich, weil ich gar nicht an meine Mutter denke. Ihretwegen bin ich nicht unglücklich, nein, ihretwegen nicht. Ich habe mich einmal tief in die Hand geschnitten, das Blut floß, habe mir die Knie aufgeschlagen, habe Bills Prügel ertragen, eines jungen Kerls, der mit fünfzehn Jahren die Kraft eines Zwanzigjährigen und das Gehirn eines Schulanfängers hatte und nicht dulden konnte, daß sich ein Nigger benahm, als wäre er keiner. Damals war ich außer mir vor Schmerz und Wut, aber es war nichts, war lächerlich, auch die Kränkungen, die Nadelstiche von Wohlmeinenden, die ich in der Schule und auf der Straße empfing – nicht der Rede wert, erst jetzt weiß ich, was Schmerz ist, ein großes Erschrecken, ganz innen, du frierst. Wer nie vor sich selber erschrocken ist, höre ich Vater sagen, der kennt sich nicht. Kennt sich nicht. Ich hebe den Kopf, mir ist, es müsse nun hell darin werden, ich lausche, aber nichts wird hell. Traurig lege ich meinen Kopf wieder auf meine über den Tisch gestreckten Arme. Vaters Worte waren nicht für mich bestimmt; er dachte wohl, ich höre nicht zu. Bruno sei es gewesen, Veras Vater, der gesagt hätte: wer nie vor sich selber erschrocken ist, sagte Vater und dann, sehr leise, aber es entging mir nicht: ›Es ist wahr, Lucie. Auch ich lernte mich erst kennen, als ich mich vor mir entsetzte.‹ Ich weiß nicht, was Mutter ihm geantwortet hat. Ich dachte daran, daß Veras Vater ein Jude war und meiner ein Neger, und unser Stief- und Adoptivvater sagt, die beiden wären seine einzigen Freunde gewesen. Auch ihre Kinder sind Freunde, dachte ich damals, nicht ahnend, daß Vera mir die Wahrheit über meine Mutter verschwieg. Könnte ihm schaden. Er soll nicht wissen, daß seine Mutter ihn nicht liebt. Besser, er hält sie für tot, und wem hätte ich es nicht verziehen außer ihr, die für sich selber immer die Wahrheit fordert, nur die Wahrheit, lieber eine stinkende Wahrheit als eine parfümierte Lüge. Still, sie ist wiedergekommen, es läßt ihr keine Ruh. »Simon!« ruft sie, draußen vor meiner Tür, »Simon, begreife doch. Ich wollte es dir ja sagen, aber immer dachte ich: warte noch, es wird ihm weh tun. Wenn du allerdings glaubst, mir wäre wohl dabei gewesen…«

Ich lache. Ich halte mir die Ohren zu, aber es nützt nichts. Ich wage nicht zu atmen, denke, Vera müsse ersticken an den Worten, die sie nun spricht. Erst kürzlich machten wir uns darüber lustig. Magische Periode, Frühzeit, als wir Neandertaler waren, sagte Vera, aber jetzt spottet sie nicht. Mit einem unhörbaren Knall bricht etwas in mir auf.

Der Jasmin blüht. Alles liegt bereit unter der Hecke, das Messer, die kleine Schale mit Regenwasser, das Heftpflaster. Hast du Angst? – Nein. – Ich sehe einen dicken Blutstropfen aus der Wunde an ihrem Finger quellen, beiße die Lippen zusammen, nehme ihr das Messer aus der Hand, steche tief in meinen Daumen hinein. Zwei Jasminblätter schwimmen auf dem Wasser, in dem unser Blut sich mischt. Wir sprechen die Formel, trinken.

Ich riß die Augen auf. Etwas Salziges, Warmes rann in meine Mundwinkel. Heul nicht, kleiner Bruder. Die Wolfsmutter zieht dich auf. Vater Wolf verteidigt dich gegen fremde Tiere. Vera schüttelt ihre Mähne, die ist schwarz: Ich gehe auf weichen Sohlen, rate, wie ich heiße. – Baghera, der Panther. – Baghera schnurrt, springt, faucht. Baghera lehrt mich das Affenvolk verachten, sein Geschnatter, sein Gekicher, seinen plumpen Spott, seine Zudringlichkeit, seine Prahlerei. So traben wir durch den Dschungel Seite an Seite, unangreifbar. Wir sind gleichen Blutes, du und ich, sagte Vera, langsam und ernst, Silbe für Silbe, draußen vor meiner Tür. Ich sprang auf und ließ sie herein.

Tränen und Teekuchen

Sie stand sich im Wege wie ein nutzloses Möbelstück, ein wackliges, eines, das Schrammen hat wie alles in diesem Haus, Wände, Tapeten, Gerät und Möbel, auch die Menschen, die hier leben, auch sie haben Schrammen, dachte Hilde Andermann, fast siebzig Jahre alt, und wunderte sich noch: Was suchte ich nur? Sie blinzelte. Die Sonne brach durch die düstere Wolkendecke, brandete an die Fenster wie Gischt. Wo habe ich – auf dem Tisch – nein – auf der Kommode –, in der Handtasche, richtig, in der Handtasche lag die dunkle Brille, die sie vor dem grellen Licht schützen sollte. Sie setzte sich in den Erker. Wie Blasen aus großer Tiefe stiegen die Gedanken in ihr auf, ätzende, rebellische – dumme Gedanken, würde Hugo sagen, der sich nie daran gewöhnen konnte, daß ihr Kopf überhaupt Gedanken produzierte. Hugo Andermann, Hugo Hildesmann. Wer erlaubte sich diesen törichten Scherz. Sein Zwicker funkelte. Seit zehn Jahren nichts als dumme Gedanken, Bilder, Gesichter, wie unter Wasser schwankend, verzerrt – Stimmen wie Echos, verstreute Teile eines schwierigen Puzzlespiels, dessen Ergebnis sich nicht erraten lassen will, das sich weigert, eine vernünftige Gestalt anzunehmen, wie immer sie die einzelnen Stücke auch aneinanderfügt. Es fehlt das Tragende, der Zeitstrom, aus dem die Felsbrocken, die kahlen Inseln, Klippen und Sandbänke ihrer Erinnerung ragen. Hart stehen sie im leeren Raum, nackt und brutal. Die Luft, die Gewässer und Wogen, Sand und Wind, die sie umspülten, das einmalige Arom, der unwiederholbare Rhythmus, Klang und Widerhall einer bestimmten Stunde, eines Jahres, eines Jahrzehnts – verweht, verschwunden.

Hugo lebte übrigens noch vor zehn Jahren, lebte bis zu seinem letzten Atemzug in der rauhbeinigen Verteidigung, die er seit dem Zerwürfnis mit seinen Eltern vor einem halben Jahrhundert eingenommen hatte. Es war ihretwegen zu diesem Streit gekommen, Hildes wegen, hier, in diesem Zimmer. Die Gespenster ihrer Arbeitgeber und späteren Schwiegereltern, ihrer Herrschaft, wie es hieß, irrten wieder umher, händeringend, Entrüstungsschreie ausstoßend. Auch ihr eigenes Gespenst in Schürze und Häubchen, Gespenst des ruchlosen Stubenmädchens, steht bestürzt in der Tür, sechzehnjährig und erwartet ein Kind von Hugo, dem jüngeren der beiden Andermannsöhne, der seinen Arm schützend um ihre Schulter legt. Seine Stimme überschlägt sich: Jawohl, heiraten, ich werde sie heiraten, ich liebe sie, ich stehe ein für meine Liebe, ich bedanke mich für eure Mitgiftspekulationen. Hinaus! röhrt Herr Andermann senior aus verzweifelter Vaterbrust und zeigt auf die Tür, die allerdings nur in sein Schlafzimmer führt, das übersieht er in der Aufregung, aber plötzlich verliert der ausgestreckte Arm mit Zeigefinger jede Überzeugungskraft. Verstört blickt der Mann auf seine Frau, eine Walküre an Gestalt, die jetzt in ihren raschelnden Röcken buchstäblich auf den Knien durch das Zimmer rutscht, bis sie Hugo erreicht. Sie umklammert seine Beine, preßt ihr Gesicht an seine Knie: Deine Mutter fleht dich an, wirf dich nicht weg!

Die Angelegenheit wäre mit einer kleinen Abfindung ohne Aufhebens aus der Welt zu schaffen gewesen, aus der Welt der Andermanns, versteht sich, hätte sich Hugo an die Spielregeln gehalten, ja, und wäre das Mädchen nicht Hilde gewesen, eine zähe, selbstbewußte kleine Person, die den verliebten jungen Esel am Halfter führte, wohin immer sie wollte.

Ihre Hand tastete nach der Dose auf dem Fensterbrett, in der hoffentlich noch ein paar Teekuchen waren, denn sie brauchte jetzt eine Stärkung, verblüfft, wie sie war, weil die verstaubte Erinnerung, die sie sonst lachen machte, ihr plötzlich einen Stich versetzte.

Nie wäre ihr eingefallen, sie sei – jung, älter und alt – nicht dieselbe, unverwechselbare Hilde Andermann, und nun erkannte sie sich nicht in der jungen Person, die vor ihrem inneren Blick erschien und ihr ein Grauen einflößte. Auch die andere, die dort, die zwischen vierzig und fünfzig, fremd, unbegreiflich, einen Wirbel macht die, einen Wind um sich her. Es war anstrengend, sie anzusehen, ermüdend.

Ihre Kiefer bewegten sich noch, leise vor sich hin mampfend nickt sie ein, ihrem hoffnungslos entgleitenden Ich hinterher in eine kurze Bewußtlosigkeit. Habe ich wieder geschlafen? Die Platanenstämme leuchten warm, scheckig wie Tigerfelle. Leute gehen unter den Platanen, von deren Zweigen der Wind die letzten Blätter fegt, Frauen, die glauben, noch Zeit zu haben, unermeßliche Zeit, und eines Tages ist das dunkle Haar grau geworden, dann darf sie keinen gelben Mantel mehr tragen, hat unauffällig, rührend und ein bißchen dümmlich zu sein, ja, mein liebes Kind, nein, mein liebes, und darf nicht aufbegehren, wenn irgendein wohlmeinender Jüngling sie duzt: Traust du dich nicht, Oma? und er packt ihren Arm und lotst sie über die Straße. Die junge Frau im gelben Mantel blickt herauf, die andere winkt. Sie laufen über die Straße, barhäuptig, mit zerzausten Haaren. Jetzt winken beide. Sie meinen mich. Die Kleine ist Vera und die große Blonde Anita, natürlich, Hugos Wunderkind. Ich warnte ihn, frühreife Kinder versagen später. Auch Lucie war frühreif, fuhr uns über den Mund, belehrte uns, und dann, ein paar Jahre später, saß sie in der Tinte, neunmalgescheit, und durfte den Mann, den sie liebte, nicht heiraten. Aber daran dachte Hilde Andermann nur mit Widerwillen. Die Erinnerung an Bruno Steiner war ein Stachel in ihrem Fleisch, einer mit Widerhaken, der sich nicht herausziehen ließ. Denk nicht daran, denk an etwas Lustiges. Sie wischte die Kuchenkrümel von ihrem Kleid, blickte hinaus: Tigerfelle, wie kam ich auf Tigerfelle. Ein junger Mann und eine junge Frau wälzen sich auf dem Tigerfell. Der junge Mann ist Hugo, die Frau, Hilde, Holde, sagt er und versucht, ihren Kopf in den Tigerrachen zu schieben zwischen die großen Porzellanzähne, aber er paßt nicht hinein. Eine aristokratische Handvoll – nein, das war die Brust, sie sollte nicht mehr als eine aristokratische Handvoll sein, ein nur mit Selbstkasteiung erreichbares Ziel, nachdem die Zeit der Mädchenwurst vorbei war. Drei Kilo Rindersaftbraten, eine Braunschweiger Mettwurst, eine Hausmacherleberwurst, zwei Blutwürste, eine ungarische Salami, ja, und ein viertel Mädchenwurst, bitte, sagte die gnä' Frau zum Metzger. Am Abend wählte sie mit spitzen Fingern zwei von den Wurstzipfeln, die als Mädchenwurst verkauft wurden, und teilte sie Hilde und Elschen zu. Wenn sie zum Ball ging mit geschnürter Taille, vergaß sie nicht, ihren Mädchen aufzutragen, die Stoßbänder vom Saum ihrer großen Röcke zu trennen und wieder anzunähen, die gar nicht zerrissen waren. Müßiggang war aller Laster Anfang. Man mußte die jungen Dinger vor den Versuchungen der Untätigkeit bewahren.

Kaisers Geburtstag, die schwarz-weiß-rote Fahne auf dem Dach des Andermannhauses, die Droschke vor der Tür. Die Pferde dampfen, der Kutscher zieht sich die Pelzmütze über die Ohren; es ist klirrend kalt. Drinnen befestigt Herr Andermann senior das Ordensband in seinem Knopfloch. Seine Frau dreht und windet sich vor dem Spiegel unter ihrem Wagenrad von Hut. Wo bleibt Hugo, springen Sie hinauf, sagen Sie ihm, wir sind fertig. Hilde hüpft und tanzt die Treppe hinauf, albernes Ding, auch Elschen kichert, was habt ihr nur immer zu lachen? Die Kleine wirft Hugo eine Kußhand zu, der auf seinem Bett vor Ungeduld zappelt. Sie sind noch nicht fort, warte noch, zischelt sie, und dann, wieder unten, Teilnahme heuchelnd: Vielleicht ist er zu Freunden gegangen, gnä' Frau. Psch! macht sie zu Elschen, die sich umdreht und in ihre Hände pruscht und lacht.

Die alte Frau im Erker atmet schwer. Sie möchte aufhören zu denken, aber sie kann nicht, muß lernen, in die fremden Gesichter zu blicken, muß den Stimmen lauschen. Es ist Hugo, der spricht. Ich habe mich in dich verliebt, weil du unverbildet warst, anders als die verklemmten höheren Töchter, an die meine Eltern dachten. Er hatte nicht mit Hildes Ehrgeiz gerechnet. Ehrgeizig, ich war ehrgeizig, und auch die Hilde Andermann, die ehrgeizig war, blieb ihr fremd und eigentlich recht gleichgültig. Sollte mich sehen. Würde die Nase rümpfen über die Alte, die genoß, was sich die Junge versagt hatte, die das Essen genoß wie diese dort die Liebe, wenn auch nicht so gelassen, nicht mit der Unbefangenheit eines beschenkten Kindes, eher mit Zorn. So war es. Mit wahrer Wut stopfte sie Leckerbissen in sich hinein, alles Verbotene, Süßes, Fettes, Alkoholisches, nun erst recht, und je ordinärer sie schlang, um so übermütiger begegnete sie den befremdeten Blikken ihrer Kinder, war auf einmal auch auf ihre Herkunft stolz, die sie früher gern verleugnet hatte, ahnte da irgendeinen Zusammenhang, über den sie nicht nachdachte, so wichtig war er wiederum nicht: Mein Vater war ein einfacher Mann, der sich und seine Familie mit seiner Hände Arbeit ernährte, auch ihm schmeckte das Essen, sagte sie, oder: Ich war bei Werners Großeltern Stubenmädchen, vergeßt das nicht. Nur ihre Hände verrieten ihre Unsicherheit, die nie von ihr weichende Angst, es sei nicht wahr, sei nie gewesen, sie habe vielleicht nur geträumt. Sie umklammerte die Sessellehne wie einen Stab, den jemand Mitleidiges ihr hinhielt, damit sie nicht abrutsche in das Bodenlose zu ihren Füßen, dieses schwarze Wasser, das langsam und unerbittlich stieg und stieg. Essen half, Essen weckte ihre Lebensgeister, und als von einem Zimmerwechsel die Rede war... »Warum ziehst du nicht ins Erdgeschoß, dann brauchst du keine Treppen mehr zu steigen, du hast doch früher gern hier unten gewohnt«, sagte Lucie, oder war es Anita, da gab ein Argument den Ausschlag, an das sie nicht dachten. Niemand dachte an den Kühlschrank, den sie nun leichter erreichte. Nur sie selber dachte daran, und sie hütete sich, ihn zu erwähnen, obgleich die Versuchung groß war, die verblüfften Gesichter der Kinder zu sehen. Lieber nicht. Sie mußten nicht unbedingt wissen, daß ihre Mutter, Schwieger- und Großmutter sich manchmal gegen vier Uhr morgens, wenn sie nicht mehr schlafen konnte, in die Küche stahl und eins der Steaks briet, die Lucie oder Anita für den anderen Tag eingekauft hatten. Die Küche war jetzt nahe. Sie brauchte nur den Korridor zu durchqueren und die paar Stufen ins Souterrain hinunterzusteigen. Stand am Herd, sah zu, wie Fleisch und Zwiebeln in der Pfanne bräunten, probierte Gewürze, schleckte Marmelade und süße Kondensmilch, trank den alten Kakao, der vom Abendbrot übriggeblieben war, trat auch einen Augenblick auf die Terrasse hinaus und horchte in den dunklen Garten, in das Blätterrauschen, den Morgenwind. Lichtpfeile schossen über den Himmel. Plötzlich fingen Vögel zu zwitschern an. Die frische Luft machte sie noch hungriger. Seltsam, wie ihr Hunger wuchs, seit sie viel aß. Sie ließ sich die flüchtige Lust der Sättigung auch von Lucie nicht nehmen. Ja doch, meinetwegen, es gab eine Zeit, da legte ich auf gute Manieren Wert, auf die Anerkennung jedes Idioten, und wie ich mich über Hugos ungeschliffenes Wesen aufregte. Du hast eine bessere Erziehung genossen als ich, sagte ich, und er grinste: ein Hochgenuß, meine Erziehung. Aber jetzt war sie frei. Frei? Ja, frei. Endlich frei. Ich bin frei, siehst du. Ich tue, was mir Spaß macht, und sonst nichts, kümmere mich um niemandes Meinung, tanze nach keiner Pfeife, sehe zu, wie die anderen springen, wundere mich, daß sie die falschen Töne nicht hören, die Mißklänge, nach denen sie sich drehen und wenden und verbeugen, wundere mich auch wiederum nicht, denn ich selber muß viele Jahre lang ein schlechtes Gehör gehabt haben. Würde, denkst du, in Würde altern, aber ich lache nur. Es möchte euch passen, nicht wahr, damit ihr nichts merkt, damit alles ungestört weitergeht.

Es wird weitergehen wie seit Jahrtausenden, seit eh' – und jemals, seit aller Zeit. Generation um Generation, geboren, gelebt, gestorben, und jede hielt sich für neu, für besonders, für beauftragt und auserwählt oder für verdammt und betrogen, zog mit immer perfekteren Waffen in ihre heiligen Schlachten, hieb, stach, metzelte, knallte, donnerte, verbrannte, zertrümmerte, vergaste – Mörderwelt. Ihr Blutdunst raubt mir den Atem. Männerwelt, Welt von Männern gemacht – für Männer und beherrscht von Männern. Gott ist ein Mann. Ein Juristen- und Bürokratenhirn, logisch, gewalttätig, brutal und kalt, stolz auf das Netzwerk seiner Gesetze, in dem jeder sich fängt. Geht mich nichts an. Ich, alt und fremd, eine fette Katze, im Winkel lauernd, eine Spinne, den Tod umgarnend. Erst wenn sie alt werden, wenn das Kopfwackeln anfängt, merken die Frauen, daß sie Fremdlinge sind, Gott weiß woher stammend, von welchem Stern. Die Jungen sind mit Blindheit geschlagen, sind Närrinnen, Verrückte, kratzen ihre Habe zusammen, beten, hoffen und gebären, auf daß es weitergehe, weiter auch in diesem Jahrhundert, weiter nach dem ersten Krieg und nach dem zweiten, immer weiter mit Millionen und aber Millionen Toten, verblutet, zerfetzt, verhungert, erschlagen, gehenkt, zerbombt – weiter, weiter, wer noch lebte, kroch aus den Löchern, den Bunkern, Gräben, Kellern und U-Bahn-Schächten, schüttelte das Entsetzen ab und lebte weiter mit seinem unstillbaren Hunger nach Fraß, nach Liebe, nach Bestätigung, nach Besitz, nach Macht. Vielleicht graut euch, wie mir graut, aber es hilft nichts, weiter geht's, und auch wer die Augen offen hält wie Lucie, rennt blindlings weiter. Woher nur, aus welcher Quelle, allein wie sie war, woher nahm sie ihren Mut, die Kraft zu schweigen, Pläne zu schmieden, die sich zerschlugen, einer nach dem anderen. Ich wüßte nichts von den Schwierigkeiten, die sich vor ihr türmten, vor ihr und Bruno: kein Geld, keinen praktischen Beruf, kein

Visum, keinen Standesamtsstempel. Nichts wüßte ich, wäre nicht am Ende Vera unterwegs gewesen. Ihre Schwangerschaft konnte Lucie nicht verbergen.

Noch ferner, noch unwirklicher als ihr eigenes Leben kam ihr Lucies Leben vor, eine fremde Geschichte, der sie nur halben Ohres gelauscht hatte. War Bruno noch nach 1933 zu Besuch gekommen? Habe ich, Hilde, gesagt, gesagt –? Sie mußte es gesagt haben. Lucie log nicht, Lucie war wahrhaftig bis zum Exzeß. Auch vergaß sie nichts, ihre Mutter nicht, die in Paris starb, ihren Vater nicht, der in Spanien fiel. Wer kannte sich in ihr aus. Lebte hier im Hause wie die eigene Tochter, seit ihre Eltern nach Frankreich flüchteten.

Du hast es miterlebt, Großmutter, Vorkriegszeit, Krieg, Revolution, Inflation, Aufstieg, Depression, Machtübernahme. Ihr schwindelt. Sie starrt auf das Buch in Veras Händen. Darin steht es, säuberlich in Kapitel und Abschnitte aufgeteilt, mit fett gedruckten Überschriften. – Wie ist das, wenn aus einer Epoche eine andere wird? – Ja, wie ist es. Man merkt es erst später, zurückblikkend. – Das glaube ich nicht, sagt Simon, und Vera mit gerunzelter Stirn: zum Beispiel der Mord in Serajewo – was dachtest du, als du die Zeitung lasest oder das Extrablatt. – Serajewo. Majestäten in wehenden Mänteln, mit nickendem Federbusch am Helm. Jubel und Hurra auf dem Platz vor dem Schloß in Berlin. Mit klingendem Spiel marschierten Soldaten, die Gewehre bekränzt, im Taumel der singenden, hüteschwenkenden, blumenwerfenden Menge. Bald tauchten andere Ortsnamen auf, die vorher niemand kannte: Langemarck, Chemin des Dames, Cambrai. Und was geschah bei Lüttich, nein, zu Lüttich hieß es, *zu Lüttich auf dem Plane, da flüsterte die Fahne*. Ein Lied, es war nur ein Lied, später kam der Ort *Longwy* vor in dem Lied: *Herr Jesus und Marie*. Ihr Bruder: gefallen, ihr Vetter: vermißt, Hugos älterer Bruder, der Vater von Justus' Vater: gefallen, der Sohn von Krauses, von Eichhorns, *am Abend purpurfarben, zu Longwy in den Garben*, sang ihr Bruder, der einen Heimaturlaub hatte, und ihr Vater hörte schweigend zu. Sie fürchtete, er werde aufbrausen, weil solche Lieder den Krieg romantisierten, aber er schwieg. Saß da, die Hände zwischen den Knien gefaltet, den grauen Kopf gebeugt. Ihre Mutter erzählte von einer Frau von Soundso, die Rezepte für Kuchen aus geriebenen

Kohlrüben verteilt hatte. Ich scheuerte die Treppe, beinahe wäre sie in meinen Eimer gefallen, blöde Gans. Wie sie hinunterhüpfte, einen Zipfel ihres Kleides in der Hand, so daß ich ihre Strumpfbänder sah. Pfui Deiwel, sagte Hildes Mutter, aber ihr Vater schwieg, und wieder ein Jahr später, November war's, die Feldgrauen strömten zurück, im Lustgarten drängten sich die Menschen um die Agitatoren der Parteien. Streik, Barrikaden, Straßenkämpfe. Wo ist Vater? schrie Mutter, muß er sich einmischen, bildet er sich ein, sie schaffen es nicht ohne ihn. Er kam schließlich, eine rote Binde am Arm, ein Gewehr über der Schulter. Ausgerissen isser, der Feigling, der Verräter, wir haben jetzt eine Republik, Mutter. – Er starb sechzehn Jahre danach, nachdem wieder eine neue Epoche –: Hört auf! hört doch auf, von Epochen zu sprechen, ich kann's nicht hören. Er war krank, seit Jahren schon, aber er fürchtete sich nicht, auf die Straße zu gehen, zu kämpfen, sagte er und hustete und litt Schmerzen. Unsere Schleimscheißer von Arbeiterführern wichen der Gewalt. Lucie drückte ihm die Augen zu. Seine Frau folgte ihm nach kaum vier Monaten. Ging aus wie eine niedergebrannte Kerze, saß am Fenster in der Sonne, seufzte, legte den Kopf auf das Fensterbrett wie zu kurzem Schlummer und hörte zu atmen auf, als sei ihr Leben nichts als ein Schluck Luft gewesen, den sie nur auszuhauchen brauchte, sagte Lucie und blickte Hilde an, die schwanger war, zwanzig Jahre nach Werners Geburt noch einmal. Ich konnte mich nicht um meine Eltern kümmern, für die ich sowieso eine – eine Abtrünnige –, Unsinn, ich stand ja noch auf ihrer Seite, innerlich. Laß mich in Ruhe, laß mich doch, ich gebe ja alles zu, will nicht leugnen, daß ich es gesagt habe, wenn ich auch nicht mehr weiß und nicht nachfühlen kann, was ich dabei dachte und empfand. Nichts Besonderes, vermutlich, nur das alte Leid um Werner. Ich haßte diesen Bruno nicht, weil er ein Jude war, lieber Himmel, nein. »Leid um Werner?« »Ja doch. So verstehe doch endlich.« Nichts versteht sie, sture Person. Hatte Werner nicht mit Gertie, mit Erika, mit Inge eine Liebschaft? Als zählten die. Ein junger, gesunder Mann, dachte Hilde Andermann, aus der Flutwelle auftauchend, die sie überspülte und noch viel mehr heraufschwemmte: das Elternhaus in der Badstraße, die Menschen, unter denen sie aufgewachsen war. Die standen auf einmal wie lebendig vor ihr, redeten, nickten, gingen die Treppe hinauf und hinunter durch den Geruch nach Waschlauge und Kohl, kamen herein, setzten sich an den Küchentisch, Menschen, an die sie nie gedacht hatte, und nun wußte sie sogar ihre Namen: Ranfts, Ritsches, Kunzes, Büttgers, Weißkes, wußte, wer im ersten Stock gewohnt hatte, im dritten, im Erdgeschoß und unter dem Dach – weiche nicht aus. Natürlich ist es närrisch, wie Worte aus dem Munde kommen, davonwehen und sich selbständig machen, und viele Jahre später steht Lucie vor dir, die deine eigene Tochter sein könnte, blaß, mit verkniffenem Mund: Ich verzeihe es dir nicht. – Was denn? Wovon redest du? – Sorge dafür, daß der Judenbengel nicht mehr ins Haus kommt. – Was sagst du? – Ich wiederhole nur deine Worte. – Meine Worte? Ich soll gesagt haben, ich? – Du hast es gesagt. – Lucie! – Es ist wahr, sagt sie und schluchzt – erst in den Schoß, dann ins Herz, treten einen, aber sie ist ja nicht meine Tochter, Anita ist meine Tochter, Anita würde nicht. Tränen verdunkeln ihren Blick. Ihre Hand tastet umher, hilfeheischend, aber die Keksdose ist leer. Sie erhebt sich schwerfällig, geht zum Tisch, wo in einer Schale ein paar Waffeln liegen, setzt sich wieder zurecht, schiebt sich das Kissen ins Kreuz. Die Waffeln schmecken seifig. Alles gerät in ihr durcheinander mit einemmal. Der mit der Klampfe muß Bruno sein, sitzt im Garten mit Werner, Lucie und zwei anderen Kindern, die nicht aus einer Zehlendorfer Villa stammen. Sie singen zweistimmig, aber könnten es nicht Wanderlieder sein? *Wir haben selbst erfahren / der Arbeit Frongewalt.* Die Nachbarn, guter Gott, was sollen die Nachbarn von Dr. Andermanns Kindern denken. *In düstern Kinderjaha-ren / und wurden früh schon alt.* So schallt es über die Straße, es ist lächerlich, man sollte es ihnen verbieten, ein Machtwort sprechen. *Sie hat an unserm Fuß geklirrt / die Kette, die nur schwerer wird.* Werner würde sich wundern, müßte er mit vierzehn Jahren seinen Lebensunterhalt verdienen wie seine Mutter. Kommt ins Haus, Kinder, es gibt Schokolade.

Hugo sprach kein Machtwort. Er begnügte sich mit der lakonischen Feststellung, sein Sohn stehe unter dem Einfluß seiner proletarischen mütterlichen Verwandtschaft, seines Großvaters und der Hanks, Lucies Eltern, auch unter Lucies Einfluß natürlich, die er anbetet. Lassen wir ihn gewähren. Wenn er sein Abitur hat, studiert und Karriere macht, werden sich seine Ansichten von selber ändern, ein Gedankengang, der von ihrem Vater stammen könnte, das Sein bestimmt... Sie widerstand der Versuchung, ihren Mann zu verspotten. Sie liebte ihn dafür, daß er sich unsicher fühlte. Wirklich? Was sag ich denn da? Die Waffeln krachten zwischen ihren Zähnen. Seit er mit den Konventionen seiner Eltern gebrochen hatte, befand er sich in einem Dauerzustand des Zweifelns und Suchens, der seinem Gesicht den schnüffelnden, witternden Ausdruck eines Kaninchens verlieh, aber manchmal wirkte er auch erstaunt und einfältig, als habe ihn von irgendwoher weit hinter seinem Horizont ein Hauch von Wahrheit, von Reinheit angeweht.

Pfeifen, Trommeln und Pauken. Sie kommen! ruft Marie Hank, aber das war, war doch, war lange, nein, nicht lange vor ihrer Niederlage, du verwechselst die Zeit, setzest eine Zeit für die andere, verfügst über sie, entkommst der allmächtigen, zerstörerischen, der Tyrannin.

Sie keuchte leise, einer erregenden Gedankenspur folgend, aber sie entglitt ihr, verlor sich in dem mächtigen Rufen, das in Wellen durch einen langen Zug von Menschen ging. Ein Himmel, grün und weiß wie matte Seide über der Schlucht der Straße. Ein funkelnder Spätherbsttag, Wind, Gesang, Fahnen. Hilde in einem langen eleganten Kleid an einem Fenster in Marie Hanks Wohnung, von Unbehagen gepeinigt. Gehört sie noch zu ihr und zu den Menschen dort unten? Sie hat sich der Welt ihres Mannes angepaßt, bewegt sich in ihr, als wäre sie darin geboren, füllt ihre Bildungslücken, empfindet Genugtuung bei dem Gedanken, daß sie erreicht hat, was sie wollte: raus aus der Badstraße, aus Mietshäusern, Mief und Enge.

Neben ihr stützt sich Marie auf das Fensterbrett, eine schmale, zerbrechliche Gestalt, schon gezeichnet vom Tod. Ihre Hände erheben sich vor Hildes starrem Blick, winken, flattern im Rahmen des Fensters, legen sich wieder hin. Jetzt stimmt Marie ein in den Ruf, der durch die Straße dröhnt, verebbt, von neuem aufbraust, sich an Fenstern und Fassaden bricht: Nieder! und noch einmal, ein Aufschrei: Nieder mit den Faschisten! Nieder! krächzt Maries dünne Stimme neben Hilde, die hinunterblickt auf die breiten Reihen der Männer und Frauen, über deren Köpfen die großen Fahnen rollen und wehen. Jemand fängt zu singen an. Andere Stimmen fallen ein. Dumpfe Paukenschläge von vorne stören den Rhythmus, verhallen. Der Nazi gegenüber schlägt fluchend sein Fenster zu, aber der Vorhang bewegt sich, der Mann späht durch den Spalt. Maries Haltung ängstigt Hilde. Sie schiebt ihr einen Stuhl in die Kniekehlen, aber Marie bleibt stehen, singt mit: *Vorwärts und nicht vergessen*. Lucie winkt herauf, ein hochgeschossenes blondes Mädchen, weit ausschreitend in ihrem blauen Kleid. Ein Lächeln erhellt Maries Gesicht. Meine Kleine, sagt sie zu ihrer großen Tochter – vorbei. Es kommen junge Männer in weißen Hemden, Studenten. *Die So-li-da-ri-tät*, singt Marie. Werner geht neben Bruno, wirklich? Ging er neben ihm? Wieso denn nicht, sie waren Freunde; ich hatte nichts dagegen, daß wenigstens mein Sohn meinem Vater in die Augen blicken konnte, ohne zu erröten. – Sie haben uns. Für Arbeit und Fraß verraten wir. – Nein! – War es Marie, die nein rief –, aber Marie und ihr Mann hatten Deutschland schon verlassen.

Die Stimmen verstummten. Hilde Andermann fürchtete sich in ihrem Erker, der hell war, aber die Finsternis wuchs, der schwarze Wasserspiegel zu ihren Füßen stieg, ihre Füße verschwanden, stieg bis an ihre Knie, höher, schneller, über ihren Leib, ihre Brust, stieg ihr bis zum Hals hinauf. Ein Schnarchlaut, der ihr wie ein Knall aus Mund und Nase fuhr, schreckte sie auf. Sie starrte in ein makabres, grünliches Licht. Die Sonnenbrille. Sie war mit der Sonnenbrille auf der Nase eingenickt. Ängstige dich nicht. Die Toten seufzen nicht mehr, nachts, in ihren Kellergräbern unter rauchenden Trümmern. Schwer lasteten die geborstenen Mauern auf ihren Leibern, die sich nicht strecken konnten, nicht hineindehnen in ihren Steintod, ihren Zementtod, ihren Balken- und Pfeilertod. Lagen krumm und schief mit verrenkten Gliedmaßen, der Schädel zerschmettert, der Brustkorb zerquetscht, Mauerbrocken im Mund, in den starren Augen. Sahen die hageren Gestalten nicht, die Hadesgestalten, die aus dem Kadaver ihrer Stadt krochen, durch brennende Straßen wankten, Asche im Haar, die Brauen versengt, ein Bündel mit Hausrat auf der Schulter. So zogen sie in fremde Häuser ein, machten sich breit mit verwanzten Matratzen und Decken, auch im Andermannhaus, kochten ihre Wassersuppen auf Spirituskochern, zogen eine Leine quer durch das Erkerzimmer, hängten ihre nasse Wäsche zum Trocknen auf, zählten ihre Zettel, Bescheinigungen und Stempel. Die waren ihr letzter Besitz, ihr Glück und Kleinod. Ich habe das Papier, man mußte es mir geben, sagt der alte Mann, zu Tode erschöpft, aber strahlend zu seiner alten Frau. Siehst du? Hier. Wir haben Anspruch. Andächtig betrachten sie den Amtsstempel. Haben Anspruch. Solange es noch Amtsstempel gibt...

Wieder fuhr sie aus kurzem Schlummer empor: Woran dachte ich doch? An Lucie und Bruno. Sie mußten ihr aus dem Wege gegangen sein, aber hätte sie dann Ursache gehabt zu sagen – sagen –. Ihr Gesicht, Lucies Gesicht, allerdings bleich vor Zorn, die Augen blitzen uns an, die glatte Stirn hebt sich uns entgegen. Ich? In eine NS-Organisation? – Ich meinte doch nur *pro forma*, stotterte Hugo, nur damit du zum Examen zugelassen wirst. – Dumm von dir, dich zu melden, sagt Werner, ich melde mich nicht. Ich denke nicht daran, jemanden auf mich aufmerksam zu machen. Lieber wechsle ich wieder mal die Fakultät. – Laßt mich. Bitte. Laßt mich ein paar Wochen ausspannen.

Hilde Andermann richtete sich auf in ihrem Lehnstuhl: bitte, sie hat bitte gesagt. Auf einmal war nichts Unwirkliches mehr an Lucies Erscheinung. Schmerzhaft deutlich stand sie da, hell, schmal und einen fiebrigen Glanz in den Augen. Hugo fragt: Was hat sie nur, ich mache mir Sorgen um deine Nichte, warum heiratet sie nicht wie andere Mädchen. Wenn sich Werner nicht entschließen kann, sollten wir uns nach einem Mann für sie umsehen, sagt er, ahnungslos wie immer. Sieht er nicht, daß sie ihn ablehnt, ist er blind. Ich lerne das Schneidern, erklärt Lucie eines Tages. Leider sei sie nicht besonders begabt dafür, sagt sie bedrückt, und auch diese kleine Szene sah Hilde Andermann plötzlich wieder, wie Lucie ihr ihre Hände gezeigt hatte mit schmalem Lachen: ganz zerstochen, und eigentlich ist es peinlich, die anderen Lehrmädchen sind viel jünger als ich, aber ich muß ein Handwerk lernen, etwas Praktisches. – Ja, warum denn nur? – Ich muß. – Das Wort leuchtete aus der Tiefe des Schweigens: Ich muß.

Heute wußte Hilde von dem Plan, den sie verfolgten, sie und Bruno, Lucie und Bruno. Sie hatte ihn nicht aufgegeben. Hilde schluckte und würgte. Arme Kinder, verlassen, wenn Marie erlebt hätte. Sie erhob sich, öffnete mit zitternder Hand eins der kleinen Schubfächer im Oberteil ihres Schreibtisches. Dort lag eine Pralinenschachtel, unaufgebrochen. Sie riß die Verpackung ab. Auch Bruno lernte das Handwerk, mit dem er sich im Ausland durchschlagen konnte. Galvanisieren lernte er. In spätestens drei Jahren wollte er mit Lucie verschwinden, irgendwie, irgendwohin. Hastig wickelte sie eine Weinbrandkirsche aus rötlichem Stanniolpapier, einen Nachklang von Phrasen im Ohr, die von Spänen handelten: wenn gehobelt wird. Das Geräusch war weit weg, der Klassenkampf totgeheuchelt, die Ordnung hergestellt, Ordnung über alles, heilige, stampfende, niederwalzende. Die Besiegten verschwanden aus dem Blickfeld. Auch von Marie und ihrem Mann kam keine Post mehr, aber sie befanden sich ja in Sicherheit, sorge dich nicht, lebe, amüsiere dich, genieße das Behagen wachsenden Wohlstands. Freunde kamen, ein Arzt, ein Apotheker, ein Rechtsanwalt und ihre Frauen, unpolitische Menschen, die Hitler nicht gewählt hatten, aber nun war er da; man arrangierte sich. Das hier, sagte man und umfaßte mit dankbarer Gebärde das häusliche Glück am Kaminfeuer Dr. Torglers mit einer Flasche erlesenen Weines und Mozartplatten. Das kann uns niemand nehmen, das Eigene, das Private. Denkt an Sowjetrußland, wo sechs, acht Menschen in einem Raum kampieren, und einer von ihnen ist allemal ein Spitzel. Diese Ausschreitungen gegen jüdische Geschäftsleute billigen wir nicht, nein, aber vor der Vermassung, der Bolschewisierung haben die Nazis uns gerettet. War denn mein Vater vergessen? Ich hörte zu und schwieg. Und dann, ein paar Jahre später, sag ich und gebe meine kläglichen Anstrengungen auf, das Licht und Zwielicht auf der Haut zu spüren, das zwischen ihnen war, den Geruch, die Luft, erfüllt von Stimmen, Gelächter, Gläserklirren, aber auch von Drohungen und Marschmusik, von der belfernden Radiostimme, die dennoch keiner abschaltete, eines Tages, sag ich, entschlossen nach dem Strohhalm greifend, der dort in dem finsteren Strom treibt: Es geht los. – Unsinn, er hat keine territorialen Ansprüche mehr. – Das glaubst du? – Er hat's gesagt. –

Wozu dann das Theater? – Das Theater ist der Luftschutz, die Schippe Sand fürs Vaterland. Eimer und Feuerpatsche stehen im Hausflur. An den Fenstern hängen Rollos aus schwarzem Papier. Sirenengeheul, Entrümpelung, ein Wichtigtuer mit Armbinde inspiziert Keller und Dachboden. Nur aus Vorsicht, sagt er. Der Luftraum rings um Deutschland ist gesichert. Kein feindliches Flugzeug kann die Sperren durchbrechen. Keine Angst, junge Frau, keine Angst, keine Angst... Sie stutzt, ist plötzlich hellwach, sieht Lucie in einer dunklen Straße gehen. Schatten. Blaulicht. Still. Erinnere dich doch. Richtig. Sie war mit Lucie in einem Kino Unter den Linden gewesen – mit Lucie? Vielleicht war Hugo verreist, Werner verhindert, Frau Torgler krank. Vielleicht hatte Hilde gesagt: Ich möchte nicht allein gehen in der Dunkelheit, komm mit. Der Hauptdarsteller des Filmes war anwesend, er sang. Die Zuschauer klatschten und trampelten, eine Art Fieber ergriff sie, Hysterie, Ekstase. Sie sprangen auf, fielen ein in den Refrain, ihre Stimmen dröhnten im Saal, als gelte es, letzte Zweifel zu überschreien: *keine Angst, keine Angst, Rosmarie...* und sie klatschten den Takt mit den Händen, sprangen auf die Sessel und brüllten. Als sich Hilde nach Lucie umsah, war der Platz neben ihr leer. Sie ging ins Vestibül, sah Lucie in der Ausgangstür, nur einen Augenblick, aber sie spürte ihre Panik. Schnell holte sie ihren Mantel und folgte ihr durch die verdunkelte Straße, auf der langsam ein Bus mit blauem Licht fuhr. Leuchtkugeln stiegen in den schwarzen Himmel. Lucie bog in die Friedrichstraße ein. Hilde lief, vermochte sie aber nicht einzuholen, die nun an der Französischen Straße war. Weiter, Taubenstraße, Leipziger Straße, ehe Hilde es sich versah, erreichte Lucie die Kochstraße und ging hinein. Wohin wollte sie nur. Hilde rief, aber Lucie hörte sie nicht. Etwas Heimliches, Verstohlenes lag in ihrer Art, sich zu bewegen. Schnell, unheimlich schnell verschwand sie in der Charlottenstraße, verschwand buchstäblich, denn als Hilde an die Ecke kam, war sie weg, obgleich sie keinesfalls in den wenigen Minuten die nächste Straße erreicht haben konnte, das wäre nicht möglich gewesen. Sie mußte in eines der Häuser auf der rechten Seite gegangen sein, denn links lag das Gebäude eines Zeitungsverlags, in dem sie gewiß nichts zu suchen hatte. Hilde drückte die Klinken der

Haustüren nieder. Eine ließ sich öffnen. Sie trat in einen langen Gang, in dem eine einsame Birne ein gespenstisches Licht verbreitete. Das Treppenhaus lag rechts neben dem Gang. Sie horchte hinauf. Stille. Der Gang führte durch einen Hof zu einem Hinterhaus und noch weiter. Die Fenster starrten schwarz in die Höfe. Die düsteren Mauern strömten einen sauren Geruch aus, Geruch versteckten, verrammelten, eingepferchten Lebens. Erst am anderen Tag kam Lucie nach Hause. Sie übernachte doch oft bei Freunden, sagte sie. – Warum lädst du sie nicht ein? – Sie würden dir sicher nicht gefallen. – Gekränkt zog sich Hilde zurück, hochnäsiges Ding, bildet sich vielleicht ein, ich könnte den Gesprächen nicht folgen, die sie mit ihren Freunden führt. Der Wahrheit so nahe, und ich ahnte nichts, bis Lucie eines Tages beim Mittagessen, lange danach, wieder: lange danach, dachte Hilde, hielt sich aber nicht damit auf, obgleich diese Durststrecken, dieses Ödland zwischen Ereignissen sie immer von neuem verwirrten. Sie holte nur tief Luft, wappnete sich, als gelte es, wenigstens nachträglich in Gedanken eine gute Figur zu machen, dort am Eßtisch mit Hugo, Lucie und der kleinen Anita. Werner war an der Front, aber Gertrud Proßke servierte, und Lucie hielt es nicht für nötig, zu warten, bis sie hinausgegangen war. Ich bekomme ein Kind, sagte sie, kalt, mit teilnahmsloser Stimme, die Lippen kaum bewegend. Hilde starrte sie an, dachte wohl, es sei ein schlechter Scherz. Von Bruno, fuhr Lucie fort. – Bruno, welcher Bruno, ich kenne nur einen Bruno und auch ihn nur flüchtig, aber der ist doch, den kann sie nicht meinen. Sie meinte ihn; Hilde und ihrem Mann verschlug es die Sprache. Wir können nicht heiraten, er ist Jude, wie ihr euch vielleicht erinnert, wie haben immer aufgepaßt, aber nun ist es passiert – alles in einem Atemzug, Hilde war einer Ohnmacht nahe, ja, sie wünschte sich, in Ohnmacht zu fallen, und vielleicht wäre ihr Wunsch in Erfüllung gegangen, hätte nicht Hugo prompt den Kopf verloren. Er raste. Nie hatte sie ihn so cholerisch gesehen, rot, mit dicken blauen Adern in den Schläfen. Auch hörte sie nun plötzlich, daß er sich Kollegen gegenüber abfällig über gewisse rassehygienische Empfehlungen der Ärztekammer geäußert hatte. Die sind in der SS, können mich im Handumdrehen erledigen, verflucht noch mal. Hilde blieb nichts übrig, als ihren Verstand zu gebrauchen. Eigentlich war es gut, daß Lucie ihren Onkel außer sich gesehen hatte; es machte sie wehrlos, sie würde sich nicht widersetzen, wollte sie ihn nicht zur Verzweiflung – Verzweiflung? Er? Die traurige Ironie ist seitdem aus Lucies Augen nicht mehr verschwunden. Warum soll ich nicht ein Kind bekommen, dessen Vater ich nicht kenne? – Kein Judenkind, um Himmels willen, jemand kann Verdacht schöpfen, nachforschen, dich anzeigen, die Familie ruinieren. Wir müssen Gertrud ins Gebet nehmen, damit sie den Mund hält. Am Ende heißt es noch, ihr wart hier, in unserem Haus. – Waren wir auch, manchmal, sagt Lucie. – Das ist unerhört, ein unverzeihlicher Leichtsinn. – Laß uns allein, Lucie. – Aber Hugo erschrak von neuem, als Hilde von Abtreibung sprach. Seine Stirnader schwoll. Bist du wahnsinnig? – Also nicht. Dann muß sie eben heiraten. Ein Mann muß her, ein – ein Arier, sagte man damals, und niemand lachte – muß einen arischen Mann heiraten, damit von vornherein jeder Verdacht ausgeschlossen bleibt. Laß mich nachdenken, sagte Hilde.

Sie ging in ihr Zimmer und schrieb einen Brief an ihren Sohn. Sie brauchte ihn nicht zweimal zu schreiben wie andere Briefe, er gelang ihr sofort, und er wurde nicht besonders lang. Lucie erwarte ein Kind, schrieb sie, ein Kind von Bruno, und sie brauche jetzt einen Freund, der mit ihr durch dick und dünn und vielleicht sogar zum Standesamt ginge. Das wäre das Beste für sie und das Kind. Alles andere sei ja im Augenblick unwichtig, später werde man weitersehen. – Ihre Hoffnung, Werner werde die unerwartete Chance wahrnehmen und sichern, verschwieg sie ihm. Seine Antwort kam bald, das heißt, eine Art Heiratsantrag kam. – Gib mich, solange es nützlich ist, als Vater Deines Kindes aus. An unserer Beziehung, die ja nur eine freundschaftliche oder meinetwegen eine verwandtschaftliche ist, braucht sich nichts zu ändern, wenn Du es nicht willst. Sollte es aber die Lage sein, die sich ändert, wie wir alle hoffen, und möchtest Du dann Deine eigentliche Ehe legitimieren, werde ich Dir nicht im Wege stehen. Liebe Lucie – Dein Werner. – Und ein paar Monate später taumelt Lucie weinend in Hildes Arme: sie sind fort, die Wohnung ist versiegelt, ich muß hinfahren, vielleicht kann ich ihn noch einmal sehen. – Wohin denn, um Himmels willen? – Lucie ist hochschwanger. Hilde wagt nicht, sie allein gehen zu lassen. Es ist ein grauer Wintertag. Schauer wäßrigen Schnees fegen die Fassaden entlang. Mürrisch, aus leeren Fensterhöhlen, starren die alten Häuser einander an, kennen ihr Schicksal, einige traf es schon, in ihren Trümmern verzischen die letzten Brände. Die Große Hamburger Straße ist wie ausgestorben. Nur ein magerer Hund schnüffelt im Rinnstein. Verzweifelt schlägt Lucie an das schwarze Holztor, hinter dem die Menschen warten, die für den nächsten Transport bestimmt sind. Ein Gesicht erscheint zwischen den Gardinenfetzen eines Parterrefensters gegenüber. Wild lauernd stiert es auf Lucies hohen Leib, ihre verräterisch blonden Haare, ihr schmales entschlossenes Gesicht, und auf einmal erkennt Hilde auch hinter anderen Fenstern Gesichter, die starren, die glotzen, die Augen quellen ihnen aus den Höhlen: Komm weg von hier, komm. Aber Lucie trommelt weiter an das verwitterte Tor, und plötzlich öffnet sich in Kopfhöhe ein Klappfensterchen, das von außen nicht erkennbar gewesen. Ein Mann äugt heraus, verstohlen, seine Augen flitzen hin und her, ein Mann vom jüdischen Ordnungsdienst, der wie ein Hase nach vorn und hinter sich, nach rechts und links wittert, ein schnell begreifender Mann, seine Augen blitzen auf: Sind Sie wahnsinnig? Verschwinden Sie! Schnell! Das Fensterchen klappt zu. Die Gardinen hinter dem Parterrefenster gegenüber schlagen über dem Gesicht zusammen. Hilde zieht Lucie fort, die ihr widerstandslos folgt, besiegt, das Gesicht von innen zusammengepreßt wie eine geballte Faust. Aber Hilde empfindet mehr Ärger als Mitleid, Ärger und Angst. Gib's nur zu. Es hat keinen Sinn mehr, sich etwas vorzulügen. Gib alles zu.

Sie nickte vor sich hin. Ihre Glieder schmerzten, ihr Kopf, das Kreuz, das von Tag zu Tag schwächer wurde. Ob wohl noch ein paar Kekse in der roten Blechbüchse waren, die im Eßzimmer auf dem Büfett stand? Sie erhob sich ächzend. Alles. Gib alles zu, auch deine Genugtuung bei dem Gedanken an das, was du Brunos Abreise nanntest. Natürlich tat er dir leid, aber nun konnte er Lucie nichts mehr antun. Antun? Ich meine es nicht böse, lege nicht jedes Wort auf die Waage, Liebesleute sind verrückt, nicht wahr, unzurechnungsfähig. Wer garantierte dafür, daß Bruno nicht plötzlich hier im Hause erschien, weil er unbedingt sofort mit Lucie sprechen mußte, oder gar, weil er auf Hilfe hofft, und die Patienten sahen ihn, die Nachbarn, die sich erinnerten, daß Dr. Andermann bei der letzten Siegesfeier wieder nicht geflaggt hatte. Sie fühlte sich so lahm, daß sie den Stock nahm für den kurzen Weg über den Korridor ins Eßzimmer. Die Nachbarn zerrissen sich ohnehin das Maul über Lucie. Hilde sorgte dafür, daß sie von der Ferntrauung erfuhren, die noch vor Lucies Niederkunft stattfinden würde. Der einzige Urlaub meines Sohnes dauerte nur ein paar Tage. Man lachte, blinzelte verständnisvoll. Da hat's eben nur gereicht, ihr ein Kind zu machen.

Das Eßzimmer war leer, das Frühstücksgeschirr noch nicht abgeräumt. Ein Lichtstrahl fiel auf das Marmeladeglas und ließ es rot leuchten. Sie probierte einen Löffel voll, aber es war nicht die Brombeer-, sondern die heimtückische Kirschmarmelade, die sie nur vorsichtig genoß, seit sie einmal ahnungslos mit einem ohnehin schmerzenden Zahn auf einen Kirschkern gebissen hatte. Kam jemand? Sie hastete hin und her, stellte die benutzten Teller zusammen, aber es war nur Justus, der kam, nicht Lucie. Sie atmete auf. Er hätte noch nicht gefrühstückt, sagte er. Nein, in der Küche sei niemand mehr, er habe sich seinen Kaffee selber gekocht, er verstehe etwas vom Kaffeekochen, wolle nur eben noch die Milch.

»Bring mir die Brombeermarmelade mit, ich will ein paar Kekse essen.«

»Kekse mit Marmelade?«

Diese Jugend besaß keine kulinarische Phantasie, aber er brachte die Brombeermarmelade, guter Junge. »Das waren Schicksale«, sagte sie schmatzend, setzte ein Häufchen Marmelade auf einen runden Keks und schob ihn in den Mund. »Unter dem gleichen Dach gelebt, ahnungslos.« Sie begegnete seinem aufmerksamen Blick und verstummte, empfand wohl plötzlich ein Unbehagen über ihre Worte, ihre Freßgier, ihr idiotisches Vegetieren in einer Welt, die sie nicht verstand, die sie auch früher nicht verstanden hatte, als sie jung war und sich sicher fühlte in ihrer Haut, ihrem begehrten und begehrlichen Fleisch, das sie fröhlich zu Markte trug, das sie »ich« nannte. Keine Eigenliebe und kein Wahn hinderten sie mehr, seine Bestimmung zu erkennen, der es unaufhaltsam zustrebte, den Biß des Todes im Genick, lange vor ihrem letzten Atemzug vollgesogen mit Verwesung wie ein Schwamm mit schmutzigem Brackwasser. Auch du entrinnst ihm nicht, murmelte sie mit einem boshaften Blick auf Justus, zu leise, als daß er sie hätte verstehen können.

Hätte Lucie nicht so verbissen geschwiegen, Jahr um Jahr. Nein, es ist nicht wahr, wir hätten ihr nicht geholfen, im Gegenteil, wir hätten verlangt, daß sie Bruno aufgebe, und sie spürte es, hegte keine Illusion über uns. Heute sagt es sich leicht: Wir hätten geholfen.

Es war zwei Jahre nach dem Kriege gewesen. Ein amerikanischer Deserteur hatte in Gertrud Proßkes Zimmer gelebt, ein Neger, und niemand außer Werner wußte es. Gertrud Proßke wich ängstlich vor Lucie zurück, die jäh aus ihrer Teilnahmslosigkeit erwachte. »Sie haben – Sie? Sie haben einen Mann in der Mansarde – haben ihn versteckt?« Sie zitterte, sie schrie: »Nein!« Sie stürzte sich auf Gertrud: »Sie lügen! Er wäre entdeckt worden!« Stand da, warf den Kopf in den Nacken und lachte gräßlich. Dann schlug sie lang hin. Werner trug sie auf ihr Bett. Sie wimmerte die ganze Nacht, umarmte Gertrud, preßte sie an sich, küßte sie, laut weinend: »Bleiben Sie bei mir. Immer. Ich helfe Ihnen und Ihrem Kind.«

Wer lacht? Was geschieht?

Hilde Andermann starrt über den Tisch hinweg in Simons Augen. Auch er hat sich also am Frühstückstisch eingefunden, hat sie gewiß begrüßt, und sie hörte es nicht oder vergaß es. Manchmal mußte sie sich erst erinnern, wer er war, das Milchkaffeebaby, das Werner adoptiert hatte. »Warum bist du nicht in der Schule?«

Justus blickt wie ein Mondsüchtiger auf die Tür.

»Es ist doch Bußtag, Großmutter«, sagt Simon. Sie dreht sich um, in der Tür steht Vera. Mit weit offenen Augen, in denen sich das Vormittagslicht spiegelt, blickt sie Justus an und dann Simon. Hilde glaubt ein Knistern zu hören, als schließe sich ein Stromkreis, aber sie bleibt draußen. Vorbei.

Justus erhebt sich. »Wir haben wohl alle die Zeit verschlafen«, sagt er munter. Vera schüttelt den Kopf. Sie nicht, sie habe gemalt, vorher sei sie mit Anita am Schlachtensee gewesen, Großmutter sah uns nach Hause kommen, sagt sie. »Großmutter, du weinst ja!« Ihr Arm legt sich um Hildes Schulter, ihr Atem streift ihre Wange. Schnaufend steht Hilde auf, schiebt Vera zur Seite, watschelt an ihr vorbei zur Tür, hört sie sagen: »Habe ich sie gekränkt?« Nein, sie nicht, nicht Justus und Simon, das Leben kränkt mich, das weitergeht, immer weiter, über alle hinweg, die es niederschlägt, über mich hinweg.

Sie tastete sich die Stufen hinunter in die Küche, wo vielleicht noch ein Rest des Schweizer Käses zu finden war, der ihr beim Frühstück geschmeckt hatte. Nach dem süßen Zeug brauchte sie jetzt etwas Herzhaftes. Ihre Tränen tropften auf den Käse, während sie ihn aß.

Plötzlich war der Weg wie leergefegt, auf dem soeben noch Studenten und Studentinnen gingen, der Regen stürzte nieder, die Gebäude jenseits des Parkweges verschwanden, als wäre ein Vorhang gefallen. »Fenster zu!« rief eine Stimme; Justus, der neben dem offenen Fenster saß, stand auf und schloß es. Als er sich umdrehte, blickte er in die Augen des Bibliothekars, der am Eingang hinter einer Art Theke saß und den kleinen Lesesaal bewachte. Auf der Theke waren zwei Bücherstapel aufgebaut. Der Oberkörper des Bibliothekars bewegte sich vorsichtig zwischen ihnen. Die Stimme, die ›Fenster zu‹ gerufen hatte, erhob sich noch einmal: »Wie das rauscht!« sagte sie, aber der Bibliothekar vergaß, auf die Theke zu klopfen.

Vera sollte fühlen, daß ich warte, dachte Justus grollend, eine Efeuranke betrachtend, die vor dem Fenster pendelte. Spürst denn du ihre Gedanken und Wünsche? An der Ranke hing ein vom Wind vergessenes Blatt; er beobachtete es gespannt. Der dünne Zweig wurde heftig gegen die Scheibe geschlagen, aber das Blatt ließ sich nicht abschütteln. Hinter ihm zischelten Stimmen: Wem gehörte das Reh, bevor der Freund des Pächters es abschoß? – Dem Pächter. – Der Bibliothekar reckte den Hals. – Falsch. – Dem Besitzer des Grundstücks. – Nein. – Dem Staat? – Niemandem, das Reh war herrenlos. Der Bleistift klopfte, die Stimmen verstummten; Juristen, dachte Justus erstaunt, was suchen die hier. Da erhob sich die junge Dame neben ihm, trat an eins der Bücherregale, die die Wände bedeckten. Er kannte sie, aber ihr Name fiel ihm nicht ein. Ihr Suchen wirkte ansteckend; es entstand ein lebhaftes Hin und Her zwischen den Tischen und den Regalen. Der Aufsichtsbibliothekar verfolgte es mit mißbilligenden Blicken, aber niemand sprach; er litt schweigend mit gezücktem Bleistift. Dann seufzte er und heftete seinen Blick wieder auf die Liste, die er mit einer anderen verglich, wobei sich sein Kopf mit der großen nackten Stirn ruckartig zwischen den Büchertürmen bewegte. Es war nicht seine Schuld, daß sich Justus nicht konzentrieren konnte, weder auf den Goetheband noch auf Professor Hassels Vormittagskolleg. Das Ganzsein des Seienden. Vom Sein in die Wahrnis der Wahrheit gerufen. In einem dunklen Spiegel ein wabernder Glanz. Hassel hatte aber auch von Hegel gesprochen, Einwände gegen ihn erhoben, nein, nicht gegen Hegel, das heißt, auch gegen Hegel, vor allem jedoch gegen einen Kollegen, der keine Einwände gegen Hegel erhob. Hassel schmähte ihn malerisch. Die Studenten klopften Beifall, einige pfiffen, aber wer war es, gegen wen wetterte er. Plötzlich hörte Justus seines Vaters Stimme, die auch jemanden schmähte. Ihn, Justus, schmähte sie, einen kleinen Jungen, der nicht genau wußte, womit er den Zorn seines Vaters herausgefordert hatte, aber er bestritt seine Berechtigung nicht, irgend etwas machte er immer falsch. Stand da, ordnete die unverständlichen Laute, die an sein Ohr schlugen, zu kleinen Klangfiguren: tinent-reni-imper-tent, bis das Wort Hanswurst fiel, das kannte er und mußte lachen. Die Zornader seines Vaters schwoll. Dieser widerspenstige kleine Köter will mein Sohn sein. Daran war nichts mehr zu ändern, und wollte Justus denn unbedingt sein Sohn sein?

Seine Kopfhaut prickelte. Unter halb gesenkten Lidern schielte er auf das Kinn des Bibliothekars, das bebte. Der Bleistift klopfte; Justus zuckte zusammen, aber das Klopfen galt nicht ihm, er hatte nicht geschwatzt, er schwatzte nie. Verwirrt, auch beunruhigt von irgendeiner Veränderung, blickte er sich um. Es hatte zu regnen aufgehört. Die flachen Dächer glänzten unter einem lohgelben Himmel. Das Blatt schaukelte wie ein großer toter Falter an dem nackten Zweig vor dem Fenster. Auf dem Weg zur Quästur wies der Pförtner mit der großartigen Gebärde eines Besitzers ausgedehnter Liegenschaften einer Gruppe Ausländern die Richtung, derselbe vielleicht, von dem kürzlich ein Witzbold sagte, er habe schon dort gestanden, als es die Universität noch gar nicht gab, die sei um ihn herumgebaut worden. Wer starrt mich an? Er wandte sich um und begegnete dem Blick des Mädchens, das vorhin Unruhe verursacht hatte, Gitta oder Britta, so ähnlich. Ich sollte ihr einen Gruß zunicken, sie wartet darauf, aber ihr lauerndes Gesicht ärgerte ihn. Plötzlich fiel ihm ein, wo er ihr schon begegnet war, im Ulmenhof. Dort hatte er sich übrigens gegen sechs mit Reinhard verabredet. Vorher wollte er Vera nach Hause fahren, die im Dahlemer Museum war. – Allein? – Sie nickte. – Ich warte auf dich in der Fakultätsbibliothek, ich bringe dich nach Hause. – Fein, sagte sie, ich hole dich ab.

Er horchte in sich hinein. Er liebte den Tonfall ihrer Stimme, der etwas in ihm beschwichtigte, etwas wie Heimweh, dachte er. Heimweh – wonach?

Er sah sich dort, wo er sich zu Hause fühlen sollte, in einem blitzsauberen Zimmer am Fenster stehen. Es vibriert vom Lärm der Straße. Tief unten donnern die Autokolonnen an der Ampel vorbei. Die Menschen, vielköpfige Tausendfüßler, wälzen sich über die Zebrastreifen. Blitzsauber war ein Lieblingswort seiner Mutter. Auch er, sein Körper, seine Kleidung, die Dinge, mit denen er umging, und natürlich sein Gewissen, sein Charakter, oder wie immer sie sich ausdrückte, sollten blitzsauber sein. Bar auf den Tisch, ich halte nichts von dieser Abzahlungsmode, hatte sein Vater gesagt, als er die Wohnung im elften Stock einer funkelnden Wohnmaschine kaufte, und alsbald begann es: Zieh deine Schuhe aus, mach keine Kratzer, keine Flecken, räume deine Bücher weg, du hast die Fliesen nicht abgewischt nach dem Baden, und seine Mutter mit Märtyrerinnengesicht und Putzlumpen hinter ihm her von früh bis spät. Vergißt über einem Seifenspritzer den Schmutz und Unrat ihrer Lügen, ihrer Heuchelei. Er preßt die Stirn an die Fensterscheibe...

Die Tür öffnete sich; Vera trat ein. Ihr Haar war feucht; die Ponyfransen hingen ihr strähnig in die Stirn, die sehr weiß wirkte unter dem glänzenden dunklen Haar. Sie wartete, bis sie sicher war, daß er sie bemerkt hatte, dann ging sie leise wieder hinaus. Er packte seine Bücher ein. Geistesabwesend betrachtete er ein Blatt Papier, das er seit einigen Sekunden in der Hand hielt. Es mochte in seinem Kollegheft gelegen haben oder in dem Goetheband aus dem Regal dort. Er stellte den Goethe zurück, sah, daß das Blatt beschrieben war und drehte es um. Die Worte sprangen ihm förmlich in die Augen: WER BIST DU, und die zügigen Buchstaben führten ihn weiter, als hätte ihn jemand an die Hand genommen. Den Blick voll auf mich gerichtet. Er hielt den Atem an. Wo ich dir auch begegne. Er lachte auf, die Schrift war seine eigene – starre auf ein

Blatt Papier und erkenne die eigene Handschrift nicht. Das Zepter der Gnade ausgestreckt gegen mich. Blödsinn, warum zerknüllte er den Wisch nicht und warf ihn in den nächsten Papierkorb? Weil das ›Wer-bist-du‹ wie ein Pfeil traf; ich er wer, genannt Justus, aber er hatte nicht sich gemeint, sondern sie, Vera. Ihr Bild ging in ihn ein, und er schloß die Augen, wünschte, es möge auf der Netzhaut seiner Augen bleiben. Einen Augenblick lang stand er so da, die Hände um die Tischkante geklammert. Dann ging er hinaus, ohne dem Bibliothekar noch einen Blick zum Abschied zu gönnen.

Er fand Vera auf dem Parkplatz neben einem dunkelroten Sportwagen. Der Fahrer hatte die Tür aufgestoßen und sprach mit ihr. Sie wirkte nervös; es sah fast aus, als streite sie mit ihm. Justus näherte sich zögernd, hörte den Mann am Steuer sagen: »Zum letztenmal: Steig ein.«

»Aber er hat auf mich gewartet, wir sind verabredet«, sagte Vera. »Das ist er«, sagte sie erfreut, als Justus herangekommen war, »das ist Justus.«

»Ah ja, der Vetter aus Dingsda.« Der Mann im Wagen lachte.

»Bertram Brinkmann«, sagte Vera zu Justus, Bertrams Ton ignorierend, erfolglos, denn er fuhr fort in diesem Stil, den er offenbar für ironisch und geistreich hielt. »Sie gestatten wohl, daß meine Verlobte mit mir fährt.«

»Ich wußte nicht, dachte nicht«, begann Justus hoffnungslos, aber Vera kam ihm zu Hilfe: »Wir sind nicht verlobt.« Er atmete auf. Bertram Brinkmann starrte Vera an; es war nur ein Augenblick, schon hatte er seine Wagentür zugezogen, startete den Motor, fuhr rückwärts aus seiner Parklücke und brauste davon ohne Gruß. Veras Gesicht verriet nichts, kein Gefühl, keinen Gedanken. Sie wandte sich Justus zu, sagte munter: »Hast du gut gearbeitet?« Er nickte, dann schüttelte er den Kopf; verwirrt ging er neben ihr zu seinem Wagen, hielt ihr die Tür auf, sie stieg ein. Er verstand natürlich, daß sie sich benahm, als sei nichts geschehen; er selber hätte sich vielleicht an ihrer Stelle so benommen. Langsam lenkte er den Wagen in die Ihnestraße hinaus. Vera saß reglos neben ihm, nur mit ihren Händen wußte sie nichts anzufangen, aber Justus mußte auf die Straße achten. »Du solltest mich nicht nervös machen, wenn ich am Steuer sitze.«

»Mache ich dich nervös?«

Das klang verzagt. Mit einem zweiten Seitenblick stellte er fest, daß sie ihre Hände jetzt zusammengelegt und zwischen ihre Schenkel geschoben hatte, dort fanden sie Ruhe. Sie sagte, es täte ihr leid, ihn nicht auf Brinkmann vorbereitet zu haben, und nun hätte er ja fragen können: liebst du ihn, oder hast du ihn geliebt, und wie kommt er dazu, dich seine Verlobte zu nennen. Aber er schwieg, fürchtete vielleicht, sie werde die Gedanken erraten, die ihm kreuz und quer durch den Kopf schossen und die wenig schmeichelhaft für sie waren. Natürlich wies er sie heftig zurück. Vera trieb es nicht wie andere, heute mit diesem, morgen mit jenem und übermorgen mit mir, und meistens war es der Wagen, in den sie sich verliebten, nicht der Mann. Vera nicht, Vera ließ sich nicht von dem Sportwagen beeindrucken, den der Snob sich leisten konnte. Hat ihn abblitzen lassen, freute sich, als Justus kam, bestand darauf, mit ihm zu fahren. Heute sei alles verkehrt gewesen, sagte sie, sogar das Wetter, zuerst dieser Aprilregen Ende November und nun ein Abendhimmel wie aus Gold gesponnen. Machte sie sich über ihn lustig, nein, arglos beobachtete sie die Straße. Die Haarfransen, die ihr ins Gesicht fielen, waren getrocknet und sprühten einen feinen Strahlenregen über ihre Stirn, zum Küssen. Justus fühlte sich versöhnt, noch war nichts verloren. Er bog in die Garystraße ein. Sie sei zu spät gekommen, weil sie Helga auf dem Campus getroffen hätte, Helga Welsch aus dem Ulmenhof, sagte Vera, Kostas' Freundin. »Kennst du sie?«

»Sie nicht, aber ich kenne Kostas«, antwortete er, über eine Merkwürdigkeit nachdenkend, die ihn nicht wenig irritierte.

»Vater sagt, Kostas erinnere ihn manchmal an Jerry.«

»Wer ist denn Jerry?« fragte Justus, und Vera lachte leise. »Da mußt du Vater fragen, vielleicht erzählt er dir einmal von Jerry.« Sie blickte ihn an, als überlege sie, ob ihr Vater es wagen könne, ihm von Jerry zu erzählen, oder ob er es wert sei. Unsinn, vermute doch nicht immer etwas Besonderes hinter ihrem Gehabe. Sie sagte, Helga Welsch stamme aus Ostberlin und könne ihre Eltern nicht mehr sehen, seit einem gewissen 13. August. Vorsicht, Gegenverkehr, und der Idiot schert aus der Reihe. »Entschuldige, was sagtest du?«

»Kostas besucht Helgas Eltern manchmal, mit seinem Paß geht es.«

Argentinische Allee. Justus fuhr ruhig und schnell, wußte aber für die Merkwürdigkeit, die ihn beschäftigte, keine Erklärung. Nie hatte er gewartet, nie Geduld aufgebracht, Mädchen wollten genommen sein, wer zögerte, machte sich lächerlich.

»Es ist nun schon über ein Jahr her. Helgas Eltern saßen ahnungslos in ihrem Ostberliner Haus, während sie im Ulmenhof die Schnitzel briet, die sie drüben für Kostas eingekauft hatte, fünf zu eins stand die Ostmark, es lohnte sich«, erzählte Vera, »da schlug das Tor zu. Ihre Eltern hofften, sie werde zurückkehren, aber Helga wollte Kostas nicht verlieren.«

»Wieso verlieren, wenn er doch hinüberfahren kann.«

»Das würde er nicht öfter als einmal im Monat tun. Bald hätte er hier ein anderes Mädchen. Er fühlt sich nicht besonders wohl, meinte es halb so ernst mit Helga, und nun hat sie seinetwegen ihre Eltern verlassen.«

Justus fand es schwierig, sich Kostas als eine Art Ehemann vorzustellen.

Vera nickte bekümmert. »Sie klammert sich an ihn. Sie redet und redet. Woher kommst du, wohin gehst du, iß, Kostas, trink, schmeckt es dir nicht, liebst du mich noch, wer war das Mädchen, mit dem du getanzt hast: asto diabolo gamati panajies, schreit Kostas.«

»Seit wann sprichst du denn griechisch?«

»Überhaupt nicht, und es ist bestimmt falsch, aber so ähnlich klingt es, wenn er flucht.«

Fischerhüttenstraße. Der hektische Nachmittagsverkehr ließ nach. Justus glaubte in Veras Gesicht und Haltung eine Ähnlichkeit mit ihrem Vater zu entdecken, die er noch nie bemerkt hatte. Nur an Werner selbst war ihm dieser Ausdruck von Geistesabwesenheit aufgefallen. Vielleicht bedeutete er nichts, verbarg auch nichts, gehörte sozusagen zu Werners Physiognomie wie die scharfen versteckten Augen und der großzügige Mund. Sollte auch Veras Gesichtsausdruck nichts bedeuten? Er sagte aber nicht: Eigentlich weiß ich nicht viel von dir, er sagte: »Eigentlich weiß ich nicht viel von deinem Vater, nicht mehr jedenfalls, als daß er auf höchst unkonventionelle Weise seinen Lebensunterhalt verdient, ja, und daß er ein Buch schreibt, eine Geschichte, keine richtige Geschichte, sagt er, hängt einen Zettel an seine Tür: Nicht stören.«

Vera lachte. »Was willst du denn wissen?«

Er antwortete nicht. Wenn er es recht überlegte, wollte er gar nichts wissen, sondern etwas mitteilen. Sich selbst, ganz, dachte er erbittert, alles was dazugehörte, auch den Schatten, den sein Vater darauf warf, mich, das hier, sage ich und greife nach meinem Arm, meiner Brust, meinem Gesicht, mir selber fragwürdig und rätselhaft genug, aber ich habe zu leben mit meinem Entsetzen, meiner Ratlosigkeit und Scham.

»Jetzt haben wir mindestens 80 Sachen drauf«, sagte Vera und hörte wohl selber, wie befremdend der Jargon in ihrem Mund klang, denn sie blickte Justus unsicher an. Er verfluchte den elenden Wunsch, der ihn plagte, zum Teufel damit, niemand fragte ihn nach seinem Vater, Vera würde mit leeren Augen an ihm vorbeiblicken und ihn trösten, als handele es sich um irgendein übertriebenes Verantwortungsgefühl, das sie ihm ausreden müßte. Selbstverständlich war Justus nicht für seinen Vater verantwortlich, wie könnte auch ein Kind.

»Als ich dich das erstemal sah.«

Er horchte auf. »Ja? Was dachtest du?«

»Du wirst lachen.«

»Nein.«

»Versprich mir, nicht zu lachen.«

»Ehrenwort.«

»Ich dachte, du warst in einem früheren Leben ein Uhu. Du brichst dein Wort.«

Die Litfaßsäule. Er fuhr in die kleine Straße hinein, die ihn stets von neuem überraschte. Im Sommer sproß Gras zwischen dem Katzenkopfpflaster. Ein Uhu!

»Und was warst du? Eine Schleiereule? Eine Käuzin?«

»Warum keine Uhuin?«

»Könntest du sie denn unterscheiden von einer Schleiereule?«

»Aber ja«, sagte Vera, »wir zeichnen manchmal im Zoo. Ich kenne alle Tiere.«

Er hielt vor dem Andermannhaus, verharrte einen Augenblick,

auf die Windschutzscheibe starrend, die schmutzig war: alle Tiere, spricht wie ein Kind und schläft mit diesem blasierten, diesem Brinkmann, oder auch nicht, wir sind nicht verlobt, sagte sie, aber das bedeutete nicht unbedingt, daß sie nicht mit ihm schlief. Da kam Simon auf seinem Motorroller um die Ecke gefahren, umkreiste die Jungen, die dort Fußball spielten, und verschwand wieder. Auf einem Fensterbrett im Erdgeschoß des Andermannhauses saß sein Kater und putzte sich den Bart. Ein kleines Mädchen mit Zöpfen schlenderte aus einer Gartentür, setzte sich auf den Bordstein und sah dem Fußballspiel der großen Jungen zu. Auf den Nylontüten, die die Häupter der Sonnenblumen umhüllten, standen schmutzige Regentropfen. Der rote Blätterpelz, der das Andermannhaus bedeckt hatte, war verschwunden. Die Zweige des Weinstocks lagen auf der Mauer wie das Gerippe eines großen Fächers. Justus konnte jetzt auch die Schußlöcher sehen, sie waren wie ein Sternbild angeordnet, Weinranken ersetzten die Hilfslinien, die die Sternpunkte auf Himmelskarten verbanden. Vera sagte, es sei das Sternbild des Pegasus, nur der Nasenstern Enif fehle, das hätte Simon herausgefunden.

»Danke für die Heimfahrt«, fügte sie hinzu, »du mußt dich beeilen, wenn du um sechs Uhr im Ulmenhof sein willst.«

Er blickte mißmutig zu Boden. »Soll ich absagen?«

»Vorsicht!« rief eine Stimme. Er fuhr herum. Einer der Jungen hatte Vorsicht gerufen. Vielleicht war das kleine Mädchen in die Schußlinie des Balles gelaufen. Es rannte weg, hielt sich mit beiden Händen den Kopf und jammerte laut, während die Jungen ungerührt weiter versuchten, den Ball in das Tor zu schießen, das zwei Steinhäufchen auf dem Fahrdamm markierten, kaum noch zu erkennen in der schnell zunehmenden Dunkelheit.

Warum sagte Vera nichts, ihr Schweigen verletzte ihn. Er folgte ihrem Blick. Simon war zurückgekommen, hupte, aber die Fußballspieler ließen ihn nicht vorbei. Seine Bremse kreischte. Die Jungen standen in einer Reihe mit ausgebreiteten Armen, es sah fast feindselig aus; keiner sprach ein Wort. Simon riß seinen Roller auf den Fußweg hinauf. Ein Geschrei brach hinter ihm aus, der absprang, die Gartentür aufstieß und verschwand.

»Er hat uns nicht bemerkt«, sagte Vera, ganz verstört, und jetzt gerieten die Jungen in Streit, gestikulierten und schrien sich an, einer rannte zum Gartenzaun des Andermannhauses, rief: »Schließ deinen Roller ein, Simon.«

Justus atmete auf. »Sie sind nur auf seinen Roller neidisch, es hat nichts zu tun.«

Simons Kopf erschien über der Hecke. »Komm doch rein.« Der Junge trat ein, Simon ging mit ihm ins Haus.

»Nichts mit seiner Hautfarbe«, sagte Justus nervös und wollte sich schnell verabschieden, aber sie blickte ihn versonnen an, das Herz schlug ihm bis in den Hals hinauf, er sagte stotternd: »Du bist sehr zurückhaltend, nicht wahr« und biß sich auf die Lippen. Etwas Blödsinnigeres konnte ihm wohl nicht einfallen. Vera hob sich auf die Fußspitzen, küßte ihn auf die Wange und lief ins Haus. In der Tür winkte sie zurück. Er stand noch eine Weile reglos, dann fuhr er zu Reinhard.

Die roten Lichter des Funkturms glommen im Nachthimmel. Wäsche flatterte von einem Balkon in Haus drei. Justus begrüßte Bentler und Herbert Böhm, die vor dem Parkplatz im Ulmenhof ihre Mädchen erwarteten. Dann ging er, leise pfeifend, auf einem der Trampelpfade durch das nasse, welkende Gras, dachte, er müsse nur geduldig sein und Vera nicht drängen. Wäre sie jetzt bei ihm, er würde ihr ohne Hemmungen von seinem Vater erzählen – oder auch nicht, ebensogut könnte er schweigen und brauchte sich nicht bedrückt zu fühlen. Eine unerhörte Vorstellung. Nicht wichtig, es ist nicht mehr wichtig, würde er denken, ich bin frei. Ein Hund bellte, ein Motor knatterte; in halsbrecherischer Fahrt sauste ein Wagen über den geteerten Hauptweg zum Parkplatz. Sechs, nein, sieben junge Leute quollen heraus, drei vorne, vier hinten, aber der Wagen fährt wieder. Es war Kostas' Auto, der sechs Monate in einer Zementfabrik gearbeitet hatte, um ihn kaufen zu können, gebraucht, natürlich, er verzieh sich die Dummheit nicht.

Reinhard lag auf seinem Bett mit hochgezogenen Knien, die Hände unter dem Kopf gefaltet. Nein, krank war er nicht, nur etwas angegriffen. Justus starrte ihn an. Als er gestern abend mit ihm telefonierte, hatte er sich Sorgen gemacht, und nun war es nur wieder diese Lamentierlaune, an der er litt; Justus hatte sie verflucht. Aber warum ärgerte er sich; er sollte froh sein, daß Reinhard nicht krank war.

Er blickte sich in dem schmalen Zimmer um. Er kannte hier jeden Tapetenfleck, nur das Foto auf dem Schreibtisch hatte er noch nicht gesehen, ein verblichenes Foto, das ein junges Mädchen in altmodischer Haartracht zeigte. Früher hatte dort Noras Foto gestanden. Unter der Aschenschale neben dem Foto lag ein ungeöffneter Brief. Sein Blick ruhte auf dem Brief, während Reinhard vor sich hin schimpfte auf diese beste aller möglichen Welten mit ihren gräßlichen Zwängen. Wer sich das ausgeheckt hat, zeterte er und ließ kein Übel aus, das dem armen Teufel Mensch zugefügt werde. Denken nütze nichts, ohne dieses verfluchte Bewußtsein wäre man wenigstens fähig, ein kurzes dummes Glück zu genießen. Justus fand im Wandschrank Bier und Gläser. Die Flasche fühlte sich lauwarm an, und die Gläser waren nicht ausgespült. Er ging in die Küche, legte das Bier in das Eisfach des Kühlschranks, reinigte die Gläser. Omar Kwami kochte Reis. Der Inder, der neben Reinhard wohnte, saß mit entrücktem Gesicht auf dem Fensterbrett und klimperte auf seiner Sitar. Zwei junge Westdeutsche mit rheinischem Akzent machten sich über irgendeinen Arzt lustig. Der kleinere der beiden mimte ihn, beklopfte den Großen, der zuckte und Grimassen schnitt, hielt sein Ohr an seine Brust: »Woran denken Sie, junger Mann, wenn Sie tanzen, lieben, sich betrinken?« Er schüttelte bedenklich den Kopf: »Neurotisch. Labil. Weshalb diese Lebensangst?« Er leuchtete ihm mit der Taschenlampe ins Auge: »Impotent! Ein jugendlicher Tattergreis. Er muß sich an Sexfotos und Pornografien aufgeilen.« »Zu schnell gewachsen, vermutlich«, sagte der Patient.

Der Doktor nickte: »Das erklärt natürlich alles. Hoffnungsloser Fall. Wegtreten.«

Als Justus zurückkam, war Reinhard aus der allgemeinen Misere in seine besondere geraten; er sprach von seiner Mutter, die vielleicht nicht mehr erleben werde, daß er promoviere. Solcher Ehrgeiz überraschte Justus. »Du verstehst nichts«, sagte Reinhard, »dort, das ist sie.« Er wies auf das Foto des jungen Mädchens mit Haarschnecken über den Ohren. »So sah sie damals aus, als mein Vater ihr den Kopf verdrehte. Das ist später keinem mehr gelungen. Zieh mal die Schublade auf, oben rechts liegt auch ein Foto von ihm.«

»Dieses?«

»Ja. Martin Schwann, mein Erzeuger. Sollte nicht Schwann, sondern Schwein heißen, dachte ich und schlug ihm die Faust in die Fresse.«

»Deinem Vater?« sagte Justus erschrocken. Das Foto zeigte einen jungen Mann in Wehrmachtsuniform. »Sieht dir nicht besonders ähnlich.«

»Ich lege auch keinen Wert darauf. Tut mir leid, daß ich dich damit belästige. Ich kann nichts anderes mehr denken. Es geht abwärts mit ihr, und ich habe es nicht weiter gebracht als zu einem lächerlichen Stipendium. Allerdings war es anstrengend, ihr Sohn zu sein.«

»Anstrengend?«

»Unsere Nachbarn, Kleinbürger und Proleten, brauchten sich nicht zu verstellen, aber wir, meine Mutter und ich, wir waren bessere Leute, hatten uns vorübergehend in den ärmlichen Verhältnissen eingerichtet und warteten auf meinen Vater. Meine Mutter verstand es, für einen gewissen Nimbus zu sorgen. Natürlich machten sich die Leute über sie lustig, wagten aber nicht, ihr ins Gesicht zu lachen. Sie war stolz und hochfahrend. Es gelang ihr durchaus, einen bescheidenen Wohlstand vorzutäuschen. Sie glich einer Seiltänzerin, die hoch über der Stadt von Turm zu Turm turnt. Zweifel wies sie zurück, vertraute ihrem Instinkt, der ihr versicherte, daß Martin lebe und sie liebe. Fühlte sie sich trotzdem verlassen, wurde ihr prompt ein Traum beschert, in dem Martin ihr erschien. Auch bei Tageslicht hielt sie manchmal Zwiesprache mit ihm, saß reglos mit steinerner Miene, fauchte mich an, wenn ich mich bemerkbar machte, horchte und wartete, bis Martins Stimme in ihr flüsterte.«

Justus, der sich noch immer nicht entschließen konnte, Reinhards Kummer tragisch zu finden, schielte nach dem Brief auf dem Schreibtisch – langes Format, hellblau.

»Die Stimme sprach die Wahrheit«, sagte Reinhard, »mein Vater war nicht gefallen. Die kleine Urlaubsepisode, der ich das Leben verdanke, hatte er allerdings längst vergessen, aber das verschwieg die Stimme.«

Nora hatte solche Umschläge verwendet, dachte Justus, zündete sich eine Zigarette an, nahm die Aschenschale vom Schreibtisch, stieß dabei den Brief hinunter, hob ihn auf, eine Entschuldigung murmelnd und las den Absender: Nora Frings, es stimmte, und sie hatte Reinhard vielleicht etwas Versöhnliches geschrieben, das ihn aus seiner Depression reißen konnte, aber er las es nicht, trotzte, gefiel sich in seiner Rolle des treuen betrogenen Freundes. Dabei wußte er nichts Sicheres, vermutete nur.

Er sei fünfzehn Jahre alt gewesen, erzählte er, als ein Bekannter seiner Mutter Nachforschungen nach seinem Vater anstellte und Erfolg damit hatte. Er selber, Reinhard, erfuhr allerdings nichts davon, auch nicht von seiner Mutter. Sie war nur auf einmal völlig verändert. »Gib mir auch eine, ich bin nervös.«

Justus reichte ihm Zigaretten und Feuer.

»Ich kann ebensogut aufhören, wir brauchen nicht davon zu sprechen.« Aber Reinhard hörte nicht auf. Er sei leider alles andere als der Parzival und Wunderhornknabe gewesen, den seine Mutter in ihm sah, verstiegen wie sie war, erst ihre Einfalt, ihr Glaube, »meine Giftpfeile glitten ab. Ich werde mir nie verzeihen, daß ich mir eingebildet habe, Nora sei ihr ähnlich.«

»Wer?«

»Nora. Du hast richtig gelesen. Der Brief dort ist von ihr.«

»Ich – ich dachte nicht.«

»Und ich dachte: Was mag nur dran sein an dem Brief, daß er einen wohlerzogenen Knaben wie Justus.«

»Entschuldige, ich.«

»Nicht nötig. Es hat mir Spaß gemacht. Es bringt uns einander näher, verstehst du. Ich warte schon lange darauf, dich zu ertappen.«

»Mich? Ertappen?«

»Reg dich nicht auf. Ich bin eben mißtrauisch gegen Leute, die sich immer untadelig benehmen.«

»Und nun bist du beruhigt?«

»Nicht ganz.«

»Was muß ich noch anstellen?«

Aber Reinhard lachte nicht. »Keine Sorge. Ich öffne den Brief nicht.«

»Weshalb sollte ich besorgt sein, wenn du ihn öffnest.«

»Weil sie ein Luder ist.«

Justus starrte ihn an. Es war hoffnungslos. Etwas Zähes wie Schlamm breitete sich in ihm aus. Er wagte nicht, an Vera zu denken. Mißmutig hörte er Reinhard zu, der fragte, ob er sich den Schreck seines Vaters vorstellen könne, als plötzlich, fünfzehn Jahre nach seinem vergessenen Seitensprung, eine Frau in seinem Laden stand, Elektro-Schwann, Frankfurt am Main, eine Frau, die ihn an irgend jemanden erinnerte. »Da sagte sie es. Wir haben einen Sohn, du und ich, sagte sie.« Justus trank sein Bier.

»Es war in einem kleinen Hotel, ich wußte nicht, daß wir hier meinen Vater treffen wollten«, fuhr Reinhard hartnäckig fort. »Meine Mutter sprach von einer geschäftlichen Angelegenheit, die Herr Etzel für uns regeln würde.«

»Herr Etzel?«

»Ihr Bekannter. Er begleitete uns nach Frankfurt. Du hörst wohl gar nicht zu.«

»Du hast den Namen nicht erwähnt.«

»So? Es ginge um meine Zukunft, sagte meine Mutter. Wir hätten von einem Herrn Schwann Geld zu bekommen. Dabei sah sie aus, als bereite es ihr Vergnügen, diesem Herrn Schwann Geld abzunehmen, Geld, auf das sie bestimmt keinen Anspruch hat, dachte ich. Sie hätte davon gesprochen, hätte es gelegentlich den Nachbarn erzählt: Im Augenblick müssen wir uns noch einschränken, aber wenn Herr Schwann seine Schulden zurückzahlt, können wir aufatmen.«

»Wußtest du nicht, daß dein Vater Schwann hieß?«

»Nein.«

»Sie hat die Alimente gemeint«, sagte Justus.

Reinhards Stirn hellte sich ein wenig auf, als er erkannte, daß Justus endlich bei der Sache war. »Es geschah, glaube ich, am dritten Tag nach unserer Ankunft. Ich hatte mir die Stadt angesehen, war müde und nahm ein Bad. Nach einer Weile kamen sie, meine Mutter und zwei Männer. Ich saß nebenan in der Wanne. Meine Mutter dachte wohl, ich sei noch unterwegs. Einer ihrer Begleiter war Herr Etzel, die Stimme des anderen hatte ich noch nie gehört. Meine Mutter sagte: ›Du trittst also als ein alter Bekannter auf, der mir Geld schuldet, und wir lassen deine Frau aus dem Spiel. Einverstanden?‹ Ich horchte erstaunt, hörte aber den Mann, der als ein Bekannter auftreten sollte, nicht antworten, vielleicht hat er mit dem Kopf genickt. Meine Mutter sagte, sie hätte sich die erste Begegnung zwischen Vater und Sohn immer sehr aufregend, sehr dramatisch vorgestellt, und nun werde sie gar nicht stattfinden, nun werde es nur eine Begegnung zwischen Reinhard Jöde und einem gewissen Herrn Schwann geben.«

»Ich verstehe nicht«, sagte Justus, »solltest du denn nicht erfahren, daß er dein Vater war?«

»Nein. Sie wollte mir die Enttäuschung ersparen. Schließlich hatte ich mir eine Vorstellung von meinem Vater gemacht nach ihren Erzählungen, ein Bild.«

»Ach so.«

»Ja. Er entsprach diesem Bild in keiner Weise.«

»Und warum bist du handgreiflich geworden? Denn das ist es doch, worauf du hinauswillst?«

Reinhard nickte. »Du brauchst dich nicht so vorsichtig auszudrücken. Es war eine wüste Szene. Meine Mutter hatte so weitergeredet, ohne die Stimme zu senken. Ich verstand jedes Wort. Die Trennung von seiner Frau sei ihm wohl zu lang geworden, damals, im Krieg. Ein Mann müsse sich hin und wieder entschlammen, sonst leide seine Leistungsfähigkeit, seine Gemütsruhe, nicht wahr. Übrigens hätte die Kleine ja auch ihren Spaß gehabt. Wie blödsinnig, daß nun plötzlich auch ein Sohn existiere, für den er zahlen solle. Außer Geld habe er ihm ja nichts zu bieten, der arme Mann. Wie widerwärtig, an Dinge erinnert zu werden, die bedeutungslos waren wie Essen und Trinken, eine Zumutung, nicht anders, als verlange man von jemandem, sich des Kalbsschnitzels zu entsinnen, das er, sagen wir, am 20. März 1940 verspeist habe, wenn auch mit Behagen. So ungefähr«, sagte Reinhard und verstummte.

»Da ist es dann passiert«, sagte Justus nach einer Weile.

»Ja. Ich riß die Tür auf. Meine Mutter schrie auf, als sie mich sah. Später hat sie mir allerdings erzählt, nach dem ersten Schreck hätte sie beinahe gelacht, es wäre irgendwie auch erheiternd gewesen, wie ich auf ihn zugegangen bin, Schritt für Schritt, federnd wie ein Boxer. Er ist tief in seinen Sessel gerutscht. Sie Schwein, habe ich gesagt und ihm die Faust ins Gesicht geschlagen, dreimal. Er hat sich nicht gewehrt. Aus seiner Nase floß Blut. Ich habe meine Mutter angeblickt und bin hinausgegangen. Ich sah noch, wie sie die Arme über den Tisch warf und ihr Gesicht darin verbarg, und ich hörte Herrn Etzel sagen: Finden Sie die erste Begegnung zwischen Vater und Sohn noch immer undramatisch, Gisela, Sie armes Kind? Danach habe ich mich ein paar Tage und Nächte lang nicht bei meiner Mutter blicken lassen, bin davongelaufen, wollte ihr schreiben: Ich komme nicht zurück, aber dann traf ich eine Frau.«

Justus fragte nicht nach der Frau; er war selber davongelaufen, damals, als er die Wahrheit über seinen Vater erfuhr. Auch ihm war eine Frau begegnet. Er wollte sich dieser Erinnerung erwehren, die ihn mit Macht überfiel, sagte: »Dein Vater hätte es doch mit dir aufnehmen können, mit einem Fünfzehnjährigen deines Typs, oder willst du behaupten, du wärst damals robuster gewesen als heute?« Der Wald. Die Landstraße. Das Fünfmarkstück in meiner Hand, hart und rund.

»Er hat sich nicht gewehrt, weil er sich schämte«, sagte Reinhard, und Justus, erregt: »Hat dir das nichts bedeutet?« Reinhard blickte erstaunt auf ihn, der auf einmal nicht mehr schweigen konnte. Die Worte sprangen von seinen Lippen, als hätten sie auf diese Gelegenheit gewartet: »Reue kann Geschehenes nicht rückgängig machen, aber wenn mein Vater sich schämte, mir wäre wohler, ich könnte ruhiger schlafen, ich wäre ihm dankbar für ein Zeichen der Reue. Du mußt wissen, er – er war in Polen. Nicht mit der Wehrmacht, sondern mit der SS – in einem Konzentrationslager«, sagte er, aber welche Reaktion er auch erwartet hatte, diese nicht, dieses Starren mit verkniffenem Mund.

»Etwas Ähnliches ahne ich schon lange. Nun ist es also heraus. Hat er es dir selber erzählt?«

»Nein. Meine Mutter, und nicht ganz freiwillig. Auch ich bin davongelaufen. Ich wußte nicht wohin, nur fort, dachte ich und ging wie in einem Nebel, sah nichts, hörte nichts.« Er schwieg erschrocken, sich einer Empfindung von Stille erinnernd, von Frische, die ihn berührt hatte. Er roch welkes Laub, Erde; da zerriß der Nebel, erstaunt blickte er auf die kleinen Häuser, die Gärten und Lauben rechts und links der Straße. Er hatte die Hände in den

Taschen vergraben; auf einmal merkte er, daß seine Finger mit einem Geldstück spielten.

»... ein sorgfältig ausgesparter, gesichts- und geschichtsloser Raum, Spukzeit, Gespensterlandschaft, in der ein paar größenwahnsinnige Verbrecher ein Inferno veranstalteten, während alle anderen«, sagte Reinhard, »wen immer du fragst. Weißt du Einzelheiten?«

»Nein. Nicht einmal, ob es Auschwitz war, Maidanek oder.«

»Natürlich nicht. Es hat keinen Zweck, ihn zu fragen. Wer in der SS war, zersetzte die SS. Wer auf hohem Posten saß, behielt ihn, damit kein Schlimmerer ihn einnehme. Wer für Zeitungen schrieb, schmuggelte unter Gefahr für Leib und Leben die Wahrheit in seine Artikel, die dann leider entstellt wurde. KZ-Wächter und Ärzte halfen den Häftlingen. Lehrer und Professoren erzogen die Jugend zu Antifaschisten. Generäle widersetzten sich den Schlachtplänen. Richter verhinderten Todesurteile. Soldaten der Erschießungskommandos schossen daneben, und alle übrigen Volksgenossen wußten nichts. Kannst du in diesem Treiben, dem immerhin viele Millionen Menschen zum Opfer fielen, ein Gran Wirklichkeit entdecken?«

Justus wollte antworten, Reinhard und er müßten sich selber einen tragfähigen Boden schaffen, auf dem sie gehen könnten, aber wie macht man das, es kam ihm wie eine Phrase vor.

»Väter!« hörte er Reinhard spotten, »beflissene, schwadronierende, Handel und Wandel treibende Gespenster, dickbäuchig, nackenschwartig, vergaffen sich in Teenager, überlassen das Entsetzen und die quälenden Fragen den Außenseitern ihrer Nimm-und-friß-Gesellschaft und uns, ihren Söhnen.«

Justus erhob sich.

»Du willst gehen?«

Er spürte Reinhards Enttäuschung, der sicher noch von seinem eigenen Vater sprechen wollte, aber Justus hätte es nicht länger ertragen, kein Wort mehr, dachte er. »Du hast nämlich keinen Grund. Ich würde gerne mit dir tauschen. Ein uneheliches Kind zu sein mit irgendeinem Hallodri als Vater, das läßt sich verkraften, nicht wahr, das ist halb so wild«, sagte er und redete, als er schon die Treppe hinunterging, mit sich selber weiter in diesem Stil: Ein

Affentheater macht er, einen Wind. Aber auf dem Heimweg sah er immerzu das blasse Oval seines Gesichts und seine schmalen Hände. Er wurde das Gefühl nicht los, versagt zu haben.

Der Mond schien hell; er war voll, seine Kontur scharf, ein bleiches Auge über dem Baum, dem Haus, dem Busch im Schutz der Hauswand. Die Gestalt der Pappel stand unangreifbar, hart umrissen vom Lichtgriffel des Mondes.

Im Treppenhaus begegnete er Simon, der manchmal mitten in der Nacht aufstand und durch das Haus geisterte. Er erkannte Justus nicht, lief an ihm vorbei mit verstörten Augen, die Treppe hinunter, barfuß in seinem Schlafanzug, dessen rechtes Hosenbein sich über das Knie hinaufgeschoben hatte; es sah aus, als hätte er ein blaues und ein braunes Bein. In einem Zimmer im ersten Stock lief eine Grammophonplatte. Stimmen plauderten. Er horchte erstaunt, beugte sich über das Geländer. In der Diele stand Lucie; Simon lief ihr in die Arme. Sie sagte: »Hast du wieder geträumt, mein Junge? Wein dich aus. Schreie.« – Justus warf sich auf sein Bett. Mir sagte niemand: Schreie, wein dich aus. Die Frau lachte mir ins Gesicht. ›Was denn, frisch von der Penne?‹

Er wußte nicht mehr, wie der Ort hieß, in dem er nach Arbeit fragen wollte, sechzehnjährig, ein Fünfmarkstück in der Faust. Plötzlich roch er den Herbst, fühlte die Stille, und auf einmal zerriß der Nebel vor seinen Augen; er las das Straßenschild. Aber hätte es nicht auch Reinhard sein können, der dort ging, irgendwohin, ohne Plan und Ziel? Hamburg fiel ihm erst im Auto des Arztes ein. Als der fragte: Wohin?, sagte er: Nach Hamburg.

Eine Katze zwängt sich durch eine Zaunlücke. Ein Kind spielt selbstvergessen mit kleinen Hölzern auf der Stufe einer Haustür. Die welkenden blauen Blütensterne eines Herbstasternstrauches nicken über den Zaun. Eine Frau harkt Laub zusammen, hält inne, stützt sich auf die Harke und starrt den Jungen an, der draußen vorbeigeht. Sie beugt sich über den Zaun. Der Junge stolpert, schmeckt Tränen in den Mundwinkeln, wischt sie verstohlen ab, vergißt im nächsten Augenblick, daß er weint, vergißt, wo er sich befindet, sieht nichts, hört nichts.

Justus. Reinhard. Er träumt, es sei nicht geschehen, er werde aufwachen und derselbe sein wie bisher, Sohn eines braven Familienvaters, der ängstlich auf Ordnung hält, seinen Jungen in eine gute Schule schickt, manchmal einen Koller bekommt, gelegentlich ironisch wird oder den Haustyrannen spielt. Das alles sollte plötzlich nicht mehr wahr, sollte nur die Fassade sein, hinter der sich ein Mörder – ein Massenmörder vielleicht – verbirgt unter der Maske des Ehrenmannes, schwatzt von Staatsbürgerpflicht, Idealen und Vaterlandsliebe. Justus' Beine bewegen sich mechanisch: ohne erkennbare Ursache hören sie auf, sich zu bewegen. Er blickt auf die Autobahn, die sich wie ein helles Band jenseits der Felder ins offene Land hinein entrollt, geht weiter, geht an einem Feldrain entlang auf die Autobahn zu, steht am Straßenrand, winkt, sieht vielleicht nicht sehr vertrauenerweckend aus. Die Wagen brausen vorbei, aber der mit dem Arztzeichen hält. Der Fahrer stößt die Tür auf, betrachtet den Jungen aufmerksam durch seine Brille: »Ich fahre nur bis Rinsheim«, sagt er, während der Junge einsteigt.

»Rinsheim?«

»Das nächste Dorf. Ist Ihnen schlecht?«

Der Junge schüttelt den Kopf.

»Hintergedanken? Seien Sie vorsichtig. Ich kenne eure Tricks. Möchte keinem empfehlen, sie an mir auszuprobieren«, sagt der Arzt.

Der Blick, der ihn streift, läßt ihn verstummen. Dem Jungen ist nicht nur schlecht, denkt er vielleicht, kramt aber trotzdem ein Röhrchen Tabletten aus seiner vollgestopften schwarzen Tasche.

»Ich brauche keine Tabletten«, sagt der Junge.

»Etwas Unrechtes gegessen?«

»Mein Vater«, murmelt er, beißt sich auf die Lippen, schweigt.

Ich, dachte Justus, ich schwieg. Reinhard hätte gesagt: Ich habe meinen Vater verprügelt, und daraufhin hätte der Mann vielleicht einen Schluck aus der Schnapsflasche genommen, die in seiner Tasche lag, obgleich die Sache mit Reinhards Vater – wie sagte ich doch – halb so wild –, aber er hätte einen Schluck genommen, Reinhards Mann oder wen immer er getroffen hat unterwegs, jeder trifft jemanden.

Der Wagen springt an; der Arzt fährt unruhig, aber schnell. »Ich muß bald von der Autobahn herunter«, sagt er, »Rinsheim liegt links davon. Sie können im Krug auf mich warten. Ich nehme Sie gern wieder mit zurück zur Stadt. Haben Sie etwas Geld?«

Justus nickt. In seiner Hand liegt noch immer das Fünfmarkstück. »Ich will nach Hamburg«, sagt er.

»Da sind Sie falsch eingestiegen. Dort geht's nach Hamburg.«

»Macht nichts. Ich kann auch einen Tag in Rinsheim bleiben. Vielleicht gibt es Arbeit bei den Bauern.«

»Die Ernte ist doch längst eingebracht. Haben Sie einen Beruf?«

»Nein.«

»Handelsschule?«

»Gymnasium.«

»Und das wollen Sie aufgeben? Es kann doch nicht mehr weit sein zum Abitur.«

Justus schweigt verdrossen.

»Schwierigkeiten mit Mathematik? Latein?«

»Nein.«

Der Arzt schüttelt verständnislos den Kopf. »Wenn Sie mein Sohn wären, würde ich Sie übers Knie legen.«

»Damit könnten Sie mir auch nicht helfen.«

»Hat Ihr Vater es versucht? Sind Sie deshalb fortgelaufen?« (Haben Sie ihn deshalb verprügelt? hätte er Reinhard gefragt.)

»Lassen Sie mich in Ruhe. Es ist mein Leben, das ich verpfusche, nicht Ihres.«

»Wenn Sie mir seine Telefonnummer geben, rufe ich Ihren Vater heute abend an und sage ihm, daß Sie am 10. Oktober gegen 15 Uhr noch wohlauf waren.«

»Halten Sie, ich möchte aussteigen.«

»Wie Sie wünschen«, sagt der Arzt verblüfft, biegt in die Straße ein, die nach Rinsheim führt, hält. Justus steigt aus, bedankt sich, schlendert davon in den Wald, hört den Arzt weiterfahren, denkt noch: Die Straße hat Rinnen und Buckel, dann vergißt er den Arzt. Seine Füße versinken in raschelndem Laub. Ein Häher streicht von Wipfel zu Wipfel; die Zweige federn unter seinem Gewicht. Es kommt Gestrüpp, Unterholz, dahinter dehnen sich Felder, gesäumt von einem Streifen Fichtenwald, wie mit scharfer Schere aus dem Grau des Horizonts geschnitten. Vor ihm liegt ein See, umgeben von einem Wimpernkranz aus blonden Binsen. Er starrt auf das Wasser, schneidet sich an einem Schilfblatt, denkt stumpfsinnig: Kieselsäure, Schilf enthält Kieselsäure, die ist scharf. Das Blut will nicht aufhören, aus der kleinen Wunde an seinem Finger zu tropfen. Es ist ihm lästig, aber das Blut ekelt ihn; er bringt es nicht über sich, die Wunde auszusaugen, vergißt schließlich das Blut, oder es gerinnt. Vorgebeugt steht er da und verfolgt einen Stein, den er flach über das Wasser geworfen hat. Hört den Wald hinter sich aufrauschen, sieht große, fliegende Wolken.

Er ging und ging, seine Stirn zuckte, sein Mund; er konnte das Zucken nicht beherrschen, es kam von selbst, quälte ihn eine Weile, dann gewöhnte er sich daran. Er geriet auf eine Landstraße. Ein Wegweiser zeigte an, wie das nächste Dorf hieß, Stinz vielleicht, sagen wir Stinz. Nach Stinz waren viele Menschen zu Fuß, auf Fahrrädern und in Wagen unterwegs, Männer und Frauen, die aus den Fabriken jenseits der Felder kamen, wo Schornsteine in den Himmel qualmten. Auch ein Bauer mit einem Leiterwagen, den zwei Ochsen zogen, und einer, der einen Traktor fuhr, zuckelten die Straße nach Stinz entlang. Nach ihnen kam eine Weile niemand mehr, nur ein zottiger Hund trottete ein Stück hinter dem Traktor, blieb stehen, musterte Justus mit freundlichen, etwas trüben Augen. Justus rief ihn, aber er rührte sich nicht, stellte nur die Ohren nach vorn und wedelte. Justus nahm sein Taschentuch und wischte dem Hund die Augenwinkel aus. Dann ging er weiter in Richtung Stinz. Der Hund folgte ihm. Es kam ein zweiter Schub Fahrräder und Wagen, die Justus und den Hund überholten. Sie näherten sich einer Arbeitersiedlung, an der noch gebaut wurde. Weiter hinten lag das Dorf. Der Hund bog rechts ab in einen schmalen Weg, und als Justus geradeaus weiterging, kam der Hund zurück, stieß ihn mit der Schnauze und lief wieder in den Seitenweg. Justus hatte sich soeben entschlossen, seiner Mutter einen Brief zu schreiben. Sorge Dich nicht um mich, versuche nicht, mich umzustimmen. Ich bin Dir dankbar, daß Du es nicht mißgünstigen Leuten überlassen hast, mir die Wahrheit über meinen Vater zu sagen, die halbe nur, aber sie genügt mir. Der Hund wiederholte sein Manöver, stieß seine Schnauze an Justus' Bein, bellte, sprang in den Seitenweg, legte sich flach auf den Boden, schlug ihn mit dem Schwanz und blickte Justus bettelnd an, der schließlich begriff, daß dieser zufällige Weggenosse ihn aufforderte, mit ihm zu gehen. Er folgte ihm. Wie stellst Du Dir mein Leben zu Hause vor? Soll ich weiter in die Schule gehen, Vokabeln lernen, *Werthers Leiden* lesen, wer schlug wen wann wo unter welchem Parallelkreis pauken? Verlangt Respekt von mir, und Du liebst ihn, Mutter, schonst ihn, verbietest mir, ihn zur Rede zu stellen. Er stand da und dachte: Ich kann meiner Mutter nicht diesen kindischen Brief schreiben, sah den Hund an der Hecke entlangschnüffeln, die ein kleines Anwesen, Haus und Garten, umschloß, bemerkte auch die Frau im Liegestuhl auf der hölzernen Veranda des Hauses. Er ging schneller, wie gestoßen von seinen Gedanken. Er stolperte, blickte zurück; ihm war, jemand habe ihn gerufen. Da stand die Frau unter den hängenden Zweigen an der Gartenpforte. Er ging ein paar Schritte auf sie zu, blinzelte in die Sonne, die die Wolkendecke durchbrochen hatte. Die Frau stand in ihrem weißgelbgestreiften Kleid und mit ihren Haaren vor dem Hintergrund des Herbstes wie in einem Flammenmeer. Aufgeregt lief der Hund zwischen ihr und Justus hin und her. Sie stieß die Pforte nicht auf, das irritierte den Hund. Er sprang an Justus empor und leckte nach seinem Gesicht. »Setz dich, Idiot«, sagte die Frau.

Justus murmelte: »Sie müssen ihm die Augen baden.«

Die Frau runzelte die Brauen.

»Sie wissen wohl niemanden hier, der Arbeit für mich hat?«

»Arbeit? Was für Arbeit?«

»Jede. Ich habe nur fünf Mark. Ich will nach Hamburg.«

Sie bohrte die Spitze ihres Schuhs in die Erde, blickte grübelnd auf den Hund und dann auf Justus. Ihre Blicke wanderten seine Gestalt hinauf und hinunter. Mit einer winzigen Zungenspitze fuhr sie sich blitzschnell über die Lippen. »Sie können mir einen Stapel Holz hacken. Ich zahle sechs Mark dafür«, sagte sie, öffnete die Pforte, ging neben ihm durch das feuchte Gras auf das Haus zu, fragte ihn aus. Er antwortete mürrisch: »Ich kann ebensogut darauf verzichten, Ihr Holz zu hacken.« Sie nahm ihn bei der Hand und führte ihn ins Haus. »Sie sind viel zu jung. Sie sollten nicht so angewidert aussehen«, sagte sie, legte ihre Arme um seinen Hals, ihre Lippen auf seinen Mund.

Ein Geruch nach Äpfeln, Holz und Parfüm. Vor dem niedrigen

Fenster baumelt eine rote Beerendolde an einem entblätterten Ebereschenzweig. Auf dem Fensterbrett erscheinen die Vorderpfoten und der zottige Kopf des Hundes, verschwinden wieder. Es ist kalt und still, nur wenn sich draußen der Wind erhebt, rauscht und raschelt es in den Bäumen. Ein Vogel schnarrt, Zweige knakken. Ich blicke die Frau nicht an, wende mich nicht nach ihr um, aber ich weiß, sie wartet darauf. Meine Kehle ist zugeschnürt, mein Hals fühlt sich steif an, ich wage nicht den Kopf zu bewegen, nicht zu sprechen. Es ist nicht viel Zeit vergangen, seit sie mich hereinrief. Ich hatte mich von meinem Staunen über ihren Kuß noch nicht erholt, da hörte ich sie: »Wo bleibst du? Komm endlich.«

Ich bin auf die halb offene Tür zugegangen, bin eingetreten und stehengeblieben, denn sie hatte sich ausgezogen, lag auf der Couch, lachte, klopfte ungeduldig auf das Polster neben sich: »Setz dich zu mir. Hast du Angst?« – Darauf habe ich noch nicht geantwortet, aber ich kann nicht ewig hier sitzen und ihr den Rükken drehen, ich muß anfangen, wenn sie nicht denken soll, ich sei zu jung.

Heute, acht Jahre danach, erinnerte er sich seiner Erschütterung mit Staunen. Als er versuchte, sich ihr Gesicht zu vergegenwärtigen, versagte sein Gedächtnis, er sah nur ihr Haar, glaubte aber, ihre Stimme wieder zu hören, ihr Lachen, das ihn gepeinigt hatte. Auf die Ellenbogen gestützt, das Kinn in den Händen, den Blick auf ihn gerichtet, lag sie da, und er wunderte sich über ihre Ruhe, wollte mehr als diese kurze Umarmung, wußte nicht was, schreien sollte sie.

Sie sagte: »Ich sehe mir dabei zu. Hast du gemerkt, wie kalt ich bin? Für dich bin ich eine aufregende Frau, nicht wahr, aber mich regt niemand auf. Mein Mann sagt, ich mache ihn wahnsinnig, ich wünschte, er täte das auch mit mir. Wenn du Lust hast, kannst du hierbleiben, bis er kommt, ich bin nicht gern allein. Habe ich dich geärgert?« Er war schon an der Tür. »Die Toilette ist rechts neben der Küche«, sagte sie arglos. Er kehrte um. Vielleicht erschrak sie nun vor ihm, der von Zorn und Enttäuschung überwältigt auf sie niederblickte, aber plötzlich sprang sie auf, horchte, lief zum Fenster, beugte sich hinaus, rief den Hund, der weggelaufen war, warf sich einen kanarigelben Bademantel um die Schultern und drängte Justus aus dem Schlafzimmer. »Er kommt. Verschwinde. Hier wirst du Unannehmlichkeiten haben.«

»Wer kommt. Dein Mann?«

»Ja. Endlich. Er ist Reisevertreter. Bleibt oft wochenlang weg.« Sie stand dort, knallgelb und rot und fieberte ihrem Mann entgegen, blickte auf, erschrak, weil Justus noch nicht gegangen war, lächelte ihn plötzlich an wie das Titelbild einer Illustrierten. Er stolperte über die Schwelle, glaubte, sie hinter sich lachen zu hören. Als er die Pforte schon fast erreicht hatte, fiel ihm etwas ein. Er kehrte um, schlich geduckt mit eingezogenem Kopf an ihrem Fenster vorbei hinter das Haus. Dort lag kein Holz, das auf die Axt wartete. Nichts lag dort. Nichts, dachte er stumpfsinnig.

Ich habe mich an die Hauswand gelehnt, mir war schwindlig, die Lider fielen mir zu. Plötzlich gaben meine Beine nach, ich sank zu Boden. Der Hund hat sich auf mich gestürzt. Ich kämpfte mit ihm, stieß ihm die Faust ins Maul; er biß zu, meine Hand brannte. Ich schlug die Augen auf, da war kein Hund. Den Schmerz in meiner Hand hatte der Dornbusch verursacht, auf den ich einschlug. Es konnten aber nur ein paar Minuten vergangen sein.

Er ging zur Pforte. Draußen stand ein Mann vor dem Hintergrund aus blaugrauen Wolkengebirgen. Er krümmte den Rücken und ließ die Arme baumeln, als bereite er sich auf einen Boxkampf vor – mit Justus etwa? Aber als er herankam, warf der Mann den Kopf in den Nacken und lachte schallend: Ein Schulbub! Justus schoß das Blut ins Gesicht. Dies war nun bestimmt kein Traum mehr, nichts Unwirkliches, wenn auch nach wie vor befremdend. Der Mann tätschelte den Kopf des Hundes, der neben ihm saß. »Natürlich haben Sie keine Ahnung«, sagte er, »sehen nicht aus, als hätten Sie irgendeine Ahnung. Aber Carla! So unvorsichtig zu sein! Das Fenster offen zu lassen! Den Vorhang nicht zuzuziehen! Ein so niedriges Fenster, das zum Hineinschauen geradezu auffordert.«

»Der Hund saß vor dem Fenster«, stammelte Justus und verursachte eine zweite Lachsalve. »Sie kann doch nicht angenommen haben, das treue alte Vieh verbelle mich.«

»Warum sind Sie nicht hereingekommen und haben uns zur Rede gestellt?«

Das Lachen des Mannes klang auf einmal hintergründig, sein Gesicht war fahl, seine Backen zitterten. »Lauf!« brüllte er, »verschwinde, oder es gibt ein Unglück!«

Justus lief. Er achtete nicht auf den Weg. Der Wind heulte in die hereinbrechende Finsternis. Regenschauer fegten über das Land. Er hörte, wie sich die Güsse auf die Äcker stürzten mit gierigem Schmatzen. Es gefiel ihm, durch eine unbekannte Gegend zu irren, naß bis auf die Haut, in quietschenden Schuhen, die Hände ausgestreckt, während die Bäume gespenstische Tänze aufführten mit Wipfelneigen, mit Wehen und Winken, Fratzenschneiden und Seufzen unter den Hieben des Regens. Dennoch landete er schließlich, erschöpft und keuchend, auf der Autobahn, stand unter den triefenden Bäumen, sah die Wagen heranbrausen. Das Licht ihrer Scheinwerfer blendete ihn. Zischend verschwanden sie in der Nacht. Seine Ohren dröhnten. Er sah seinen Vater am Steuer eines der Wagen sitzen. Der dort, das ist er, dachte er und hob die Hand, als wolle er winken, bewegte sich aber viel zu langsam, und natürlich war der Mann nicht sein Vater, obgleich da kein Unterschied gewesen wäre, er könnte sein Leben lang so an mir vorbeifahren und würde mich nicht erkennen. Einen Moment stehe ich im kalten Licht seiner Scheinwerfer, er blickt auf, denkt: diese jungen Herumtreiber, der Teufel hole sie, und verschwindet. Aber nun träumte Justus etwas Wirkliches, sah seinen Kopf, seine Schultern, seinen Hinterkopf, Hinterkopf, ich sehe seinen Hinterkopf, ich sitze selber in dem Wagen, den er fährt, allerdings bin ich noch klein, und der Hals tut mir weh, der Kopf, die Ohren, die Nase, tut weh, tut weh.

Er ist sehr schnell gefahren. Meine Mutter hat mir kein Taschentuch gegeben. Es roch nach Rauch. Meine Mutter fragte nicht, warum ich weinte. Die Soldaten haben geschossen. Es ist Nacht gewesen. Der Himmel hat gebrannt. Ich hielt mein Pferdchen auf dem Schoß. Ich weinte auf mein Pferdchen. Mein Vater ist zornig geworden. Dein Geschniefe macht mich verrückt, sagte er. Ein Haus brannte. Die Soldaten schossen. Ich war naß von Tränen und Rotz. Meine Mutter hat mir kein Taschentuch gegeben. Die Bomber donnerten über dem Wald. Ich habe keine Luft mehr bekommen, meine Nase war zu. Ich schnaubte in den Schal, den ich um den Hals trug, erst leise, dann kräftig, bis alles raus war. Meine Mutter saß da mit geschlossenen Augen. Sie bestrafte mich nicht. Ich habe mich vor dem Schal geekelt. Meine Hand, die das Pferdchen hielt, schwitzte. Ich habe den Schal abgerissen, meine Mutter sagte nichts. Der Wagen schleuderte uns hin und her. Meine Mutter fiel mit dem Kopf auf meine Schulter. Ihr Kopf war furchtbar schwer. Ich habe geweint. Mein Vater sagte: Jetzt heult er wieder. Der Kopf meiner Mutter wurde zurückgeworfen. Es ist auf einmal sehr still gewesen. Ich bin eingeschlafen, aber ich bekam keine Luft, meine Nase war zu. Die Soldaten schossen. Meine Mutter wickelte mich in eine Decke und legte mich lang. Es roch nach Rauch.

Er lag auf seinem Bett in Werner Andermanns Haus, das jetzt in den Schatten am Rande des Mondlichts zurücksank, und dachte, er müsse nur still sein, warten, horchen, nichts denken. Aber andere Bilder aus seiner frühen Kindheit tauchten nicht auf, wagten sich nicht heraus aus der verschlossenen Spalte seines Gehirns oder wo immer sie vielleicht ruhten. Er erinnerte sich nur des Lastwagenfahrers, der ihn schließlich mitgenommen hatte, als er vor acht Jahren – kein Kind mehr – im Regen an der Autobahn nach Hamburg stand. Mein Kumpel ist in Hannover abhanden gekommen in irgendeinem Puff, bin hundemüde, erzähl mir was. Justus schwatzte drauflos von abenteuerlichen Plänen, die er nie erwogen hatte. Der Fahrer amüsierte sich. – Was du nicht sagst, auf ein Schiff willst du, dazu brauchst du Papiere. – Weiß ich. – Du weißt wohl überhaupt alles, denkst, du hast was gelernt in der Schule, aber Klugscheißer mögen sie nicht bei der christlichen Seefahrt. – Justus schwafelte und prahlte. Der Fahrer nahm ihn keine Minute ernst, aber das störte weder ihn noch Justus. Lag nicht eine Ewigkeit zwischen heute morgen und dieser von dem fremden Mann beherrschten Stunde, der in seinem handfesten Lederzeug neben ihm saß, vom Scheitel bis zur Sohle Zuverlässigkeit, Biederkeit, das Behagen einer klaren und sicheren Daseinsform, die kein Zweifel zu erschüttern vermochte. Der war wirklich, lebte jetzt und hier, unbeirrt; und wie einfach, wie gewöhnlich, bar jeder

Zwielichtigkeit sich auf einmal Justus' Erlebnis mit Carla ausnahm. »Durchgebrannt also. Krach mit den Paukern gehabt, mit dem alten Herrn?«

»Mit meiner Mutter. Nicht gerade Krach – nur – nur ein Gespräch. Unterwegs traf ich eine Frau, die mich in ihr Haus einlud.«

»Bloß ins Haus? Nicht auch.«

»Klar«, sagte Justus hemmungslos, »auch ins Bett.«

»Junge, Junge. Und dann?«

»Ihr Mann kreuzte auf.«

»Da bist du verduftet.«

Genug. Es geschah nichts Bemerkenswertes auf dieser Fahrt nach Hamburg. Während er den Fahrer noch anflunkerte, überlegte er bereits, ob er nach Hause zurückkehren und die Auseinandersetzung mit seinem Vater, die er selber nicht beginnen durfte um seiner Mutter willen, provozieren sollte. Wenn ich ihm meine Verachtung zeige, wird er fragen, wird er von sich aus anfangen. Vergiß nicht, daß er dein Vater ist, hörte er seine Mutter jammern. Im Augenblick erschien es ihm nicht schwierig, es zu vergessen; schon regte sich in ihm, zaghaft noch, ein dunkles Wollen und Verlangen, das mächtiger werden sollte von Jahr zu Jahr.

Es schob ihn auf die unbekannte, sich immer von neuem verhüllende, plötzlich nahe, im nächsten Augenblick zurückweichende Gestalt zu, die er selber war und werden wollte – seinem Vater zum Trotz.

Das rhythmische Gerumpel schwerer Räder, das Hin und Her des Scheibenwischers, der Geruch nach Leder, nach Tabak, nach Benzin, der strömende Landregen, das gespenstische Vorbeigleiten von Baum, Haus und Telegrafenmast. Schlaf nicht ein, sagte der Fahrer.

Unruhe. Stimmen. Stimmen? Justus träumte nicht mehr, aber es dauerte lange, bis er sich zurechtfand. Die Stimmen kamen aus dem Erdgeschoß des Andermannhauses. Eine klang wie die eines Betrunkenen. Türen klappten. Er ging zur Treppe, hörte Werner sagen: »Du kannst doch hier nicht schlafen.« Das Haus war hell erleuchtet. Anita und Nora standen auf dem Treppenabsatz im ersten Stock – Nora? Sie war es, und nun kam auch Vera aus dem Korridor gelaufen und flüsterte mit den beiden. Auf der untersten

Treppenstufe saß Kilian, Anitas Mann, das Gesicht in den Händen, mit zerwühltem Haar. Werner zog ihn am Arm. »Komm, ich bringe dich ins Bett.«

»Laß mich in Ruhe, du verdammter, du Narr.«
Justus lief hinunter, nahm Kilians anderen Arm. Gemeinsam stellten sie ihn auf die Füße, legten sich seine Arme um die Schultern und hievten ihn, stolpernd und keuchend, die Treppe hinauf. Anita hielt eine Tür auf. Kilian stierte sie an. »Wer ist Helmut?« lallte er.

»Weiter!« sagte Werner, das erboste Kilian oder erinnerte ihn an irgend etwas. »Wo steckt sie denn, die Obernärrin, die Schulmeisterin, die sich einbildet, die Ver-, Ver-, die Ver-.« Er fiel auf das Bett wie ein Stein. »Die Vernunft«, sagte Anita kalt, aber er meinte nicht sie, seine Augen suchten Lucie, die jetzt in der Tür stand, die Hand auf dem Lichtschalter. »Hast noch nicht genug, wie? Hast den Schlund noch nicht voll.«

»Ich mache jetzt das Licht aus. Schlaf gut«, sagte Lucie ungekränkt.

»Moment!« Werner zog ihm die Schuhe von den Füßen, da war Kilian schon eingeschlafen. Seine vorgeschobenen Lippen bildeten eine trotzige Schnute. Lucie deckte ihn zu. Draußen sagte Werner verlegen zu Justus: »Tut mir leid, daß wir dich geweckt haben. Er verträgt nichts. Willst du auch etwas trinken?«

In Werners Zimmer saß ein Herr, den Justus nicht kannte, las in einem Schnellhefter, legte ihn auf den Tisch, sagte zu Werner: »Ich konnte nicht widerstehen, entschuldigen Sie.« Es ist die Geschichte, die er schreibt, das Manuskript, dachte Justus mit angehaltenem Atem, aber Werner nahm die Indiskretion gelassen zur Kenntnis. »Dr. Dreßler, ein Kollege von Kilian, Noras Verlobter«, sagte er zu Justus. Noras Verlobter. Der Brief auf Reinhards Schreibtisch, lang, schmal, hellblau. Justus strich sich mit der flachen Hand über das Gesicht, bis er das Gefühl hatte, es sei glatt und ausdruckslos, aber er traute seinem Gefühl nicht, trat an das Verandafenster, suchte sein Bild in der Scheibe, sah aber nur die Spiegelung von Werners Lampe, die weiter draußen noch einmal erschien, reflektiert vom äußeren Verandafenster. Sieht aus, als hinge die Lampe in der Baumkrone, die aus der Finsternis ragt, und wenn der Wind in die Zweige fährt, bewegt sich das Spiegelbild der Lampe nicht mit. Verlobt, und Reinhard hat keine Ahnung. Stand es in dem Brief, den er nicht öffnete? In der anderen Ecke sagte Herr Dr. Dreßler, es sei unglaubhaft, daß dieser Jerome Hartwell Holland.

»Nennen Sie ihn Jerry«, unterbrach ihn Werner.

Langsam ging Justus an den Bücherregalen vorbei auf den Tisch zu, an dem die beiden saßen. Jerry. In welchem Zusammenhang hatte er doch diesen Namen gehört.

»Also Jerry. Ich hätte ihn nicht zu einem Deserteur gemacht. Amerikanische Neger desertieren nicht«, sagte Dreßler mit unsicherer Stimme, als wisse er nicht, was davon zu halten sei. »Es würde wohl auch einen schlechten Eindruck machen, nicht wahr, solange sie um ihre Bürgerrechte kämpfen«, fügte er hämisch hinzu, in dem Manuskript blätternd. Die Seiten raschelten. Werner saß zurückgelehnt, wartend, aber nicht gleichgültig, eher wie einer, der bereit ist zuzuspringen, nachts um zwei Uhr, dachte Justus, wach. Es war Vera, die von Jerry gesprochen hatte. Vielleicht erzählt dir mein Vater einmal von Jerry, hatte sie gesagt. »Ist er schikaniert worden? Es sieht aus, als habe er keinen plausiblen Grund gehabt zu desertieren. Ich habe allerdings nur ein paar Seiten gelesen«, sagte Dr. Dreßler verstimmt. Werner seufzte, das tat er eigentlich oft, seltsames Wort; seufzen. Justus überlegte, in welchen Wörtern auch ein fz vorkam, fand aber nur Wörter mit chz.

»Setz dich endlich. Trink deinen Whisky.«

Jauchzen. Schluchzen.

»Sagtest du etwas?«

»Nein, nichts.« Er stürzte den Whisky hinunter. Werner schenkte ihm einen zweiten ein. Er trank auch ihn, fühlte sich sehr wohl, dachte, er hätte nur einen Schritt zur Seite treten und sich zwischen Werners Lampe und das Verandafenster stellen müssen, und der zweifache Lampenspuk draußen wäre verschwunden.

»Bombastischer Name, Jerome Hartwell Holland«, sagte Dr. Dreßler gereizt, »klingt wie der Name eines Feldherrn, der Schlachten gewann.«

»Jerry hat nur einen Kampf gegen sich selber gewonnen«, murmelte Werner.

War denn Dreßler gezwungen gewesen, die Bekanntschaft dieses Deserteurs zu schließen, über den er sich nun ärgerte, den er offenbar nicht ausstehen konnte. Fast sah es aus, als sei er aus Enttäuschung wütend. Hatte vielleicht Spannendes, Sensationelles erwartet, als er die Nase in Werners Manuskript steckte, die allerdings neugierig aussah, die Nase, spitz, aber meine ist auch nicht hübscher. Lefze, ich hab's. Raffzahn, nein, das ist Schmu. Sein Blick fiel auf das mit Plakatfarben gemalte Bild über dem Sofa, das vielleicht die Vollkommenheit darstellen sollte oder die Makellosigkeit, oder es hieß einfach: weißer Kreis auf blauer Fläche.

»Es bleibt mir wohl nichts übrig als Farbe zu bekennen«, sagte Werner. Justus starrte ihn an. Die Betrifft-mich-nicht-Laune verflog, in die ihn die Neuigkeit versetzt hatte, daß Werners Buch von einem amerikanischen Deserteur handele, nicht von Deutschen, von Vätern, von Werners eigenem Vater vielleicht oder von Werner selber, er war selber ein Vater. Typisch für mich, bilde mir ein, das Buch, das er schreibt, kann nur von Vätern handeln.

Werner trank sein Glas aus wie einer, der dringend eine Stärkung braucht, schlug die Beine übereinander, trommelte ein paar Takte auf die Tischplatte, aber seine Worte klangen nach diesen Vorbereitungen aufreizend harmlos. Er hätte geglaubt, die Beschreibung des Hauses sei ihm gelungen, sagte er. »Haben Sie es denn nicht erkannt?«

Dreßler blickte ihn verständnislos an, der gequält weitersprach, getrieben vielleicht von einer seiner seltenen Anwandlungen von Höflichkeit. Oder hatte ihn der Whisky gesprächig gemacht? Es sei damals, kurz nach dem Kriege, manches anders gewesen, das müsse er zugeben, beispielsweise habe die Mansarde noch keinen Anschluß an die Zentralheizung gehabt. »Was rede ich, an Zentralheizung war noch lange nicht zu denken, aber wir hatten wenigstens Öfen in unseren Zimmern, während es dort oben lausig kalt war im Winter. Wir ließen schließlich auch in die Mansarde einen kleinen Ofen setzen. Womit wir ihn allerdings füttern sollten, das war eine andere Frage. Kohlen gab es nicht. Wir holzten viel Gestrüpp ab im Garten, konnten uns aber nur in der äußersten Not entschließen, einen Baum zu fällen. Auch wollte meine Mutter durchaus nicht einsehen, weshalb das Hausmädchen, das sich tagsüber kaum in seinem Zimmer aufhielt. Dort lebte Jerry jedenfalls«, unterbrach er sich unwirsch, »im Zimmer unserer Hausangestellten, in dem sich jetzt Justus eingerichtet hat. Trink noch einen«, fügte er hinzu und bediente Justus, während Dreßler, als weigere er sich zu verstehen, mit der flachen Hand auf den Schnellhefter schlug: »Soll das heißen, es sei hier passiert, in Ihrem Hause, wollen Sie behaupten, Sie hätten einen amerikanischen Deserteur hier versteckt?«

»Simons Vater. Jerry. Vera sagte, du würdest mir vielleicht einmal von ihm erzählen«, sagte Justus, verwundert über den Verlauf seines nächtlichen Besuchs bei Werner, kein Wort über Kilians Besäufnis, Vernunft, was wollte Kilian damit sagen, hatte Lucie behauptet, sie werde am Ende triumphieren, die Vernunft. Langsam fing der Kreis auf blauem Grunde vor seinen Augen zu schwingen an, zu rollen. Die Lider wurden ihm schwer. Stimmen murmelten. Jemand lachte hell. Er riß den Kopf hoch, blinzelte in das Licht; Nora und Anita waren hereingekommen. Vera sei schlafen gegangen, hörte er Anita sagen. Schlafen, Vera schläft, ihr Haar auf dem weißen Kissen, ihre Stirn, weiß in Weiß. Er erhob sich schwerfällig. Nora stand hinter dem Stuhl dieses geschniegelten, dieses Dr. Dreßler, beugte sich über ihn, küßte ihn. Reinhard liebt sie doch, Reinhard quält sich. Läuft ihm davon und verlobt sich. Wollen Sie sagen, Sie hätten einen amerikanischen Deserteur hier versteckt, sagt der Laffe, und sie küßt ihn dafür. Unsinn, nicht dafür, wer weiß, welche geheimen Vorzüge ihn auszeichnen vor Reinhard. So pedantisch wie er aussieht, kann der Mann nicht sein, mit dem sich Nora verlobt. Maßanzug wie aus einem Modejournal und hält das Kreuz steif. Werner, dem die Pfeife ausgegangen ist, klopft die Asche heraus, öffnet seinen Tabaksbeutel. Fängt der auch an sich zu drehen wie der Kreis über dem Sofa, ein Bauch, gefüllt mit Tabak. Werner schiebt die leere Pfeife wieder in den Mund, schnappt nach Rauch wie ein Karpfen nach Wasser.

»Hatten Sie denn keine Unannehmlichkeiten mit der Militärbehörde?« sagt Dr. Dreßler mit aufgerissenen Augen. Der Kreis steht in Flammen. Werner murmelte etwas Unverständliches und verstummt nun endgültig. Justus kennt diesen Gesichtsausdruck, geben Sie Ihre Hoffnung auf, na, ich gehe, sagt er, gute Nacht. Alle blicken ihn an. »Danke jedenfalls für die tatkräftige Hilfe.« Er fährt herum, da steht Anita mit kreidigem Gesicht, Schatten unter den Augen. Ach ja, er hat geholfen, ihren Mann ins Bett zu bringen, aber war das sein Schlafzimmer? Ehrensäbel, hört er sich sagen. Seine Stimme schnarrt. Er wankt zur Tür. Ehrensäbel, wie mein Alter, der Apfel fällt nicht weit, nein, sag das nicht, auch nicht im Suff, sag's nicht.

Kilian

Ist der Tag vorbei oder fängt er an, gleichviel, ich weigere mich, streike, denke nicht an Aufstehen, schlage die Augen nicht auf, will nicht wissen, ob es schon hell ist.

Er erinnerte sich plötzlich. Sein dienstfreier Tag war heute, und es war gestern abend im Bett gewesen, als Anita, ohne ihn auf den Schreck vorzubereiten, plötzlich fragte: Wer ist sie?

Wir lagen nebeneinander, zufrieden wie nach einem bestandenen Examen, aber schon wurde ich wieder unruhig. Lügt das Fleisch, die Haut, meine Hand auf ihrem Schenkel, ihr Mund, atmend an meiner Schulter, kann solche Nähe trügerisch sein. Ihre nicht, sie ist ganz wahr, du bist der falsche Hund, der an eine andere denkt, die nun wieder Gestalt annimmt, Blick, Bewegung, Stimme. Da stellten sich auch die unausgesprochenen Worte ein, die ich Anita sagen wollte. Ich muß immerzu an sie denken, ich will nicht, aber ich muß. Es wäre unaufrichtig, es dir zu verschweigen, nicht wahr, wir wollten eine gute ehrliche Ehe führen, deshalb habe ich auch, habe: Es war auf dem Oktoberfest im Ulmenhof, Nora bediente an der Bar, erinnerst du dich? Du könntest mir helfen, sag ich zu Dreßler; er zieht die Brauen hoch. Du bist ihr Typ, das schmeichelt ihm, macht ihn neugierig; ich lache ihm ins Gesicht. Sie heißt Nora, tolle Person; er blinzelt irritiert. Alarmstufe hundert, sag ich. Er pfeift durch die Zähne: Angst? Ich nicke. Ich will meine Frau nicht betrügen, aber damit beeindrucke ich ihn nicht. Ist ja auch egal, rette mich, nimm sie, wenn sie wieder in festen Händen ist, vergeht mir der Appetit auf sie, Anstrengungen ermüden mich. Dreßler versteht endlich, ziert sich ein bißchen, aber schließlich ist er gerade frei, und wenn sie keine Gans ist. Ist sie nicht, bestimmt nicht, du wirst viel Spaß mit ihr haben, sag ich mit saurer Miene, komm mit, ich zeig sie dir.

Die Theke ist belagert, Student umarmt Studentin, Studentin stößt ihn weg, redet mit Nora, Student tröstet sich mit Nachbarin zur Linken; Nora, enges Kleid, tiefer Ausschnitt, bewegt sich aufreizend zwischen Theke und Gläserbord, sagt prahlerisch-spöttisch zu Studentin: Ganz recht, zum Zeitvertreib, zum Spielen, genau wie er, und als er mir langweilig wurde. Dreßler reißt die Augen auf. Das hat gezündet, denk ich, Nora imponiert ihm. Sekt! Martini! Studentin lacht wiehernd, Student sagt: Armer Kerl, war ehrlich verliebt in das Miststück. Besonders wohl fühl ich mich nicht, Dreßler reagiert zu schnell, verliebt sich Hals über Kopf, kommt, sieht und ist hinüber. Jemand steht hinter mir und hält mir die Augen zu, jemand Vertrautes, Anita, meine Anita. Ich ziehe sie fort, wir tanzen, ich frage, warum Nora ihren Freund betrügen will, dem sie doch lange treu war. Kennst du ihn? fragt Anita zurück. – Nein, aber –. Er macht ihr Szenen, sagt sie, das mag sie nicht. – Eifersüchtig? – Ein Muttersohn. Ein Puritaner. Aber Nora will selber über sich verfügen, sagt Anita gedehnt in einem Ton, der vielleicht andeuten soll, daß eigentlich auch sie, Anita – Unsinn.

Er schlug die Augen auf und schloß sie sogleich wieder. Mann läßt sich kapern von Freundin seiner Frau, wie schäbig, wie gewöhnlich, Spießbürgersex. Halte mich fest, sei wieder meine Anita, sei wie früher. So ungefähr hatte er mit ihr sprechen wollen, aber die Worte schepperten, falsch, hohl; er brachte sie nicht über die Lippen. Anita fragte, ob er eingeschlafen sei, dann wollte sie wissen, wann er sich in sie verliebt hätte. In jener Nacht, sagte er, das weißt du doch. Wie viele Mädchen er vor ihr gehabt, ob er sich vorstellen könne, wie sie als Kind von elf, zwölf Jahren ausgesehen hätte. Solche Fragen stellte sie; es klang nicht, als erwarte sie unbedingt Antworten darauf, aber auf ihre letzte Frage gab er eine. Hübsch, sagte er.

Sie lachte. »Ich war unausstehlich, eine Göre, ein Biest.«

Noras Stirn, ihr Haar, der wache, konzentrierte Blick, der hochmütige Mund, der plötzlich verführerisch lächelt, triumphierend.

»Du ahnst nicht, wie ich zum Beispiel Gertrud mitgespielt habe, damals, als Jerry bei ihr lebte. Ich fühlte, daß etwas anders geworden war, ich schnüffelte durch das Haus.«

»Wer ist denn Gertrud? Ach so, Gertrud, Simons Mutter.«

»Ja.«

Immer diese Geschichten, Jerrys Geschichten, Lucies, Werners Geschichten. Wenn aber Dreßler Nora erzählt, daß ich es war, der ihn auf sie gehetzt hat, wenn sie zu Anita sagt: dein Mann. Er schielte zur Seite. Sie saß neben ihm, die Arme um die Beine geschlungen, das Kinn auf die Knie gestützt, hin und her schaukelnd auf ihrem kleinen spitzen Hintern, redend, ohne ihn anzublicken. Albernheiten übrigens, auch er war ein mageres Kind gewesen, wer denn nicht. Krieg, Nachkrieg... Ihre Freundin also, sie nicht, ihre Freundin Nora war nicht unterernährt. Er fuhr hoch, Nora, immer und überall Nora. Sah aus wie ein Vamp in ihren Pullis, darauf ist die kleine Anita neidisch gewesen, wie lächerlich. Aber das mit dem Alten amüsierte ihn, dem alten Knochen, sagte sie: stand da wie erstarrt, schnalzte mit der Zunge, riß die Augen auf, zischte wütend: Diese Titten!

Anita warf sich zurück, rollte auf die Seite, stützte den Kopf in die Hand. Kilian brauchte sich nur ein wenig nach rechts zu drehen, um ihren Augen zu begegnen, aber er tat es nicht, versuchte, sich das kleine Mädchen vorzustellen, das sie gewesen sein wollte, meinetwegen auch häßlich, wenn sie Wert darauf legt. »Ich habe nicht die hübsche Larve meiner Mutter geerbt, ich bin nach meinem Vater geraten.«

»War denn deine Mutter hübsch?«

»Ja, und ich liebte sie nicht besonders, ich liebte meinen Vater und meinen großen Bruder.«

Er lachte auf. Werner, »mein großer Bruder«. Nachts habe sie in ihrem Bett gehockt, am Kopfkissenzipfel saugend, dem Weinen nahe –.

»Warum denn? Hat er dir etwas zuleide getan?« Seine Stimme klang gereizt und ungeduldig. Es kränkte ihn, daß sie seine Aufmerksamkeit für ihre Kindereien beanspruchte. Schien sich sehr sicher zu fühlen, Anita, hielt ihn vielleicht für immun gegenüber anderen Frauen, und warum fragte sie nicht, wie sein Dienst gewesen sei. Natürlich sprach er nicht gern von den Blinddärmen, Krebsen, Magengeschwüren und Herzinfarkten, mit denen er sich zu beschäftigen hatte, aber es wurmte ihn, daß sie sich nicht danach erkundigte. »Er hat mir mit seinen Lügen das Herz gebrochen«, sagte sie dramatisch: Kilian erinnerte sich, sie meinte Werner. »Werner lügt doch nicht.«

»Lügen wegen Jerry«, fuhr sie fort, »aber das wußte ich nicht.

Zuerst war es Gertrud, die mich belog. Das nahm ich hin, fand es begreiflich, daß sie bestritt, mit einem Neger in ihr Zimmer gegangen zu sein. Nein, nicht Neger, ich habe nicht gesagt: ein Neger, als ich sie zur Rede stellte – warum eigentlich nicht?« Sie lachte leise. »Ich war gar kein Biest, siehst du. Später allerdings, wenn ich auf dem Dachboden saß und an der Wand ihres Zimmers horchte.«

»Na hör mal, schämst du dich nicht?«

Sie schnurrte förmlich; er horchte erstaunt, offenbar behagte ihr dieses Gespräch. »Du hast dir kleine Mädchen anders vorgestellt, rührend, nicht wahr, wie Blumen.«

»Ich habe mir kleine Mädchen überhaupt nicht vorgestellt«, antwortete er wütend, aber sie beachtete es nicht.

»Du solltest deine Vorurteile revidieren.«

»Wieso Vorurteile. Ich habe keine Vorurteile.«

»Nein?«

»Ich habe nie behauptet.«

»Schon gut. Ein paar Monate später, es war ein Winterabend, sternklar, ich strolchte durch das Haus. Da hörte ich Werner in Gertruds Zimmer; er sprach englisch. Ich kam nicht auf die Idee, der Amerikaner sei drinnen, dachte: Werner hat gemerkt, daß ich durch den Korridor schleiche und will mich foppen. Ich habe mich auf mein Fensterbrett gesetzt und geweint. Werner in Gertruds Zimmer! Ich stellte mir vor, wie er sie in den Armen hielt, wie sie zusammen über mich lachten. Ich haßte Gertrud. Erst dieser Könnicke, dann der Neger, dann er. Werner. Ich glaube, ich saß dort die halbe Nacht, jedenfalls sehr lange, bis ich sah, daß die Sterne weitergewandert waren. Sie standen jetzt anders, das faszinierte und tröstete mich.«

Er verschluckte den Spott, der ihm auf der Zunge lag, sagte nur, es käme ihm wie Hohn vor, daß die Welt weiterläuft, gleichgültig gegen menschliches Leid. Er wollte Anita jetzt sehen, drehte sich auf die Seite, stützte den Ellenbogen auf das Kissen, den Kopf in die Hand. So blickten sie einander an, sahen die Strukturen aus Strichen und Punkten in der blanken Iris rund um die Pupille des anderen und drinnen, schwebend, schwimmend, scharf und seltsam verkürzt wie in einem konvexen Spiegel das eigene Bild, Gesicht, Hals und Brust, Hand und Arm, das niedergedrückte, seitlich des Armes gebauschte Kissen und dahinter, winzig, aber sehr genau den hellen Schirm der Lampe mit dem Riß am Rand und dem bräunlichen Fleck, dort wo die heiße Birne den Schirm versengt hatte.

»Schließ die Augen, schnell.« Ihr glatt geschnittenes Haar, über die Wange gefächert, der Schatten eines Lächelns unter der blonden Wimper, ihr Mund. Er hätte sie gern in die Arme genommen, aber erst mußte er ihr sagen, irgendwie, daß sie keine Angst mehr wegen Nora, wieso keine Angst mehr, hatte sie denn Angst.

»Warte. Ich möchte etwas trinken.« Sie wälzte sich aus dem Bett, streifte den Kittel über, den ihr Vera aus Paris mitgebracht hatte, knallblau, und ließ ihre blanken Knie frei. Auch er stand auf, zog sich an, beobachtete durch die offene Tür Anita, die mit einer Flasche zurückkam. Ich könnte ihr eine Kindergeschichte erzählen, in der Liebe überhaupt nicht vorkommt. Soll das ein Krawattenknoten sein, ach wozu. Höchstens als eine verschämt verschwiegene Schweinerei, die meine Mutter mit schmalem Mund nachts im elterlichen Schlafzimmer erduldete. Er zerknüllte die Krawatte in der Jackentasche. Hat lange gedauert, bis ich zu ahnen begann, wofür sich meine Mutter so erbittert an mir rächte. Warum aber an mir? Weil ich der Schwächere war? Mein Vater begriff nie, warum seine Frau und sein Sohn nicht teilhatten an seiner robusten Gesundheit; angewidert wandte er sich von uns ab, bis ihn die amtlich verbriefte Wollust von neuem kitzelte: Beeile dich, schicke den Jungen ins Bett. Kilian litt verständnislos und verzweifelt, nahm die Wutausbrüche seiner Mutter hin wie Naturereignisse.

Anita stellte Gläser auf den Tisch, dann schnupperte sie an einem Päckchen. »Käsegebäck«, sagte sie erfreut und schüttete die Stangen und Kringel auf den Tisch. Seinen Eltern konnte niemand helfen; sie quälten einander und genossen ihre Qual. Inzwischen hatte seine Mutter herausgefunden, daß auch sein Vater eine verwundbare Stelle besaß. Anita gab ihm sein Glas in die Hand; er trank es aus. Solange sich sein Vater tagsüber im Büro aufhielt, verspürte seine Mutter kein Bedürfnis, sich melodisch zu produzieren, aber seit seiner Pensionierung. »Mehr«, sagte er zu Anita,

»pur«, und sie goß sein Glas voll Gin. Es waren süße kleine Lieder mit eiapopeia und summsummsumm, die seine Mutter beim Aufräumen sang, beim Geschirrspülen, beim Abstauben kreuz und quer durch die Wohnung, hoch, höher mit ihrer zittrigen, zum Zerreißen dünnen Stimme. Sein Vater hält sich die Ohren zu, tobt, schreit, fleht. Sie beobachtet ihn kalt mit lauernden Augen: Böse Menschen haben keine Lieder. Gib die Flasche her! Nach dem dritten Glas fühlte er sich wohler. »Warst du auch auf Lucie eifersüchtig?« fragte er, »sie war doch damals schon Werners Frau – oder?«

»Ja«, antwortete Anita erstaunt, »das heißt: Nein, ich war nicht eifersüchtig auf Lucie, überhaupt nicht, Lucie gehörte doch zu uns.«

Er starrte sie an durch einen Nebel aus Zigarettenrauch; irgend etwas gefiel ihm nicht. »Du bist wohl sehr stolz auf euren Klan«, sagte er, und sie, erschrocken: »Klan? Nimm mich nicht so ernst. Ich rede und rede, nur.«

»Nur?«

»Ach, ich mag es nicht sagen, nicht jetzt, du wirst enttäuscht sein, böse vielleicht.«

»Sag es.«

»Ich habe.« Sie zögerte, er ermunterte sie.

»Ich habe es satt, hier herumzusitzen und auf dich zu warten. Ich will weiterstudieren.«

Weiterstudieren. Er lachte auf. Mit Kollegen fachsimpeln, chemische Formeln im Kopf, Säure in den Adern und wenn er aus dem Krankenhaus kommt, halb närrisch von dem Affenbetrieb, mach ihr ein Kind, pfeif auf die Familienplanung.

Sie sagte leise: »Du sollst nicht denken, ich wäre nicht glücklich mit dir, wenn auch.«

»Was denn noch?«

»Diese – diese Perfektion in kurzer Zeit«, sagte sie und wurde rot.

Ihm schwindelte.

»Ich weiß, es ist ungerecht, Stümperei wäre schlimmer, aber unsere Routine, sag selbst, ist das noch Liebe?« Das Wort Liebe kam wie ein Hauch, er hörte es kaum. Schnell fügte sie hinzu: »Natürlich ist das nicht der Grund dafür, daß ich mein Studium wiederaufnehmen will.«

Wie reizend von ihr, wie beruhigend. Er verfluchte den Gin, den er getrunken hatte; er brauchte jetzt einen klaren Kopf. »Du hast mir versprochen, meine Frau zu sein und sonst nichts.«

Sie blickte ihn an, groß, liebevoll eigentlich, wie – wie damals, dachte er, hob sie auf, trug sie auf das Bett, küßte sie sanft auf die Augen, gar nicht routiniert, seine Füße verhedderten sich im Bettvorleger, er stolperte, fing sich, stand taumelnd da, stumpfsinnig, nichts begreifend, obgleich sein Wille zu begreifen immer von neuem in ihm aufflackerte. Hatte er sein Wissen kaltblütig benutzt? Nein, es war nur Angst, die ihn trieb. Der Egoismus seines Vaters schreckte ihn. Nur das nicht um Himmels willen, nicht werden wie er, meine Mutter verdorrte an seiner Seite. Hatte er etwas anderes Wichtiges vergessen?

»Wer ist sie?« hörte er Anita fragen und riß die Augen auf. »Sag's nur. Ich fühle, daß jemand zwischen uns steht. Kenne ich sie?«

»Wie kommst du darauf, woher weißt du?«

»Wer?«

In diesem Augenblick klopfte Simon an die Tür. »Besuch! Nora ist da mit ihrem neuen Freund.«

So war es, so fing der Abend an, die Nacht. Noras neuer Freund, sein verehrter Kollege Dr. Dreßler, den er nicht einladen mochte, aber Nora brachte ihn mit, während sie den anderen, den sie viel länger kannte, nur Anita vorgestellt hatte. Die Andermannidioten freuten sich, spendierten etwas zu trinken, spielten Noras Tanzplatten. »Mein Verlobter, Dr. Dreßler«, sagte sie. Kilian starrte sie an. »Du kennst ihn ja. Wo bleibt Anita?«

»Sie ist oben, zieht sich an«, antwortete er mit Grabesstimme, Dreßler beobachtend, der treuherzig, mit Schulbubenmiene um Lucies Sympathie warb. Bot seinen unwiderstehlichen Charme auf, schwatzte und scharwenzelte. War es denn möglich, konnte sich sein preußischer Untertanenblick täuschen, der doch mit Sicherheit aus jedem Kreis von Personen die eine herausfand, um die es sich lohnte, die eine Autorität war, wie er sich ausdrückte. Sah er nicht das Angestrengte, Künstliche an Lucies Haltung, den Panzer, den sie trug, der sie aufrecht hielt? Zugegeben, er war im Laufe der Zeit zu einer Art zweiter Haut geworden. Auch ihre Kollegen und Schüler hielten ihn für echt. Sie und ihr Mann fügten sich schlecht in sein Bild einer tatkräftigen, selbstherrlichen, ehrgeizigen und mit wahrer Begeisterung rackernden und schuftenden Generation, die ihre Jugend mit einer Höllenfahrt beendete und dann, kaum hatte sie ihre fünf Sinne wieder beisammen, in einem unvergleichlich atemberaubenden Tempo Land und Wirtschaft wieder aufbaute nach altbewährtem Rezept, wobei fast unbemerkt eine neue Generation heranreifte, ihr über den Kopf wuchs und in die Suppe spuckte, junge Leute, die ihre Väter, Mütter und Lehrer mit einer eigenen, unverständlichen Lebensweise schockierten, sie mit Fragen bestürmten, mit grausamen, gerechten und ungerechten Vorwürfen. Sofern es sich um Werner und Lucie handelte, die hielten ihnen stand, besonders Lucie, nicht so introvertiert wie ihr Mann, ja, ganz besonders Lucie mit ihrer Hoffnung auf Brüderlichkeit. Aber manchmal sah Kilian ein Grauen in ihren Augen, nicht nur, wenn sie zurückblickte, und unversehens konnte ein irrer Ausdruck sie entstellen. Ihre Stimme überschlug sich. Arme alte Haut, dachte er, selber schaudernd beim Anblick des erbarmungslosen Karrieremenschengesichts Dreßlers, der aus purer Gewohnheit und weil er's nicht lassen konnte, mit artistischem Vergnügen sozusagen – Kilian lachte in sich hinein –, selbstvergessen, aber es war ja nur der Nutzeffekt der Person, nein, der Persönlichkeit, der Autorität, ihn hatte er nicht berechnet, als ihn eine gewisse Ausstrahlung reizte, Lucie den Hof zu machen. Böses Erwachen, das ihm bevorstand, wenn er merkte, an wen er seine Bemühungen verschwendete. Da setzte sich Nora zu Kilian; er drückte sich in die Sofaecke. »Worüber amüsierst du dich eigentlich, wenn ich fragen darf?« Er stöhnte auf. Ich mich amüsieren! Dreßler erkannte seine Bedrängnis, erhob sich, flüsterte Lucie noch irgendeine Schmeichelei zu und stelzte zu ihnen hinüber, überzeugt, einen überwältigenden Eindruck zu hinterlassen, wieder der etwas steife, aber hoffnungsvolle junge Mann mit Zukunftsaussichten, rechte Hand des Chefarztes. »Alles in Butter?« fragte er, und Kilian saß da und nickte mit dem Kopf, nickte die halbe Nacht lang zu all dem

Unsinn, den Dreßler, den die Andermanns schwatzten, saß in der Sofaecke, nickte und ließ sich vollaufen.

Ich habe einen Kater, dachte er, ich brauche ein Aspirin, Anita, ein Aspirin! Er tastete nach ihr; sie war nicht da. Er erblickte Aladin, die Höhle, violett und blau, Berge bunter Edelsteine, die Wunderlampe in einem Kreis weißen Lichtes. Wieso Aladin, das Fenster, die Wolken, die Wand mit dem Bild Aladins. Als Vera es malte, war sie zehn Jahre alt, seitdem hing es dort. Er begriff nun endlich, daß er gar nicht in seinem Bett lag. Von seinem Bett aus würde er durch die offene Zwischentür ins Nebenzimmer blicken, nicht auf Aladin, nicht auf das Fenster. Auch war er nicht ausgezogen, ah ja, er befand sich in Anitas ehemaligem Kinderzimmer, aber wie war er hereingekommen, warum lag Anita nicht neben ihm. Es ist viel zu früh zum Aufstehen, schlaf noch ein Stündchen. Er gähnte, blinzelte in das fahle Licht. Licht, dachte er, Morgenlicht, Mittagslicht, Licht über dem Schneefeld, Licht, das sich im Wasser spiegelt, in den Augen der Menschen und Tiere. Da war Anita schon groß, wußte, daß manche Sterne längst erloschen waren, wenn sie ihr Licht erblickte. Was ist das, Licht, in den Raum gestrahlt von den Himmelskörpern, einen Raum, der ohne ihre Strahlung unsichtbar wäre wie jeder Gegenstand in ihm und alle Farben. Er hörte Anita flüstern, hörte ein Seufzen, ein tiefes Atemholen. Auf einmal wurde ihm deutlich, wie sie als Kind gewesen war. Er lag still, wie betäubt von Zärtlichkeit, dachte ihre Gedanken, staunte wie sie, überlegte nun selber, wie es wäre, hätte in wüster Vorzeit kein blindes Lebewesen ein Organ gebildet, eine Zellengenossenschaft, zusammengeschlossen zur Wahrnehmung des Lichts, zur Erschließung der Welt. Wir ahnten keine Horizonte, könnten Raum nur in engem Umkreis tastend, lauschend, kriechend erkennen. Welcher Wille trieb die stumpfsinnig fressende, ausscheidende und sich fortpflanzende Kreatur, welche unerhörte Ahnung, und wieviel Jahrtausende dauerte das Hervorbringen. Du kennst die physikalischen Erklärungen, glaubst den Vorgang des Sehens zu verstehen, hast vielleicht von den Farbsubstanzen in den Zapfen der Netzhaut gehört, die die stoffliche Grundlage des Farbensehens bilden sollen. Verstehst du es wirklich? Diese Abstimmung aufeinander, der vom Licht durchdrungene Raum und das Auge, gemacht, ihn wahrzunehmen. Die Stimme verstummte. Die Wolken vor dem Fenster trieben auf ihn zu, langsam, dann schnell, immer schneller. Sie wirbelten, rasten, fingen zu brennen an, Feuerschiffe, stürzende Flugzeuge. Ein Fabelwesen mit lodernden Flügeln starrte ihn an, geh weg, aber dann war es nur wieder Nora, die er sah. Sie spreizte sich wie ein Paradiesvogel, der in ein Krähennest geriet, sagte: »Und wenn er es wissen will?«

»Warum sollte er«, antwortete Anita.

Es war gestern nacht gewesen, ihr verschlossenes Gesicht und die kleine senkrechte Falte in ihrer Stirn hatten ihn beunruhigt.
»Dann sagst du, dein Vorgänger war Basil, und wenn er weiterfragt: Gewiß, mein Lieber, vor dir gab es Basil und vor Basil.«

»Helmut«, sagte Anita mit halbem Lachen.

»Na bitte.«

»Glaubst du, Kilian hätte vor mir keine Mädchen gehabt?«

»Das ist natürlich etwas ganz anderes«, sagte Nora mit beißender Ironie.

Kilian, dachte er, Kilian bin ich, sie sprechen von mir, denken, ich sei betrunken, höre und sehe nichts. Wer zum Teufel ist Basil, wer Helmut?

Anita sagte verlegen: »Es wäre ja nicht unbedingt nötig.«

»Nein. Lieber heucheln, nicht wahr«, spottete Nora. »Gefällst du dir in der schäbigen Rolle, die wir zu spielen haben? Du würdest sie nicht wählen, hättest du die Wahl.«

»Ach, die hat keiner. Hab doch Geduld.«

»Ja. Sei vorsichtig, sei listig, verstehe ihn. Erwarte nie, daß er dich verstehe. Warte. Zunächst bis er dich nimmt. Das ist leider der einzige Liebesbeweis, den er zu bieten hat. Dann bis ihm selber einfällt, was dir schon lange klar ist, damit er dich um Himmels willen nicht für überlegen hält und dir davonläuft mit irgendeinem Hühnchen.«

Er horchte. Er pfiff durch die Zähne. Plötzlich wußte er, wie Dreßler sie so schnell für sich gewonnen hatte, die ja eigentlich ihn, Kilian, ermunterte. Hat die geistige Tour gespielt. Ich mag nur Frauen mit Verstand und Selbstbewußtsein, verdammter Heuchler.

»Was bleibt einem friedliebenden Mädchen übrig?« sagte Anita mit ihrer lieblichsten Stimme, in den Sessel gekuschelt, versteckt unter ihrem glatten, schimmernden Haar.

»Wehe dir, wenn du zuerst sagst: Ich will nicht mehr, habe genug von dir«, sagte Nora erbittert. »Da muß ein anderer im Spiele sein, nicht wahr, denn er selber ist nicht schuld, er nicht, nie«, und Anita, beschwichtigend: »Es wäre doch nicht schwierig gewesen, Reinhard zu bewegen, von sich aus Schluß zu machen, wenn du es unbedingt wolltest.«

Kilian fand aus dem Staunen nicht heraus.

»Ich weiß. Eine kluge Frau vermeidet ein offenes Wort, das seine Eitelkeit verletzen könnte. Das wäre unverzeihlich. Am Ende sähe er sich gezwungen, über sein steinzeitliches Benehmen gegenüber Frauen nachzudenken, welche Zumutung! Ich hasse Ungerechtigkeit.«

Es war nicht Noras letztes Wort gewesen, aber es klang nach, hallte in seinem Kopf wie ein Ruf in einem leeren Saal: Ungerechtigkeit. Ich hasse.

Aber sie sprachen jetzt von einem anderen Thema. Helmut, dachte er, Basil, haben die meine Anita, ihre Brüste, ihre Schenkel, ruhig, ruhig Blut. Es war übrigens Dreßler, der sprach, und er meinte keinen Menschen, er meinte die Mauer. »Die muß weg«, sagte er klipp und klar wie die Schlagzeile einer Zeitung. Wir sind klipp und klare Leute hier in Berlin, unser Anliegen, legitimes Anliegen. Kilian trank hastig. Jedes Gespräch stößt einmal an die Mauer, sozusagen, wie auch jeder Weg, den du immer geradeaus weitergehst, an der Mauer oder am Stacheldraht endet. Eingekreist sind wir. Seid ihr mal am Fehrbelliner Platz aus der U-Bahn gestiegen? – Dumme Frage. Jeder ist wohl gelegentlich am Fehrbelliner Platz. – Habt ihr das Schild mit den Wegweisern gesehen? – Welches Schild. – Fehrbelliner Platz. Darunter steht: rechts zur Versicherungsanstalt, links zum Krematorium oder umgekehrt, fehlt nur noch: zum Entbindungsheim. – Kilian wollte sich ausschütten vor Lachen. Dreßler glotzte, auch Nora war irritiert, aber die Andermanns, Anita, Vera, Lucie, Werner, die Andermanns und er verstanden einander. Eines Tages würde er hier im Hause die Praxis des alten Dr. Andermann wieder eröffnen. Davon träumte er nun ein bißchen, sah das Wartezimmer und die Menschen, die sich danach drängten, von dem ausgezeichneten jungen Arzt behandelt zu werden, der sich hier etabliert hatte, sah Anita, umringt von ihrer noch ungeborenen Kinderschar. Worte wie lästige Fliegen brummten an sein Ohr: Gespensterstadt! – Erlauben Sie! – Stadt der Schlagbäume, Scheinwerfer, Schranken, Militärposten, Todesstreifen, Panzersperren. – Wir sollten dankbar sein. – Kulturbetrieb. – Krampf. – Nirgends so lebendig. Er dachte an den kleinen, zartweißumrandeten schwarzen Fleck auf der Fernsehwetterkarte, der polnischen Grenze näher als der Grenze zwischen Ost- und Westdeutschland, auf dem gleichen Breitengrad wie Ballybunnion, Birmingham, Zwolle, Gniezno, Kiew, Irkutsk, der Mount Columbia und die Südzipfel des Winnipeg-Sees und der Hudson-Bai. Er hatte sich den Verlauf dieses Breitengrads eingeprägt, empfand Welt und Weite, während sich die anderen über Provinzielles ärgerten, hörte ein Summen, ein fernes Rauschen, aber er schlief nicht, dachte an jenen Sommerabend am Tegeler See, als Anita ihm erzählte, wer Veras Vater war und was mit ihm geschah, während sie beide laufen und sprechen lernten und eingeschult wurden unter den Dächern der Stadt, die ihn ausspie. Sie verstummte. Er wartete, blickte auf das Wasser, das der Wind, vom Lande kommend, zu kleinen spritzenden Wellen kräuselte, golden flimmernd, wo sich das Abendrot spiegelte, aber dort, sagte Anita, und er folgte ihrem Blick über die Bucht hinaus, die schon im Schatten eines nachtblauen Himmels lag, ein sanftes Schiefergrau, dann ein Streifen Grün und ein samtiges Violett, von einer Ahnung Mondsilber zart übersprüht. Was soll's, es beruhigt mich nicht, ich will nicht beruhigt sein. Die Schwalben und Möwen hörten wie auf geheimen Befehl zu schreien auf. Lautlos wie Fledermäuse kreisten sie unter dem erlöschenden Abend. Die weißen Segel einer Regatta tauchten herauf. In einem Spiegel sehr fernen, sehr kühlen Blaus schwamm ein schmaler Mond. Wir haben mit uns zu tun, ich mit dir, du mit mir und auch jeder mit sich selber, sagte Anita, und eigentlich hätte er damit zufrieden sein sollen, denn er wollte sie so haben, nur mit sich selber und mit ihm beschäftigt und sonst mit nichts. Er hörte Werner von einem Provisorium sprechen. Die Menschen richteten sich darin ein wie für die Ewigkeit, das beunruhige ihn, sagte er. »Wie werden sie reagieren, wenn ihre Illusionen eines Tages wie – wie Seifenblasen.« Das Wort zerstieben fiel ihm nicht ein. Mit gefurchter Stirn und zusammengezogenen Brauen, unter denen seine Augen ganz verschwanden, saß er da, zog an seiner Pfeife und begriff vielleicht endlich, daß Dreßler nicht der geeignete Partner für seine Selbstgespräche war. Partner für Selbstgespräche, das amüsierte Kilian einen Augenblick; Lucies Bemerkung entging ihm aber nicht, auch verstand er ihre und ihres Mannes groteske Situation in diesem Lande, dieser Stadt: Freiheit gegen Sozialismus, Widersinn, Freiheit *und*, sagte sie. Damit war die Katze aus dem Sack. Dreßler sah aus wie der sprichwörtliche begossene Pudel. Hatte er nicht schon seit geraumer Zeit etwas Feindliches, Ordnungswidriges, Zersetzendes gewittert, einen Geist, der widerlegt war vom deutschen Wunder und den er nicht erwartete in einem – einem guten Haus, dachte er vielleicht und blickte hochnäsig in die Runde. Nur sein Mund verriet, daß er tief beleidigt war. Hatte diese verkappte Kommunistin für eine Persönlichkeit gehalten, unverzeihliche Dummheit. Ach, du langweilst mich. Eine dumpfe Trauer bemächtigte sich Kilians. Er schimpfte sich einen sentimentalen Esel, aber das lächerliche Bild leuchtete vor seinem inneren Blick, der Traumvater im Arzkittel, die blonde Traumfrau und die glücklichen Kinder. Bildet euch nicht ein, es sei nur ein Abzugsbild eurer Fernsehfamilien; es stammt aus tieferen Schichten, aus der Einsamkeit eines kleinen Jungen, und wenn ich weitersaufe in diesem Tempo, werde ich selber noch wie Dreßler – prost, Kollege –, werde mich mit Händen und Füßen, mit Gefühl und Geschrei dagegen wehren, daß unsere Sicherheit, unser Traum vom Glück eine Seifenblase. »Mit viel gutem Willen und mit Vernunft.« Das war noch einmal Lucies Stimme, na, es klang nicht besonders überzeugt, und überhaupt: Vernunft. Kilian lachte laut. Alle blickten auf ihn. Anita sagte: Ich dachte, du schläfst, und Werner, Pfeife paffend, forsch, sich selber ermutigend: »Die Vernunft ist unsere einzige Chance.« Zum Schreien! Und wie sie um den Tisch sitzen mit tiefsinnigen Mienen, Stirnen runzelnd, Nasenflügel blähend, Rauch ausstoßend. Leider komme sie spät, die Vernunft, immer flössen erst Ströme von Blut, aber am Ende. Ja, sagte Kilian, bis zum nächsten Wahn, und auch der kostet Blut, bis dann wieder einmal, bis zum übernächsten, eure großartige Vernunft oder was ihr so nennt. Natürlich ist er betrunken. Seine Stimme klingt fremd und sonderbar, will ihm nicht gehorchen, auch müßte er seine Gedanken sorgfältiger formulieren. Nicht, daß er nicht wüßte, was er sagen will. Auch die Andermanns wissen es, selbstverständlich. Sein Groll wächst. Jeder kennt die Schreckensschraube, denk an den Seuchentod, an die Kindersterblichkeit, die besiegt wurden, und was geschah? Der Hungertod trat an ihre Stelle. – Muß das sein? – Es ist Werner, der sich langatmig darüber verbreitet, daß die Befriedung der Welt, die Humanisierung, die Beseitigung von Armut und Hunger zum erstenmal in der Menschheitsgeschichte keine Utopie mehr wäre. »Die technischen Voraussetzungen sind vorhanden. Eine Frage der Vernunft, der Solidarität und der Organisation. Streicht sämtliche Militärbudgets.«

Noch zwei Minuten so weiter, und Dreßler trifft der Schlag. Wieder bricht dieses Lachen aus Kilians Kehle, das ihm in den eigenen Ohren hallt. Er verstummt jäh. Seine Worte von vorhin füllen sich mit Bild und Leben. Von einem Wahn zum anderen, denkt er, ganz erhellt, und sieht in einer grellen Vision ein Stürmen und Stürzen, ein Emportaumeln und Weiterjagen, und immer neue Horizonte werden sichtbar, immer neue Hindernisse türmen sich auf, die nur mit immer gewaltigerem Terror... Was ist geschehen, hat sich Dreßler entschlossen, gute Miene zum bösen Spiel zu machen, hat einen seiner abgeschmackten Witze zum besten gegeben, die er bereithält zum Aufmöbeln ermüdeter Stammtischpartner. Er wiehert, kräht, blökt, grunzt. So polyphon pflegt er nur auf seine eigenen blöden Einfälle zu reagieren, aber Anita lacht nicht mit, vielleicht ist Kilian der Anlaß der allgemeinen Heiterkeit, und sie schämt sich für ihren lächerlichen Mann. Schritt für Schritt, sagt sie mit komischem Ingrimm; das gefällt sogar Lucie. Immer zweie vorwärts und einen zurück ginge es mit uns, um einen Schritt kämen wir also doch vielleicht im Endeffekt voran, erklärt sie, wenn auch zögernd. Kilian trinkt ihr zu, prost, Frau Studienrätin, fein hast du dir das ausgedacht, es hilft, nicht wahr, rettet vor dem Blick der Verdammnis, Blick eines Toten, der umsonst, ganz und gar umsonst, keinerlei Sinn in Sicht, keine höhere Vernunft, kein Geheimnis göttlicher Lenkung, gemordet für nichts und wieder nichts, und dann: Raus mit dem Teufel durch die Vordertür, rein mit Beelzebub durch die Hinterpforte, der nun ein anderes Fähnlein schwingt, zu neuen Kreuzzügen ruft, erfinderisch, wie er ist, hat noch viele Sorten Mensch auf Lager zum Befreien, zum Retten und Rotten! Wieder wiehert Dreßler. Du bist ja besoffen, sagt Kilian, und Dreßler, nach Luft schnappend: Besoffen? Ich? Ich bin? Kilian sieht Werner aufstehen, in Zeitlupentempo, als schiebe jemand seinen schweren Sitzhintern langsam in die Höhe. Fühlt sich nicht mehr wohl in meiner Gegenwart, meint, ich sollte mich auf einem höheren Niveau bewegen, womit Dreßler natürlich übereinstimmt, immer zu haben für Höheres. Schafsgläubig blickt er zu ihm auf. Falsch. Eine Wut packt Kilian. Dreßler und die Andermanns in einer Front gegen ihn, das ist absurd, idiotisch, beleidigend. Lucie lächelt ihn an. Ein blinder Zorn bricht aus ihm. Sie denkt nicht daran, ihn ernst zu nehmen, ihn anzuschreien, das Lächeln geht nicht weg, sture Person, Vernunft, mit Vernunft.

Aus. Weg. Er weiß nichts mehr. Sein Gehirn schwappt in der Schale seines Schädels. Ein Rieseln, Wehen und Strömen ist um ihn her, ein trockenes Knistern, Sanddünen, Sandflüsse, Geröllhalden, eine archaische Landschaft mit öden Hügeln im Hintergrund und mit einer Festung, einer Burg. Alt, grau, aus mächtigen, unregelmäßigen Steinquadern zusammengefügt, ragt sie in den Himmel. Jetzt bewegt sich etwas auf sie zu durch den Sand, das Geröll. Anfangs nur ein Punkt in dem lehmigen Gelb, vergrößert er sich schnell. Ein Tier, nein, ein Mensch, ein Mann. Er rennt auf das mächtige Gemäuer los mit gesenktem Kopf, springt zurück, rennt von neuem dagegen, ein putziger kleiner Kerl, ganz allein in der großen Einöde. Zum Lachen, wie er Anlauf nimmt, hüpft und wie ein Ziegenbock den Kopf gegen die Festungsmauer rammt, immer an derselben Stelle. Er prallt zurück wie ein Gummiball, gibt jedoch nicht auf, und plötzlich kommen Leute gelaufen, junge und alte, Männer und Frauen. Sie lachen, aber ihr Lachen klingt grollend, und im nächsten Augenblick schwillt es an zu einem dumpfen Herdengebrüll. Da fallen sie schon über den Kleinen her, aber er ist gar nicht klein, kein Ziegenbock, kein putziges Kerlchen. Er selber ist es, Kilian, der dort in der Gosse liegt mit gespreizten Beinen und blutigem Schädel. »Wach auf! Wach doch auf!« Er starrt in Anitas Gesicht. »Erkennst du mich nicht?« Seltsames Gebilde, ein Gesicht, besteht aus lauter Toren; mit Licht, Bild und Geräusch, mit Luft, Geruch und Nahrung strömt die Welt in dich ein. Gestalt und Farbe, Anordnung, Größenverhältnisse und Zwischenräume, und wie die Haut zwischen den Organen der Sinne gespannt ist, straff oder locker mit schwindender Fettpolsterung, das alles zusammengenommen und noch mehr drückt dein Wesen aus oder verlarvt es. »Mein Kopf brummt. Gib mir ein Aspirin.«

Er schluckt es hastig. »Kilian«, beginnt sie, aber er will nichts hören. »Du bist für die Liebe geschaffen, nicht für die Chemie«, brummt er und erwartet eine spöttische Antwort, aber Anita sagt, den Blick auf das Fenster gerichtet: »Hast du dir einmal überlegt.« Sie zögert; er knurrt: »Du weißt wohl selber nicht, was«, sieht ihre weit offenen Augen, bernsteinhell wie ihr Haar und in der Mitte, ein schwarzes Insekt, in dem hellen Licht nicht größer als ein Stecknadelkopf, die Pupille. »Was zum Beispiel Nora von dir halten soll.«

»Nora! Zum Teufel mit Nora!«

»Wirklich?«

Er stutzt, aber sie spricht den Hohn nicht aus oder was immer ihr auf der Zunge liegt, nein, sie schluckt es hinunter, an billigen Triumphen liegt ihr nichts, freimütig blickt sie ihn an. »Ich freue mich, wenn es ein Irrtum war. Ich hätte es wissen sollen. Ein Mann wie du –.«

Sitzt da, gewaschen und gekämmt, in Faltenrock und weißem Pullover, während er mit schlafverklebten Augen und zerwühltem Haar in den Kissen hockt, die Hose zerknittert, die Decke heruntergestrampelt. Ein Mann wie du – Balsam –; er spürt, wie sich sein Gesicht zu einem selbstgefälligen Grinsen verzieht. Anita wartet geduldig. Anita beherrscht das Spiel, das Ehespiel, das Mann-und-Frau-Spiel, diesen Kampf mit ungleichen Waffen. Wie sie dort sitzt, lächelnd, die Hände im Schoß zusammengelegt, unangreifbar. Sie wird ihren Willen haben, alles, was sie will. Er springt auf, läuft ins Badezimmer, reißt sich die Sachen vom Leib und stellt sich unter die Dusche. Auf dem Rückweg fällt ihm ein, daß sein

Leben auch anders sein könnte, unerfreulich, schwierig und widerwärtig. Nora zum Beispiel wäre seiner längst überdrüssig geworden, denkt er, seine Haare trocken reibend. Nora würde ihn nicht schonen. Warum auch, soll begreifen, daß er ein aufgeblasener Narr ist. Er wirft das Handtuch weg. »Komm, komm doch«, flüstert er an Anitas Ohr, erstickt ihr Staunen mit Küssen, hebt sie auf das Bett. Ihr Kopf verschwindet unter seiner Brust. »Ich möchte, daß du dein Studium abschließt«, sagt er, irgendwann in einer Atempause. »Die Zeiten sind vorbei, weißt du.« Aber nun ist sie es, die ihm das Wort vom Mund küßt. »Gern, ich tue gern, was du willst, alles.« Ihr Auge leuchtet. Ach du rosenmaulige Heuchlerin.

Die Fortsetzung einer Geschichte

Es war in der Nacht mit Nora und Dreßler. Ehrensäbel, sagte Justus, da wußte Werner, an wen er ihn in gewissen Augenblicken der Verlegenheit erinnerte. Er konnte die verhüllte Gestalt mit keinem Namen, keiner bestimmten Begebenheit in Verbindung bringen, Gestalt, die bereit war, bei der geringsten Zudringlichkeit zu fliehen, bereit aber auch, die Wand des Vergessens zu durchbrechen, wenn das Wort fiele, das Zauberwort. Es schmeckte wie Essig. Er hatte es in den Jahren, die inzwischen vergangen waren, gewiß manchmal gehört und nicht an Wolfgang gedacht, der vielleicht sein Freund geworden wäre, aber als Justus ihn glasig anblickte: Ehrensäbel, sagte er. Die Stimme des HJ-Führers peitschte durch den Universitätshof, wo die Studenten exerzierten, die sich nicht lumpen ließen. Pfeif auf die Philosophie oder kämpfe in ihrem Namen. Sie verweigert nicht ihren Hurendienst mit erlauchtem Wort: »Freiheit der Entscheidung, die sich in die Bindung des höchsten Befehls stellt.«[1] Ehrensäbel, sagte Wolfgang und stand wie nackt in einem kalten Wind, und drei Jahre später...

Eine Abendwolke zog feierlich gleichgültig über dem zerstörten Land nach Osten. Die Luft zitterte noch vom Donner der davonrollenden Panzer, da rauschte wie ein schmutziger Regen die Stille nieder. Er horchte, in ein Erdloch geduckt, hob vorsichtig den Kopf, sah einen einsamen Kohlstrunk, blaugrün mit bräunlichen Flecken, dort wo die Blätter gesessen hatten, und daneben das Bein eines Mannes in einem lehmverschmierten Stiefel vor der hohen Himmelswand. Wie eine Fata Morgana standen die ineinandergeschachtelten Dächer des Dorfes und über ihnen der Zwiebelturm der kleinen Kirche, scharf umrissen in einem schwefelgelben Licht. Breite, milchige Rauchsäulen stiegen kerzengerade aus den Häusern empor, als schmore in allen Herden ein Festschmaus, und wie zufällig hingestreut, Spielzeugfiguren eines Riesen, lagen vier, fünf graue Gestalten, reglos mit verrenkten Gliedmaßen auf dem

1 Heidegger

wüsten Acker. Aus Wolfgangs Mund keuchte noch Leben, während die vom Tod versiegelten Augen nach oben rollten. Die Wolke, ein brennendes Floß, an der Turmzwiebel verankert, riß sich los und schwamm weiter. Wie Kartenhäuser, die ein Kind anblies, sanken die Bauernkaten in sich zusammen. Das giftige Leuchten erlosch. Die Nacht kam schnell.

Er wußte nicht mehr, wie er sie verbracht hatte, aber er spürte noch sein Frösteln und Zähneknirschen, seine Ohnmacht, seinen Haß, die Schande der Uniform, die er trug, er, Werner Andermann, ein Soldat des Führers, unkenntlich geworden, rechts, links, marsch... Noch heute betrachtete er seine Umgebung, die Menschen, mit denen er lebte, zuweilen aus der Distanz eines Verkleideten, entdeckte sich wie in einem Spiegel, aber weit weg, beobachtete sich mit der Neugier eines Naturforschers für ein merkwürdiges Insekt, das unter der scharfen Linse seines Mikroskopblickes eigenartige Bewegungen ausführt. Wohl wußte er ungefähr, wie das Geschöpf sich ernährte, fortpflanzte, seiner Brut das Leben sicherte, überwinterte und sich zurechtfand in einer immerzu sich verändernden Welt, und vielleicht war das viel, alles, was einer wissen konnte, aber unbefriedigend und fast so verwirrend wie die simplen Tatsachen, die von einigen bereits verstorbenen Exemplaren der Gattung bekannt waren. Da hatte zum Beispiel vor ungefähr 150 Jahren ein Seilermeister namens Johann Andermann moderne industrielle Produktionsmethoden in seiner Werkstatt eingeführt, die sein Sohn Julius zu einer Fabrik erweiterte, Draht- und Hanfseile, Hebebänder, Gurte. Während jedoch dieser Julius seinen Erfolg noch als Lohn strengen Fleißes, würdigen Wandels und gelegentlichen Gebets verstand, hielt sein Nachfolger, ein gewisser Friedrich Andermann, seinen wachsenden Wohlstand bereits für den selbstverständlichen Tribut eines streng parteiischen Weltenlenkers, der sich für die Loyalität seiner bevorzugten Untertanen wie jeder anständige Geschäftspartner zu revanchieren hatte, wofür jene wiederum zum Dank Hurra! riefen und seine Macht mehrten. Weder die Mesalliance seines Sohnes Hugo noch der Heldentod seines älteren Sohnes vermochten die Selbstgerechtigkeit Friedrich Andermanns zu brechen. Auch nach der Niederlage der deutschen Heere im großen Krieg vertraute er unentwegt dem Gott, der die guten Haus-, Grund-, Fabrik-, Konten- und Sonstigesbesitzer schützte und die bösen, habgierigen, mißgünstigen, aufsässigen, zum Dienen im Schweiße Geborenen strafte. Er enttäuschte ihn nicht. Getreulich hielt er seine Hände über die zuvor Geschlagenen und ihre ungebrochenen Machtpositionen in Gerichtssälen, Fabriken, Banken, Kasernen, Kirchen und Bildungsstätten, und wenn auch Friedrich Andermann die Erfüllung seiner Hoffnungen nicht mehr erlebte, so zweifelte er doch nicht, daß sein treuer Gott dem irregeleiteten Vaterland bald eine Führerpersönlichkeit und wehrhafte Männer bescheren würde, die Zucht und Ordnung wiederherstellten. Leider war sein Sohn Hugo dazu so wenig zu gebrauchen wie zur Weiterführung der Fabrik. Zum Kummer seines Vaters wurde er Arzt. Später glossierte er den Jungen, der gegen die Eltern aufbegehrt hatte. Da war er schon in die heitere Resignation des alternden Hahnreis versunken, würzte seine Einsamkeit mit burleskem Ehegepolter, schenkte seine Zärtlichkeit Anita und Vera, seine Affenliebe, spottete Werners Mutter, aber sein Vater lachte nur. Er bat Vera, ihm einen vollkommenen Kreis zu malen. Das ginge nicht, antwortete sie nach kurzem Nachdenken. Irgendwo müsse die Hand ansetzen oder der Zirkel. Der Ansatzpunkt lasse sich natürlich vertuschen, aber sei ein Kreis mit vertuschtem Ansatzpunkt vollkommen? Hugo Andermann sagte, sie möge ihm also einen unvollkommenen Kreis malen, einen mit vertuschtem Ansatzpunkt. Sie malte ihn, nicht ahnend, wie sie den Großvater gerührt und erregt hatte mit ihren Kinderbedenken, ihrem Wahrheitswillen, malte den Kreis dick und weiß auf eine glatte blaue Fläche. Ein Schuß ins Schwarze, das heißt, ins Blaue, dachte Werner, blieb aber mißtrauisch gegenüber der verführerischen Stimme, die angesichts solcher Reinheit in Weiß und Blau in ihm flüsterte. Realistischer wäre eine Fieberkurve, spottete er, beginnend mit normaler Temperatur, steigend, fallend, höher steigend, tiefer fallend und so weiter, bis zur letzten, steilen, unwiderruflichen Abwärtsbewegung in Richtung null Grad. – Was willst du, der Kreis beginnt sich zu schließen. – Daß ich nicht lache. – Auch ist Lucie deine Frau. – Sie hat ihn nicht vergessen. – Willst du denn, daß sie ihn vergesse? – N... nein. – Es gab eine Zeit, da wolltest du dankbar sein, bliebe sie nur in deiner Nähe. – Schweig still. – Du wolltest mit allen Mitteln ... – Nicht mit allen, mit gemeinen Mitteln nicht. – Warum so erregt? – Er war mein Freund. – Und dann war er ein Jude. Nun sagst du nichts mehr. Reden wir von etwas anderem. – Auch ich war ein Mann. – War? – Ein Versager, um es genau zu sagen. – Ich verstehe. Du solltest diese Kindereien endlich vergessen.

Das sollte ich allerdings, und zum Teil ist es mir auch gelungen. Mindestens kann ich über den Jungen lachen, der nachts in sein Kissen schluchzte, weil er vor Angst, Aufregung und Liebe unfähig war. Du quälst mich, sagte Lucie und wand sich aus meinen Armen, und dann, in jener Nacht am Werbellinsee, nachdem der unvermeidliche Klamauk mit dem Zelt überstanden war: immer hielt es ein Spaßvogel noch für originell, sich aus dem Zelt zu schleichen und die Heringe herauszuziehen, wenn wir eingeschlafen waren, wie die Speichen eines großen Rades in dem runden Zelt liegend. Mit leisem Platschen sinkt es über uns zusammen. Tumult unter der Plane, Gelächter, Schimpfe. Auch die Schläfer in dem anderen Zelt wachen auf. Erst lange danach wird es ruhig. Ich horche zu den Mädchen hinüber. Die Augen fallen mir zu. Plötzlich höre ich einen Eulenschrei. Ich warte. Eine seltsame Spannung bemächtigt sich meiner. Eins der Mädchen knipst eine Taschenlampe an, läßt sie von Gesicht zu Gesicht kreisen – Lucie? Ich halte die Augen fest geschlossen. Wieder schreit der Kauz. Das Mädchen schlüpft aus seinem Schlafsack. Die Lampe wirft einen zitternden runden Mond an den Zelthimmel, dann strahlt sie in meine Richtung, aber ich habe Lucie erkannt, die lautlos, in jeder Hand einen Schuh, über die Schlafsäcke steigt und aus dem Zelt kriecht. Hat ihr Kleid nicht ausgezogen, als sie sich hinlegte. Draußen bleibt sie stehen, horcht vielleicht, ob jemand wach geworden ist oder zieht ihre Schuhe an. Wieder ertönt der Eulenruf, näher als vorhin, und jetzt höre ich Lucie laufen, richte mich auf, streife den Schlafsack ab, stehe mit eingezogenem Kopf im warmen, atmenden Dunkel des Zeltes, tappe hinaus. Die Nacht ist mondhell. Die Kiefernwipfel, wie durchlöcherte schwarze Schirme, schwanken im Wind. Sterne blinken durch die Löcher. Ich gehe auf den Streifen Birkenwald zu, der sich zum Strand öffnet. Es raunt und lacht in den Birken. Lacht? Ich horche angestrengt. Es ist Lucie, die lacht. Ich will hin zu dem Lachen, stolpere über Grasbüschel und Wurzeln, bleibe stehen mit laut klopfendem Herzen. Der Mondzauber in den Birken erlischt. Die Gestalt, die lieblich vor meinem Auge schwebte, versinkt in schwärzeste Nacht. Bruno ist bei ihr, Bruno war es, der den Eulenschrei nachahmte.

Erschöpft lehne ich an einem Baumstamm, gefoltert von den Geräuschen der Liebe, dem Rascheln, Seufzen und Stöhnen, das kein Ende nehmen will. Ich weiß, wo die beiden liegen; ich selbst habe dort, keine zehn Schritte entfernt, mit Lucie auf der Moosbank gesessen. Weich wie ein Bett, sagte sie, und dann, schnell: Laß uns gehen, hier sind Ameisen. Die fürchtet sie nun nicht mehr, nicht in Brunos Armen, der versteht's, weiß, wie man's machen muß, ohne sie zu quälen. Ich will weglaufen und kann nicht. Wie gelähmt stehe ich, gebannt von ihrem Schrei, der zu mir dringt wie von einem fernen Ufer, weiter weg als das jenseitige, in Nebelglanz verschwimmende des Sees. Danach ist es still im Wald, als wären plötzlich alle Bäume, Tiere und der Wind gestorben. Ich spüre Schmerz in meinen Fingern, die sich in Rinde gekrallt haben. Sie bluten. Ich sauge das Blut ab, stoße mir die Faust in den Mund: still, sehe dann, wieder eine Weile später, zwei helle Gestalten Hand in Hand über den Strand ins Wasser laufen.

Irgendwann in jenen Jahren erkannte Werner, daß er anderen Mädchen gegenüber keine unüberwindlichen Hemmungen empfand. Die Angelegenheit, die ihm viel zu schaffen gemacht, war nicht sehr aufregend, wenn das Herz unbeteiligt blieb. Er bewegte sich aber freier, gewann Abstand und eine gewisse Überlegenheit. Nett, sagte Lucie und drückte seinen Arm, nett, daß du dich bemühst, uns zu verstehen, und Bruno fand es anständig, wirklich, grundanständig von dir, uns die Stange zu halten. Die war leicht zu balancieren, solange noch nicht auf der einen Seite die geballte Staatsmacht saß, aber der Ruch der Grundanständigkeit blieb an ihm haften. Auch später, als das Wort Gewicht bekam, als die Beziehung der beiden nicht mehr Liebe, sondern Rassenschande hieß, auch dann vertrauten sie ihm und konnten dennoch nicht verhindern, daß sich ein kalter, fremder, ein gereizter Ton in ihre Gespräche stahl. Könnt ihr nicht vorsichtiger sein, ist es so schwierig, sich vorzustellen, wie aufreizend ihr auf diese Idioten wirkt. –

Ich an deiner Stelle würde nicht wagen, Lucie an mich zu binden, sagte er eines Tages zu Bruno. Er antwortete nicht: Heuchler, er durchschaute ihn nicht, aber sein Blick, seine Stimme, seine Worte: Wir gehören zusammen, wir lassen uns nicht vorschreiben, wen wir lieben dürfen und wen nicht.

Die Universität war verbotenes Territorium für ihn. Sein Vater war arbeitslos und seine Mutter irgendwie sonderbar geworden. Sie sollten uns nicht mehr besuchen, sagte sie eines Tages zu Werner, und er fühlte nichts als Erleichterung bei dem Gedanken, Bruno sagen zu können: Deine Mutter will es nicht, falls er ihn fragte, warum er seltener kam, aber er fragte nicht, und für Lucie blieb er der Freund, dem man gelegentlich seine Nöte anvertrauen konnte, der auch den Eltern gegenüber schwieg. Und ein paar Jahre später: ein Kind, schrieb seine Mutter, Lucie erwartet ein Kind. Sorgen haben die, zu Hause, liegen im Bett, vögeln, während unsereins hier draußen in der großen Scheiße. Können nicht heiraten, natürlich nicht, wußten sie doch. Wenn aber ruchbar wird, wer der Vater des Kindes ist, um Himmels willen. Sorg dich nicht, noch gibt es den uneigennützigen, grundanständigen, seine Mutter braucht ihm nur einen Floh ins Ohr zu setzen, schon fängt seine Phantasie zu arbeiten an, seine heimtückische, seine gemeine Phantasie. Er übertraf sich selber mit seiner Antwort. Sollte sich die Lage ändern, kannst Du Deine eigentliche Ehe legitimieren, so ähnlich, ich stehe Dir nicht im Wege, selbstlos, wie ich bin, erwarte nichts für mich, unsere Beziehung mag bleiben, wie sie war.

Seine Verwunderung rettete ihn vielleicht vor dem Tod, vor Selbstmitleid und Zynismus bewahrte sie ihn nicht. Auch folgte ihr eine lange Zeit körperlichen Elends, eine Odyssee von einem Feldlazarett ins andere. Einmal riß in einem der holpernden, mit stöhnenden Menschen, mit Gestank und Geschrei gefüllten Wagen seine schlecht vernähte Wunde. Eine Infektion und neue Fieberanfälle erschöpften seine Widerstandskraft. Dann brach in einer notdürftig hergerichteten Baracke, in der Verwundete versorgt wurden, Typhus aus. Ein entrücktes Gesicht, die irren Worte eines Sterbenden, Supranova, planetarische Krabbennebel und immer wieder eine Jahreszahl. Später fand er heraus, daß es tatsächlich eine Erscheinung gab, die planetarischer Krabbennebel hieß und als Folge eines Supranova-Ausbruchs des Jahres 1054 erklärt wurde. Genug. Die Wunde, die ihn gepeinigt hatte, verheilte schließlich und erwies sich als lächerlich, als ein Bienenstich. Sie mit Ihrem Bienenstich, sagte der Arzt und schrieb ihn von neuem kriegsverwendungsfähig. Rückzugsgefechte, Gefangenschaft, erst im Oktober 1945 kehrte er nach Hause zurück, ein Ehemann und Vater vor dem Gesetz und der Welt, vor sich selber aber? Ein einsamer Narr und ein Mörder. Fast beneidete er seine Kameraden um ihre Lügen, ihre Fähigkeit, Lügen für Wahrheit zu halten, ihre stramme Bereitschaft, sich aufzugeben. Abschalten, sagten sie, nicht denken. Besaßen Routine in dieser Kunst, übten sie auch unter anderen Umständen, wenn handeln nicht töten bedeutete, waren nicht Mörder wie er. Nein, damit täte er ihnen unrecht. Wie kann einer ein Mörder sein, der nicht begreift, daß er mordet? Nach einer makabren Absprache und Übereinkunft, einer Art *gentleman's agreement*, in grauer Vorzeit geschlossen und noch immer gültig, wird der einzelne, der aus egoistischen Motiven für Vorteil und Gewinn vorsätzlich tötet, ein Mörder genannt und verurteilt. Eine Gemeinschaft von vielen aber, die das Gleiche und Schlimmeres tut, die Land raubt, Dörfer verbrennt, Städte plündert, Menschen schlachtet und versklavt, eine organisierte, geschulte, gedrillte Raub- und Mordgesellschaft, sie wird mit schmeichelhaften Attributen versehen, mit Ehrungen überhäuft. Mut? Tapferkeit? Auch der Raubmörder ist nicht unbedingt ein Feigling. Tapferkeit für wen und wofür, Mut wozu, das ist hier die Frage. Sie allein entscheidet über die Qualität von Tapferkeit und Mut.

Stand auf der zerstörten Straße, wankend mit geschlossenen Augen, als könnten seine Lider die Bilder vor seinem Blick verbergen, die sich doch hinter seinen Augen stauten. Erst jetzt sah er sie wirklich. Solange er mitten drin gewesen, selber ein Teil davon, ein schreiendes Knäuel Leben, kauernd, kugelnd, rutschend, springend vor dem Sturm der Flammenwerfer, kaum gerettet, schon vergessen, weiter ging's, vorwärts. Aber nun kamen auch die auf Kindergröße geschrumpften, verkohlten, gesichtslosen Gestalten zurück, die eine halbe Stunde vorher Männer gewesen wie er. Zitternd hielt er dem Anblick stand. Irgendwann hob dann ein Raunen in ihm an, ein Munkeln von Worten, von Satzfetzen, wie Leuchtkugeln aufsteigend und versinkend, Beginn von etwas Unbekanntem, hin und wieder ein gefügter Satz, der ihn lachen machte. Schaudernd, aber auch voll einer idiotischen Hoffnung, einer wahnwitzigen, gottverdunkelten Hoffnung, starrte er auf die sauber geschichteten Ziegelsteine, dort, am Rande eines Ruinenfeldes. Frauen in langer Reihe, graue Gestalten, die Haare unter Kopftüchern versteckt, klaubten die noch brauchbaren Steine aus dem Schutt, warfen sie einander zu, legten sie zu den anderen. Eine Junge mit Locken auf der verschwitzten Stirn winkte ihm zu: Haste wat zu fressen, Soldat?

Er trat in die kleine Straße, sah die ausgebrannte Ruine des Nachbarhauses und schräg gegenüber das Haus von Wießners, das kein Dach mehr besaß, aber das Erdgeschoß war bewohnt, ein unförmiges Eisenrohr spie Rauchschwaden aus einem Mauerloch. Die Villa mit Säulen und gotischem Turm und auch das eigene Haus waren unversehrt. Nur ein paar Fenster mußten zersplittert sein; jemand hatte Bretter darüber genagelt. Er betrachtete das Haus lange; es glich dem Traumhaus, das er manchmal im Halbschlaf gesehen hatte, umflammt von herbstlichem Laub. Er stieß schließlich die Gartentür auf, ging über den knirschenden Kies in seinen Schuhen, deren Sohlen er mit Bindfaden am Oberleder befestigt hatte, trat ein durch die angelehnte Tür, stand in der Diele, nicht begreifend, daß die hagere, schwarz gekleidete Frau in seinen Armen Lucie war, seine Lucie, für die er eine letzte, grundanständige Tat zu vollbringen hatte: sich schnell und schmerzlos scheiden zu lassen, damit sie und Bruno endlich zum Standesamt gehen konnten, vorausgesetzt, er lebte noch. Das wünschte Werner aufrichtig. Zum erstenmal seit langer Zeit quälten ihn keine Hintergedanken, keine unterdrückten Wünsche. Er hatte ihre heimtückische Art hassen gelernt. Wie sie sich mit einer leisen, kaum spürbaren Unruhe irgendwo unterhalb seines Bewußtseins ankündigten, etwas Boshaftes vor sich herschickend wie fernen Gestank, wie Gekreisch hinter der Wand, um plötzlich mit dem dünnen Pfeifen eines hochfliegenden Geschosses einzubrechen in seinen Willen. Ein widerliches Machtgefühl: Wenn ich nur wollte, ich könnte euch für alle Zeiten auseinanderbringen, der Ekel, die Selbstverachtung, das Entsetzen am Ende, die Alpträume, die Angst, der kalte Leichnam seiner Hoffnung, das Herzklopfen beim Erwachen: Nun ist sie allein, ist meine Frau, unerreichbarer denn je. Aber er tat nichts. Warum diese Umtriebe verrworrener Schuldgefühle, warum die Scham? Vorbei. Er dachte nur noch traurig an Bruno und Lucie, ohne Neid. Kaum verstand er, daß es einmal anders gewesen.

Sie weinte nicht. Ein trockenes Schluchzen kam aus ihrer Kehle. Er sah ihr Gesicht und wußte es. Sie hätte ihm den Brief einer internationalen *Refugee's Organization* nicht zu zeigen brauchen, aus dem hervorging, daß Bruno im Sommer 1944 in Auschwitz ermordet worden war, nachdem er zur Zwangsarbeit nicht mehr taugte. Entkräftet, sagte Lucie, tonlos, nutzlos geworden für. Sie verstummte. Ihm war, ihr Verstummen sei für die nächsten zwei Jahre endgültig gewesen. Er konnte sich keines Gesprächs, keiner Begegnung aus dieser Zeit erinnern, denen irgendeine Bedeutung zugekommen wäre. Sie hauste mit Vera in ihren beiden Zimmern im Erdgeschoß, während er wie früher im ersten Stock wohnte. Niemand verlor ein Wort darüber, daß sie eigentlich verheiratet waren. Nur wenn Gertrud Proßke sie rief, weil vielleicht die Milch für Vera oder das Badewasser warm war, Frau Andermann! rief sie. Der Name klang ihm seltsam in den Ohren, den er ihr und dem Kind zum Schutz vor einem idiotischen Gesetz gegeben hatte. Jetzt, nachdem es nicht mehr galt, haftete ihm etwas ganz und gar Unglaubhaftes an. Sogar sein Vater, dem es Angst gemacht, schüttelte seinen grau gewordenen Kopf: Was die sich ausheckten, um Menschen zu quälen. Sein Vater war übrigens sehr zufrieden, damals. Tatkräftig ging er ans Werk, entfaltete ungeahnte Energien bei der Lebensmittelbeschaffung, auch seine Praxis blühte auf, und er lachte gern, klopfte auf jede erreichbare Schulter. Mit blütenweißer Weste aus dem Nazischlamassel hervorgegangen, die Nichte und Schwiegertochter und die jüdische Enkelin vor dem Zugriff der Gangster gerettet, ach verflucht, freut euch, daß ihr noch lebt. Seine Mutter schloß ihren Sohn gerührt in die Arme. Ein bißchen vertrottelt kam er ihr vielleicht vor, noch nicht ganz da, sozusagen. Phantastisch, nach diesen schrecklichen Kriegserlebnissen wieder zu Hause zu sein, nicht wahr. Mein armer lieber

Junge. Ich wußte, daß du zurückkommen würdest, ich fühlte es. Starre nicht so gräßlich vor dich hin, du erschreckst mich. Manchmal siehst du aus, als glaubtest du nicht, daß wir wirkliche, lebendige Menschen sind. Warum geschah so viel Furchtbares, und nun ein Winter mit grausamer Kälte und Hunger.

Etwas Verhärtetes begann sich in ihm zu lösen, und immerzu beschäftigte er sich damit, Sätze zu bilden, beinahe wie ein Kind, das Sprechen lernt, nur leider nicht spielerisch, nicht leicht, eher wie ein Blinder, der sich anschickt, aus einem harten, splitternden Gestein eine Figur zu hauen, von der er nichts weiß, als daß sie ein Mensch sein soll, ganz anders und dennoch und erst recht und voll bis zum Rand, beladen wie er selbst. Das nahm ihn sehr in Anspruch. Sein Vater dachte, er vergeude seine Zeit. War dieser Wienicke, der ihm neuerdings im Garten half, dieser Knilch, sagte sein Vater, war der ein Umgang für ihn? Er wunderte sich selber, daß er sich mit dem eigensinnigen Alten vertrug, der alles besser wußte und dessen Sprache ihm ungeahnte Schwierigkeiten bereitete. »Rode Flädermeise gescheniewer vom Haubdbahnoof.« Er meinte Fledermäuse, so hießen die Gladiolen dort, wo er aufgewachsen war und sein Leben verbracht hatte, »derheeme« mit einem Wort. »Vorm Radhaus nischt wie rode Bellergonien.« Das Ereignis, von dem er berichtete, war eine Gärtnerverschwörung im Sommer des Jahres 1935. Alle öffentlichen Parks und Gärten der Stadt Leipzig leuchteten rot, aber weder die Verwaltungsfritzen noch andere hohe Herren der Stadt verstanden, was ihnen damit durch die Blume gesagt sein sollte. »Gabierdens nich«, sagte Wienicke, verächtlich schnaufend. Er lebte seit seiner Pensionierung bei seinem Schwiegersohn in der Potsdamer Straße, der ein Friseur war mit parfümierten Händen, selbst kummergewohnten Blumentopfpflanzen ein Greuel. Eines Tages stand Wienicke am Gartenzaun des Andermannhauses, betrachtete sachkundig das große, verwahrloste Grundstück und mokierte sich laut und sehr sächsisch über Werners kümmerliches Gemüsebeet. Es entspann sich ein Gespräch zwischen ihnen. Werners botanische Laufbahn begann. Hat seine innere Beziehung zu Pflanzen entdeckt, sagte sein Vater. Lernt mit ihnen umzugehen, schöpft Freundlichkeit aus der Fülle seiner Natur wie Wasser aus einem vollen Brunnen.

Niemand ahnte, welche Ungeheuer sich in der Tiefe des Brunnenschachts tummelten, wieviel Siebe und Filter das Wasser passieren mußte, ehe es genießbar wurde. Niemand erkannte die bresthafte, in Lumpen gehüllte, über sich selbst gebeugte Gestalt seiner Seele, ihren hungrigen Blick, ihre schlotternde Gebärde. Sie besaß allerdings wenig Ähnlichkeit mit der langsam vom Suppenfraß wieder feist werdenden Hülle, die sie maskierte. Kein Wunder eigentlich, daß auch niemand seine wachsende Scheu vor dem Erkanntwerden bemerkte, auch Lucie nicht, auch ihr waren unüberschreitbare Grenzen gesetzt. Aber sie füllte den ihr gegebenen Raum, schritt ihn aus bis zum Rande, streckte ihm über Simons Bett hinweg die Hände entgegen, in sich selbst verstrickt, aber auch bemüht, die Binde abzuwerfen, die sie sich auf die Augen gelegt hatte. Es gelang ihr nicht. Gelegentlich versuchte er ihr zu sagen, daß er sie schon geliebt hatte, als sie noch halbe Kinder waren, daß er eifersüchtig auf Bruno gewesen war, neidisch. Es ging nicht in sie ein. Ein Mensch wie du, das bedeutete: ein guter Mensch, unfähig, Bruno zu hassen. Du hast geweint, als ich dir die Todesnachricht zeigte. Es mußte wahr sein, wenn sie es sagte. Er hatte also geweint. Hätte er aber als junger Mensch erreicht, wonach er sich verzehrte...

Aus. Weg. Der Faden zerriß. Es war, als weigere sich sein Gehirn, an dieser Stelle weiterzudenken. Er saß an seinem Schreibtisch und hörte die Stille summen. Die Leere in seinem Kopf war so vollkommen, daß er dachte: Ich muß geschlafen haben, als sich lange danach, schwerfällig wie ein zäher Tropfen, der sich vom Flaschenrand nicht lösen will, die Antwort in ihm bildete, eine bestürzende Antwort. Ich könnte meine Geschichte nicht schreiben. Jerrys Geschichte. Ich hätte das Erregende an ihm nicht gespürt, kein Bedürfnis empfunden, es zu spüren. Selbstgerecht, zufrieden, erfolgreich vielleicht in einem angesehenen Beruf lebte ich an Lucies Seite, nicht zubereitet, gewalkt und geknetet, nicht durchsäuert, durchbittert, durchglüht. Jerry wäre ein Störenfried gewesen, eine Gefahr. Seine Geschichte hätte ich nie erfahren. Mit der klirrend liebenswürdigen Stimme des Geborgenen, ohne auch nur einen Zweifel in mir aufkommen zu lassen, in Übereinstimmung mit allen Guten und Gerechten, hätte ich Jerry aufgefordert, unverzüglich unser Haus zu verlassen, andernfalls... täte mir leid...

Er starrte auf das unbeschriebene Papier, das vor ihm auf dem Schreibtisch lag, aber er sah es nur einen Augenblick, dann nicht mehr, dann sah er ihn, Jerry, und ihm war zumute wie einem, der zu sich selbst zurückkehrte, in sein eigentliches Leben. Sah ihn gehen durch zerbombte Straßen, an gras- und unkrautbewachsenen Schutthalden vorbei, durch notdürftig aus Bretterbuden und Dachlatten errichtete Ladengänge, in denen Menschenschlangen warteten, einen jungen amerikanischen Soldaten, einen Neger. Er ging schnell, als liefe er einem Verfolger davon, aber weit und breit war niemand zu sehen, der sich für ihn interessiert hätte. Ein Kriegskrüppel lehnte an einer Hauswand und sonnte sich. Alte Leute saßen auf den Stufen einer Treppe, die in ein halb ausgebranntes Haus führte. Kinder spielten Himmel und Hölle auf zerrissenem Pflaster. An einem zerbrochenen Laternenpfahl schnüffelte ein Hund. Der junge Soldat bog um die Ecke und kehrte wieder um, denn in dieser Straße stand kein einziges Haus mehr; der Wind schmiß ihm eine Ladung Dreck ins Gesicht. Er ging und ging, ziellos, durch immer andere Straßen und Trümmerfelder, einen einzigen Gedanken im Kopf: Ted Griffin ist gekommen. Ich kann nicht zurück.

Es war am vergangenen Nachmittag gewesen. Jerry hatte dienstfrei gehabt, war jedoch nicht ausgegangen. Er schlenderte durch das große, mit Stacheldraht umzäunte Gelände, auf dem die Jeeps in Reih und Glied standen. Plötzlich sah er ihn. Er dachte nicht, er träume, begriff sofort, wer das war, der da auf ihn zukam, ohne ihn eines Blickes zu würdigen. Er ließ ihn vorbei, trat seine Zigarette aus und lief ihm nach, rannte los wie einer, der eingesperrt war und plötzlich eine offene Tür erblickt. Vor dem Dienstgebäude, in dem Ted Griffin verschwand, hielt er inne, kehrte um, taumelnd, mit großen Schritten und gesenktem Kopf, als habe er zuviel getrunken. Kameraden kamen und gingen. Vielleicht sprachen sie mit ihm, luden ihn zum Tanzen oder zum Biertrinken ein. Sie verstummten, wenn er sie anblickte, standen da und beobachteten ihn, der plötzlich einem Mann den Wasserschlauch aus der Hand riß und einen Wagen abspritzte. Die Männer stoben auseinander, als er den Schlauch fallen ließ und der Wasserstrahl sie traf. Wohin, Jerry? Es war das letzte Wort eines Kameraden, an das er sich erinnerte. Zuerst in seine Stube, dort zog er frische Wäsche an, dann hinaus auf die Straße, geradeaus, nach rechts, nach links, weiter, weiter, über Trümmerfelder, durch ein abgeholztes Stück Park, durch Gegenden, die vom Bombenhagel verschont geblieben waren. Er achtete nicht auf die Zeit des Zapfenstreichs, und daß er keiner Streife in die Arme lief, mochte er dem Zufall verdanken oder seinem Instinkt, bewußt wich er niemandem aus. Gegen Morgen fand er in einer Ruine einen Schlafplatz auf einer mit Zeitungspapier bedeckten Matratze, noch warm vom Schlaf eines Obdachlosen. Er schlief ein Stündchen. Mittags, als ihm die Füße zu schmerzen begannen, setzte er sich in die Untergrundbahn und fuhr bis an irgendeine Endstation. Dort stand er eine Weile, beobachtete, wie der Wind welke Blätter und Papierfetzen rund um den kleinen Platz vor der Station jagte, rauchte eine Zigarette, warf sie weg, sah einen alten Mann, der sich bückte und die halbe Zigarette sorgfältig in eine Schachtel legte. Er ging weiter. Die Straße führte in den Wald. Dort lag auch ein See.

»Es klingt, als sei Herbst gewesen, dabei war April«, sagte Lucie, als Werner ihr seine Beschreibung vorlas. Er strich die welken Blätter und den Wind. Auch der Kriegskrüppel und der Alte mit der Kippenschachtel stammten wohl aus seiner eigenen Erinnerung. Er war selber oft ziellos durch die Stadt gewandert, auch durch die weniger zerstörte Gegend in unmittelbarer Nähe des Hauses, die langen Alleen hinauf und hinunter, ein Gezischel von Laub und Wind hinter sich her. Aber nun erklärte Lucie, die erste Fassung mit Wind und Blättern habe ihr besser gefallen. Er lachte auf, horchte in das Haus: wo steckte sie, sagte sie nicht, richtig, es war Sonntag, auch Simon und Vera mußten zu Hause sein.

Er klopfte an die Tür seiner Mutter, trat ein. Lucie war nicht hier. »Sie sonnt sich auf der Küchenterrasse, närrisches Mädchen, gib acht, daß sie sich nicht verkühlt«, sagte seine Mutter, und erst als er wieder draußen war, fiel ihm ein, daß er ja gar nicht nach Lucie gefragt hatte. Er ging in die Küche, sah die offene Terrassentür, die Novembersonne und Lucie, in eine Decke gewickelt auf dem Liegestuhl, faulenzend, heimgesucht vielleicht wieder von einer Schwermut jenseits der Tränen, die heiter macht, ruhig. Die Gewißheit, daß es illusorisch wäre, hat das Verlangen, das Schreien nach Trost zum Verstummen gebracht. Gelassener blikken wir auf das Unabwendbare.

Plötzlich stand Simon auf der Terrasse. Lucie rieb sich die Augen. Du hast geträumt, sagte er, deine Augäpfel bewegten sich unter den Lidern. Wovon hast du geträumt? – Die Leute waren wieder einmal anderer Meinung, dummes Zeug. – Mir sagst du, ich soll mich nicht fürchten, aber du. – Unsinn! – Die Dummen sind gefährlich, nicht wahr. Du kannst einem Dummen nichts beweisen, er versteht dich nicht, denkt, du bist der Dumme. – Wäre das gefährlich? – Er findet andere Dumme. Der Kluge ist allein. – Sei nicht stolz, Simon. – Wir alle sind stolz, sagte er zu Lucies Überraschung. Wir. Wir alle. Stand einen Augenblick sehr aufrecht vor dem bräunlichen Geflecht entlaubter Zweige, lachte, fuhr Lucie durch die Haare, drückte ihren Kopf an sich. Ein Schwung, ein Sprung über die seitliche Brüstung der Terrasse, als führten vorn keine Stufen in den Garten, Schritte auf weicher Erde. Wie er wieder Lucies Haar zerzaust hat. »Simon, bleib nicht so lange.«

»Nur eine Runde.«

Die Schuppentür quietschte, dann heulte der Motor auf. Lucie wendete den Kopf, sah Werner in der Terrassentür stehen, lächelte ihm zu. Ihr Gesicht hatte nichts Starres, Marmorhaftes mehr wie in der Zeit nach dem Krieg.

»Ist es nicht zu kühl hier draußen?«

»Ich bin gut verpackt.«

Er ging wieder in sein Zimmer hinauf, beruhigt – war er denn unruhig? Es ist Simon gewesen, der uns schließlich zusammengeführt hat, dachte er und hörte ein respektloses Lachen, sein eigenes und Lucies Lachen, sah die erschrockenen Blicke des Anwalts, den Gertrud Proßke beauftragt hatte, und des Behördenfritzen zwischen Aktenstapeln hinter einem gewaltigen Schreibtisch. Unglücklich hockten sie, steif, auf zwei harten Stühlen, fühlten sich grau und uralt, wollten ihren Ohren nicht trauen, als sie plötzlich vernahmen, sie wären noch sehr jung, Anfang dreißig. Die Stimme, die es sagte, schnarrte. Betroffen blickten sie einander an, konnten nicht bestreiten, daß sie Anfang dreißig waren. Das erforderliche Alter des Mannes sei fünfzig, schnarrte die Stimme, und auch die Frau sollte nicht viel jünger sein. Ein Getuschel folgte, ein Gezischel zwischen Anwalt und Behördenmensch über den Schreibtisch hin und her, ein Rascheln von Papier. Werner und Lucie spitzten die Ohren. Immerhin. Ordentliche, normale Verhältnisse. Ein Haus mit Grundstück. Besonderer Fall. Da geschah es. Er entdeckte ein Blitzen und Funkeln in Lucies Augen, beobachtete fasziniert, wie sie sich auf die Lippen biß, dachte noch, während ihn selber schon das Lachen kitzelte: Sie ist tatsächlich noch jung, aber vor wieviel Jahren sah ich sie das letzte Mal lachen? Normale Verhältnisse. Es war kein Kichern, nichts halb Unterdrücktes, Verhaltenes, es war ein großes, befreiendes Lachen, das aus ihm brach, durch die muffige Amtsstube rollte, die Aktenschränke hinauf und hinunter, die Fenster, die Wände. Wie ein Regenschauer fegte es über die entsetzten Gesichter des Anwalts und des Dezernenten. Ein wuseliger Sekretärinnenkopf erschien in der Tür. Bitte, stammelte der Mann hinter dem Schreibtisch, mein Herr, meine Dame, und hob ihnen flehend seine kleinen Hände entgegen, die standen weich und weiß in den groben Ärmeln, flatterten plötzlich vor seiner fetten Brust. Werner erschrak. Haben wir unseren Anspruch auf Simon verwirkt, nein, unterschreiben Sie, hier, sagte der Anwalt schließlich. Lucie atmete auf: Das war auch eine Art Geburt. Die Wand zwischen ihnen fiel nieder, sie wurden,, wofür man sie hielt: ein Ehe- und Elternpaar. Waren es und waren es auch wiederum nicht, wie noch heute: sind es, sind es nicht, fühlen sich isoliert, nicht zugehörig, noch immer nicht zugehörig. Zögernd traten sie zur Seite. Gettobewohner ohne Getto, Ungläubige, heulen nicht mit im Chor, starren auf einen schwindenden Glanz am Himmel über der Stadt. Freiheit, geopfert auf dem Altar des Größenwahns, schüchtern im Aschenkleid auferstanden, geputzt, poliert, geschäftstüchtig in Betrieb genommen und geflüchtet bei Nacht, unbemerkt. Die ihre Hülle halten, merken nicht, daß sie leer ist, leiden nicht, haben das Gespür für Freiheit verloren, nehmen dankbar billigen Ersatz, hier wie dort, diesseits und jenseits.

Nach jenem 13. August, als die Stadt den Atem anhielt, als die Straßen sich leerten, als Kolonnen bepackter Möbellastwagen gen

Westen rollten: Jetzt, jetzt werden vielleicht einige das Irreale unserer Position begreifen… Aber warum, wieso, wie kamen wir darauf. Im Gleichtakt der Schlagzeilen blubbern die Gehirne. Die Mauertragödie begann, absurd, blutig. Ist es wahr, daß nur die Leidenden wirklich, die Ursachen unserer Leiden aber verächtlich und lächerlich sind. *The causes*, hieß es, ich weiß nicht mehr wo, *the causes for which we suffer*.

Die Sonne, die den Schreibtisch streifte, erreichte jetzt das Bücherregal, flimmerte über die Rücken der Bücher, ließ sie aufglänzen in ihrer staubigen Stille, ihrer gilbenden Würde. Unnahbar standen sie, wie in Scham erstarrt, einen bitteren Geruch verströmend mit dem Geist und Geifer, dem Wahn, der Angst, dem Elend, der Vergeblichkeit ihrer Epochen. O Jahrhundert, o Wissenschaften. Arm in Arm mit dir… Mitternacht. Der Scheiterhaufen prasselt. Rauch zieht in dicken Schwaden über die Köpfe des grölenden Studentenmobs auf dem Platz vor der Universität, zieht träge über die Kuppel des Hedwigdoms, löst sich auf. Heinrich Mann! ruft eine Stimme. Die Flammen zischen. Die Studenten jaulen frenetisch. Kurt Tucholsky!

Die Sonne verschwand. Die Rücken seiner Bücher leuchteten nicht mehr. Er lehnte sich zurück und schloß die Augen, dachte an einen Sommertag des Jahres 1946, einen heißen Tag im August. Es kann nicht schwierig sein, von diesem Tag zu erzählen, an dem ich Jerry kennenlernte, fang an. Da hörte er die Fliege. Zornig brummend schoß sie auf ihn zu, sirrte zurück, kam wieder und umkreiste seinen Kopf, den sie vielleicht als einen großen, ärgerlichen, grotesken Gegenstand mit Löchern, Spalten und Erhebungen wahrnahm. Möglicherweise sah sie ihn überhaupt nicht als Ganzes, erkannte nur Ausschnitte, Teile, die haarige dunkle Höhle eines Nasenloches, den See des Auges, die Waben eines Hautstückes, einen Schädelhuckel. Er lachte auf; ihm fiel ein, daß es auch Menschen mit Insektenaugen gab, die andere Menschen für Gegenstände hielten. Mindestens beschrieben sie Menschen, als wären sie Gegenstände, die in irgendeinem Raum auftauchen und wieder verschwinden. Bewegliche, natürlich; sie gehen hin und her, klappen den Mund auf und zu, lallen, rucken und zucken, letzteres vor allem mit ihrer unteren Hälfte, wo der Geschlechtsapparat angebracht ist. So wird der Mensch auch mit Hilfe der Sprache an das Unmenschliche gewöhnt, abstrahiert zu einem gesichtslosen Schemen ohne Herkunft und Ziel, reduziert auf wenige, unentbehrliche Funktionen.

Stille. Die Fliege hatte ihn aufgegeben. Die Zeit schwang zurück. Es ist an einem Augusttag gewesen. Die Hitze prasselte auf das Dach. An der Wand zwischen Gertrud Proßkes Zimmer und dem Dachboden stand die Kiste, die Werner suchte. Er wischte Staub und Mauerbröckchen von ihrem Deckel, hob Stöße vergilbter Zeitschriften heraus, wühlte sich tief hinein in Papier und Staub, bis er seine alten Kolleghefte fand. Der Schweiß rann ihm in die Augen. Er stieß die Dachfenster auf und öffnete die Tür. Ein schwacher Luftzug wehte durch den Raum. Er ließ sich auf einem Schemel nieder und begann die Hefte durchzusehen. Plötzlich stand Gertrud Proßke vor ihm. Was ist, ich bin beschäftigt. Sie sagte mit ergebener Miene, als gehorche sie einem törichten Befehl, sie habe ihm also etwas mitzuteilen. Das Wort also störte ihn; er erwiderte aber nur: »Muß das jetzt sein?«

»Ich nehme an, ja. Geben Sie mir Ihr Wort, daß Sie es für sich behalten.«

»Ich verstehe nicht.«

»Ihr Wort!«

»Aber ich muß erst wissen, worum es sich handelt.«

»Es ist nicht nett von Ihnen«, begann sie zaghaft; er antwortete schnell. »Nun gut. Sie werden nichts Unrechtes von mir verlangen.«

Zu seiner Überraschung widersprach sie ihm. »Doch. Das heißt, ich weiß nicht, ob es etwas Unrechtes ist.«

Sie blickte ihn an wie ein Kind, das etwas Schreckliches entdeckt hat. Mit Unbehagen erinnerte er sich, daß es in diesem Hause tatsächlich etwas zu entdecken gab. Er würde es allerdings eher komisch nennen; es hing mit seiner Mutter und dem Apotheker Lorenz zusammen. Wenn Gertrud den beiden auf die Schliche gekommen ist, was sag ich dann, wie reagiert ein respektvoller, noch nicht völlig heruntergekommener Sohn, der zu allem Überfluß gewisse moralische Vorurteile hegt, wenigstens wenn es sich um seine Mutter handelt.

»Es ist peinlich für mich«, sagte Gertrud, »an meiner Stelle würden auch Sie zögern. Habe ich Ihr Wort?«

»Ja. Schießen Sie los.«

Aber sie sprach nicht von seiner Mutter. In seiner großen Erleichterung begriff er zuerst überhaupt nicht, wovon sie sprach. »Wie bitte?«

Sie wiederholte ihren Satz. »Seit vier Monaten lebt ein Mann in meinem Zimmer.«

»Ein Mann?«

»Ich möchte Sie mit ihm bekannt machen. Ich kann nicht gut Englisch. Vielleicht verstehen Sie ihn besser. Vielleicht erzählt er Ihnen, warum er sich verstecken muß.«

Aber vorläufig verstand er gar nichts. »Was soll das heißen, ein Mann lebt in Ihrem Zimmer. Was für ein Mann. Was tut er bei Ihnen. Was will er.«

»Er liegt in meinem Bett. Ich weiß nicht, was er will. Er ist ein amerikanischer Soldat, ein Neger.«

»Liegt in Ihrem Bett?«

»Ja.«

»Und wie ist er hineingekommen, wenn ich fragen darf?«

Ihr Gesicht blieb starr, ihre Stimme vollkommen ausdruckslos, wie gefeit gegen seine Ironie. »Ich traf ihn eines Abends. Er ist mit mir gegangen und dageblieben.«

»Ist denn Alfred Könnicke nicht mehr Ihr Verlobter?«

»Nein. Ich habe mich von ihm getrennt.«

»Sie meinen, dieser Neger in Ihrem Zimmer, er ist jetzt Ihr Verlobter?«

»Er ist es geworden. Vor jenem Abend kannte ich ihn nicht.« Sie verstummte erschrocken, blickte zweifelnd auf ihn und riß plötzlich die Augen auf: »Wissen Sie es denn nicht? Sind Sie nicht auf den Speicher gegangen, um zu horchen?«

»Erlauben Sie.«

Sie hielt sich den Kopf fest, als fürchte sie, er werde zerspringen. Sie stöhnte, sie höhnte: »Weiß nichts, er weiß nichts, hat keine Ahnung, der Herr. Ich sitze draußen auf der Treppe, halb tot vor Angst, denke: Er wird mit der Polizei anrücken, wenn du ihm nicht augenblicklich sagst, wer in deinem Zimmer ist.«

»Polizei?«

Sie zuckte zusammen. Tonlos sagte sie: »Er hat etwas getan, etwas Strafbares.«

»Auch das noch.«

»Ja, auch das noch.« Ihre Augen blitzten ihn an. »Wie viele laufen herum, Betrüger, Halsabschneider, Diebe und Mörder und werden geachtet, verdienen Geld, geben noch an mit ihren Schandtaten, und keiner stört ihr Treiben, aber er, Jerry, er ist ein guter Mensch, und wenn es schlecht ist, jemanden zu lieben, der etwas auf dem Kerbholz hat, dann ist es eben schlecht, bitte, dann bin ich schlecht.« Hart atmend stand sie vor ihm in geblümter Küchenschürze, öffnete die Knöpfe ihrer Bluse, zog einen Schlüssel heraus, den sie an einem Band um den Hals trug, gab ihm den Schlüssel, noch warm von ihrer Haut. »Gehen Sie hinein zu ihm. Sprechen Sie mit ihm. Ich komme nicht mit. Ich kann nicht mehr«, sagte sie erschöpft, sank auf den Schemel, legte die Hände in den Schoß wie eine, die das Ihre getan hat, blieb unbeweglich sitzen, während er hinausging. Ihm war zumute, als hätte er einen Schlag auf den Kopf bekommen. Er blickte zurück, hörte sie sagen: »Er weiß nicht, daß Sie kommen. Er heißt Jerome Hartwell Holland.«

Mit unsicherer Hand schloß Werner die Tür ihres Zimmers auf. In einer Beziehung hatte sie unbedingt die Wahrheit gesagt: Der Mann – er lag tatsächlich auf ihrem Bett – war auf seinen Besuch nicht vorbereitet. Sein Erstaunen wirkte echt und eigentlich furchtlos, als wäre der Unbekannte, der da plötzlich in seinem Zimmer stand und ihn natürlich erschreckt hatte, gar kein Fremder, sondern ein Freund, der lange fort gewesen. »Stellen wir uns also vor«, sagte Werner in korrektem Schulenglisch. Die Geschichte fing an, ihn zu amüsieren. Jerrys argloses Gesicht mit dem sprießenden Bart gefiel ihm. »Ich bin Werner Andermann, Sohn dieses gastfreien Hauses, in dem Sie Quartier zu nehmen beliebten. Zigarette?« Er lachte und nahm eine. Werner fühlte sich auf eine närrische Weise zu ihm hingezogen, das erschien ihm bedenklich, zumindest voreilig. Er bemühte sich, Mißbilligung in seine Stimme zu legen, als er ihn fragte, ob er seinen Urlaub hier verbringe.

Jerrys Gesicht verfinsterte sich augenblicklich. »Nein«, antwortete er, weiter nichts.

»Aber Sie sind doch Soldat, nicht wahr?«

Er nickte. »Bitte, verraten Sie mich nicht, ich will hierbleiben.«

»Ich verstehe nicht. Sind Sie weggelaufen, ich meine, sind Sie desertiert, Mr. Holland?«

»Ja, sicher«, sagte er im gleichen unheilvollen Ton: *»Sure.«*

»Und wie stellen Sie sich das vor? Wie soll es weitergehen? Was wollen Sie tun?« Auf Werners Stirn brach wieder der Schweiß aus, obgleich es in Gertruds Zimmer verhältnismäßig kühl war, kühler als auf dem Speicher. Wie hat sich ein Deutscher gegenüber einem desertierten amerikanischen Soldaten zu verhalten, ist er verpflichtet, ihn zu melden? Unmögliche Geschichte, in die ich da plötzlich verwickelt bin. Jerry sagte verdrossen: »Nichts.«

Erst nach einigem Nachdenken begriff Werner, daß dies die Antwort auf seine Frage war. Nichts also. Nichts gedenkt er zu tun. »Was heißt nichts. Sie müssen doch etwas unternehmen in Ihrer Lage.«

Jerry schüttelte seinen hübschen Kopf. »Ich will nicht. *(I wo'nt.)* Es nützt nichts, etwas zu tun.« Er starrte düster vor sich hin. »Niemand kann mich zwingen, etwas zu tun.«

»Bitte, warten Sie einen Augenblick, ich bin gleich wieder da, will nur Gertrud fragen.«

»Trudie?«

Werner lachte auf. Trudie. Er stürzte hinaus. Sie saß noch immer reglos auf ihrem Schemel. Der Anblick verschlug ihm die Sprache. Das Gerümpel im Hintergrund, die schräg hochgeschobenen Dachfenster, die Balken kreuz und quer unter dem Dach, die klobigen Tragepfeiler, die flimmernden Staubsäulen und das Mädchen wie eine trauernde Niobe. »Schenken Sie mir endlich reinen Wein ein. Spielen Sie nicht die Einfältige. Was bedeutet das Ganze. Was erwarten Sie von mir. Reden Sie. So reden Sie doch.«

»Hat er Ihnen nicht gesagt, daß er es nicht absichtlich getan hat?«

Es war zuviel, seine Stimme überschlug sich. »Wollen Sie etwa behaupten, er wäre aus Versehen ein Deserteur geworden?«

»Ein Deserteur«, murmelte Gertrud, »wieso bin ich nicht selber darauf gekommen«, und dann, aufleuchtend: »Sagten Sie: nur ein Deserteur? Weiter nichts?« Sie sprang auf, federnd vor Erleichterung. Er fragte, ob es denn nicht genüge, ein Deserteur zu sein, verflucht dicke Suppe, die Sie uns eingebrockt haben. Aber sie besaß handfeste Vorstellungen von Verbrechen. Davonlaufen, nicht mehr mitspielen, guter Gott, daraus können sie einem anständigen Menschen doch keinen Strick drehen nach diesem mörderischen Krieg.

Es klopfte, aber das war jetzt, heute, am Sonntag, dem 18. November 1962 – wer zum Teufel – Justus, was will denn Justus, fragt, ob er störe. »Es hängt kein Zettel draußen, da dachte ich. Aber ich sehe, du arbeitest trotzdem.«

»Allerdings. Den Zettel habe ich vergessen. Brauchst du etwas?«

»Ich wollte dich bitten – ich meine, auch Dr. Dreßler hat darin gelesen, es interessiert mich, würdest du mir wohl das Stück, das fertig ist, zum Lesen geben?«

Langsam drehte sich Werner herum in seinem Schreibtischstuhl. Er hörte etwas Seltenes, Pferdegetrappel, und beugte sich zum Fenster. Ein Leiterwagen, beladen mit Möbeln, davor zwei Braune mit glänzendem Fell, wankte durch die Straße. Die großen Hinterbacken der Pferde bewegten sich sanft schaukelnd. Er meint nicht das Manuskript, er meint etwas anderes, und vielleicht sollte ich es wissen, vielleicht habe ich wieder einmal nicht bemerkt, was geschah. Der Pferdewagen verschwand in einem milchigen Nebel. Werner spürte eine Art Hohlraum hinter seiner Stirn, der ihm die Kraft aus den Augen saugte. Er atmete tief. Nicht daß er das leichte Schwindelgefühl wichtig genommen hätte, das manchmal, eine Schwäche ausnützend, von ihm Besitz ergriff. Der Wind wehte zum offenen Fenster herein, bauschte die Gardine, blätterte eine Seite des Manuskriptes um, das aufgeschlagen auf seinem Schreibtisch lag, hob die nächste an. Einen Augenblick stand sie aufrecht wie von einer unsichtbaren Hand gehalten. Er schlug das Manuskript zu, blickte auf, da wartete noch immer Justus an der Tür, fragte, ob Simons Vater hier im Hause gestorben sei. Nein, nicht hier, er wollte uns sein Ende ersparen, das Affentheater mit den Behörden, das damit verbunden gewesen wäre. »Ungefähr anderthalb Monate vor seinem Tode ging er zu seiner Einheit zurück, ohne Abschied, wir ahnten es nicht. Er muß aus dem Fenster gestiegen sein und sich an der Regenrinne hinuntergelassen haben. Allerdings besaß er eigentlich gar nicht mehr die Kraft dazu, todkrank wie er war.«

»Hattet ihr Schwierigkeiten?«

»Wir haben sie überlebt. Übrigens war nicht Jerry daran schuld. Er blieb stur, verriet nicht, wo er sich aufgehalten hatte.«

»Du selbst?«

Werner nickte. »Ich mußte ihn noch einmal sehen«, – das Skelett seines Gesichts, überspannt von dunkler Pergamenthaut, seinen Blick, auftauchend aus Todesferne, die dürre Hand, leicht wie ein Blatt. »Warum desertierte er eigentlich? Oder ist es ein Staatsgeheimnis?«

Werner fühlte, wie sich seine Stirn zusammenzog, seine Kopfhaut. »Ach das«, sagte er widerstrebend, sah die Enttäuschung in Justus' Augen, etwas wie: Ich wußte es ja, er mag mich nicht... begriff, daß es ihn Überwindung kostete, Fragen zu stellen, erschrak und verfiel ins andere Extrem. »Noch eine Stunde vorher hatte er keineswegs die Absicht zu desertieren«, begann er umständlich, »nichts lag ihm ferner. Später löste der Gedanke an seine Desertion höchstens ein Unbehagen in ihm aus, nicht mehr als das Gefühl, das dir eine Fliege bereitet, die über deine Hand kriecht. Sein Leben besaß einen anderen Inhalt, eine andere Spannung. Was außerhalb dieser Spannung geschah, berührte ihn nicht wirklich, dieser Ablauf von Tagen und Nächten, Handlungen, Worten und Gesten. Wäre noch Krieg gewesen und hätten sie ihn erwischt, so wäre er vielleicht für eine Tat, mit der er eigentlich so gut wie nichts zu schaffen hatte, die sich nebenbei ergab, als eine Art Abfallprodukt, sozusagen, für diese Tat wäre er erschossen worden, absurde Vorstellung.«

»Welchen Inhalt. Welche Spannung.« Die Stimme sprang ihn an, selbstsicher plötzlich, als wisse sie, daß er sich ihr nun nicht mehr entziehen werde, hielt ihn fest. Jetzt hat er mich endlich, hat mich am Kragen. Unsinn! Justus ist eher ein schüchterner Mensch, und er hat ja auch recht, ich habe ihm immer noch nicht gesagt, warum Jerry desertierte, aber da müßte ich weit ausholen, müßte zuerst von Pat erzählen, Patricia Ware, Jerrys kleiner Freundin. »... *frog, cat, sparrow* oder *cockchafer*, sagte Jerry, aber das Mädchen, das er dann beschrieb, war alles andere, und worin besteht das Gemeinsame einer Katze und eines Maikäfers. Ich stelle mir Pat wie einen weiblichen Simon vor, schmal, anmutig, mit runden Lippen. Der zarte Hals trägt den Kopf graziös wie eine Mozartnote, a-Moll, wartet auf den Bogen, der Musik aus ihr macht. Vielleicht gab es in der provinziellen kleinen Küstenstadt niemanden außer Jerry und Ted Griffin, der sah, daß Pat ein hübsches Mädchen war. Wenn du etwas begehrst, so nimm es dir, sagte Ted Griffins Vater, James Griffin, Besitzer einer Fischkonservenfabrik, in der Jerry gelegentlich einen stinkenden, schlecht bezahlten Job bekam. James Griffin war auch der Vater des Babys, das Patricia Ware betreute. Ich will ihm gern zugestehen, daß er seine Lehren im Vertrauen darauf erteilte, sein Sohn werde nichts Unrechtes begehren. Auch das Baby wurde in diesem Sinne erzogen. Mrs. Griffin befahl Pat, ihm nichts zu verweigern. Unterdrückte Wünsche schaden ihm, setzen sich im Unterbewußtsein fest, sagte sie ängstlich, als sei das Unterbewußtsein ihres Kindes ein Feind, der sein Leben bedrohte oder mindestens sein Glück. Patricias Vater schüttelte bekümmert den Kopf, wenn seine Tochter vom Unterbewußtsein des Griffin-Babys berichtete. Er hielt Begehrlichkeit und Übermut für Übel, die schon im zarten Alter bekämpft werden mußten. Pats Mutter sah mehr die praktische Seite der Angelegenheit. Gib acht, daß das Baby nicht schreit, sonst verlierst du den guten Job. Aber Pat verlor den Job aus anderen Gründen. Eines Abends, als sie, das Baby und der zwanzigjährige Sohn Ted allein im Hause waren, geschah es. Bleich und unheimlich stand er oben auf der Treppe und schrie nach Pat. ›Ja, Sir?‹ ›Komm herauf. Schnell!‹ Sie gehorchte arglos, dachte wohl, ihm sei irgendein kleines Malheur passiert, das sie reparieren sollte, trat in sein Zimmer, wurde ergriffen und auf das Bett geworfen. Sie wehrte sich, aber damit reizte sie ihn nur noch mehr. Am anderen Morgen beschwerte sie sich bei seiner Mutter. Die behauptete, sie verleumde ihren Sohn, und warf sie hinaus. Pat wagte nicht, sich ihren Eltern anzuvertrauen, erst recht nicht, als sie merkte, daß sie ein Kind bekommen würde. Ihre Eltern waren fromme Leute, sie schämte sich. Auch hatten sie andere Sorgen. Nur Jerry erfuhr, was geschehen war, allerdings erst drei Monate später, am Abend vor ihrem Tod. Sie war fünfzehn Jahre alt...«

»Tod«, sagte Justus erschrocken.

Werner starrte ihn an. »Sie verblutete an einer Fehlgeburt. Jerry hat seitdem nur noch eins im Sinn: Ted Griffin umzubringen.«

»Hat er?«

»Nein. Das ist die eigentliche Geschichte. Ich kann dir unmöglich – sie ist zu lang, meine ich.«

»Hat er es versucht?«

Werner wurde plötzlich sehr ungeduldig. »Versucht, was heißt versucht. Er hatte eine Gelegenheit«, murmelte er, »Ted lag wehrlos vor ihm, schlafend, betrunken, stank nach Schnaps und schnarchte mit offenem Mund. Übrigens wäre es durchaus möglich gewesen, daß die Polizei Jerry nicht verdächtigt hätte. Die Griffins kannten ihn nicht, und vielleicht hinterließ er wirklich keine Spuren.«

»Aber warum«, hörte er Justus hartnäckig weiterfragen und riß sich zusammen. Seine Stimme knurrte und bellte. »Keinesfalls weil er aufgehört hätte, Ted Griffin zu verabscheuen«, sagte er, schrie fast in Justus' Augen hinein, als hätte er nicht ihn vor sich, sondern Ted Griffin selber. »Er haßte ihn nach wie vor, und sein Haß erhielt Nahrung aus vielen Quellen. Ted Griffin verkörperte für ihn die Anmaßung und Gewalttätigkeit des Weißen schlechthin. Aber Jerry, sein anderes Ich, das er Pat nannte, die tote Patricia habe zu ihm gesprochen, sagte er. Sie stritt mit ihm. Es war eine dramatische Diskussion, die lautlos am Bett des schnarchenden Ted Griffin stattfand. Tu es nicht, sagte Pat. – Er ist dein Mörder, antwortete Jerry. – Willst du nun seiner werden? – Ja, sagte er, und sie: Aber es nützt nichts. Das Übel wird nicht aus der Welt geschafft, wenn du ihn tötest.« Genug! Nein, nicht genug. Er strich mit der flachen Hand über seine schmerzende Stirn, aber Justus gab nicht nach, wich nicht von der Stelle, stand dort, stand noch immer. »Setz dich doch«, flüsterte Werner. Justus nahm keine Notiz davon, aber er hatte aufmerksam zugehört. »Du willst sagen, Jerry hat nicht aus Angst und auch nicht aus Mitleid«, begann er, durchaus logisch.

»Nein. Nicht aus Angst. Er fühlte sich sicher. Und Mitleid? Mit Ted Griffin?« Wieder hielt er inne, seiner Stimme nachhorchend, eisig von Hohn. »Auch Teds ›arme Eltern‹, die den Sohn verloren hätten, falls es das ist, woran du denkst, die waren ihm vollkommen gleichgültig. Nicht sie, sondern Patricias Eltern waren arm, lebten *downtown* in einer verwahrlosten Rattengegend, ausgebeutet von weißen Hausbesitzern und Geschäftsleuten, und sie hatten die Tochter verloren. Nein. Jerry hat seinem Haß Schach geboten, weil er das Übel nicht vermehren wollte. Einer mehr wäre tot gewesen, sonst hätte sich nichts geändert. Nur er selber, Jerry, wäre für eine kurze Zeit mit sich zufrieden gewesen. Es hat mich umgeworfen. Ich brauchte Zeit, es zu begreifen. Jerry, ohne Chance und Hoffnung, in einer Gesellschaft, deren Antriebskraft der Egoismus ist, das Besitz- und Profitstreben ihrer Mitglieder, ihr Prestigebedürfnis, ihr Konkurrenzneid. Beherrscht von ihren Waren ausspuckenden Produktionsapparaten, die Märkte brauchen, appelliert sie an die niedrigen Instinkte des Menschen. Was sollte sie auch anfangen mit Güte, Selbstlosigkeit, Mitgefühl, Hochherzigkeit, Geduld und Sanftmut. Die taugen nicht für Geschäft, Politik und Arbeitsmarkt. Billigerweise wäre von Jerry Gegenaggression zu erwarten gewesen. Aber der Tag wird kommen. Die Unruhe in der Welt wächst. Immer mehr Menschen schreien. Eines Tages werden Brutalität und Terror den Schrei nicht mehr ersticken.«

Er verstummte jäh, blickte erschrocken in Justus' betroffenes Gesicht. Mach Schluß, er will wissen, warum Jerry desertierte, weiter nichts. »Er wurde zum Militärdienst eingezogen und kam nach Europa, nach Berlin. Er war seetüchtig, fürchtete aber, Ted Griffin werde Marineoffizier werden und er sein Untergebener, deshalb verschwieg er es. Als Griffin im April 1946 plötzlich in der Berliner Besatzungstruppe auftauchte, lief Jerry davon. Nicht vor Ted Griffin, nein, vor sich selber lief er davon. Ein zweites Mal hätte er die Kraft vielleicht nicht aufgebracht, ihn nicht zu töten.«

»Kraft. Kraft, nicht zu töten«, stammelte Justus und wollte Werner auf einmal nicht stören, hatte selber noch zu arbeiten. Werner fühlte sich nicht wohl. Was war es nur, was vergaß er. Zu allem Überfluß empfand er plötzlich Mitleid mit Justus, der fortschlich mit hängenden Schultern, aber warum, er entbehrte nichts, behütet seit dem ersten Atemzug, immer ein rettendes Bankkonto im Hintergrund. Er stutzte, mußte sich wahrhaftig erst daran erinnern, daß er nicht Jerry, sondern selber ein Bürgersohn war, verschont und behütet in den Jahren, in denen Jerry lernte, sich durchzuhauen. Da fiel ihm Lucies Behauptung ein, Justus' Vater sei ein Nazi gewesen. Doch doch, sie entsinne sich jetzt. Sie, Bruno und Werner hätten ihn hinausgeekelt, damals, als er hier aufkreuzte, die Eltern waren nicht zu Hause. Er gab Bruno nicht die Hand, sagte sie, und Werner wußte, daß sie sich nicht irrte. Einen Mann, der Bruno nicht die Hand gab, vergaß sie nicht. Ist es das, quält Justus der Gedanke an seinen Vater, gibt es Differenzen zwischen ihnen? Einen Augenblick lang glaubte er, den Schlüssel seines Wesens in der Hand zu halten, aber nichts reizte ihn, ihn zu benutzen. Justus wird sich damit abfinden müssen wie tausend andere auch. Wieder der Nebel, das Aufleuchten von Bildern: ein *Halloween*-Abend. Kinder in lustigen Kostümen ziehen mit Fackeln durch die Hauptstraße, begleitet von der Freiwilligen Feuerwehr. Jerry hat sich mit einem roten Schal drapiert, den er über seinem Sweater zu einem dicken Knoten knüpfte. Das sieht verwegen aus, aber niemand beachtet ihn, bis plötzlich Samuel Beard auf ihn aufmerksam wird, der auf der Veranda seines Hauses sitzt. »He, du dort, komm mal her!« Jerry erkennt, daß er betrunken ist, und will weglaufen, aber Mr. Beard hebt etwas auf, das auf dem Tisch liegt, und er schwenkt das Ding hin und her, einen Südwester, einen großen, glänzenden Südwester, wie ihn die Seeräuber im Kino tragen. »Na, komm, probier mal.« Wie hypnotisiert geht Jerry auf das Haus zu, steigt die Stufen hinauf. Oben steht Mr. Beard, taumelnd, mit aufgerissenem Munde lachend, und stülpt ihm den Südwester auf den Kopf. Jerry hält den Atem an, wagt keinen Schritt, keine Bewegung. Der Südwester rutscht ihm in die Stirn, Mr. Beard schiebt ihn hoch, da rutscht er ihm ins Genick, aber das macht nichts. Mr. Beard zupft an Jerrys Schal, tritt zurück, um ihn zu betrachten, und ist befriedigt. »Willst du ein Seemann werden?« Jerry nickt. »Kennst du mein Boot?« Wieder nickt Jerry, er kennt jedes Boot. »Morgen früh bei Sonnenaufgang am Landungssteg. Willst du?« Mr. Beard hält ihm seine große Hand hin. Jerry schlägt ein. »Falls du bis morgen früh die Sprache wiedergefunden hast, kannst du mir ja dann sagen, wie du heißt«, sagt Mr. Beard.

Jerry war elf Jahre alt, und Mr. Beard betrieb das harte Handwerk mehr als Sport, denn auch er besaß eine Fischkonservenfabrik, die kleinere am Ort, die große gehörte James Griffin. Jerry ging Mr. Beard an den Kesseln im Boot zur Hand, in denen noch unterwegs der Ausschuß abgekocht wurde, kleine Fische, Krebse mit zerbrochenen Scheren. Er mußte den Fraß abschmecken, weil Mr. Beards Geschmacksnerven von Tabak und starkem Branntwein ruiniert waren. Später lernte er mit Segel, Steuer, Kompaß und Seekarte umgehen, lernte Blaufische und Streifenbarsche fangen. Für die Streifenbarsche verwendete Mr. Beard Köder aus Aalhäuten, die rochen etwas weniger penetrant als die Hummerköder, die in offenen Fässern am Landungssteg standen. An warmen Tagen stank die Ortschaft faulig-süß nach Fisch. Früher hatte eine Sandbank die Hafenbucht versperrt, aber es wurde ein Kanal durch die Sandbank gegraben und das Hafenbecken ausgebaggert. So entstand in der von der See her schwer zugänglichen Bucht ein brauchbarer Fischereihafen. Abends brannten kleine Laternen auf den Landungsstegen. Die Flut rauschte um die Pfähle, klatschte an die Betonmauer, die weiter oben zum Schutz der Sommerstrandhäuschen für Feriengäste errichtet worden war. Die Spitztonnen, die den Einfahrtskanal markierten, schaukelten auf den Wellen. In den Hafenbars spielten die Musikautomaten. Fischer vertäuten ihre Boote. Manchmal waren auch Samuel Beard und Jerry unter den Heimkehrenden.

Die Gespräche des alternden Mannes mit dem Kind, das ein Halbwüchsiger und schließlich ein junger Mann wurde, bewegten sich um die See, den Fisch, um Wind und Wetter, später auch um den Krieg in Europa und Ostasien und gelegentlich um andere Fischer, den Stadtklatsch, die Steuern und um James Griffin, Samuel Beards großen Konkurrenten, dem es nicht gelang, Beards Unternehmen zu ruinieren oder aufzukaufen. Einmal, an einem heißen Tag, wohl dem heißesten im Jahr, die Sonne brannte erbarmungslos, der Wind schlief, schlaff hingen die Segel an den Masten, Mr. Beards grauer Kopf stand scharf vor dem flimmernden Hintergrund aus Meer und Himmel, es war sehr still, aber plötzlich fing Mr. Beard an, vor sich hin zu schimpfen. Ohne Atem zu holen, ohne die Stimme zu heben oder zu senken, konzentriert, andächtig wie ein Betender spie er Zorn und Unflat auf den fernen

James Griffin, seine Frau, Mutter, Tanten, Onkel und Vettern, auch auf seinen Sohn Ted, der sich an Samuel Beards Enkelin Evelyn heranpirschte, weil sein Vater hoffte, Beards Fabrik nun auf diese Weise in die Hand zu bekommen. Jerry hörte ihm unbeteiligt zu, ahnungslos und gelangweilt, stur wie ein Holzklotz, sagte er, denn es war schon geschehen an diesem Tag, den er genoß, seinem letzten Tag mit Samuel Beard. Pat arbeitete nicht mehr bei den Griffins. Pat quälte sich, litt Schmerzen und Angst, war allein mit ihrem Entsetzen, und ein paar Wochen später... Die Nacht begann wie jede Nacht. Jerrys Eltern beteten im Nebenzimmer. Nach einer Weile fing sein Vater zu schnarchen an. Gelegentlich fiel auch seine Mutter ein, aber das Haus fand keine Ruhe. Zu viele Menschen lebten auf engem Raum zusammengepfercht zwischen seinen rissigen Wänden. Fenster wurden hochgeschoben, schnappten nicht ein und fielen krachend zurück. Kinder weinten sich in Schlaf. Die Verrückte im ersten Stock sang. Ein alter Mann steckte die Nachbarn mit seinem Husten an. Bald bellte das Haus wie ein heiserer Hund. Jerry dachte an Pat, die mit ihren Eltern und Geschwistern nebenan wohnte. Er wunderte sich, nahm sich vor, sie zu fragen, warum sie ihm aus dem Wege gehe, als habe er sie gekränkt. Er hörte die Williams aus der Versammlung kommen, hörte Jugendliche auf der Straße grölen. Dann war es still, oder er schlief, bis jemand die Feuerleiter heraufkam. Rufus, ein kleiner Bursche aus der Nachbarschaft, erschien im Fenster. »Pat hat sich den Fuß verstaucht«, rief er, »komm runter.« Jerry stieg hinaus und die Leiter hinab, hangelte einen Augenblick an der unteren Sprosse, sprang auf die Straße.

»Sie wollte auf die Feuerleiter und fiel hin.«

»Auf die Feuerleiter? Pat?«

»Ja, sie wollte zu dir.« Rufus verdrückte sich, als sich Jerry über Pat beugte, die an der Hauswand kauerte. Sie hatte Ärgeres ausgehalten als einen verstauchten Fuß, der nicht einmal anschwoll, aber sie weinte, preßte ihr nasses Gesicht an Jerrys nackte Brust. Ist vom Sims gerutscht, als sie nach der Feuerleiter griff, wollte nicht an unserer Wohnungstür klingeln, fürchtete, meine Eltern zu wecken. Er hob sie auf und trug sie hinauf. Es war schwierig, unbemerkt an den Eltern vorbei in seine Kammer zu gelangen mit Pat auf den Armen. Der Weg führte durch den Raum, in dem sie schliefen, aber sie hörten nichts. Er legte Pat auf sein Bett und massierte ihren Fuß. Sie sagte, sie habe auf einmal nicht mehr die Kraft gehabt, sich festzuhalten und hochzuziehen, und dann, sehr leise: »Ich muß endlich mit dir sprechen. Ich bekomme ein Kind. Sag meinen Eltern nichts, bitte.«

Er stand da, auf sie niederblickend, begriff schließlich, was sie gesagt hatte.

»Versprich es mir. Sag nichts.«

»Nicht so laut.« Er ging zur Tür und horchte in den dunklen stickigen Raum. Es kam ihm wie Hohn vor, daß seine Eltern ruhig schliefen, während er... »Von wem?« hörte er sich flüstern.

»Von Ted Griffin«, antwortete Pat.

»Griffin? Ted Griffin? Willst du sagen, du hättest mit Ted Griffin... du?«

Sie nickte.

»Deshalb also.«

»Nein!«

»Deshalb mußte ich warten. Zuerst sollte er dich haben.« Sie weinte. »Und nun freut er sich gar nicht, wie?« Der Hohn blieb ihm in der Kehle stecken. Patricia hatte sich aufgerichtet, saß vornübergebeugt, die Arme auf die Knie gestützt, mit den Händen ihr Haar durchwühlend auf seinem Bett und klagte sich an, sich selber, nicht Ted Griffin, klagte sich an mit Worten von Sünde, Schuld und Strafe, die Jerry nie von ihr gehört hatte. Sie allein sei schuld, sie habe Ted Griffin zur Sünde verführt, nicht absichtlich, natürlich, aber wer mache sich denn absichtlich schuldig. »Satan stellt die Fallen auf, und wir stolpern hinein. Es verringert meine Schuld nur ein wenig, daß ich nicht wollte. Es löscht sie nicht. Ich ahnte, daß Ted ›es‹ von mir verlangen werde, spürte seine Blicke, alles, aber der Job war mir wichtiger. Statt das Haus der Griffins zu fliehen, blieb ich. Nun straft mich Gott mit diesem Kind. Allerdings nahm ich nicht an, Ted werde mich zwingen«, fügte sie ernüchtert hinzu, und nun begriff Jerry, daß sie nicht freiwillig mit Ted Griffin geschlafen, und auch, daß sie ihren Job bereits vor drei Monaten verloren und Ted Griffin seitdem nicht mehr gesehen hatte. Während Jerry und ihre Eltern glaubten, sie hüte Griffins

Baby, war sie umhergewandert auf der Suche nach Gelegenheitsarbeiten oder hatte am Strand gelegen, weit draußen, wo niemand hinkam. Heute durfte sie in einer Bar im Fischereihafen Gläser spülen, dabei war ihr wieder übel geworden.

»Warum hast du nicht um Hilfe geschrien, als das Schwein über dich herfiel?« Im schmalen Lichtschein der kleinen Lampe sah er, wie ihre Augen weit wurden. Es sei niemand im Haus gewesen, nur das Baby, sie und Ted, und anfangs habe sie sich heftig gewehrt und auch geschrien, aber er sei brutal geworden, habe ihr die Beine auseinandergerissen, in ihre Brust gebissen, und er sei furchtbar stark und schwer gewesen. Sie habe lange gekämpft, aber dann, das wäre es, daran könne er ihre Schuld erkennen, sagte sie. Auf einmal sei sie nicht nur verstummt, sondern sei auch plötzlich an allen Gliedern wie gelähmt gewesen, wie betäubt, und habe ihn gewähren lassen, obgleich sie nur Ekel empfand und den Wunsch, er möge schnell machen. Hätte sie aber weitergekämpft, so wäre es ihm vielleicht nicht gelungen. »Gott hat mich verlassen«, sagte sie und stand auf, Unruhe in den Augen. Plötzlich krümmte sie sich. »Schmerzen?« Sie blickte ihn verzweifelt an. Dieser Blick, während sie rückwärts zur Tür schlich, war der letzte, den er von ihr empfing.

»Kannst du allein gehen?« Sie nickte. Er warf sich auf sein Bett, starrte an die Decke und wartete auf ihre Rückkehr. Die Toilette befand sich am Ende des Korridors neben der Küche. Er horchte, das Wasser rauschte nicht. Einmal war ihm, die Wohnungstür sei leise zugeschnappt, aber er täuschte sich wohl, Pat konnte nicht so von ihm gegangen sein. Vielleicht brauchte sie Hilfe. Er klopfte an die Toilettentür, Pat antwortete nicht. Er drückte die Klinke nieder, die Tür war nicht verriegelt, drinnen brannte kein Licht, Pat war nicht da. Er rannte in seine Kammer zurück. Pat ist fort! rief er seiner Mutter zu, die aufgewacht war, fuhr in sein Hemd und lief hinaus, trommelte Pats Eltern aus den Betten, Pat war nicht zu Hause, weckte die Williams, mit deren Tochter Pat befreundet war, sie wußten nichts, suchte in den Straßen, in Haustoren, auf Veranden, in Schuppen und Höfen. Pat! schrie er. Pat! Pat! hallte es durch die Nacht. Die Leute erwachten aus dem leichten Schlaf der heißen Jahreszeit und schlossen sich ihm an, liefen zum Hafen, suchten den Strand ab, vergeblich. Erst am anderen Nachmittag wurde Pat in einem Haus am Rande des Negerviertels gefunden, das wegen Einsturzgefahr geräumt worden war. Jerry hatte hineingesehen in dieses Haus und Pat nicht bemerkt. Sie war unter die Säcke gekrochen, die in einem Winkel lagen. Der Arzt kam zu spät; er konnte ihr nur noch die Augen zudrücken. Ein Polizeibeamter wollte wissen, wer der Kerl gewesen sei, mit dem sie gehurt hatte, aber auch wenn seine Ausdrucksweise nichts verraten hätte, wofür er Pat hielt, wäre Jerry stumm geblieben, stumm wie ein Fisch, sagte er, ich verriet Griffin nicht, ich wollte selber mit ihm abrechnen. Er widerstand auch der Versuchung, sich Mr. Beard anzuvertrauen. Auch er, der ihm wohlgesinnt war, konnte nicht heraus aus seiner weißen Haut. Er hätte Pat beschuldigt, nicht Ted Griffin.

War denn Ted Griffin schuldig? Nicht des Mordes, er hatte Patricia Ware nicht umbringen wollen. War er dennoch schuldig? Werner bemühte sich, gerecht an ihn zu denken, stellte sich vor, wie er lebte in seiner Busineß- und Schnulzenwelt, jung, wehrlos gegen den Trieb, unfähig, das zynische Spiel zu durchschauen, aufgestachelt, verfolgt, umstellt von verführerischen Bildern. Das lockt mit halb offenem Mund, mit wehendem Haar, mit Busen, Schenkel und Hüften, steigt in Badewannen, streichelt mit lüsterner Hand ein schlankes Nylonbein. Noch die Kosmetikmaske des Gesichts verheißt heiße Nächte. Woher soll er wissen, daß er nur: kaufe! bedeutet, kaufe, Esel.

Vielleicht berichtete eine kleine Notiz im Lokalblatt von Patricias Tod, oder er hörte von anderer Seite, daß sie gestorben war und woran sie gestorben war. Er betrank sich jede Nacht, sagte Jerry, und er ahnte nicht, daß er beobachtet wurde, spürte den Blick nicht, der seinem Zickzackweg ins Haus hinein folgte, kalt, aufmerksam und geduldig.

Das Griffinhaus lag abseits der Hauptstraße im gepflegten Wohnviertel der wohlhabenden Weißen. Die hinteren Fenster blickten auf die Sommerstrandhäuser und auf das Meer, die vorderen auf eine ruhige, mit Bäumen bepflanzte Straße. Gegenüber lag ein Begräbnisinstitut, in dem nachts niemand aus- und einging. Jerry versteckte sich dort im Vorgarten. Nach ein paar Wochen hatte er herausgefunden, daß Teds Eltern jeden Freitagabend wegfuhren und die Dienstboten an diesem Abend Ausgang hatten. Ted blieb mit dem Baby allein, sollte es vielleicht hüten, verließ aber regelmäßig das Haus und kam gegen zehn Uhr betrunken zurück. Zuerst machte er in einem Parterrezimmer Licht, wo vermutlich das Baby schlief. Dann wurden die Mansardenfenster hell. Sein eigenes Zimmer mußte in der Mansarde liegen. Eines Nachts, als Ted noch unterwegs war, schwang sich Jerry auf die Veranda, kletterte die Fassade hinauf und kroch durch ein halb offenes Fenster in das Zimmer, das er für Teds Schlafzimmer hielt. Er prägte sich jede Einzelheit dieses Zimmers ein. Als er plötzlich Schritte im Hause hörte, ließ er sich an der Regenrinne hinunter, die neben dem Fenster entlanglief. Er sagte, weder das Einsteigen noch das Entkommen sei besonders schwierig gewesen. Auch habe er sich vollkommen sicher gefühlt, sei eigentlich gar nicht auf die Idee gekommen, sein Plan könne mißlingen, besessen wie er war. In der nächsten Woche brachte Ted Griffin Freunde mit nach Hause, aber in der übernächsten kam er allein. Es war kurz nach elf Uhr. Jerry beobachtete, wie er aus dem Auto stieg, das ein anderer junger Mann steuerte, der sogleich weiterfuhr. Ted torkelte in das Haus, vergaß, die Tür von innen abzuschließen, ein günstiges Omen für Jerry, der die nur eingeschnappte Tür mit einem Drahthaken öffnen konnte. Die Mansarde wurde hell und bald darauf wieder dunkel. Jerry wartete, ob Ted Griffin noch nach dem Baby sehen würde, er tat es nicht. Jerry huschte hinüber, öffnete die Haustür und schlich die Treppe hinauf. Ted Griffin selber wies ihm den Weg; er schnarchte vernehmlich. Jerry trat ein, knipste seine Taschenlampe an, sah Ted auf dem Bett liegen. Er hatte sich nicht ausgezogen, hatte nicht einmal die Schuhe abgestreift. Jerrys Plan war, auf den Schlafenden zu springen und seinen Hals zu umklammern. Mit seinem Körper wollte er Teds Körper niederdrücken, der sich aufbäumen würde, wollte ihm sagen, wer er war und warum er ihn töten werde, und ihn dann erdrosseln oder ihm die Messinglampe auf den Schädel schlagen, die neben dem Bett auf dem Nachttisch stand. Er hatte in Gedanken beide Möglichkeiten ausprobiert. Vielleicht stellte er sich einen Mord zu einfach vor, zu leicht, denn Ted hätte sich natürlich gewehrt. Wichtig ist aber nur, daß ihn weder Furcht noch Zweifel plagten. Er schaltete die Deckenlampe ein, wartete auf eine Reaktion, die ausblieb, sprang aber nicht zu, noch nicht, dachte er, obgleich der geeignete Moment ja gekommen war. Stand da und starrte auf Griffins Hände, die Patricia gepackt und hingeworfen hatten. Eine ruhte auf seiner Brust. Kleine blonde Haare flimmerten auf ihren unteren Fingergliedern. Die andere lag merkwürdig verdreht mit der Innenfläche nach oben auf der halb von den Beinen gerutschten Decke. Jerry sah, wie die offene Hand kraftlos versuchte, sich zu ballen. Da war schon der andere Kampf entbrannt, ein innerer Kampf, gewaltlos, aber nicht minder erbittert. Er fühlte Pats Hauch und Stimme, fühlte intensiv ihre Gegenwart, stand vorgebeugt, horchend, gepeinigt von seinem hart klopfenden Herzen. Soeben noch kalt und ruhig, war ihm nun, er zerspringe. Töten nützt nichts. Er schluchzte auf, taumelte, stieß mit dem Knie an den Nachttisch. Ted wälzte sich auf die andere Seite, rief schlaftrunken: »Mom?« Und nun, entschlossen, Ted Griffin nicht zu töten, fürchtete sich Jerry plötzlich, als wäre er ein ertappter Gauner, ein Dieb, der in ein Haus einbrach. Er rannte hinaus, stolperte auf der Treppe, hörte Ted oben poltern, hörte ihn brüllen: Wer ist da? Die Nacht war mondhell voll huschender Schatten, die er vorher nicht bemerkt hatte. Schwer von großen tropfenden Sternen wölbte sich der Himmel über der schlafenden Stadt. Einer mehr wäre tot gewesen, sonst hätte sich nichts geändert.

Das grüne Bild

Ihre Hand lag noch auf der Türklinke, da sah sie den Brief mit dekorativ gemalter Adresse auf dem kleinen Tisch unter den Garderobenhaken liegen, Pierre, stand auf der Rückseite, ebenfalls mit schwarzer Tusche breit hingepinselt, Pierre und sonst nichts. Das grüne Bild, Bild in Grün, alles Grün der Welt, hat er gespottet, versuch's doch, du wirst scheitern am Grün, wirst ein langweiliges, ödes, idyllisches. Sie riß den Brief auf, mit dem er sein Versprechen brach, ihr nicht zu schreiben. Er enthielt aber nur eine Frage: Hast Du Zinnoberrot genommen? Um Antwort bittet, quer über den großen Bogen geschrieben und darunter einen traurigen Pierre im Regen gestrichelt, nein, einen weinenden Pierre. Das schwarze Tuschegetropf kam aus seinen Augen. In die untere Ecke hatte er mit Bleistift die Adresse von Margaret Thompson gekritzelt, an die Vera also ihre Antwort richten sollte, eine in Paris lebende Amerikanerin, eine Frau wie ein überdimensionales Insekt, mit dünnen silbernen Haarspiralen rings um die weißgepuderte Stirn, in metallisch glänzende Stoffe gekleidet, Augen wie das Glitzern von Tautropfen in einem Spinnennetz, die schwindenden Lippen mit zwei kühnen, korallenroten Strichen festgehalten in der überzuckerten Creme-Maske des Gesichts. Sammelte Genies oder Leute, die sie dafür hielt, wie andere Briefmarken sammeln, ließ sie in den malerisch liederlichen Zimmern ihrer Wohnung am Seinequai hausen, Pierre und René, Suzanne und Blanche. Auch Vera hatte sich ein paar Tage lang von ihr einfangen lassen. Eine Deutsche, sagte Margaret Thompson. Aus Berleng, fügte sie, unfähig, Nasallaute zu sprechen, hinzu. Die Mädchen und Jünglinge starrten Vera an. Einige lächelten schüchtern. Ein haariger, bräunlicher Knabe watete durch Berge bunter Kissen auf sie zu, hockte sich neben sie und küßte sie auf die Wange. *La belle et la bête*, kreischte ein junger Mann mit Papageienstimme. Aber erst lange danach begriff Vera, daß ihr mit diesem Kuß ihre deutsche Herkunft verziehen worden war, und nun hatte Pierre offenbar wieder einmal für einige Wochen bei Margaret Thompson eine

Zuflucht vor seinem Ehe- und Familienglück gefunden, das er haßte und dennoch nicht entbehren konnte. Sie lachte auf, erblickte im Spiegel ein großäugiges Gesicht, ihr Gesicht, wandte sich schnell ab und lief hinauf mit Pierres Brief.

Es ist an einem Juliabend in der Strandhütte auf dem schmalen steinigen Grundstück über der Steilküste am Kanal gewesen. Das Meer hat leise atmend unter dem groß gewölbten Himmel gelegen, mit scharfem, violetten Strich abgesetzt gegen eine taubenblaue Wolkenwand am Horizont. Ein weißes Schiff ist auf diesem Strich entlanggefahren. Pierre hat sich ausgezogen, ist die Küste hinuntergeklettert und mit ausgebreiteten Armen ins Meer gelaufen. Er hat gerufen und gewinkt, aber ich bin ihm nicht gefolgt. Das Grün, Oktober- und Smaragdgrün von Gras und Klee vor dem Fenster der Hütte, blaues und bräunliches Grün zu beiden Seiten des zehn Schritte langen, von windzerzausten Rosenhecken, Pappelstrünken und Schlehen begrenzten Rasenstücks, violettes Grün von Grasrispen rings um die Pappelstämme, gelbliches Grün des wilden Hafers vorn über der abfallenden Küste, scharf wie Filigran vor dem silbrig flimmernden Olivgrün des Wassers, das Grün hat seinen Widerstand aufgegeben, sein zähes Nein. Oder bin ich es gewesen, die aufgab? Warum bist du nicht mit mir geschwommen, hörte ich Pierres vorwurfsvolle Stimme, woran denkst du? Ich will ein grünes Bild malen, habe ich geantwortet, und er, triefend, mit klatschenden Sohlen ins Haus tappend: irgendwo muß ein Handtuch. – Dort, am Türhaken. – Laß die Finger davon, hat er gesagt, mit Grün ist nichts zu machen, es sei denn. – Ja? – Viel Rot. Karmin, nein, Zinnober. Er hat sich neben mich auf die Fensterbank gekniet, bemüht, meine Erregung zu verstehen, aber ich habe ihm nicht geholfen. Er sieht es selber, dachte ich, sieht die Heckenrosen im Blaugrün des Laubes. Sein Blick ist auf sie gerichtet. Wieso kommt er nicht darauf, merkt nicht, daß ihr makabres, wie von innen erhelltes Rosa die Kontrastfarbe ist, die Sensation, nach der eine mit grünen Formen und Strukturen bedeckte Fläche verlangen wird. Zinnober! Ich habe laut gelacht. Noch während er mich liebkoste und später, als ich in seinen Armen einschlief, hat mich das Lachen gekitzelt, und mitten in der Nacht bin ich aufgewacht. Das Bild aus vielen

Grüns mit kreisrunden, hellrotvioletten Tupfen schwebte klar vor meinem Blick.

Sie betrachtete das Bild, das noch feucht auf der Staffelei stand. Sie schrieb an Pierre: Es ist ein fettes, unheimliches Bild geworden. Irgendwie ist meine Aversion gegen die Natur hineingeraten. Erinnerst Du Dich des Fliegentodes? Du blicktest auf die Uhr. Es waren vier Minuten vergangen, vier Minuten Qual, eine Ewigkeit für das winzige, kurzlebige Geschöpf, aber sein Sterben dauerte länger. Das wilde Angstgebrumm wurde schwächer und verstummte, die Pein hörte jedoch nicht auf. Noch immer zappelte die Fliege in dem dichter und unentrinnbarer werdenden Kokon, den die Spinne um sie wob. Vielleicht dachte ich beim Malen an unsere Gespräche. Ich weiß es nicht mehr, weiß nur, daß Farben und Komposition stimmen. Ich habe das Blaurosa der Heckenrosen verwendet. Zinnober wäre nicht gut gewesen. Sei gegrüßt von Vera.

Später fielen ihr die anderen Rosen ein, herangetragen von weißschäumenden Wellen, in die Tiefe geschleudert, wieder heraufgequirlt und am Ende an den Strand geworfen. Dort lagen sie, von Schaum überspült, der zischend zurückwich. Ihre Blüten waren voll Sand, die Blätter und Stile verfitzt mit grünem und schwarzem Tang. Schlaff hingen sie in Veras Händen, schwarzrote Flecken auf den äußeren Blütenblättern. Aber das Rot der vollen Kelche und das dunkle Grün der Blätter lebten noch. Behutsam entfernte Vera den Tang, wusch den Sand aus den im Salzwasser geruchlos gewordenen Blüten, verschnitt die aufgeweichten Stengel und stellte die Blumen in ein Glas mit Brunnenwasser. Sie hatte sich nicht getäuscht. Die Rosen strafften sich, öffneten sich weit. Nach zwei Tagen begannen sie einen zarten Duft zu verströmen. Pierre phantasierte von einem jungen Kommunisten, der in einer Sturmnacht vor den Deutschen nach England flüchtete. Seine Geliebte kam zu spät; das Boot war schon abgefahren. Sie irrte am Strand umher und fand gegen Morgen, als über dem noch tosenden Meer die Sonne heraufrollte, die Rosen, die er als letzten Gruß für sie ins Meer geworfen hatte. Woher er die Blumen allerdings nahm in einer Sturmnacht auf dem Kanal, Pierre lachte: Banausin, dachtest du, ich beschäftige mich ernsthaft mit sentimentalen Geschichten.

Sie blickte in das Dezembergrau vor ihrem Fenster, sah ein Gestrichel und Gerinne von Regen die Scheiben entlang, hörte Tropfen in regelmäßigem Abstand auf das Sims fallen, fühlte sich bewegt wie damals von Pierre, der stets genau zu sagen wußte, wie man nicht schreiben, malen, musizieren, bildhauern, bauen, leben, ja, auch leben, dachte sie, er wußte auch, wie man nicht leben sollte. Er sprach selbstsicher und großartig von seinen Intentionen. Niemand ahnte, daß ihn Lähmung befiel, sobald er sie zu verwirklichen suchte, eine plötzliche Unfähigkeit der Hand, die sich weigerte, lag schlaff auf seinem Knie, ließ den Pinsel fallen, den Stift. Das ahnte niemand außer ihr, außer Vera. Sie besaß ein seltsames Gespür für seine Not, die nichts zu lindern vermochte, am wenigsten ihr Mitgefühl, genährt von der Vorstellung, Pierres Elend sei auch ihres, auch ihr könnte das Unfaßbare zustoßen, irgendeines finsteren Tages würde auch sie vielleicht nicht mehr verrückt, unbefangen, fromm, neugierig, verspielt genug sein – was immer ihr den abenteuerlichen Mut verlieh, leere Flächen mit Figur und Farbe zu bedecken. Sie hatte es nie erwogen. Eine winzige Veränderung der Struktur ihres Gehirns oder auch nur seiner Durchblutung, ein Nachlassen irgendeiner Drüsenfunktion; es wäre mein Tod. Aber nun sah sie Pierre, und es war nicht sein Tod. Er klammerte sich an die Trümmer seiner Schiffbrüche, gerettet, aber um welchen Preis, den Preis der Wahrheit. Vera hatte es schon vor dem Besuch seiner eleganten und spöttischen Frau begriffen, saß ihr gegenüber in der Plüschsofaecke des kleinen Hotels, Rue des Écoles, blickte in ihr klares, kühles Gesicht, horchte auf die melodische Stimme. Sie sei Micheline Bassenge, hörte sie und wiederholte es verwundert: Bassenge, eine Tante vielleicht oder seine Schwester. – Sehe ich so aus? – Seine Frau also. Und während Vera noch um Fassung rang, hatte Micheline ihrem Mann schon die armselige Maske vom Gesicht gerissen.

»Waren Sie so töricht, ihm zu glauben? Nein, die widrigen Umstände, die ihn angeblich hindern, geniale Werke zu schaffen, die existieren nicht. Pierre geht es gut, besser als Ihnen, vermutlich«, sagte sie in Veras bestürzte Augen hinein, eigentlich ohne Geringschätzung, mit sachlich wägendem Geschäftsfrauenblick, und dann: »Nur die Kinder und ich, wir existieren, aber von diesem Mißgeschick hat er Ihnen nichts erzählt, wie ich sehe.«

»Kinder«, stammelte Vera.

»Ja. Reizende Kinder. Ein Junge und ein Mädchen. Sechs und vier Jahre alt. Aber das muß Sie nicht ängstigen. Wenn Sie Pierre haben wollen, bitte, greifen Sie zu.«

»Haben wollen. Wie sprechen Sie nur. Sie können nicht über ihn verfügen.«

»Nein? Runzeln Sie nicht Ihre hübsche Stirn, eines Tages bleiben die Falten stehen. Wollen Sie also? Ich stelle nur eine Bedingung: ganz oder gar nicht. Auf Halbheiten lasse ich mich nicht ein. Sie sind sich doch wohl klar darüber, daß Sie ihn aushalten müßten.«

»Aushalten –.«

»Ja, gewiß. Dachten Sie, er werde für Sie arbeiten oder auch nur für sich selbst? Machen Sie sich aber keine übertriebenen Hoffnungen. Pierre braucht nicht nur die finanzielle Sicherheit, die ich ihm biete, er braucht auch seine Sündenböcke.«

»Ich verstehe nicht.«

»Oh, es ist simpel. Er müßte sich für sein Versagen am Ende selber verantwortlich fühlen, könnte er die Schuld nicht mehr mir und den Kindern zuschieben. Das wäre schrecklich, *n'est-ce pas*, nicht auszudenken.«

So ähnlich hatte sie gesprochen, grausam, geschmeidig, wohl wissend, wohin die Stacheln ihrer Worte zielten, hatte auch das Grundstück am Meer erwähnt, die Strandhütte, das Auto, mit dem Pierre eines Tages in der Rue des Écoles vorgefahren war, *nonchalant*, stieg ein, wir fahren ans Meer. Geborgt, alles geborgt, er selber, ausgeborgt von seiner großzügigen Frau, und natürlich ist er zu stolz gewesen, sich von ihr die Schlüssel geben zu lassen. »In irgendeiner Raststätte an der Autostraße erzählte er Ihnen, er hätte sie leider vergessen, nicht wahr, Sie müßten über den Zaun steigen. Hat er die Tür des Strandhauses aufgebrochen?«

Vera schüttelte den Kopf. »Unter dem roten Stein in der Hecke lag ein Schlüssel.«

»Ah, ein Nachschlüssel also, sehr umsichtig von ihm.«

Aber das Bild in meinem Kopf, das grüne Bild, das ich malen

werde, Bild, von dem Sie nichts wissen, es gehört mir und Pierre, gehört uns allein. Auch sein Staunen, sein Gestammel, seine Freude: daß ich mich vergessen kann, hingeben, auch das gehört mir allein.

Sie war nicht einmal gekränkt, empfand seine Lügen nicht eigentlich als Lügen, sondern als Leid, Qualen, die er sich selbst und ihr zufügte und die sie hinnehmen mußte. Auch kam er ihr manchmal wie ein erwachsener Simon vor. Etwas Brüderliches war in seiner Liebe, das ihr wohltat nach der fordernden, auf Rechte pochenden Werbung Bertram Brinkmanns, Rechte, die Bertram mit Einladungen und irgendeinem geheimnisvollen Geplausch mit ihrer Großmutter erworben zu haben glaubte, sofern er es überhaupt nötig hatte, Rechte zu erwerben. Er war einer, der Rechte besaß, privilegiert seit dem ersten Schrei. Sein Auftreten verblüffte sie noch immer. Allerdings hatte sie Wissen und Können hinter seiner großen Selbstsicherheit vermutet, war nicht darauf gefaßt gewesen, daß es nur das Bankkonto und der gesellschaftliche Status seines Vaters sein könnten, auf die sich seine Ansprüche gründeten, seine Anmaßungen, wie sie fortan sagte, plötzlich an Typen erinnert, die ihre Eltern manchmal schilderten. Ist sein Vater einer von ihnen gewesen? Pierres Vater nicht, Pierres Vater war ein Widerstandskämpfer, ein von Sorgen und Krankheiten geplagter, zerknitterter kleiner Mann, von dem niemand erwartet hätte, er werde zur Waffe greifen, aber er tat es, ließ sich einschreiben, wie Pierre es nannte, erkannte auf einmal einen Sinn in seiner Existenz, wuchs über sich hinaus, getragen von dem Bewußtsein, in einem Kampf mitzuwirken, den er nicht nur für gerecht hielt – das wäre nicht entscheidend gewesen, auch seine Feinde hielten ihren Krieg für gerecht –, sondern der gerecht war, sagte Pierre, und es schwang etwas wie Neid in seiner Stimme, auch Selbstmitleid: ich, sein Sohn, erstickt in einem faden Glück, zu seinem Genuß nicht mittelmäßig genug, zum Ausbrechen zu feig.

Da wurde Vera ungeduldig, fühlte einen Widerwillen gegen Pierre in sich aufkommen, blickte vielleicht entsetzt auf ihn oder auch nur ratlos. Du wirst mich vergessen, sagte er in einem klagenden Ton, der sie beinahe veranlaßt hätte, ihm zu widersprechen: nie. Aber sie biß sich auf die Lippen, wehrte sich gegen den Sog von Unwahrhaftigkeit, der von ihm ausging. Bitte, laß es mich wissen, wenn du dich wieder verliebst, bat er. Sie versprach es, und als sie gestern abend mit Justus im Kino war, dachte sie: Vielleicht muß ich Pierre bald einen Brief schreiben, aber sie fühlte sich unsicher; es war etwas Verkehrtes an Justus, etwas Schiefes, Schielendes. Nein, es war nichts Verkehrtes an ihm, es lag an ihr selber. Auch das war nicht wahr, nichts war ganz wahr. Sobald sie dachte: Jetzt weiß ich, wie er ist, hüllte er sich in eine Wolke von Verlegenheit und Scham. Auch wenn sie spürte, daß er selber nach ihr tastete und suchte, stand plötzlich etwas zwischen ihnen, dessen Ursprung und Wesen sie nicht erkannte, etwas, das er ihr nicht mitteilen konnte, obgleich er wollte. Es quälte und entstellte ihn, gab ihm falsche Gebärden und Worte ein, dieses merkwürdig deplacierte Lachen, das fast wie ein Weinen klang. Ratlos stand er da mit hängender Schulter und verengtem Blick. Auch sie verstummte dann, und vielleicht entdeckte er in solchen Augenblicken auch an ihr etwas Verkehrtes.

Gestern nachmittag kurz vor Einbruch der Dunkelheit; er trug einen verwaschenen Anorak, auf dessen Rücken die Kapuze hing und darunter seine Blue jeans, die er zum Autowaschen anzog. Seine Silhouette wirkte in den schmalen Hosen sehr jungenhaft. Ein kleiner Eimer mit Seifenwasser, das über den Rand schäumte, stand neben dem Auto auf der Kante des Fußwegs. Justus bückte sich und wrang ein Tuch über dem Eimer aus. Die Lauge rann ihm in die Ärmel. Er ließ das Tuch in den Eimer fallen, da spritzte sie auf seine Hose. Stand da und schüttelte seine Arme, als liefen Ameisen an ihnen empor, und plötzlich sah er Vera kommen. Es war in dem Augenblick, als die Bäume und Häuser, die Zäune und die grün gestrichenen Laternenpfähle, die beiden Autos, sein eigenes und das andere, das vor der Villa gegenüber stand, und er selber, auch er, seine Gestalt in Anorak und Blue jeans mit dem hellen Fleck des Gesichts unter dem glatten, dunkelblonden Haar, war, als die Straße und die ganze Stadt mit zwei auseinandergemauerten Gesellschaftsordnungen, zwei Verwaltungen und zwei unversöhnlichen Auffassungen von Kunst einen tiefen, gemeinsamen Atemzug lang in ein schwebendes, sanft schwingendes Licht tauchten. Justus machte eine Bewegung auf sie zu, eine Art Hopser. Sie lachte fröhlich, streckte impulsiv die Hände nach ihm aus. Er ergriff sie nicht.

Es hatte an jenem Morgen begonnen, als sie mit Anita am Schlachtensee war. Unterwegs erzählte Anita von einem interessanten Experiment. Vera konnte nicht zuhören, beunruhigt von einer bestimmten Stelle ihres grünen Bildes, an die sie immerzu denken mußte. Ein helleres Grün gehörte dorthin; es wurde ihr mit jedem Schritt klarer. Sie kehrten schließlich um. Großmutter saß im Erker und blickte auf sie wie auf Fremde, dann plötzlich erkannte sie ihre Tochter und die Enkelin. Vera lief schnell hinauf. Das Licht war günstig. Sie schabte das Blaugrün ab, das die Stelle verdarb, und probierte hellere Nuancen. Darüber verging die Zeit; auf einmal war es gegen elf, und sie hatte noch nicht gefrühstückt. Auch Justus, Simon und Großmutter saßen noch am Frühstückstisch im Eßzimmer, einem wohlproportionierten Raum, nur um ein Geringes länger als breit. Die Düsternis der holzgetäfelten Wände und dunklen Möbel wirkte wie die Stille vor einem Gewitter, vollgesogen mit dem Zorn, den mehrere Andermann-Generationen bei ihren Mahlzeiten hier verspritzt hatten. Gelegentlich wurde das Ungetüm von Büfett von der Wand gerückt, um den Staub dahinter zu entfernen. Es wehrte sich mit der sturen Kraft eines schweren Dinges, das seinen Platz in der Welt ein für allemal gefunden hat, verlor aus Protest einen Fuß, der sich nur mühsam wieder anleimen ließ, stand schief wie ein gereizter Kranker, der nach Meinung der Mediziner geheilt ist und es nicht glauben will. Aber heute strömte Sonne durch ein weit offenes Fenster, hauchte einen matten, braungoldenen Firnis auf die dunkle Oberfläche des Büfetts und der Wände. Die Blumen auf dem Fensterbrett und die Marmeladengläser leuchteten hellrot. Überrascht stand Vera in der Tür, und plötzlich ruhte ihr Blick auf Justus, festgehalten von seinem Blick. Sie ging einen Schritt auf ihn zu und blieb wieder stehen, auf einmal voller Erwartung, Licht und Farbigkeit. Justus, Simon und das Gefühl, ihr Bild werde gelingen – alles in einem einzigen gierigen Atemzug. Dann sah sie, daß Großmutter weinte; es erschreckte sie, und nun will sie Justus anschreien: Sag mir, was du verbirgst, wovor du Angst hast, was dich unfrei macht, sag, wie du bist, wie du wirklich bist, ich glaube nicht an den artigen, bemühten, immer merkwürdig gefaßten jungen Mann, der zu sein du vorgibst. Hast dich in mich verliebt, erwartest, daß auch ich mich in dich verliebe, und vielleicht könnte ich es. In dich, sage ich, als wärst du nicht jemand, den ich erst finden müßte.

Er hatte am Steinplatz auf sie gewartet, zehn Minuten, eine viertel, eine halbe Stunde, und sie kam nicht, hatte im Eifer einer Diskussion vergessen, daß er sie abholen wollte, bis plötzlich einer der Wortführer erschrocken feststellte, es sei halb sechs, seine Freundin werde ungeduldig. Da erinnerte auch sie sich ihrer Verabredung und lief Hals über Kopf davon. Justus war schnell versöhnt, als sie ihm sagte, daß sie vom deutschen Machtrausch in den dreißiger Jahren gesprochen hatten. Plötzlich kam er ihr verwandelt vor. Sein Profil erschien ihr schärfer, sein Blick kalt und konzentriert. Natürlich mußte er sich auf den Straßenverkehr einstellen, aber sie kannte sein Fahrergesicht, ein leicht nervöses, schnell gekränktes Gesicht, nicht das Gesicht, das sie nun sah. Auch vergaß er ihre Gegenwart, spuckte Worte vor sich hin wie im Selbstgespräch. Sie kämmte ihre Haare, kurbelte das Fenster hinauf und wieder herunter, er bemerkte es nicht, und dann saß sie reglos, lauschte seiner zornigen Klage, erschrocken, beschämt beinahe von einer Übereinstimmung ihrer Gedanken, die sie nicht zu erhoffen gewagt hätte. Du, nicht persönlich betroffen wie ich, dachte sie, tief beruhigt, weil sie nun wußte, daß Justus sie in dieser einen Hinsicht nicht enttäuschen würde wie Brinkmann. Ich will geduldig sein, will auf ihn warten, wie ich auf die Bilder warte, die ich male, Einfälle aufzeichnend, mit Formen und Farben spielend, Wirkungen erprobend. Wie zum Beispiel eine Farbe die andere, die ich daneben setze, verändert, welche Farben kühl und fern, welche vordergründig wirken, wie ich ungewollte, aus dem Miteinander der Farben entstehende Perspektiven vermeiden kann, dieses Vortäuschen einer Dimension, die die Fläche nicht besitzt. Versuche, und auf einmal weiß ich ein neues Bild. Meistens wird es allerdings anders. Auch das grüne ist anders geworden, Pierres Bild, grün und ein ängstliches, fast unerträgliches Rosa. Sie hatte den Brief an Pierre c/o Mrs. Thompson schon geschlossen, aber nun öffnete sie den Umschlag noch einmal und schrieb langsam, mit einer Schrift, die ihr merkwürdig steif und steil geriet, auf den noch halb leeren Briefbogen: Vielleicht muß ich Dir bald etwas mitteilen, das Dich nicht erfreuen wird, aber Du wolltest es wissen – oder brauche ich mein Versprechen nicht mehr zu halten?

Sie blinzelte in das Licht ihrer Lampe, strich ihr Haar aus der Stirn, bemerkte dann plötzlich, daß ihre Finger auf die Tischplatte trommelten. Sie zog die Hand zurück und saß reglos, das Kinn in die Hände gestützt, fühlte das Schwanken ihres inneren Gleichgewichts, ein Unbehagen, ein Frösteln. Ich weiß nun, daß es in einer wichtigen Frage zwischen Justus und mir keine Mißverständnisse geben wird, aber warum bleibt er mir verschlossen? Ich könnte seine Gesichtszüge nachzeichnen, allerdings eine Schul- und Fleißaufgabe. Ob ich Justus dann deutlicher sähe? Es käme eine Art Fotografie dabei heraus, eine schlechte Fotografie vielleicht. Eine Kamera würde sie exakter machen, und keinesfalls wäre sie sein Bild, nicht wie das grüne Bild Pierres Bild ist, der mich anschwindelte und mir trotzdem nicht verborgen war.

Sie erwachte irgendwann nach Mitternacht in großer Unruhe. Ein Gesicht hatte sie heimgesucht, nicht älter als Justus' und Pierres Gesicht, ein lächelndes Gesicht, das nicht alterte, nie. Noch nach vielen Jahren würde es die gleichen Züge tragen, das gleiche Jungmännerlächeln, nur vergilbt, blaß. Ihre Mutter, sie selber würde grau sein.

Hat die Kamera nicht jede Linie, jeden Schatten, jede helle Stelle in dem jungen, immer jung bleibenden Gesicht festgehalten? Aber in Wahrheit kenne ich es nicht, kenne meinen Vater nicht, sehe einen auf eine Fläche projizierten Kopf mit künstlichen Lichteffekten, sehe ein schwarzweißgrau erstarrtes, für alle Zeiten erstarrtes Lächeln, keine Farbigkeit, nicht das Atmende, die Zartheit oder Härte der Haut, und wie die Luft darauf flimmerte, nicht die Flucht der Schläfe, die Wölbung des Schädels, das lebendige Haar, sehe den Körper nicht, wie er im Raum stand, sich bewegte, die Hände hob. Mein Vater, ein mühsam erwecktes Fotografiegesicht, und ich weiß nicht, ob er war, wie ich ihn mir vorstelle. Starr blickt er mich an aus schwarzweißer Ferne, erhaben. Erst wenn ich seinen Tod träume, wenn ich selber bis ins Herz, bis ins Gehirn hinein erstarre, unfähig eines Gedankens, erstickt, gelähmt; es ist absurd, aber wahr: Wenn ich mir seinen Tod vorstelle, wird er in mir lebendig, im Tod wird er lebendig. Lange danach denke ich: Schmerz und Tod sind vielleicht nicht das einzige Wahre, ich weiß es nicht, aber das Verbindende, in jedem Antlitz gleich, in allem Fleisch.

Ich habe Pierre meinen Paß gezeigt. Staatsangehörigkeit: deutsch, stand darin. Wir starrten das Wort an: deutsch, klar und sauber getippt, nichts wies darauf hin, daß diese Vera Andermann das Kind eines von Deutschen ermordeten Juden ist, der auch ein deutscher Staatsangehöriger war, und einer Frau, die noch immer mißtrauisch in die Gesichter ihrer Landsleute blickt. Nur zögernd ergreift sie die Hand, die sich ihr entgegenstreckt. Ist es dieselbe, die den Viehwagen schloß, die andere, die winkte: ins Gas, oder die des Ingenieurs, der den »Duschraum« entwarf. Aber ich bin auch die Schwester, die Freundin, die Geliebte eines geliebten kleinen Bruders, dessen Vater ein Neger war, und wir zwei haben noch einen anderen Vater, einen lebendigen, wirklichen, einen, der da ist, ja und nein sagt, lacht, schilt, gewährt und verweigert, freundlich oder ärgerlich ist, gerecht und ungerecht, stur, aufgeschlossen, der nach Tabak riecht, nach verschwitzter Wolle oder nach Mistbeet. Wenn ich seinen Namen ablegen wollte, nun, er könnte es versuchen, könnte einen Antrag stellen, sagte er. Schließlich sei es nicht ihre Schuld gewesen, daß mein Vater und meine Mutter nicht heiraten durften, nicht wahr. Es wäre nur recht und billig, wenn ich seinen Namen trüge. Er, Vater, würde es verstehen; an unserer Freundschaft ändere sich dadurch nichts, soweit es an ihm liege. Aber ich habe nein gesagt. Er ist so jung, habe ich gestammelt. Ich käme mir nicht wie seine Tochter vor, eher wie seine Witwe.

Ich ging durch die breiten, beschatteten Hauptstadtstraßen, vorbei an neuen Häusern mit vielen hellen Fenstern zwischen bunten Balkonen. Die gläsernen Schächte der Treppen schimmerten in der farbigen Würfelstruktur der Fassaden. Menschen beugten sich über die hängenden, weißen und roten Begonien auf den Brüstungen der Balkone, Männer und Frauen gingen aus und ein durch die glatten, lautlos schwingenden Türen, geschäftige, eher gutmütig wirkende Leute. Sind es dieselben, dachte ich plötzlich und lief. Mann mit dem Eidechsenblick, Frau, Kind, das an die Tür meiner

Großeltern schrieb: raus! meiner Schattengroßeltern, ihrer Brüder, ihrer Schwestern, die ihrerseits verheiratet waren und Kinder hatten: raus, ihr alle, meine zahlreiche, gesichtslose Gespensterverwandtschaft: ins Gas, winkte die Hand. Auf einmal sehe ich ihn stehen im Taumel der Straße, eine hohe, undeutliche Gestalt auf der deutlichen Straße, unter vielen deutlichen Menschen. Ich höre Fanfaren und Trommeln. Die Wolfsschnauzen, die Hyänen- und Schafsgesichter, die Putenköpfe glotzen, spießen ihn auf die Nadelspitzen ihrer Blicke. Federnden Schritts der in Uniform: Arm hoch! und er zerrt am Arm meines Vaters, während die Blutfahnen vorbeiziehen und die Menge stramm steht wie ein Mann. Mein Vater knirscht, reißt sich los. »Es gab den Judenstern noch nicht«, sagte Mutter, »der SS-Mann hielt Bruno für einen renitenten Volksgenossen; wir rannten.«

Die Augen fielen ihr zu. Rannten, sie rannten.

Noch im Schlaf sah sie ihre gehetzten Blicke, ihre wirbelnden Beine, sah ihre Gestalten klein werden in der Ferne zwischen zusammenrückenden Häusern, sah auch plötzlich Simons Vater, Jerry, auch ein Fotografiegesicht, und auch er rennt, rennt – nicht allein, viele rennen mit ihm, auch Frauen, auch Kinder, Scharen, Völkerschaften, die halbe Menschheit ist auf den Beinen, rennt, flüchtet.

Ich schlafe, ein Embryo, genährt mit Angst. Ich sauge: Angst, Grauen. Ich schlage die Augen auf: ein bleich lächelndes Gesicht. Ich lalle mein erstes Wort: Hieß es wirklich Ma-ma? Aber die Natur sorgt für Abschirmung, nicht wahr; nichts ist ihr wichtiger als das Gedeihen der Brut. Auch wäre wohl die Menschheit längst ausgestorben, übertrüge sich das Leid der Mütter. Die gierigen kleinen Egoisten in ihren Leibern, ihren Armen, besitzen kein Aufnahmeorgan dafür, höchstens für fehlende Liebe, und an Liebe litt ich keinen Mangel. Trotzdem denke ich – und auch Mutter denkt es, ich habe sie über meine Gesundheit klagen hören: kein Wunder eigentlich, nicht wahr, ein Wunder ist, daß sie überhaupt lebt. Auch Mutter denkt, ich müsse ihre Verzweiflung gespürt haben, damals, als sie mich trug und nährte. Warum weine ich nicht? Ich lache, tanze, alles an mir tanzt, Arme, Beine, Haare, Augen und Herz – schwingen, wirbeln, springen, und ich bin nicht allein.

Ein Blick, ein Leuchten, ein Zähneschimmern: Pierre? Ich tanze auf ihn zu, tanze weg von ihm. Er holt mich ein, umkreist mich, wir tanzen Auge in Auge, winden uns zu Boden, schrauben uns wieder hoch, Twist Twist. Wir lachen, singen, schreien. Wir taumeln einander in die Arme, rennen Hand in Hand über den Boulevard St. Michel, rennen bis hinauf zum Luxembourg-Garten, atemlos. Ich brenne! schreit Pierre, Flammen jagen mich. Pierre, mit dem ich sprach wie mit mir selbst, Pierre, der keinen Trost suchte, keine Erklärung, Pierre, der stumm mit mir litt.

Sie erhob sich und machte Licht. Das grüne Bild glänzte sie an, die in ihrem Nachthemd mitten im Zimmer stand und ihren Brief an Pierre mit dem Postskriptum langsam in viele kleine Stücke riß. Sie legte sie in eine Aschenschale, öffnete das Fenster, beugte sich hinaus und ließ die Papierschnitzel, eins nach dem anderen, spielerisch aus hoch erhobener Hand in den Regen flattern, in das Ächzen der Bäume, in die Finsternis, in das Lachen – Lachen? Es kam aus ihr selbst, klang wie ein Weinen, klang wie Justus' Lachen.

Wind

Wir gehen mit weit ausgreifenden Schritten. Unsere Schultern federn vor und zurück im Rhythmus der Beine, denen die Arme einen Kehrreim schwingen. Deine rechte Hand, nach vorn pendelnd, begegnet in der Mitte ihrer Bahn meiner linken, die nach hinten will, ergreift sie, hält sie fest. Da geraten wir aus dem Takt, wechseln den Schritt. Falsch, nur einer wechsle, du, ich, ich weiß nicht wer, einer verhält den Schritt, setzt das rechte Bein gleichzeitig mit dem linken des anderen in Bewegung oder umgekehrt. Nun schwingt auch dein rechter Arm gleichzeitig mit meinem linken in dieselbe Richtung. Weiter geht's auf Asphalt, Steinpflaster, Sand und Waldboden. Wind im Haar, immer Wind, soviel Wind kann nicht gewesen sein, aus Wolken wehend, aus Haustoren fauchend, um Straßenecken johlend, niederfallend aus Sternen, aus Finsternis, aus Schnee und Mond. Trockener, heißer Wind und Wind vom Wasser, schwer, feucht. Ich horche, dein Lachen erstickt auf meinem Mund. Es kann im Heidekraut gewesen sein, im Gras, am See. Üdersee, Werbellin, Stechlin. Heute, dreißig Jahre danach, sind diese Landschaften unweit Berlins unerreichbarer für mich als ferne Kontinente, aber ich habe die Namen nicht vergessen, hörst du. Es kann auch auf dem Sofa in dem düsteren Zimmer gewesen sein, das nur ein Fenster hat mit Himmel und einem Dachfirst. Wenn wir uns aufrichten, sehen wir den Blumenkasten vor dem kleinen Fenster des anderen Zimmers, das rechtwinkelig an das große grenzt, sehen Dächer mit Rauchwölkchen über den Schornsteinen und zwischen ihnen, dort, wo sie sich abwärts schachteln, die Krone einer Akazie voll Blütentrauben, weiß, mit einem Hauch Zitronengelb. Das Haus in der Hedemannstraße, nicht weit von uns, Haus des Zentralverbands, ja, so hieß es, Zentralverbands der Angestellten, besetzt von der SA, im Keller foltern sie unseren Freund Martin, dieses Haus sehen wir nicht und sehen es dennoch. Auch an das andere denken wir, ein großes modernes Bürohaus am Potsdamer Platz. Den Stenotypistinnen, die aus seinen Fenstern blicken, leuchten Blumen entgegen, Gladiolen, Tulpen, Wicken, Rosen, Kornblumen und Mohn, gehäuft, gebündelt, auf Tafeln und Tischen gestapelt, aus Blecheimern quellend. Die Blumenfrauen rufen und locken: Rosen gefällig, junger Herr, meine Dame. Ihre Stimmen plärren. Autos hupen sich Raum. Aus der Leipziger Straße quirlt und strudelt der Menschenstrom, verzweigt sich, fließt hierhin und dorthin, vereinigt sich mit anderen Strömen, die aus dem Kaufhaus kommen und drüben aus der Potsdamer und der Stresemann-, alias Hermann-Göring-Straße, von den Bahnhöfen, dem Anhalter, dem Potsdamer und die Treppen herauf aus dem Untergrundbahnhof. Auch in der Bellevuestraße, die in den Tiergarten führt, kommen und gehen sie mit Kinderwagen, Handtaschen, Spazierstöcken und Luftballons. Arm in Arm verlassen sie die geranienumblühte Terrasse des Cafés am Columbiahaus, überqueren den Platz, stehen vor Haus Vaterland, Heimstätte gloriosen patriotischen Kitsches von Spree, Rhein und Isar. Menschen, Menschen, Menschen, solche, die nichts wissen, andere, die nichts wissen wollen, und wieder andere, die wissen und wollen, Männer in Zivil und Männer in Uniform, in Braun, in Schwarz, immer mehr Männer in Uniform, von Tag zu Tag mehr Männer in Uniform. Wir sind nur eine kleine Gruppe, müssen listig vorgehen, wollen wir etwas ausrichten, wissen nicht, ob unser Vorhaben klug oder nur naseweis ist, lassen aber nicht davon ab, sei's auch nur, weil Nichtstun noch unerträglicher wäre. Wir verteilen uns auf Telefonzellen in verschiedenen Stadtteilen, und dann klingeln im Haus des Zentralverbands und im Columbiahaus pausenlos die Telefone. Zuerst fragen Vater, Mutter, Geschwister, Onkel und Tanten nach Martin G. und Herbert K., dann Kommilitonen und Professoren nach Herbert, Kollegen, der Meister, der Chef nach Martin. Schließlich sprechen gewichtige Stimmen, halten sich mit Angaben über Person und Amt nicht auf, deuten an, man könne einen gewissen Druck ausüben, habe Beziehungen, drohen mit Polizei, Staatsanwalt und dem immer noch gültigen Gesetz. »Revier 121«, schnarrt Bruno in die Telefonmuschel. »Soeben ging eine Beschwerde ein. Sie halten einen gewissen Herbert K. widerrechtlich im Keller des Hauses fest. Das können Sie nicht machen. Wir haben Befehl, Ausschreitungen zu verhindern –.« Oder: »Hier NSDAP, Ortsgruppe Reinickendorf. Sie haben den

Falschen erwischt. Martin G. ist mein Neffe. Lassen Sie ihn sofort laufen, oder Sie bekommen es mit mir zu tun.« Treffen wir Ton und Jargon eines Polizisten, eines Ortsgruppenführers der Partei? Werden die Angesprochenen zurückrufen, sich erkundigen, unseren Trick durchschauen, die Polizei auf uns hetzen? In der Hedemannstraße werden die Schinder nervös. Unser kindlicher Plan gelingt. Mit Fußtritten und Flüchen wird Martin auf die Straße befördert. In der Nähe des Columbiahauses warten wir vergeblich. Erst achtzehn Monate danach sehen wir Herbert wieder, alt geworden, fremd, schreckhaft, gehorsam dem unterschriebenen Entlassungspapier, das ihm Schweigen befiehlt, andernfalls... Noch verscheuchen wir unser Entsetzen, halten die braunen Kolonnen, Fackelzug, Trommeln und Geschrei für einen Spuk, der verschwinden, der zerschellen wird an der Realität, der Vernunft. Noch spotten wir, noch sitzt uns das Lachen locker in der Kehle. Gab es je soviel Aberwitz und feierlichen Blödsinn von Moeller van den Bruck bis Streicher. Die Wetterwolken ballen sich über dem Tempelhofer Feld, der Führer hebt unter donnernden Heilrufen aus aber Tausend Arbeiterkehlen die Hand zum deutschen Gruß, die Wolkendecke teilt sich, die Sonne bricht durch – so ähnlich, *Völkischer Beobachter* über eine Maifeier; ich staune noch heute, wenn auch mehr über mich selbst, die ich noch immer existiere. Aufgestanden und weitergelebt, wie habe ich das nur gemacht. Ich höre Gelächter hoch oben unter dem klappernden Ziegeldach im letzten Quergebäude eines großen Miethauskomplexes zwischen Charlotten- und Friedrichstraße, wo der arbeitslos gewordene Jakob Steiner mit Frau und Sohn ein billiges Asyl gefunden hat. Sie soll ehrbar werden, die Friedrichstraße, Huren raus, heißt die Parole. Wohin? In die Neben- und Parallelstraße, man will die Stammkundschaft nicht verlieren. Auch im Vorderhaus des erwähnten Gebäudes führt eine hochblondierte Puffmutter ihr vorher in der Friedrichstraße gelegenes Etablissement weiter, ungetarnt. Gelächter. Dem sittenlosen jüdischen Treiben wird mit der Zwickelverordnung begegnet. Paragraph 1: Der Zwickel von Badehosen hat aus doppeltem Stoff zu bestehen. Paragraph 2: Das Hosenbein muß ein Viertel des Oberschenkels bedecken. Das Tragen von Dreieckbadehosen wird mit dem Tode – du übertreibst, hör auf, aber Goebbels' Familienpoesie trieft aus dem Lautsprecher: Seht die Vögel, das Weibchen brütet im Nest, während das Männchen für Nahrung – Lachsalve, aber sie treffen den Spießer ins Herz. Die deutsche Frau raucht nicht, studiert nicht, schminkt sich nicht. Jedem Banausen ein Geschenk, dem Intellektuellen Präsentkörbe, gefüllt mit Nietzschezitaten, lutherischen Kernsprüchen und urdeutscher Bauernweisheit: Aus einem verzagten Arsch kommt kein fröhlicher. Hinweg mit den geistreichelnden, zersetzenden. Scharen blondsträhniger Enkel buddeln die vom Juden verscharrten Schätze deutscher Familientradition aus Großmutters Truhe: Puff und Muff, Brauttracht, Schärpe und schön geschmiedetes Gürtelschloß, Trommel und Kreuz, eine alte Kinderfibel. Wer will unter die Soldaten. Briefe des garantiert arischen Urgroßvaters an die garantiert arische. Der muß haben ein Gewehr. Die Achselklappen einer preußischen Uniform, von Motten zerfressen trotz Großmutters Spezialrezept. Schlage hoch, treues Urenkelherz. Aber wir lachen auch über freiwillige Witze, selbstmörderische, freche, erzählt mit anfangs befangener Stimme, die sich Mut anreden muß. Lachend stürzen wir uns hinein in den großen Spaß auf eigene Kosten. – Wen sollen wir am meisten lieben? – Den Vater. Die Mutter. – Gewiß, wen aber noch mehr? – Die kleine Schwester, den Bruder, den lieben Gott. – Gewiß, gewiß. Aber jemanden sollen wir noch viel mehr lieben. Wer es weiß, bekommt eine Mark. Du, Moritz Cohn? Du wirst es bestimmt nicht wissen. – Den Führer, ruft Cohn. Der Lehrer erstarrt: Du? Du sagst das? – Cohn zuckt die Schultern: Für 'ne Mark, Herr Lehrer...?

Ist unsere Selbstironie das Jüdische, unsere Spottlust, ist die ihnen so fremd, so verhaßt? Forschende Augen unter einer großen Stirn, lebhaft sprechende Hände, ein mittelgroßer Mann mit scharfem Profil: Sie müßten doch wissen. Aber in ihren Listen steht nur: Jakob Steiner, Grenadier, EK II, Verwundetenabzeichen. Damit ist er eingeordnet in die Reihen derer, die als »alte Kämpfer« ausgezeichnet werden. Ich, ein alter Kämpfer, lächerlich, sie können mich nicht mit ihren Schlägern auf eine Stufe stellen. »Du bist ein Jude und sonst nichts.« Es ist ihre Stimme, Ruths, der Mutter Stimme, die sagt: ein Jude und sonst nichts. »Wirf ihnen den Wisch vor die Füße.« Er blickt sie unruhig an. Natürlich pfeift er auf die Auszeichnung, aber was heißt: ein Jude und sonst nichts? Er ist nicht mehr oder weniger ein Jude, als Herr X. oder Herr Z. ein Christ ist, ein Deutscher doch jedenfalls, oder? Einer, der in Frankreich und in Galizien seinen Blutzoll für Deutschland gezahlt hat. Bruno, der Sohn, steht hinter dem Stuhl seiner Mutter, zieht spielerisch die Nadeln und Kämme aus ihrer Haarkrone, bis das Haar niederfällt, ein schwarzer Flügel, hüllt sie ein, reicht bis an ihre Hüften. (Wieviel Gewinn brachte es ihren Mördern? Schweig.) Sie trippelt hinaus. Es klingt, als spiele im Korridor ein Kind. Oft, wenn ich Vera ansehe, die auch klein ist, höre ich das Trippeln von Ruths Füßen. (Was geschah mit ihren kleinen Schuhen? Warfen sie sie auf den Haufen der Kinderschuhe? Schweig.) Ihr Mann nimmt die Brille ab. Die Kerbe, die der Brillenbügel über der Nasenwurzel in den Knochen gedrückt hat, füllt sich mit Blut. Es kann allerdings auch an den kurzsichtig blinzelnden Augen liegen, daß er mir plötzlich dünnhäutig vorkommt, verletzbar –. Da sehe ich auf einmal auch mich selber, an der Fensterwand lehnend, die Füße gekreuzt, ein junges Mädchen, zwanzigjährig, unerschrocken. Es gefällt ihr nicht, wie er dort steht und seine Brille putzt, die Schultern zuckt, zum Sprechen ansetzt, aber nichts Rechtes zustande bringt. Gewiß doch, seine Stellung im Wohlfahrtsamt hätte er auch verloren, wäre er kein Jude gewesen. Seine sozialdemokratischen und kommunistischen Kollegen gehen stempeln wie er, sofern sie dazu noch in der Lage sind. Kein Deutscher mehr, höre ich ihn murmeln. Liegt ihm so viel daran? Ich für meine Person bin eine Weltbürgerin, mein Vaterland ist Europa. Mang die Juden jeschmissen, fährt er fort und lacht auf. Auch das Mädchen am Fenster möchte lachen, sei's auch nur, weil es sehr komisch klingt: mang die Juden, aber sie begreift, daß ihm die für einen hierzulande Geborenen selbstverständliche Tatsache, ein Deutscher zu sein, etwas bedeutet. Sie runzelt die Stirn. Mittelgroß, lebhaft, dünnhäutig, hat sie gedacht, aber das sind nun leere Worthülsen, die ihn nicht enthalten, der hilflos mit den Armen rudert, als verliere er den Halt. Steht da wie einer, der vergessen hat, wie er heißt, der ein anderer sein soll. Das macht ihn ratlos. Immer strebte er danach, kein anderer zu sein, kein Besonderer, und war zufrieden mit sich, wenn er nicht dafür gehalten wurde. Willst du dich mit den Begriffen und Vorstellungen von Wahnwitzigen identifizieren, bestimmen die, wer ein Deutscher ist und wer nicht? Es ist Bruno, der Sohn, der so fragt. Sein Vater nickt schwer, allerdings bestimmen sie, und ich fürchte, sie werden es gründlich machen. – Aber du bleibst, wer du bist. – Eine schwierige Frage, wer ich bin. Offenbar habe ich sie fürwitzig beantwortet. – Vater, komm zu dir. – Aber er ist nicht außer sich. Er erinnert sich nur seiner Kindheit in Neustettin. Ob er nicht auch Schwierigkeiten mit bornierten Mitschülern und Lehrern gehabt hätte, fragt sein Sohn, aber der Vater winkt ab. Die Intelligenteren standen auf deiner Seite. Niemand, am wenigsten dein Vater, erwartet von dir, daß du die Rolle annimmst, die dir zugeschoben wurde. Ruth sagt mit heller Stimme: Wenn du es nicht so schwer erworben hast, wird es dir auch leichter fallen, darauf zu verzichten. Ich komme aus dem Staunen nicht heraus. Mit dem »es«, auf das Bruno verzichten soll, kann nur das Deutsche gemeint sein, eins der Tümer, die wie Pilze im Regen aus den Rotationspressen schießen, Frauen- und Muttertum, Germanentum, Volkstum, Künstler- und Brauchtum und also auch das Deutschtum, das in aller Munde ist. Es will nicht über Ruths Lippen. Gelassen nimmt sie zur Kenntnis, daß ihr Mann, ihr Sohn, sie selber, ihre Verwandten und Freunde keinen Anteil mehr am deutschen Kulturerbe haben. So wenigstens nennt es Bruno, aufbegehrend: Keine Macht und Gewalt kann es uns streitig machen. Die Nazis sind es, die es verraten. Wir aber, wir verachteten deutschen Juden, werden es vor völliger Zerstörung... Ich horche, bin sehr verwirrt. Bewahren, sagt er; was ist nur geschehen, daß jedes ehrlich gemeinte Wort falsch klingt. Ein Schielen beginnt, ein sonderbares Geflimmer verwischt die Kontur des Gedankens, ein unklares Schuldgefühl bedrückt uns. Haben wir den Intellekt überschätzt auf Kosten der Instinkt- und Gefühlskraft, der Glaubenssehnsucht, des Verlangens nach Wunder, Selbstverherrlichung, Mythos? Jeder für sich kämpft gegen ein unsichtbares Gespinst, taumelt wie ein Erblindender gegen den Spiegel, in dem er sein Gesicht nicht mehr erkennt. Es hat keine Ähnlichkeit mit dem Bild, das der Haß von ihm entwirft, und ist dennoch entstellt, verzerrt, auf hinterhältige

Weise bezwungen, der Unbefangenheit seines Blickes beraubt. Etwas Hitziges, Leidenschaftliches trübt auch unsere Liebe. Verzweifelt klammern wir uns aneinander, wir, Bruno und Lucie, ein Mann und eine Frau, nicht ein Jude und eine Deutsche, das ist lächerlich, betrifft uns nicht, hört auf mit dem Blödsinn. Aber es gibt kein Entrinnen. Gegnersein bedeutet auch Berührung und Verwandlung durch Berührung, und die ist giftig geworden, ein Kobrabiß, wir zucken zurück, aber die Infektion wirkt. Nicht daß wir nun die Rollen annähmen, wie Brunos Vater sich ausgedrückt hat, Rollen, die der Feind uns aufzwingen will. Die sind idiotisch, Stürmerjude und Rassegünthersche Arierin. Soviel Dummes kann der Mensch nur denken, nicht sein. Aber wir gleiten unbemerkt und ohne es zu wollen in Rollen hinein, Gegenrollen, sozusagen, die wir trotzig mit zusammengebissenen Zähnen durchspielen bis zum grausigen Ende, stellen den eigentlichen, den wahren und wirklichen deutschen Juden und die eigentliche, die andere Deutsche dar. Schemen, er selbst und ich nur noch im Vergessen, im Sichverlieren und Fallenlassen, im Dämmer des Liebesspiels. Immer spüre ich Ruths Blick auf mir, spüre ihr Warten, ihre Geduld. Auch Bruno wird zurückkehren, umkehren, heimkehren, oder wie immer sie es nennt, die am Ende seines Weges, seines Irrweges, stehen wird. Ich verstehe sie nicht, denke, sie mag mich nicht mehr, ist vielleicht eifersüchtig auf die Freundin ihres Sohnes, will ihn für sich haben in dieser Zeit der Prüfung, der Sammlung der verirrten Kinder Israels. Ob die Gefahr, der ich mich aussetze, mich reize, fragt sie, ob nicht Trotz in meiner Treue sei. Sie verschweigt mehr, als sie ausspricht, aber ich errate ihre Gedanken: Geh, überlasse uns unserem Schicksal, du gehörst nicht zu uns. Ruth Sara, wie sie sich nun nennen muß, erwartet von ihrem Mann und ihrem Sohn, daß sie den zusätzlich verordneten Namen Israel mit Stolz tragen, der sie zugleich kennzeichnen und diskriminieren soll. Die Polizisten interessieren sich nicht für ihren Stolz. Sie wollen ihren Spaß haben, wenn sie zum Beispiel Jakob Steiner zusammenschlagen, der nicht weiß, daß er in der Tür des Meldebüros stramm zu stehen und mit lauter Stimme vor allen Anwesenden zu rufen hat: Das Judenschwein Jakob Israel Steiner meldet sich. Bestellen ihn eigens auf das Revier, um ihm den Spruch beizubringen, und der Itzig spielt nicht mit, winselt nicht, schweigt. Er wird in die Arrestzelle geschleift und am anderen Morgen wieder herausgeholt. Die Wachstube mit Pulten, Theke, Fenstern und frisch gescheuerten Dielen fängt an sich zu drehen. Er wankt, lehnt sich an den Türpfosten. Eine Faust stößt ihn in den Rücken. Er stolpert, kann aber den Mann zu seiner Rechten nicht sehen. Sein Auge ist zugeschwollen; er müßte den Kopf wenden, aber sein schmerzendes Genick hindert ihn. Meldung! knurrt der andere, ein junger Bursche, der den Gummiknüppel in den Händen wiegt. Jakobs linkes Auge blickt starr an ihm vorbei: der Jude Jakob Israel. – Wer? – Er sackt lautlos zusammen unter dem Hieb, der seinen Kopf trifft. Es lag vielleicht an seinen ausgeschlagenen Zähnen, daß sein Name Jakob Israel sehr merkwürdig klang, denkt er noch und zweifelt nicht mehr an Ruths Worten: ein Jude und sonst nichts. Blickt mich an aus Kissen und Bandagen: Arme Kleine, uns bringen sie vielleicht um, aber du mußt weiterleben mit denen. Wofür nahm ich seine Worte nur, daß ich nicht schrie. Bringen uns um. Unsinn, sagte Werner, es sind viele, wie stellst du dir das vor, oder war es sein Vater? Ich erinnere mich nicht mehr. Mir ist, ich hätte Werner in jenen Jahren ganz und gar aus den Augen verloren, obgleich ich ihn fast täglich sah. Ich weiß nur, daß Bruno mir Ungerechtigkeit vorwarf. Er ist in dich verliebt, sagte er, das hörte ich nicht gern; Werner war nicht eben wählerisch mit Mädchen. Nicht daß er dich bekäme, natürlich nicht, aber er könnte es annehmen, fuhr Bruno fort, könnte denken, ich stände ihm im Wege, und wie leicht wäre das zu ändern, nicht wahr? Schweig! rief ich erbittert, ich habe nicht gesagt, er sei gemein, nur – nur sonderbar, sagte ich vielleicht. Viele Menschen kamen uns sonderbar vor. Manchmal argwöhnten wir, es strahle von uns beiden eine geheime Anziehungskraft auf Sonderbares aus, auf Sonderlinge. Wir stellten ihnen die Gemeinlinge gegenüber, die Silbe all unterschlagend, denn uns schien, auch die Sonderlinge hätten durch das Weglassen der Silbe be eine Abwertung erfahren. Gewiß konnte sowohl sonder als auch gemein im ursprünglichen Sinne gedacht werden. Auch gab es Wörter wie Gemeinwohl, in denen gemein allgemein bedeutet. Deshalb wollten wir die Wortspielerei nicht übertreiben. Wir ahnten ja nicht, daß bald ein neues Wort, zusammengesetzt aus Sonder und Behandlung, auch wiederum unsere Gedanken bestätigen sollte, aber das war später. Vorläufig begegneten wir gelegentlich Leuten, die vielleicht als Sonderlinge einst die solchen zugedachte Behandlung, keine besondere Behandlung besonderer Menschen, darunter müßte man etwas Auszeichnendes verstehen, nein, schlicht und schrecklich Sonder für Sonder. Der idealistisch in die Runde blickende Herr in grünem Lodenmantel mit Knotenstock oder der Scheue mit langem Haar, Sandalen an den frierenden nackten Füßen, er kommt an unseren Tisch; wir wissen es, warten darauf, vermeiden es, uns anzublicken. Da steht er, verbeugt sich, stellt mit ein paar Bemerkungen den Kontakt her, bezweifelt keinen Augenblick unsere Bereitschaft, den Antichrist, der seine Herrschaft nun angetreten hat, mit der Kraft des rechten Glaubens zu zerschmettern, ein Unternehmen, das mit einer Reinigung des Leibes beginnen sollte, mit Atemübungen und Kräutersäften, die die Schlacken aus dem Blut schwemmen, den Kopf klar und frei machen, den Geist läutern. Ich meine, die beschwörenden Stimmen noch zu hören. Ich lausche ihnen nach, sie verstummen. Finsternis breitet sich aus, Kälte und Schweigen. Ich weiche zurück vor dem haßerfüllten Gesicht des SA-Mannes, der mich an die Wand des Treppenhauses drängt, mich anspuckt: Judenmetze! Ich irre durch die Straßen, wage nicht, Bruno zu besuchen. Wochen vergehen, Monate, und noch immer sind wir nicht verhaftet worden. Hat sich der Mann besonnen, hat aufgehört, mich zu verachten, vermeidet es nun vielleicht selber, mir zu begegnen. Ich wappne mich, will ihm ein stolzes Gesicht zeigen, aber das zweite Mal spuckt er nur auf die Treppe, nicht in mein Gesicht. Ich staune, begreife, daß er sich beherrscht. Das Schimpfwort kann er allerdings nicht unterdrücken. Ich winde mich vorbei an seinem rohen Blick, sehe vielleicht nicht so stolz aus, wie ich gern möchte, aber er rührt mich nicht an. Wieder wartete ich ängstlich auf die Folgen, als sie aber auch nach der dritten Begegnung ausbleiben – ja, was dachte ich da? Es ist nicht zu fassen. Er hat Mitleid, dachte ich, besitzt vielleicht einen Instinkt für Menschen, hat Bruno angesehen und seine Lauterkeit gespürt.

Das Tor war nicht in der Mitte der Vorderfront, sondern links. Es öffnete sich in einen langen dunklen Durchgang, der an den

Höfen und den drei durch Seitenflügel verbundenen Hinterhäusern vorbei in den letzten Hof führte. Dort schloß ein querstehendes Hinterhaus den Komplex ab, an den die Höfe der Friedrichstraße grenzten. Links des Ganges erhob sich eine Mauer. Hinter ihr lag ein kleines Palais. Ich sehe mich an der Mauer entlanghuschen, am Aufgang des Vorderhauses und am ersten Hof vorbei, der Garten genannt wurde, weil hier ein Rotdornbaum, ein Rhododendronbusch und vor der Kellerwohnung des Portiers ein paar Blumen wuchsen. Die anderen Höfe waren kahl, mit großen quadratischen Steinen gepflastert. Die Hauswände, die sie hufeisenförmig begrenzten, ragten grau in den Himmel. Manchmal begegnete ich einem halbwüchsigen Mädchen, das einen Mülleimer in eine der Tonnen leerte, die hier standen, manchmal klopften Frauen über die Stangen gerollte Teppiche aus, aber meistens gelang es mir, unbemerkt in den letzten Hof zu gelangen. Die vielen Fenster waren fast immer geschlossen. Später schien auch kein Lampenlicht mehr in die Höfe; der Luftschutzwart gab acht, daß die Verdunkelungsvorschriften eingehalten wurden.

Ich sehe mich die schmale Treppe hinaufrennen, leise, schnell, auf jedem Absatz wartend, ob sich irgendwo eine Tür öffne. Oben angelangt, klopfe ich zweimal kurz und zweimal lang, damit sie drinnen nicht denken, die Gestapo komme, suche Wertsachen oder marxistische Schriften, wolle vielleicht den zweiten Band des Lexikons beschlagnahmen. Den ersten hat sie schon. Ein Pfiffikus schlug zufällig den Buchstaben K auf, las Kommune, Kommunistisches Manifest, Kommunistische Partei. Neben dem Lexikon stand ein Buch mit dem Titel: *Das Kapital.* Er zog es nicht aus dem Regal. Das wäre Zeitverschwendung gewesen. Ein Buch, das so hieß, brauchte er gar nicht erst anzusehen.

Es ist Nacht. Auf den Schornsteinen turnt der Mond. Eine Katze huscht über das Waschhausdach im Nachbarhof. Das kleine Palais jenseits der Hofmauer, das der jüdische Kulturbund als Theater gemietet hat, ist noch hell. Eine schmale Eisentreppe führt an der Seitenwand von einer Fenstertür in den Garten hinunter. Nathan der Weise sitzt auf dieser Treppe – oder ist es Saladin? Er trägt ein langes weißes Gewand und auf dem Kopf einen Turban. Er raucht. Im schwachen Licht der kleinen roten Lampe über der

Treppe blitzt die Agraffe an seinem Turban. Plötzlich wird in dem Raum hinter der Fenstertür Licht gemacht. Ich erkenne das Ankleidezimmer einer Schauspielerin, stelle mir vor, es sei ein hoher, barock gerahmter Spiegel, vor dem sich die weibliche Gestalt, die eingetreten ist, niederläßt. Sie sitzt dort reglos. Ich sehe ihren schmalen Rücken, den leicht zur Seite geneigten Kopf, die auf die Schultern fließenden Locken. Jetzt wirft sie den Kopf in den Nakken, so daß ihr Haar tief in den Rücken fällt, breitet die Arme aus, läßt sie leicht auf- und niederschwingen. Ich sehe deutlich ihre sich lockernden graziösen Handgelenke. Dem Mimen flicht die Nachwelt keine. Ach, ihr Lämmer auf freier Wildbahn. Ich erschrecke. Ein Cäsarenkopf beugt sich über meine Hand. Wie kann ein Mann in einer schmutzigen kleinen Hinterhofwohnung so bedeutend aussehen, spottet Bruno.

Er hieß Trenk. Auch er war ein Schauspieler, kein jüdischer allerdings. Er bekam nur Statistenrollen, obgleich er Gründgens an die Wand spielen würde, hätte er Gelegenheit dazu. Intrigen, nichts als Intrigen. Wir verstehen nichts von Theaterintrigen, verstehen noch weniger, warum ihn unsere Unwissenheit entzückt. Er glänzt vor Wohlwollen, umkreist uns auf leisen Sohlen, die wir auf zwei wackligen Rohrstühlen in seiner leeren Stube sitzen. Er beugt sich plötzlich über uns, kniet vor uns nieder und stiert uns in die Augen, schüttelt den Kopf, schlägt die Hände zusammen: ach, ihr Lämmer...

Er wohnte im ersten Stock des letzten Quergebäudes. Wir erschraken, als eines Abends seine Tür aufging, beeilten uns, unbeachtet die Treppe hinunter zu entkommen, aber er rief uns an: Gott zum Gruß, Freunde. Darf ich Sie in mein bescheidenes Domizil bitten?

Eine kleine Küche mit Bergen schmutzigen Geschirrs. Frau Trenk, in einen Morgenrock gewickelt, eine lange Zigarettenspitze in der Hand. Ihr Katzengesicht fasziniert mich. Geschmeidig bewegt sie sich zwischen den Porzellanstapeln, brauchte nur leise an den Tisch zu stoßen, und das klirrende Unglück nähme seinen Lauf. Aber was tu ich hier, weshalb stehe ich an der Wasserleitung, meine Hände abspülend. Der Waldkauz, richtig, auf dem Schrank im Korridor saß ein Waldkauz, kein ausgestopfter. Ich stieg auf den Stuhl, der vor dem Schrank stand. Der Kauz zog eines seiner weißlichen Lider hoch. Mißbilligend blickte sein Auge mich an. Vorsicht! rief Herr Trenk. Ich nahm die Finger weg, zu spät. Herr Trenk wollte sich ausschütten vor Lachen, weil ich hineingegriffen hatte in das Weiche, Lauwarme. »Er dreht sich um, hebt den Schwanz über die Schrankkante: klacks. Aber manchmal zielt er schlecht«, sagte Herr Trenk. »Kommen Sie mit, Frau Steiner, waschen Sie sich die Hände«, rief seine Frau. Ich folgte ihr verstört. Frau Steiner. Sie hält uns für ein Ehepaar; ich muß ihr sagen – sagen –. Sie kann in Schwierigkeiten geraten, wir müssen ablehnen, wenn ihr Mann uns noch einmal in die Wohnung bittet. Eine grelle, schirmlose Birne baumelt an einer langen Schnur über meinem Kopf. Ich ducke mich, drehe den Kopf weg, höre mich plötzlich sagen: »Wir sind nicht ver-.« Das Wort erstickt unter der feuchten Hand, die mir Frau Trenk auf den Mund preßt. Ihre Augen blitzen mich an. »Habe ich Sie gefragt?« »Nicht verheiratet«, sage ich trotzig, ihre Hand wegschiebend. Der Wasserkessel pfeift. Mit der Linken zieht sie die Pfeife ab, gießt das dampfende Wasser in eine Schüssel. Ihr Gesicht verschwindet hinter den aufsteigenden Wolken. Einen Augenblick sehe ich nur ihren Morgenrock, ihre Füße und die ausgestreckte Rechte mit der Zigarettenspitze, dann taucht ihr Kopf wieder auf, ihr Gesicht, hart und blank, als habe der Wasserdampf den Kätzinnenausdruck abgewaschen. »Sogar der SA-Mann über uns hält Sie für ein junges Ehepaar, das bei den Eltern und Schwiegereltern wohnt, und wenn Sie klug sind.« Da habe ich schon verstanden. Den SA-Mann bewegte kein Mitleid, kein Gefühl für Bruno, nein, er hält mich nur für Brunos Frau. Ich hatte beim Einzug geholfen, war über Nacht bei Bruno geblieben, schlief auch sonst oft in der kleinen Dachwohnung, sah vielleicht aus wie eine, die nach Hause kommt, wenn ich die Treppen hinauflief, nicht schuldbewußt wie ein Mädchen, das ein Verbrechen begeht.

Natürlich gehe ich den Leuten aus dem Wege, aber den Mut, die Arglosigkeit, nein. Ich schiele vor Anstrengung. Meine Stirn schmerzt. Es ist schwierig, die Gedanken eines SA-Mannes zu denken. Die Unverschämtheit, würde er sagen, die Frechheit, sozusagen unter den Augen der SA, die traut er mir nicht zu, hält es nicht für nötig, sich zu erkundigen, gibt sich zufrieden damit, daß er die Ehefrau eines Juden anspucken und beschimpfen, nicht aber wegen Rassenschande anzeigen kann.

Meine Tür geht auf, ich träume nicht, denke klar und konzentriert, befinde mich in Tante Hildes Haus, im Hause meines Mannes, das auch mein Haus geworden ist, jetzt und hier, sitze in dem Zimmer, das ich seit Jahr und Tag bewohne: Keine Spukgestalt, nein, Vera geht durch den Lichtkreis meiner gelben Lampe, die neben dem Lesesessel steht. Dort läßt sie sich nieder, während ich mit hochgezogenen Beinen in der Sofaecke kauere. Sie sind steif geworden, meine Beine. Auch die Schultern tun mir weh. Ich fühle mich wie gerädert, strecke die Beine aus, die Arme, knete meine Schultern. Was will sie mitten in der Nacht, was meint sie mit ihrer Frage, ob ich es ihr nun sagen könne. Sitzt mir gegenüber, erwartungsvoll, aber auch entschlossen – wozu? Ihre Augen – seine Augen – erbarmungslos wach und klar trotz der späten Stunde.

»Du solltest schlafen«, murmele ich; sie runzelt die Stirn. Plötzlich fällt mir alles wieder ein; sie hätte mich nicht zu erinnern brauchen, aber sie sagt: »Du wolltest darüber nachdenken.« Ich nicke. Ich wollte nachdenken, was sonst. Zum Nachdenken zog ich mich zurück, saß hier, Stunde um Stunde, reglos, vergaß wohl das Nachdenken. Vera wartete, bis sie glaubte, es sei nun genug Zeit vergangen, dann kam sie, die mit dem makellosen Bild ihres Vaters, das ich ihr übermittelt habe, nichts Rechtes mehr anzufangen weiß.

»Er war ein Mensch, muß Fehler und Schwächen gehabt haben, kann nicht immerzu heiter, großzügig, überlegen und gelassen gewesen sein.« Bruno, schluchzend in meinem Schoß. »Bitte, zeige ihn mir, wie er wirklich war. Ich werde ihn nicht weniger lieben, im Gegenteil, mehr«, sagte sie, und ich lachte nicht über dieses Mehr und Weniger der Liebe, obgleich mich eine unklare Erinnerung an einen Witz kitzelte, denselben, den ich vorhin – wen sollen wir am meisten – für 'ne Mark, Herr Lehrer – oder war's ein andermal –, den ich plötzlich wieder wußte. Lachte nicht, blickte vielleicht auf meine Hände wie jetzt oder strich ihr das Haar aus der Stirn.

»Nimm dir Zeit. Vielleicht hast du gewisse Erinnerungen an ihn verdrängt«, sagte meine kluge Tochter.

Überlege, denke nach, sprich endlich, sie wartet. War nicht

Selbstgefälligkeit in seinem Blick, Eitelkeit, wenn seine spöttischen Bonmots recht behielten? Auch Vera lacht, unsicher allerdings, fühlt bereits, ahnt, was mir plötzlich zur Gewißheit wird. »Du meinst gar nicht seine Schwächen und Fehler und natürlich auch seine Vorzüge nicht, seinen Charakter, um es mit einem Wort zu sagen. Den meinst du nicht. Er ist belanglos geworden, bedeutet nichts, ist so wenig ›er‹, wie ich der meine bin, falls ich einen habe, läßt sich ablösen wie aufgeklebtes Buntpapier, vorweisen, herzeigen, wie ich es in all den Jahren tat, heute ein Stück Blaues, morgen ein Stück Gelbes, und wenn ich das Graue dazwischen vergaß, diesen und jenen Charakterzug, so spielt das keine Rolle. Der Mensch ist mehr, ist etwas anderes als die Summe seiner Eigenschaften. Du kannst sie aufzählen, aber sie bewirken das Wunder nicht, das du erwartest: ihn selber, Bruno, aus Wort, aus Hauch, aus Luft, aus Nichts.« Ihre Augen, brennend in den meinen, ihr Gesicht, nicht seins, nicht meins, ein eigenes, ihr Gesicht, kindlich noch, aber es wacht, wenn die Lampen gelöscht, die Stimmen verstummt, die Gebärden verwirkt sind, will das Schweigen durchdringen, die Todfinsternis. Sie hat mich verstanden. Ich kann das Unsagbare nicht sagen, seine Stirn, das Gefühl seiner Stirn in meiner Hand, der pochenden Schläfe, seinen Atem, Blick und Mund. Ich kann's ihr nicht geben. Es wird sterben mit mir, wird weg sein, unauffindbar.

»Die Angst, Vera, die Angst«, höre ich mich flüstern, »das Geblendet- und Blindsein vor Angst. Nicht vor dem Sterben selber, das ist vielleicht nicht so schwer, aber sterben unter einem blankgewichsten Stiefel, und als letztes siehst du die zynische Fresse eines.« Meine Stimme versagt. »Die Träume«, beginne ich noch einmal, »seine und meine, ich kann sie nicht unterscheiden, weiß nicht, war es sein Traum, war es meiner.«

Wir laufen durch fremde Straßen, irren umher. Es muß unsere Stadt sein, Berlin, aber wir erkennen sie nicht, so feindlich, hell, alles weiß. Fahnen stürzen vom Turm. Die Uhren dröhnen. Die Häuser schlagen nach uns mit blitzenden Flügeln. Unsere Füße brennen. Das Auge ist matt vom Licht. Laß uns heimkehren, es kann nicht weit sein, dort, murmelst du, wir laufen, aber es ist nicht das Haus. Zurück in die Querstraße, vorwärts, nach rechts, nach links, über den Platz. Die Sonne brütet Larven aus dem heißen Asphalt. Das windet sich, wimmelt, züngelt, hat Menschengestalt. Der dort, gepanzert, bewehrt mit scharfen Klauen, der Nachbar, Herr Krause. Nicht der Nachbar, wach auf. Die Fahnen sind schwarz geworden, die Uhren heulen, Mann vor der Tür: Aufmachen! Mann an der Ecke, Mann hinter uns, vor uns, Mann auf dem Bahnhof, Mann im Zimmer 327. »Mama!« Ich blicke erschrocken auf Vera, habe ich laut gedacht? Nein, sicher nicht, aber Bruno, den ich suchte, den sie sucht, ihn sehe ich nun so deutlich, als stehe er neben ihr, wie er den Kopf hält, die Hand bewegt, auf ihre Schulter legt, wie er die Füße setzt beim Gehen, wie er lacht, schweigt, spricht. Die Worte sind weg, die Gedanken wollen nicht kommen, aber seine Stimme blieb in meinem Ohr, sein Blick unter meiner Haut, seine Berührung tief in mir. »Auch die Angst ist nur die halbe Wahrheit, alles ist nur die halbe Wahrheit.«

»Ich weiß ja, ich weiß.«

»Er begegnete ihr, verstehst du, hielt ihr stand – das war schrecklich.«

Das Haus, der Hof, der Durchgang, Fußboden und Dach, Türen, Schlafzimmer, Wohnzimmer, Keller und Treppen, hinauf und hinunter. Die da gingen, sind verschwunden. Die ich fürchtete, hecheln nicht mehr. Fürchtete! Wie konnte ich nur! Einen verbargen sie doch, einen, der sagte: Fürchte dich nicht. Ich weiß nicht, woher er kam, wohin er ging, weiß nicht, wer er war und woran er mich erkannte, eine Blonde ohne Stern.

Wenn ich nachts in das Haustor trat, verstohlen die Straße entlang spähte, ob mir jemand folge, auch einen Blick auf das hell erleuchtete Zeitungsgebäude gegenüber warf, nein. Laß mich nachdenken. Es war schon Krieg. Das Ullsteinhaus, Haus des Deutschen Verlags, wie es nun hieß, war verdunkelt. Der SA-Mann aus dem zweiten Stock des letzten Hinterhauses hatte eine bessere Wohnung bekommen, aber die Leute im Haus wußten, daß Bruno und ich nicht verheiratet waren. Der Portier hatte es ihnen gesagt. Die junge Frau kommt nur zu Besuch, gemeldet ist sie hier nicht. Ich hätte Ursache gehabt, mich zu fürchten, als ich den Mann auf mich zukommen sah, auch wenn ich ihn nicht mit dem Pg verwechselte, der sich in den Hinterhäusern wichtig machte, oder mit dem Luftschutzwart. Warum eigentlich nicht? Er kam aus dem letzten Hof. Vor jedem anderen wäre ich Hals über Kopf davongerannt, noch ehe er mich erkannt hätte, aber ihn hielt ich nicht für gefährlich. Er schlurfte an der Wand entlang im geisterhaften Licht der abgeblendeten Birne, den Kopf vorgeschoben, einen alten Hut tief in die Stirn gedrückt. Seine Augen schwebten auf mich zu durch das Halblicht. Fürchte dich nicht, sagte der Mann mit vollkommen ruhiger Stimme, nicht laut, nicht leise. Er lächelte mir zu, ich blieb stehen, da war er schon im nächsten Hof und blickte sich nicht nach mir um. Er könnte gemeint haben: vor ihm, ich sollte mich vor ihm nicht fürchten, aber das fällt mir erst heute ein. Begegnete ich ihm heute, allein in einem dunklen Gang, einem Tunnel oder auf nächtlicher Straße und er sagte: Fürchte dich nicht, so würde ich vielleicht denken, er gibt mir zu verstehen, daß er friedfertig ist, es nicht auf meine Handtasche abgesehen hat, mir nichts zuleide tun will – heruntergekommen, wie wir sind, gottverlassen.

Haben sie ihn verraten? Vielleicht nicht. Hochverräter, Saboteur, Kommunist oder Heiliger der letzten Tage, vielleicht lebt er irgendwo, irgendwie, denkt an eine junge Frau, die ihm in dem gespenstischen Durchgang begegnete. Gib, daß er lebt, gib, daß dieser Unbekannte, dieser eine.

Vera ist längst gegangen, aber ich kann nicht zurück, nicht jetzt, habe mich zu weit gewagt, bin für heute nacht nicht Werner Andermanns Frau, besiegt mit Geduld, bin nicht die Lehrerin junger Menschen, die sich nur selten hinreißen läßt, aus jenen Jahren zu berichten, jener stinkenden Zeit, die noch hinter mancher neuen Fassade fault, fürchte das Zittern meiner Stimme nicht. Objektiv, bitte, sachlich. Aber dein Sterben in jener Hölle. Die keuchenden, schreienden, aneinandergepreßten Leiber. Still, schweig still. Sie verdunkeln meinen Blick. Die Toten verdunkeln meinen Blick. Ihr großes Schweigen macht mich stumm. Es war so, damals, beginne ich vielleicht, aber dann ist es nur die halbe Wahrheit. Auch sind die Toten unbequeme Leute, trauen uns nicht, legen keinen Wert auf Kränze, Gedenkreden, die Klärung der Schuldfrage, das Gelöbnis: nie wieder. Das ist für uns. Und immer treten sie in unübersehbaren Scharen auf, die das Licht verfinstern. Niemand weiß, wohin mit den vielen Toten. Der Kopf ist zu klein, das Herz faßt sie nicht, die Erde wird für Autostraßen, Siedlungen und Produktionsstätten gebraucht.

Heute nacht bin ich nicht Werner Andermanns vernünftige Frau, heute nacht bin ich die Verrückte, die Rosen auf ein leeres Grab pflanzte, die Todsüchtige, das Klageweib, das die Schwelle fand. Denn die Schwelle ist noch da. In der Kochstraße stehend, blickte ich über das Trümmerfeld zwischen Friedrich- und Charlottenstraße. Nein, da war auch die Schwelle noch verschüttet. Es ist später gewesen, noch nicht lange her. Zur Stadtmitte hin versperrte schon die Grenzmauer zwischen Ost und West den Weg. Sie hatte auch dem Treiben der Händler ein Ende gesetzt, die in Verkaufsständen und Buden Obst, Textilien, Bockwürste und Westzigaretten an Ostsektorbewohner verkauften. Stille herrschte, Friedhofsstille. Die Spuren der großen Zerstörung waren nicht wie in anderen Gegenden der Stadt getilgt. Mochte auch das neue Sparkassengebäude dumm vor Staunen aus seinen blanken Fensterreihen auf ausgebranntes Gemäuer blicken, es wirkte fehl am Platz.

Es war ein Sonntagmorgen. Das Arbeitsamt auf dem Grundstück des verschwundenen jüdischen Theaters oder daneben war leer, der Durchgang rechts davon mit einem Gitter verschlossen. Vor diesem Gitter stand ich, las: Einfahrt verboten, und weiter drinnen, auf einem zweiten Schild: Durchfahrt nur für Dienstkraftwagen. Ein Durchblick ist vielleicht gestattet, dachte ich und stellte fest, daß er bis zur Friedrichstraße reichte. Darüber staunte ich eine Weile, denn früher. »Hamse wat verloren?« fragt ein Mann, der wie ein Bierkutscher aussieht, alles rot, Gesicht, Hals und Hände, sogar die Glatze, gerahmt von weißem Haargestrüpp. Ich nicke, aber ich meine doch nicht ja, schüttele den Kopf, nein, nein, sag ich. Er lacht und geht, trägt die rote Glatze weiter durch die Straße, die Totenstraße, sieh den Mond, rot. Der Polizist an der Ecke dreht sich um, beobachtet die Touristen, die mit gezückten Ferngläsern auf den Aussichtsturm vor der Mauer steigen. Sie sehen vermauerte Fenster, menschenleere Straßen. Ich wende mich ab. Ich glaube nun nicht mehr, daß ich mich täusche. Sie ist es, sie muß es sein.

Zaghaft streiche ich mir die Haare aus der Stirn, die feucht sind, blicke mich verstohlen noch einmal um, aber schon ist es mir gleichgültig, ob mich jemand beobachtet und sich wundert. Hocke auf der Schwelle des vergitterten Durchgangs, taste sie ab, die aus zwei langen Steinquadern besteht, Porphyr oder Granit, ich kenne mich nicht aus, nicht neu, jedenfalls. Auch die beiden aufrecht stehenden, halbrunden Steine, die den Eingang flankieren, sind nicht neu. Ist denn das Tor nicht breiter gewesen. Nein, nicht breiter. Sie ist es, die Schwelle, unsere Schwelle, Schwelle des verschwundenen Hauses, über die du viele Jahre lang Tag für Tag, nachts und dann ein letztes Mal, ein unwiderruflich letztes Mal. Ich muß mich anlehnen. Nicht weinen, nicht spinnen, denke ich, als helfe mir ein harsches Wort. Nicht hier, wo Menschen vorbeigehen, die die Füße nicht sehen, gespenstische Füße, kleine, in hochhackigen Schuhen und andere, die nicht trippeln, die Männern gehören, einem älteren, einem jungen, Gespensterschuhe aus schwarzem und braunem Leder. Man sieht ihnen das Alter der Füße nicht an. Ich weiß nicht, wer zu welchen Schuhen gehört, es ist schrecklich, wir haben nicht auf unsere Füße geblickt, wenn wir gingen, Wind im Haar, auf Asphalt, Steinpflaster, Sand- und Waldboden, immer Wind, soviel Wind kann nicht gewesen sein, soviel Sonne, soviel Mond. Mond, denke ich, der Mond scheint, es wird Alarm geben, sagte Ruth und blickte mich an: Bist du sicher, daß dich niemand kommen sah? Er schien die ganze Nacht, die letzte, unsere letzte Nacht, aber das wußten wir nicht, schluchzten nicht vor Leid, sondern vor Freude, weil wir uns wiederhatten. Ich küßte deine zerschundenen Hände, deine schmerzenden Glieder, nicht für Schwerarbeit geschaffen, für Zwangsarbeit als Siemens-Sklave. Denk nicht daran, nicht jetzt, küsse mich, vergiß die Gefahr, die von einem Herzschlag zum anderen düsterer droht. Schon hat der Mond die Hälfte seiner Bahn zurückgelegt, steht uns gegenüber im Rechteck des kleinen, hohen Fensters, weißgesichtig, Verräterfratze, die aus der Tiefe des Himmels in unsere Dachkammer bricht. Ich horche, du schläfst nicht, deine Augen sind voll von ihm, voll Mond, voll Tod. Vielleicht wachen auch deine Eltern nebenan, beraten sich flüsternd, sehen aber keinen Ausweg. Der Luftschutzwart und der Pg fechten auf ihrem Rücken einen erbitterten Machtkampf aus, unterstützt von rivalisierenden Hausgenossen. Einmütigkeit herrscht nur darüber, daß es im Keller stinkt. Wonach? Nach Jude. Es stinkt nach Jude, sagen sie und halten sich die Nasen zu, aber der Luftschutzwart besteht darauf, daß die Juden wie alle anderen Hausbewohner bei Fliegeralarm in den Keller gehen, wo er ihnen eine Ecke reserviert hat, eine Zumutung für den Pg und seine Familie, auch für den Hitlerjungen im Erdgeschoß, seine Eltern und die bigotte Alte im zweiten Stock: Juden raus! Daran denke ich, in Brunos Armen liegend, wachend, wartend angesichts des ermattenden Mondes, der nun langsam unter den Fensterrahmen sinkt, in den milchigen Abgrund der Frühe taucht. Wenn eine Brandbombe einschlägt, kommen sie zum Löschen herauf und finden uns. Gib, daß es eine Sprengbombe ist, eine große, die schnell tötet. Nein, nicht, wir werden ein Kind haben, es ist unbegreiflich, ich verstehe mich nicht mehr, aber ich will nicht sterben, auch nicht mit dir. Du wirst leben, sagst du hart, es klingt wie ein Befehl: leben. Die Sirenen heulen zu spät. Ganz nahe, in der Gegend am Halleschen Tor bersten schon die ersten Häuser. Das Licht ist weg! ruft deine Mutter. Wir spähen in die Nacht hinaus. Keine Spur mehr vom Mond. Flammen schießen hoch durch die Finsternis. Ein Heulen, Krachen und Prasseln bricht los. Der Luftdruck preßt uns an die Wand. Die Wohnung schaukelt wie ein frei hängender Vogelkäfig. Klirrend zerspringen die Fensterscheiben. Runterkommen! brüllt der Luftschutzwart unten auf der Treppe. Das Haus bebt. Durch die zerbrochenen Fenster faucht ein Sturm aus Funken und Asche. Ich ducke mich unter deine Brust. Im Feuerschein des brennenden jüdischen Theaters sehe ich dich über mir lächeln. So bewahre ich dich bis in den Tod, träume, auch ich hätte gelächelt und du nahmst mein Lächeln mit in deinen Tod.

Das Haus war ein andermal an der Reihe. Da hielten sich die Menschen im Keller nicht mehr die Nasen zu. Sie waren fort, die Juden, auf Nimmerwiedersehen, verpesteten die Luft nicht mehr. Auf wessen Haupt entladen wir nun die fressende Bosheit, die Wut, den Zorn und Ingrimm unseres elenden Lebens. Aus, weg, verschüttet, ich weiß nicht, wer sich retten konnte.

Acheron

Er fuhr mit Vera durch die halbierte Nacht, oben Schwärze, unten die schnell wechselnden Kulissen der Stadt mit angeleuchteten Bauten, dem Charlottenburger Schloß, dem Funkturm, der Kongreßhalle. Er wußte keinen Text und vermißte ihn auch nicht; er sang auf ba und la. lange Reihen weißer Lichtstäbe glitzerten in der dunklen Leere des Tiergartens, baba bababam. Es kam das russische Ehrenmal, das Brandenburger Tor: hier geht's nicht weiter, zurück, am Potsdamer Platz vorbei, eingefangen von Scheinwerfern. Einst soll großstädtischer Trubel geherrscht haben in dem schwarzen Loch hinter der Lichtwand, unvorstellbar. Weiter ging's in großer Kurve um die Mauer, durch die Bernburger Straße, lalala lalalala. In der Zimmerstraße hielt Justus den Wagen an. Stumme, finster ragende Häuser und Ruinen, Angstgeruch; sie horchten in die Totenstille zwischen den beiden Städten, die Berlin hießen, fuhren dann durch die düsteren Straßen nach Kreuzberg hinüber. Mietskasernen, Spelunken, die Kneipe an der Ecke – bababambaba. Ein Betrunkener torkelte über den Damm. Paß auf, Idiot. Hinter den roten Fenstern einer obskuren Bar kreischten Stimmen. Justus wendete. Sie rollten zurück zum Mehringdamm, ein Stück Yorckstraße hinunter, unter einer gespenstischen Brücke hindurch, über die ein Zug donnerte, an der Hochbahn entlang und hinein in die weißen Lichtbahnen zwischen den funkelnden Fassaden der Tauentzienstraße und des Kurfürstendammes. Inder, Afrikaner und Indonesier, Penner, Huren, Mannequins und Playboys, Studenten, Bohemiens, Liebespaare, Provinzonkel auf Abenteuern, Vater und Mutter Piefke im Sonntagsstaat strömten aus den Restaurants, den Caféhäusern, Bars, Theatern, Hotels und Kinos. Vorbei. Oberhalb der Wilmersdorfer Straße verschwand der farbige Spuk. Das Berlin der lieben Berlinerinnen und Berliner, die der Schuh drückt, begann. An der S-Bahn-Station Halensee stand ein trauriger Araber und zählte sein Geld aus einer Hand in die andere. In der Bismarckallee entdeckte Vera den Abendstern. Am Grunewaldsee stiegen sie aus und gingen ein paar Schritte unter dem diesigen Dezembermond. Vera fror, er zog sie an sich, küßte ihr Haar, ihre Stirn und die geschlossenen Augen. Sie gab ihm ihren Mund, und erst lange danach entzog sie sich ihm wieder. Schweigend fuhr er sie nach Hause, nicht darauf gefaßt, daß sie sich verabschieden würde, als sei nichts geschehen, schnell und scheu: Gute Nacht, schlafe gut, und flitzte die Treppe hinauf wie eine, die sich fürchtete.

Er blickte ihr nach. Er würgte seine Enttäuschung hinunter. Plötzlich kam Werner aus Simons Zimmer, lautlos, auf Filzsohlen. Es sei natürlich nur eine Clique, sagte er vorwurfsvoll, aber sie mache Simon das Leben sauer. – Was denn? Hier in Berlin? – Er schnaufte verächtlich, stieg die Treppe hinauf, etwas Empörtes murmelnd, schlurfte durch den Korridor: »Komm nur, du sollst deinen Willen haben.« Welchen Willen, aber Justus fragte nicht. Schweigend folgte er ihm in sein Zimmer, das nach kaltem Pfeifenrauch roch, nach Arbeit, nach Qual. Über dem Sofa war ein viereckiger dunkler Fleck auf der Tapete, dort wo das Bild mit dem weißen Kreis gehangen hatte. Es lehnte an einem der Bücherregale, die Vorderseite der Wand zugekehrt. Bestürzt blickte er auf den mit braunen Papierstreifen an die Rahmenleisten geklebten Papprücken, während Werner, von einem Fuß auf den anderen tretend, einen Stoß loser Manuskriptblätter auf seinem Schreibtisch zusammenraffte und in einen Umschlag legte. Er sprach noch immer von Simon. »Wir dachten, ein Junge wie er, phantasievoll, arglos und liebenswürdig, dachten: sein Charme. Aber solchen Luxus darf er sich nicht leisten, das dulden sie nicht, er muß hassen und kämpfen lernen, sich hart machen, böse, widerstandsfähig. Die Sanftmütigen sollen die Erde besitzen, heißt es, ein Hohn. Sieh dir das Geschmeiß an, dem du die andere Backe hinhalten sollst.« Er schwieg erschrocken, gab Justus den Umschlag. »Da hast du, wenn du durchaus ein Stück lesen willst. Es sind nur Notizen, müssen noch ausgearbeitet werden, sieh zu, wie du zurechtkommst.« Er drängte ihn förmlich hinaus. »Einiges habe ich dir ja erzählt. Nun wirst du also wissen, was hier los war. Das wolltest du doch, nicht wahr? Wolltest mich an mein Versprechen erinnern?«

Justus bemerkte noch, daß er das Bild wieder aufhängte. Vielleicht ist nur der Haken locker gewesen, und er hat ihn festgeschlagen, dachte er, sah ein Leuchten in Weiß und Blau, rief: »Bis morgen!« und verschwand mit seiner Beute, heimlich lachend, weil er zu wissen glaubte, wie es sich mit dem Versprechen verhielt, das Werner ihm nicht gegeben hatte, kein Wort davon, nein, aber gedacht, er hat es gedacht, hat Zwiesprache mit mir gehalten, der ich gar nicht anwesend war, wie ich selber manchmal mit ihm rede. So muß es gewesen sein, hat gesagt: meinetwegen, warum auch nicht, hat mich vielleicht vor der Lektüre gewarnt, hat herumgeredet, kokettiert. Das machte Justus auf eine närrische Weise glücklich. Pfeifend lief er die Treppe hinauf in sein Zimmer, las die ersten zwölf, vierzehn Seiten, merkte aber dann, daß er nicht wirklich las, nicht aufmerksam. Die Sätze schnatterten und rasselten hinter seiner Stirn, während tiefer drinnen, in einer anderen Dimension, Bilder und Gestalten ihr Wesen trieben, die nicht aus diesen Worten entstanden. Er schloß die Augen. Seine Lider zitterten. Langsam verebbte seine Erregung. Ein Vetter meines Vaters und keine Ähnlichkeit, das war es, daran habe ich gedacht, während ich las. Es ist mir seltsam vorgekommen. Nichts Schiefes, Schräges, keine leichte Verschiebung der Augachse, der Nase, des Mundes wie bei meinem Vater und mir, kaum wahrnehmbar, aber Vera ist es nicht entgangen. Ein Erbfehler, habe ich geantwortet, in ihr Lachen einstimmend, obgleich mir ein unklarer Verdacht kam: ist es möglich – nein –, sie errät meine Not nicht. Meine Mutter versäumt nie, mich vor den immer seltener werdenden Begegnungen mit meinem Vater an mein Versprechen zu erinnern. Hat aber mein Vater die Ursache meiner Verlegenheit, meines Ausweichens und meiner Ablehnung nicht längst erkannt? Spürt er nicht, daß ich hoffe, er selbst werde das Schweigen brechen? Es muß ihm lächerlich vorkommen und lästig sein. Vielleicht hat er sein früheres Leben vergessen wie die Ohrfeigen, die er mir verabreichte, als ich von meinem Ausflug nach Hamburg zurückkehrte vor acht Jahren. Dir geht's wohl zu gut, ich will dich lehren, umherzustreunen, piff paff, rechts und links, meine Ohren dröhnten. Weshalb bist du fortgelaufen? Antworte, wenn ich dich frage! – Deinetwegen, sagte ich, und vielleicht verrieten meine Augen, was ich verschwieg. Er starrte mich entgeistert an. Ich trotzte seinem Blick, der plötzlich flackerte. Er war es, mein Vater, der aufgab, der für immer aufgab. Sackte zusammen und ging hinaus mit hängenden Schultern, wortlos. Ich weigerte mich, über sein verändertes Wesen nachzudenken, nahm seine Zurückhaltung erleichtert hin, seine plötzlich vorsichtigen politischen Äußerungen und die Gleichgültigkeit, mit der er dem listigen Vorschlag meiner Mutter zustimmte, den aufsässigen Herrn Sohn in ein Internat zu schikken. Diesem Beschluß elterlicher Weisheit fügte ich mich, froh, der Auseinandersetzung entronnen zu sein, der ich mich nicht mehr gewachsen fühlte und die dennoch unaufhaltsam in mir geschah – unterhalb meiner Gedanken; ich blickte in mich hinein wie in ein trübes Wasser, auf dessen Grunde sich schattenhafte Molchgestalten ineinander verbissen. Wohin treibst du? Er fühlte sich auf einmal erschöpft, dachte nichts, hörte und sah nichts, glitt weg. Vera? Sie war es nicht, die nun aus der Leere tauchte, ein Mann war es. Er trug eine khakifarbene Uniform, wälzte sich auf seinem Bett, rauchte, schob das Laken zur Seite, drückte die Zigarette auf der Bettkante aus. Nicht doch, unterstelle ihm nicht die eigenen Unarten. Glich er nicht Omar Kwami, der seit einigen Tagen in Klausur lebte und seine Doktorarbeit schrieb? Nein, er war anders, seine gewölbte Stirn über der flachen Nase, seine Augen, sein Mund drückten Schwermut aus. Sie ergriff nicht nur diese Frau, die Gertrud Proßke hieß, sondern auch Werner. Das hatte er vorhin gelesen, ohne es recht wahrzuhaben, aber jetzt gewann Jerry Gestalt: wohlgeformte Glieder, Schultern, die einen königlichen Sockel für den schmalen Kopf bildeten und so weiter bis hinunter zu den Füßen, auch sie ein ästhetischer Genuß, gewölbt, ohne Ballen und Buckel, Hühneraugen und zerquetschte Zehen. Justus lachte auf, war auf einmal hellwach, glaubte die Schnalzlaute der Bewunderung zu hören, die Werner bei der Beschreibung dieses angenehmen Anblicks entschlüpft sein mochten, einer Bewunderung, die auch Jerrys zunehmende Mattigkeit nicht beeinträchtigte. X. war fasziniert von ihm, schrieb Werner, und damit meinte er sich selber, X. war Werner. Justus suchte die Stelle. Jung, der junge X., hieß es, aber Werner mußte immerhin schon fast dreißig gewesen sein, und auch sein Gefühl von sich war nicht das eines Mannes, den man den jungen Soundso nennen würde. Hier. Auch er, ein Soldat wie Millionen andere, hatte töten müssen, und für ihn war es ein schmutziges, ein gemeines Geschäft gewesen, denn an die Führer- und Vaterlandslügen glaubte er nicht, verabscheute eine Ehre, die Schmach war, mit Tod und Terror, mit Raub, Gewalt und verbrannter Erde zu gewinnen, kam nach Hause, pflanzte Kohl und Rüben, starrte mit leeren Augen auf seine Bücher, nach denen er sich verzehrt hatte, schlug auf, las, schlug wieder zu, einer, der am Verrecken ist. Er wollte aufbegehren – gegen wen, gegen was. Er rechtete, litt und hörte nicht auf, sich mit seiner Empörung, einer wortlosen Klage zu verstören. Daß ihm ein Mensch wie Jerry begegnete, hätte er nicht zu hoffen gewagt. Es sind nur Notizen, dachte Justus verwirrt und vergaß es. Als Ted Griffin ihm noch einmal über den Weg lief, habe sich Jerry im ersten Augenblick ungeheuer erleichtert gefühlt, las er, befreit, aufgerufen zum Handeln. »Es war falscher Alarm. Die Tür, durch die er sich selbst zu entkommen hoffte, schlug zu. In Wahrheit gab es keine Befreiung, nicht für ihn. Er mußte leben mit seiner Trauer, seinem Haß, Auge in Auge wie mit einer bösen alten Frau, die sich nicht abschütteln und nicht verleugnen ließ, ihn jedoch andererseits zum Gehorsam nicht zu zwingen vermochte. Wenn er sich aber eines Tages vor einem Militärgericht verantworten müßte, was würde mit ihm geschehen. Er schwieg verdrossen, dachte vielleicht, X. sei um die eigene Haut besorgt. Sagt, ihr wißt nichts, ich sei soeben erst gekommen, ihr wißt nicht woher, wißt überhaupt nichts. Ich bin heute nacht hier eingebrochen und habe mich geweigert, wieder zu verschwinden. Das sprang ihm leicht von den Lippen, als hätte er es gar nicht erst erfinden müssen, aber X. hielt sich nicht damit auf. Die Zeit verging schnell in diesen vier Wänden, wo noch einmal lebendig wurde, was zwei Jahre vorher in einer kleinen Hafenstadt unweit Washingtons geschehen war. Manchmal dachte X. nun selber, Ted Griffin liege dort betrunken auf dem Bett und neben ihm, im Schatten der Wand, mit offenen toten Augen, die kleine Patricia Ware, die sich erhebt und Jerry ins Ohr flüstert: Töten nützt nichts.

Der Geruch des Sommers verwehte, die Sonnenblumen erloschen. Zeit der Streifenbarsche, sagte Jerry, der seinen elenden Zustand für Heimweh hielt. Ein Plätschern auf der Blechverkleidung des Fenstersimses, ein Rauschen von Dämmerung und Regen, wieder war ein Tag vorbei. Trudie kam, hieß ihn aufstehen, schüttelte die Kissen auf, zog das Laken glatt. Vielleicht war Ted Griffin nicht mehr in Berlin. Jerry könnte versuchen, es herauszufinden, denn jede Woche, die er verstreichen ließ, machte seine Desertion unverzeihlicher. Aber das schwatzte er nur vor sich hin. In Wahrheit fühlte er sich merkwürdig schlaff, haßte den Gedanken, irgend etwas zu unternehmen, pfiff auf Ordnung, Dienst, Pflicht, Gerechtigkeit und auf die Belohnungen und Strafen, die einen armen Hund zwingen oder verführen sollten, nicht aus der Reihe zu tanzen, lachte über die zaghaften Einwände des jungen X., das Gespenst der Anarchie, das er schüchtern beschwor, nannte es ein ehrliches Gespenst, eins, das ihm nicht Gerechtigkeit vorgaukelte, wo das Recht des Stärkeren herrschte. Stümperei, dieses Leben, wollen und nicht können, können und nicht wollen, müssen. Er winkte ab, verstummte. Nach kurzem Schweigen erzählte er wieder von Pat. X. blickte sich nach Gertrud Proßke um, die an ihrer Kommode hantierte. Sie verstand die englische Sprache jetzt besser, verstand ganz gewiß, daß von Patricia die Rede war, aber es störte sie nicht sehr, auf eine tote Frau war sie nicht eifersüchtig, die konnte ihr Jerry nicht wegnehmen. Auch billigte sie seinen Wunsch, mit der alten Geschichte fertig zu werden, wie sie es nannte, fand es allerdings überspannt von Jerry, sich einzubilden, Pat sei hier, gehe hin und her in dem Zimmer, sitze vor dem Spiegel, kämme ihr Haar, nicke ihm zu. Das sind doch Hirngespinste, sagte sie irritiert, Jerry anstarrend, der in den hochgetürmten Kissen saß mit seinen Augen, die immer größer wurden, Hungeraugen. Die nahrhaften Sachen schlugen nicht an, die sie gegen ein Sündengeld auf dem schwarzen Markt am Teltower Damm einhandelte, immer in Angst vor einer Razzia. Zweifel suchten sie heim. Stand sie nicht gestern noch zitternd vor ihrer Tür im Dunkeln und horchte. X. sprach; ihre Ungeduld wuchs. Die Pause, die seinen Worten folgte, erschien ihr endlos, aber schon erwartete sie mit allen Sinnen die dunkel vibrierende Stimme, die X. antworten würde. Jetzt. Und wie sie in sie einbrach, die sanfte, die schreckliche Stimme, die Macht über sie besaß. Dann wieder X., dann er. Sie riß die Tür auf, ging hin zu ihm, taumelnd. Das war vorbei.

Auch kamen die Abende nicht mehr mit schwebendem Licht, durch die Zweige vor dem Fenster gefiltert. Sie wünschte nun manchmal, Jerry wäre anders, nicht viel anders; sie maß es mit ihren Fingern, legte Mittelfinger und Daumen aneinander: So war er – und entfernte sie um ein Geringes voneinander: So sollte er sein, ein wenig lebhafter, begehrlicher. Anfangs gefiel ihr seine geduldige Art, nach ihr zu verlangen, aber jetzt schlief er oft frühzeitig ein und war nicht aufzuwecken aus der tiefen Betäubung seines Schlafes.

Der Herbst kam; es wurde kalt in der Mansarde. Eines Nachts, als das Haus schlief, brachten Gertrud Proßke und der junge X. Jerry in X.' Zimmer, wo sie ihn einschlossen, bis ein Ofen in der Mansarde installiert war, drei aufregende Tage. Auch konnte X. nun nicht mehr übersehen, wie mager Jerry geworden war, und immer hatte er leicht erhöhte Temperatur. Hinzu kam, daß der kurze Zimmerwechsel ihn sehr erregt hatte. Pat sei nicht mit heruntergekommen, klagte er. X. blickte ihn erschrocken an, aber von einem Arzt wollte Jerry nichts hören, auch wäre es schwierig gewesen, einen zu finden, der sich auf die Bedingungen eingelassen hätte, die X. ihm stellen müßte, auf die Heimlichkeit seines Besuchs und auf absolute Verschwiegenheit. X.' Vater, der Arzt war, wunderte sich über das Interesse seines Sohnes an gewissen Krankheitssymptomen. War nicht die Medizin eine der Disziplinen gewesen, für die er sich unter keinen Umständen erwärmen wollte? Er könne nicht mit Sicherheit sagen, ob X.' geheimnisvoller, arztscheuer Freund Tbc hätte oder Liebeskummer, sagte Dr. A. lachend. Auch Kummer zehre an manchen Menschen. Solche wie er selber freilich setzten Speck an, Melancholikerspeck.

Dösen, rauchen, lieben und palavern, ich glaube, das faule Leben strengt ihn an, sagte Gertrud Proßke. Was ist? Jerry riß die Lider auf, aber es war schon wieder eine Weile her, daß X. gesagt hatte: Er ist müde. Jerry hörte es noch, dann entführte ihn der Schlaf, und jetzt brannte Licht im Zimmer; vor dem Fenster war Nacht, Trudie stand dort, einen bunten Herbstlaubstrauß in den Händen, Zweige mit bräunlichen und mit gezackten weinroten Blättern, andere mit kleinen, goldgelben und hellroten. Die braunen Blätter glichen Pergament, nein, glichen Haut, trockener

Haut, und sie knisterten. Vielleicht war es dieses Knistern, das Jerry an den Tod denken ließ. Er fürchtete sich. Eine unbekannte Wut, eine Gier nach Fleisch, nach Atem, nach Leben zwischen den Händen überwältigte ihn. Da war Trudie, und sie entsetzte sich nicht. Er starrte auf sie nieder, spürte plötzlich, was er für sie war, eine große Kraft, die sie auslöschte, spürte, wie sie das Ausgelöschtwerden genoß, wie sie ihn, Jerry, genoß, der sich verabscheute, denn in ihm war keine Kraft, sondern Krankheit. Das fühlte er jetzt sehr stark. Erschöpft lag er, nach Atem ringend, die Arme an den Körper gepreßt. »Ist dir nicht gut?« Er antwortete nicht. Antworten, das hieß: die Lippen bewegen, und er wollte die Lippen nicht bewegen, nichts wollte er bewegen. »Sag doch, Jerry, *tell me.*«

»Nein«, sagte er mit furchtbarer Anstrengung. Sie legte ihre Hand auf seine Stirn, tastete nach seinem Puls. Er stieß ihre Hand weg, stieß sie selbst weg, an die Wand, zischte: »Lassen in Ruhe!« Sie gab einen kleinen erschrockenen Laut von sich und verstummte.

Eisblumen rankten sich die Scheiben empor bis zum Fensterkreuz. Aus seiner Bettperspektive sah Jerry oben, wo das Fenster nicht zugefroren war, den Schnee in den Nachmittag rieseln. Mich friert, sagte er. Er friert, wiederholte X.; Gertrud zuckte die Schultern. »Lassen Sie ihn schlafen. Schlafen hilft. Er kann es sich leisten zu schlafen.« Aber wie sie dann an seinem Bett stand, das nun tatsächlich »sein« Bett war, denn für sich selbst hatte sie das Feldbett vom Speicher aufgeschlagen, wie sie auf ihn hinabblickte, auf seine Hände, die kraft- und fleischlos auf der Bettdecke lagen: gleich wird sie seine Schultern packen, wird ihn rütteln: Wach auf! Lebe! Sei nicht so ekelhaft schlapp! Sie beugte sich über ihn, roch seinen Atem, lief zum Fenster und riß es auf. Luft rein, Schnee und Kälte. Der Schnee wirbelte. Ein Junge rannte von einer Straßenseite auf die andere und wieder zurück, getrieben von dem fauchenden Wind, ganz hineingelegt in den Wind wie in ein lustiges kleines Schiff; der Schulranzen auf seinem Rücken klapperte.

Ein andermal, da war Tauwetter und die Märzsonne auf Dach und Sims. Der Morgen rieselte von Balkonen und Bäumen. X. sah Gertrud Proßke mit ihrer Einkaufstasche über die Straße gehen und erkannte sie nicht, die schwerfällig dahinschlich auf der funkelnden nassen Straße, mit gesenktem Kopf. Ihr Haar, das sonst glänzte, war stumpf, fast grau. Das ist ja Gertrud, dachte er erschrocken.

In der Nacht darauf träumte Jerry, er habe es getan, habe Ted Griffin getötet. Zur Strafe mußt du jetzt sterben, sagte Pat. Ihre Stimme klang hell und hoch. Er erwachte, von Entsetzen geschüttelt. Es trieb ihn aus dem Bett. Er taumelte durch das dunkle Zimmer. Gertrud rief ihn: Was tust du. Er stieß an Möbel, und die Finsternis wirbelte ihn herum. Schwer fiel er, kopfüber, auf den Tisch. Dort lag er, während Gertrud sich aus dem Bett schälte und Licht machte. Ratlos starrte sie ihn an, angewidert, ärgerlich auch.

Da fiel ihm ein, daß er nur geträumt hatte. Er lachte, richtete sich auf, hoch und dürr, lachte, lachte. »Lache doch nicht so gräßlich, sei still, das Haus wird wach.« Aber der Lachreiz, die Lachqual ließ nicht nach. Auf Gertruds Schultern hängend, wankte er zu seinem Bett zurück. »Hör auf!« schrie sie, »lieg ruhig. Ich hole X. herauf.«

Als X. dann kam, hatte sich Jerry beruhigt, friedlich blickte er ihn an: »Ich sterbe.«

»Nein!«

»Ich werde tot sein, weg, verschwunden, während er.«

»Hast du Schmerzen?«

Er schüttelte den Kopf.

»Ich spreche mit meinem Vater«, sagte X., plötzlich entschlossen, »er wird dich untersuchen und herausfinden, was dir fehlt. Er wird dich heilen«, sagte er, sich selber ermutigend.

»Heilen«, flüsterte Jerry.

»Und wenn er ihn anzeigt?« Das war Gertruds Stimme, sie klang giftig.

X. fuhr herum. »Dann müßte er auch mich anzeigen, seinen Sohn.«

»Sie meinen mich. Ich bin dran, wenn.«

»Unsinn!«

Jerry schloß gelangweilt die Augen und wandte sich ab. Gertrud zischelte: »Mir graut vor ihm und seiner Krankheit. Es kann etwas Ansteckendes sein.«

Der Schein der Nachtlampe neben dem Feldbett reichte nicht bis zur anderen Wand, aber X. glaubte, Jerry auf eine neue, seltsame Art lächeln zu sehen, als wisse er eine Antwort auf das Unbeantwortbare oder als trage er sich mit einem großartigen Plan, der seine Probleme mit einem Schlag, nein, anders, ganz anders. Es war das Lächeln eines Menschen, der alle Unruhe, Angst aund Qual hinter sich gebracht hat, weggeschwemmt wie Unrat. Zurück bleibt ein ungeheures Staunen: Sind sie überflüssig gewesen? Da ließ er sich hineinsinken in sein Ermatten, suchte nun selber die Krankheit, bejahte sie, die die Kraft abwürgte, Kraft, die Böses will. Wahnsinn!

»Weil er überhaupt nichts merkt«, sagte Gertrud, »ich, wer bin ich denn für ihn? Wird er mich heiraten?« Heiraten. Ihr Kopf sank auf die Tischplatte, ihre Arme baumelten wie leblos an ihren Schultern. »...wenn ich nun das Kind bekomme«, stammelte sie. Ihn schwindelte. Er hatte diese Möglichkeit erwogen, aber nun zuckte er vor der neuen Komplikation zurück. »Nehmen Sie Ihr Bettzeug. Schlafen Sie bei mir. Ich bleibe hier.« Er nahm selbst Laken, Kissen und Decke von ihrem Bett. Sie folgte ihm, hielt ihn aber zurück, als er wieder hinaufgehen wollte, fragte, ob er wirklich die Absicht habe, mit seinem Vater zu sprechen, und dann: »Wann?«

»So bald wie möglich, natürlich. Morgen früh.«

»Bis morgen früh bin ich also noch sicher.«

»Ich verstehe nicht.«

»Er wird mich hinauswerfen, das ist doch klar. Wohin soll ich dann mit einem – mit diesem Kind? Es wächst und wächst, eines Tages kann ich es nicht mehr verbergen.«

»Mein Vater wird Sie nicht hinauswerfen, und für Ihr Kind sorge ich, wenn Jerry dazu nicht in der Lage ist.«

»Ihre Frau wird sich bedanken.«

Er schlug die Tür hinter sich zu, hörte seinen Vater über den Lärm schimpfen, mitten in der Nacht, was soll das. Türen klappten, Schritte wurden laut. Er rannte hinauf und drehte den Schlüssel um, hoffte, auch Gertrud habe sich eingeschlossen und reagiere nicht auf das Klopfen an seine Schlafzimmertür. War es Lucie? Anita? Seine Mutter? Laß sie klopfen, morgen wird ohnehin der

Teufel los sein in diesem Haus. Wichtig ist nur Jerry, daß er sich nicht ängstigt, dachte er, aber Jerry lächelte ihm zu, als sei nichts geschehen. Seine Augen glänzten lebhaft, fast unnatürlich; Unsinn, ich habe ihn nur seit Wochen nicht so wach gesehen, dachte X., von Hoffnung überwältigt.

»Ist sie fort?«

Er nickte, unfähig zu sprechen. Ein Seufzer, ein Lachen, er starrte Jerry ungläubig an, dessen Stimme munter klang, und noch immer leuchtete sein Blick. »Setz dich«, bat er und erzählte ihm wie in den ersten Monaten von seinem Leben mit Pat, nur sehr viel unbefangener, als habe es Ted Griffin nie gegeben und also auch kein elendes Verrecken im Winkel eines abbruchreifen Hauses, keinen Mordplan, kein geisterhaftes Geflüster an Jerrys Ohr, keine Flucht vor sich selbst. Er erzählte von Pat wie von einer Lebenden, die jeden Augenblick eintreten könnte. Kaum vierzehn Jahre alt, war er schon verliebt gewesen in den Spatz, den Frosch. Wollt ihr tanzen gehen? Laß dich anschauen, sagt Jerrys Mutter. Pat hebt die Arme und wirbelt herum in ihrem schwingenden Rock.

»Was sagt dein Vater dazu?«

»*Don't worry*, ich zieh mich um, eh' ich nach Hause geh.«

Justus wendete die letzte maschinenbeschriebene Seite, an die einige kleinere, mit Werners Handschrift bedeckte Notizbuchblätter geheftet waren. Er zog die Klammern ab und sah die Blätter durch. Die Schrift auf dem vergilbten Papier, dessen Ränder sich rollten, war schwer zu entziffern, aber wenn er auch nun die Geschichte kannte, die diese Mauern, die großen Räume, die Tische und Kommoden, die zerschlissenen Sessel und Sofas erzählen würden, verfügten sie über eine menschliche Ausdrucksmöglichkeit, ständen nicht herum, stumm und dumm; er mußte lachen. Du willst wissen, was hier los war, sagte Werner, als sei es nichts Besonderes gewesen, aber Justus hatte wachgelegen, horchend, wartend. Dann war Vera aus Paris gekommen. Er hatte vergessen, ihre Eltern und Simon zum Flughafen zu fahren, und eines Tages, nein, heute, es ist heute gewesen, vorhin, da fuhr er mit Vera durch die nächtliche Stadt und küßte sie, und nun las er in Werners Manuskript, wußte, daß es Erinnerungen an Jerrys Leben und Sterben waren, deren Hauch und Nachklang er zu spüren geglaubt hatte, nichts Deutsches, Verschwörung, Kampf und Widerstand, nichts, das die halb eingestandene Hoffnung gerechtfertigt hätte, die ihn in dieses Haus geführt hatte. Dennoch kitzelte ihn eine gewisse Neugier auf das Gespräch zwischen Werner und seinem Vater, die nicht wie sein Vater waren, verseucht, hätte er beinahe gesagt, anfällig jedenfalls, noch heute anfällig für jede Art Überheblichkeit. Er glaubte die Hand zu sehen, die den Stift geführt hatte, auch den Bouletten essenden Dr. Andermann, der an jenem Morgen vor ungefähr vierzehn Jahren guter Laune gewesen war, obgleich er schlecht geschlafen hatte. Er erinnerte ihn an das Foto, das Anita kürzlich aus einer verstopften Schublade des Geschirrschrankes im Eßzimmer kramte. »Das ist mein Vater, dein Großonkel oder so, der jüngere Bruder deines im Ersten Weltkrieg gefallenen Großvaters«, sagte sie und zeigte ihm den Schnappschuß, auf dem ein vierschrötiger Mann in Vaterfreuden schwelgte. Er kroch auf Händen und Knien. Vor ihm kauerte Anita, damals etwa vierzehn Jahre alt und rieb sich die Wange. »Er kratzte mich mit seinen Bartstoppeln«, sagte sie, »die Kleine ist natürlich Vera.« Sie war es. Justus hatte sie längst erkannt. In kapriziöser Haltung ritt sie auf dem breiten Nacken ihres Großvaters, ernsten Gesichts, ein Figürchen wie aus Porzellan.

Ihr Bild noch vor Augen, las er weiter. Werner verbarg sich noch nicht hinter dem jungen X., und bald verriet seine Schrift seine wachsende Erregung. Justus verging das Lachen. Am Ende starrte er benommen auf die Blätter in seiner Hand, besonders auf eines, dessen Inhalt er nicht verstand. Werner spielte da auf etwas Ungeheuerliches an, nichts an sich Ungeheuerliches, so meinte ich es nicht, aber was soll das Wort aus der nazistischen Mottenkiste – Rassenschande – wieso konnte Werner seinen Vater damit erschrecken. – Der Mensch ändert sich nicht, wie? – Was willst du damit sagen? – Du hast auch damals gewütet, als Lucie gefährdet war, fürchtetest, es werde dir schaden, wenn sie wegen Rassenschande in ein Konzentrationslager, nein, da stand nur: wenn sie wegen Rassenschande, drei Punkte, Ausführungszeichen. Gertrud Proßke hatte Werner unterbrochen. Gleichviel. Werners Vater gab seinen Widerstand auf. Es war allerdings zu spät. Jerry war verschwunden – so ungefähr. Ich ersticke. Als Lucie gefährdet war, Lucie, eine Gestalt wie in einem einzigen Zug mit einem harten dünnen Stift auf gleichmäßig hellen Grund gezeichnet, zart und fest, ohne Schattierungen, Entgleisungen und Undeutlichkeiten. Wegen Rassenschande. Die Blätter entglitten seinen Händen und flatterten zu Boden. Er sprang auf, riß sein Fenster auf und beugte sich hinaus. Ein Wind fuhr ihm ins Gesicht mit einem Geruch nach faulendem Laub und Benzin. Stille wölbte sich über der Stadt, der Reststadt, stehengelassen wie die Kirchenruine in ihrem betriebsamen Zentrum, Geistermetropole, Mahnstadt an Nicht-, an Noch-immer-nicht-Vergangenes, umzingelt, eingemauert, für die Draußengebliebenen, die unmittelbaren Anwohner, gesperrt, erreichbar nur für Tunnelkriecher, wendige Schwimmer, Lauf- und Springakrobaten und für Kühnblickende mit Schauspielertalent, die sich nicht scheuen, den gefälschten Paß vorzuweisen. Mästet sich an den begehrlichen Gedanken und Wünschen, die sie umkreisen wie alles Verbotene, fürchtet Siechtum, das Erlöschen der Leuchtkraft ihrer Fassaden, ruft, lockt, wirbt um Menschen, die kommen und hier leben, arbeiten, heiraten, Kinder zeugen oder auch nur ihren lädierten Stolz, ihr gebrochenes Selbstbewußtsein aufrichten an den tapferen Berliner Vettern, Basen, Onkeln, Tanten und Großmüttern, die hoffentlich den guten gemeinsamen Namen nicht mit Schande bedeckt haben. Schande, Rassenschande, mein Vater hat zu meiner Mutter gesagt: Das sind Judenknechte, und nun soll ich mir also auch meinen täppisch-verspielten »Großonkel oder so« als einen bornierten Idioten vorstellen, verseucht auch er. Hat gewütet, weil Lucie einen jüdischen Freund oder Geliebten hatte. Wer mag das gewesen sein? In welcher Kalkgrube modern seine Gebeine? Wohin hat der Wind seine Asche verweht? Ihm war, das Firmament über der trügerisch stillen Stadt kreise wie die Decke eines riesigen Planetariums, stürze auf ihn nieder, begrabe ihn unter kreischenden Sternen...

Lange danach befand er sich auf seinem Bett im Dunkeln liegend. Rette dich, sagte eine Stimme, er lachte, da fiel ihm alles wieder ein, aber irgend etwas stimmte nicht, fügte sich nicht ins Bild. Sein Vater hätte nicht verächtlich über die Berliner Andermanns gesprochen, wäre sein Onkel Hugo ein Mann seines Geistes gewesen. Er machte Licht, suchte Werners Notizen auf dem Teppich und unter dem Bett zusammen, las noch einmal Wort für Wort und lachte jetzt auch anfangs nicht über die Szene zwischen Werner und seinem Vater. »...aß Bouletten mit Zwiebeln, morgens um neun, kurz vor seiner Sprechstunde. Hatte sich die Serviette in den Hemdkragen gestopft. Sie flatterte über seinen Bauch auf die mächtigen Schenkel. Er rief: ›Komm nur rein, iß eine mit, sie bestehen nicht nur aus gebratenem Brot.‹ Wollte Gertrud ihn ein bißchen bestechen, hatte sie ihm deshalb den ungewohnten Genuß zu früher Stunde bereitet. Er habe sie eigentlich etwas fragen wollen, sagte er, mit vollen Backen kauend, aber ihre Antwort hätte ihm möglicherweise den Appetit verdorben, darauf wollte er es nicht ankommen lassen. ›Du bist ja sozusagen ihr Intimus, nicht wahr, du wirst es mir ebensogut sagen können.‹ ›Hör mal, Vater, ich habe etwas Ernstes mit dir zu erörtern.‹ ›Zuerst bin ich dran. Meins ist auch etwas Ernstes. Fassen wir uns kurz: Stimmt es, war gestern nacht ein Kerl bei Gertrud? Anita behauptet.‹ ›So ein kleines Biest.‹ ›Es ging ziemlich laut zu, wie du vielleicht selber bemerkt hast. Stiere mich nicht an wie dein Großvater, wenn er sein Steckenpferd ritt. Wirklich, manchmal hast du eine fatale Ähnlichkeit mit dem alten Bolschewiken.‹ Er belachte seine Worte ausgiebig, die ihm offenbar sehr witzig vorkamen, wischte mit einem Stück Brot das Fett von seinem Teller, leckte sich die Finger ab. ›Immerhin leben zwei kleine Mädchen in diesem Hause. Sorge also dafür, daß die Schweinerei in der Mansarde aufhört. Schon gut, schon gut, reg dich nicht auf, ich will gar nicht wissen, was los war. Sag Gertrud Bescheid, und damit basta. – Was hattest du denn auf dem Herzen?‹ fragte er mit veränderter Stimme. ›Handelt es sich vielleicht wieder um diesen Tbc-Kranken, der nicht zum Arzt geht?‹ Ich nickte, völlig überrumpelt. Ich hatte mir das Gespräch mit meinem Vater anders vorgestellt. ›Aha, dachte ich mir doch, kenne mich allmählich aus in deiner Physiognomie‹, sagte er, riß die Serviette aus seinem Kragen, tupfte sich die Lippen ab, zog seine Jacke an. ›Willst du schon hinübergehen?‹ ›Halb zehn kommt dieser Stockfisch, Herr Stockmann, wollte ich sagen, Privatpatient. Wenn ich dir einen Rat geben soll: Schicke deinen Bekannten in ein Sanatorium. Hat er Geld?‹ ›Geld‹, stammelte ich.

›Bildet sich wohl ein, jemand pumpe ihm was in dieser Stadt, in der keiner was hat. Nicht in der Krankenkasse, kein Geld, kein Arzt – will er Selbstmord begehen, ist er ein Masochist, wartet vielleicht auf einen Blutsturz?‹ ›Blutsturz! Nein, Vater. Er sieht eher aus wie ein Mensch, der gar kein Blut mehr hat.‹ Mein Vater blickte mich an, halb beunruhigt, halb belustigt. Ich riß mich zusammen. ›Was würdest du tun, wenn Anita die Wahrheit erraten hätte, ich meine, wenn Gertrud tatsächlich einen Mann in ihrem Zimmer versteckt hielte?‹ ›Versteckt? Wieso versteckt? Was soll das heißen?‹ ›Bitte, antworte. Was würdest du tun?‹ ›Blödsinnige Frage, rausschmeißen, natürlich‹, sagte mein Vater aufgebracht, ›alle beide raus, das ist doch klar, oder?‹ Ich lief hinter ihm her, der seine Siebensachen zusammensuchte, Zigaretten, Streichhölzer, Füllfederhalter, ein frisches Taschentuch. ›Es ist nicht so simpel, wie es im ersten Augenblick aussieht‹, begann ich, ›in Wirklichkeit könnte es folgendermaßen gewesen sein: ein Mann, ein Soldat, sagen wir ein amerikanischer Soldat, ein Neger.‹ ›Ein Neger‹, wiederholte mein Vater unheilvoll und setzte sich wieder hin. Das hatte ich wenigstens erreicht; irgend etwas an meinen Worten mußte ihn stutzig gemacht haben. ›Ja, ein Neger, er hatte es satt.‹ ›Wie bitte?‹ Ich stand da und horchte. Der Wind rüttelte an den Fenstern, aber das war es nicht, nein, der Wind konnte kein Geräusch wie dieses verursachen. Erst später begriff ich, daß ich Jerry gehört hatte, der sich an der Regenrinne hinunterließ. Verwirrt sprach ich weiter: ›Er wollte nicht mehr, es erschien ihm sinnlos, er mußte nachdenken, verstehst du, es handelte sich um Ereignisse, die vor seiner Einberufung zum Militärdienst geschehen waren, sie quälten ihn, er hatte sie noch immer nicht zu Ende gedacht.‹ ›Du sprichst wie ein Kranker.‹ ›Also gut‹, sagte ich, tief Luft holend, ›er ist fortgelaufen, weil er sonst vielleicht jemanden umgebracht hätte. Er ist desertiert‹, sagte ich oder schrie ich, meine Stimme überschlug sich. ›Ein Mädchen nahm ihn mit und versteckte ihn. Gertrud nahm ihn mit.‹ Ich verstummte erschrocken. Mein Vater war tief in seinen Sessel gerutscht, streckte die Beine von sich, faltete die Hände über seinem Bauch, legte den Kopf auf die Sessellehne. Ich konnte sein Gesicht nicht sehen, nur seinen Kehlkopf zwischen den Kragenenden, die ausladende Unterkieferpartie und die Nasenspitze, die das

Ganze überragte. Aber ich wurde nun sehr ungeduldig. Vielleicht wartete dieser Stockmann bereits im Empfangszimmer. ›Er kam vor ungefähr einem Jahr. Du, Mutter und Lucie, ihr habt nichts gemerkt. Gertrud war sehr vorsichtig. Ich bin selber auf Umwegen darauf gestoßen. Nur Anita, die ihre Nase gern in Dinge steckt, die sie nichts angehen. Der Mann ist mein Freund, Vater, und er ist krank geworden. Zuerst dachten wir, ihm fehlten nur die gewohnten Kalorien, die wir ihm nicht bieten konnten, und Bewegung in frischer Luft. Auch weigerte er sich, einen Arzt an sich heranzulassen, aber es sieht nun gefährlich aus; er muß behandelt werden. Deshalb bin ich zu dir gekommen. Ein anderer Arzt würde ihn vielleicht anzeigen.‹ ›Anzeigen?‹ murmelte mein Vater, und plötzlich wurde ihm klar, welche Ungelegenheiten ihm diese Geschichte bereiten konnte, die mir selber unglaubhaft vorkam, zusammengezogen in ein paar schlecht überlegte Sätze, nicht so glatt heruntergeredet wie sie hier stehen. Ein Gefühl der Vergeblichkeit hemmte mich. Nie werde ich meinem Vater erklären können, was mir Jerry bedeutet, dachte ich verzweifelt, während er, der nun endlich verstanden hatte, angstschlotternd. Das war es, das erinnerte mich an Lucie. Er war außer sich vor Angst, hatte sie mir geschrieben oder erzählt. Ich hörte ihn toben. ›Einen amerikanischen Deserteur zu verstecken! Hier, in meinem Hause! Du bist wahnsinnig, ein kompletter Idiot, du gehörst nicht unter normale Menschen, und nun fällt es dem Burschen auch noch ein, krank zu werden. Bitte, ich habe nichts davon gewußt. Ich lege Wert darauf, das ausdrücklich festzustellen: nichts gewußt. Ich werde ihn selbstverständlich sofort der Militärbehörde melden!‹ brüllte mein Vater, erhob sich schnaubend, ging zur Tür und rief hinaus: ›Gertrud! Kommen Sie mal her!‹ ›Einen Augenblick‹, antwortete ihre Stimme irgendwo im Haus. Mein Vater ließ sich wieder in seinen Sessel fallen, er bebte; ich lehnte mich fest an die Tür. ›Der Mensch ändert sich nicht, wie?‹ sagte ich, noch ohne klare Vorstellung. Vielleicht bewegte mich nur der Wunsch, Zeit zu gewinnen, aber im nächsten Augenblick wußte ich, daß ich meinen Vater tief verletzen würde. Das Blut schoß mir in den Kopf. Auch wurde ich nun des Schweigens inne, der Stille, die meinen Worten gefolgt war. Verstand auch er? Ich sah ihn in das Licht schnüffeln, als wäre es ihm auf einmal zu grell, sah, wie er sich auf die Lippen biß. Irgendwo im Hause fiel eine Tür ins Schloß. Blut quoll aus der Unterlippe meines Vaters, ein dicker dunkler Tropfen, der von Sekunde zu Sekunde voller wurde. Gertrud kam. Mein Vater saß vornübergebeugt, die Hände zwischen den gespreizten Knien gefaltet. Er leckte mit der Zungenspitze den Blutstropfen ab. ›Wie meinst du das, der Mensch ändert sich nicht, was willst du damit sagen?‹ Gertrud drückte auf die Klinke, die ich hinter meinem Rücken festhielt. Ich dachte an Jerry, ich sagte es: ›Du hast auch damals gewütet, als Lucie gefährdet war, hattest Angst, nicht nur um sie, nein, vor allem um dich selber, dachtest, es werde dir schaden, wenn Lucie wegen Rassenschande…‹ ›Ich kann nicht rein, Herr Doktor!‹ rief Gertrud. Ich ließ die Klinke los, da stand sie, blaß, mit umschatteten Augen. ›Es hat sich erledigt‹, sagte mein Vater. Ein ängstlicher, erstaunter Blick; ich schob sie wieder hinaus, zog die Tür hinter ihr zu. ›Es tut mir leid, Vater. Auch ich habe Angst. Angst um Jerry.‹ ›Jerry heißt er also, dein Schützling. Findest du dein Verhalten mir gegenüber – sag selbst, ist das fair?‹ Er sah grau und alt aus; ich erinnerte mich, wie vergnügt er vorhin seine Bouletten verzehrt hatte. Dort stand noch der Teller, sauber abgewischt. Mein Vater sagte müde, mit zuckendem Mund: ›Du solltest dich damit abfinden, daß dein Vater kein Held ist. Hat seinen Mut vor vielen Jahren bei einer einzigen Rebellion verbraucht, und heute kommt ihm auch die einigermaßen idiotisch vor. Komm also. Gehen wir hinauf. Ich will mir den Ausreißer einmal ansehen‹, sagte er, meinen Dank abwehrend, meine Beschämung. Wir kamen zu spät, Jerry war fort, das Bett leer. Wind fuhr zum offenen Fenster herein, wehte die Gardine hoch, blies mir die Papierknäuel vor die Füße, mit denen Gertrud seine Schuhe ausgestopft hatte.«

Justus schloß die Augen. Nicht daß ihn Werners tief enttäuschtes: zu spät, seine Todesahnung nicht erschüttert hätte. Auch bedrängte ihn die Frage nach der Rebellion, in der Werners Vater seinen Mut verbraucht haben wollte, und natürlich hätte er gern gewußt, warum er Werners Großvater einen alten Bolschewiken nannte, seinen Großvater mütterlicherseits, vermutlich. Es erschien ihm nicht wichtig, er fühlte sich versöhnt, dachte: Er hat bloß Angst gehabt, der Alte, hielt es für Leichtsinn, ein Gesetz zu übertreten, muß nicht unbedingt mit solchen abscheulichen Gesetzen einverstanden oder gar selber ein Nazi gewesen sein.

So streckte er sich zum Schlafen aus, den Nachhall freundlicher Stimmen im Ohr, Nachhall eines Wohlwollens zwischen Hugo Andermann und seinem Sohn, das er bei der ersten schnellen Durchsicht von Werners handschriftlichen Notizen nicht empfunden hatte. Toleranz, Nachsicht, Achtung. Mochten sie sich auch gegenseitig verspotten, mochte der Alte toben und der Sohn ihn an ein peinliches Versagen erinnern, es gab einen knirschenden, aber keinen bösen Klang, wenn sie aneinandergerieten, anders als zwischen mir und meinem Vater, dachte er und fühlte etwas Kaltes, Hartes in sich mit scharfen Kanten. Gefiel sich in der Larve verlogener Großherzigkeit, predigte Versöhnung, Vergessen, hatte den Mut, die Vermessenheit, hatte die Stirn zu sagen: Auch wir haben vergessen. Auch wir! Schon schwingt Ungeduld in seiner Stimme, hintergründig, unterschwellig. Gibt die Zeit ihm nicht recht, dieses würgende Ungeheuer? Noch ermessen wir das Geschehene nicht – was wir einander antaten –, fassen es nicht, da ist es schon in dem unersättlichen Rachen verschwunden, da hechelt er schon nach neuem Fraß. Waren er und sein Vater überhaupt je aneinander geraten, ihr Inneres nach außen kehrend, losredend, schreiend meinetwegen, aus den schrecklichen Rollen fallend, die sie spielten, zunächst unbewußt, dann... Unbewußt! Versuche dich zu erinnern, denk an die Zeit vorher, vor dem Gespräch mit Mutter, denke schnell, überlege nicht: Was fällt dir zuerst ein? Vaters Sorge, ich könnte mich oder ihn blamieren. Kam ein Gast, bleute er mir ein, wie ich mich zu benehmen hätte, und er freute sich, wenn es klappte, so drückte er sich aus, nichts war wichtiger, auch meine Mutter wurde darauf gedrillt, daß »alles klappte«. Ich höre sie: deine Fingernägel! und sehe einen kleinen Jungen zurückweichen, die Hände im Rücken verkrampft. Kaum zu glauben, daß ich dieses Knäblein war, artig, ein Gummimännchen, eine Art Qualle. Bitte, versuche ihn zu beschreiben. Ebensogut könntest du das Leere in einem Topf beschreiben wollen. Aber eines Tages sollten die Papp- und Milchzähnchen einen Brocken aus anderem Stoff zu beißen bekommen, einen harten, unverdaulichen Brocken. Aus war's mit dem geheuchelten Unschuldsblick, den Spielchen und Schwindeleien, die dir das Bravsein versüßten. Das strenge Regiment deines eigenen Willens begann, ein Beobachten und Forschen, ein erbarmungsloses Durchleuchten der Winkel und Schlupflöcher, in denen du dich verstecktest, ein argwöhnisches Vergleichen, immer Auge in Auge mit einer neuen, einer anderen, einer schrecklichen Angst: Bin ich wie er? Sind in mir die gleichen Möglichkeiten? Wäre ich, zwanzig Jahre früher geboren, unter seinen Umständen und Bedingungen lebend, ein SS-Mann und KZ-Wächter geworden wie er – oder auch nur sein Gesinnungsfreund, das genügte mir bereits, um vor mir auszukotzen. Aber was weiß ich denn von ihnen – waren sie Besondere, Ausgeburten, Monstren?

Er lag steif mit angespannten Muskeln, fühlte vom Scheitel bis zur Sohle seinen Körper, maß seine Schwere, seine Härte. Er gehorchte dann seinem Verlangen nach Lockerung, Lösung, nach Luft. Wie in einen Zauberkreis gebannt hatte sich sein Denken und Fühlen viele Jahre lang um die eine, einzige und unwiderrufliche Tatsache bewegt, die ihn entsetzte: der Sohn seines Vaters zu sein. Er stemmte sich ihr entgegen. Verstand er aber, wie und wodurch sein Vater geworden, der er war?

Er drückte die Handflächen gegen seine Schläfen, als ließe sich ihr hartes Pochen aufhalten. Das Vakuum hinter uns, das Reinhard und mich beunruhigte – wir sprachen davon –, es ist lange her. Eine finstere Erscheinung ohne Ursachen, aufgetaucht aus Nichts, so stand sein Vater im leeren Raum auf einem blutbespritzten Sokkel.

Er horchte, die Stille war groß, er ließ die Frage nach seinem Vater in sich hineinsinken wie einen Stein in einen nächtlichen See. Lautlos schloß sich der schwarze Spiegel über ihm. Aus der Dunkelheit tauchte traumklar das Andermannhaus, umblüht von Phlox und Rosen, bedeckt mit Weinlaub. An den Bäumen hingen Büschel grüner Schoten und Fruchtkugeln. Später, als Vera kam, leuchtete der Blätterpelz rot. In den Mauern wurden die Einschußstellen sichtbar, angeordnet wie ein Sternbild, wie Pegasus, wie das Sternbild des Pegasus, nur der Stern Enif fehlte. Habe ich nicht alles durchdacht, vergaß ich etwas? Seine Gedanken überstürzten sich, wieder tauchte der eine bleich aus dem Chaos – Sohn eines... Darauf starrte ich, fasziniert und gefangen, dachte an nichts als an meine Rettung, fragte nicht nach den mächtigen Zwängen und Abhängigkeiten, dem Gehorsamkeits- und Glaubensdrill, der Meinungs-, Gewissens- und Gefühlsreglementierung, den seelischen Verwüstungen, den Bewußtseinstrübungen, die einen anfälligen Mann, ein Volk, eine Gesellschaft zu Mordkumpanen und Mördern machen können.

Als er erwachte, war noch tiefe Nacht. Er hatte von einem Mann geträumt, der ihm eine Yogaübung vorführte, dieselbe, die ihm Kostas auf dem Sportplatz im Ulmenhof gezeigt hatte. Sie diene der Stärkung der Hals- und Schultermuskeln, sagte Kostas, legte sich auf den Bauch und hob langsam, mit ausgebreiteten Armen, die Beine fest am Boden, seinen Kopf und Oberkörper – nur daß kein Mann mit gezücktem Schwert neben ihm stand, der ihm in dem Augenblick, in dem sich sein Hals blank darbot, den Kopf abschlug. Justus hatte den Kopf seines Traumturners nicht mehr fallen sehen, er war vorher aufgewacht. Auch wußte er nicht genau, ob das Gesicht des Mannes, der ein blaues Sporthemd trug wie Kostas, wirklich nur aus einer Art weißer Gaze bestand, die in der Mitte, wo die Nase sein mußte, eine Erhebung zeigte. Ihm war, die Gaze sei erst über das Gesicht geglitten, als er den Mann anrufen und warnen wollte – mit seinem eigenen Namen, wenn ihn sein Gedächtnis nicht täuschte: Gib acht, Justus! Er brachte aber nur einen gurgelnden Laut über die Lippen, wachte auf und dachte nun, er müsse auch der andere gewesen sein, der mit dem Schwert. Es wäre närrisch, absurd, Schlächter und Opfer in einer Person, das gibt es nicht, geht nicht, sollte vielleicht ein Symbol sein, aber wofür.

Ich habe den Atem angehalten. Welche Kraft schwemmte dieses Rätselbild herauf, aus welcher Tiefe? Welches unverarbeitete Erlebnis, welches verdrängte Wollen entfloh dem Kerker meines Gehirns, maskiert wie ein Dieb. Das lauerte und horchte, tief drinnen im fensterlosen Verlies, wiegte den Wächter in Sicherheit, stellte sich schlafend, wenn er an die schwer verriegelte Tür pochte. Kann nicht entkommen, denkt der Wächter, nun seinerseits entschlummernd. Sein Kreislauf verlangsamt sich, seine Organe setzen ihre

Betriebsamkeit herab, das gewaltige Blutpumpen, Destillieren, Umsetzen und Katalysieren läßt nach. Da ist der Augenblick gekommen. Los, raus jetzt, raus, sei's auch in fremder Gestalt, unkenntlich, vermummt, verkleidet, nur raus, Bild werden, Ausdruck. Hast du geträumt, mein Junge, höre ich Lucies Stimme sagen und lache auf. Geträumt, ich habe geträumt, wie Simon geträumt hat und vielleicht noch träumte, als er an mir vorbeilief und mich nicht sah.

Vor ein paar Tagen hatte Justus ihn in der Clayallee getroffen. Er fuhr dort entlang, sah ihn auf dem Fußweg gehen, hielt an: Steig ein! Simon wollte gern mitfahren, das war deutlich zu erkennen, aber er zögerte. Justus folgte seinem Blick, sah einen jungen Mann kommen, einen Afrikaner, einen Studenten, vermutlich. Er näherte sich schnell, erblickte Simon, lachte und nickte ihm einen Gruß zu, den Simon freudig erwiderte. Dann erst stieg er in den Wagen. »Wir alle grüßen einander, auch wenn wir uns nicht kennen, wir alle sind Brüder.«

Daran dachte Justus, nun wieder einschlafend: Brüder, und fürchtete sich nicht mehr, wir alle sind... Wer war der Mann mit dem Schwert, wer der andere, der Kopf und Oberkörper hob? Er schlief lange und traumlos, schlief noch, als Reinhard eintrat und ihn rüttelte: »He, wach auf!«

»Was willst du mitten in der Nacht.«

Reinhard lachte nervös. »Es ist halb elf. Ich muß dir etwas erzählen.«

»Jetzt? Mein Schädel brummt.«

»Vielleicht kannst du dir einen starken Kaffen machen.«

»Ich will keinen Kaffee, ich will schlafen.« Er blinzelte in das düstere Licht, verschwand unter der Bettdecke.

»Also nicht«, sagte Reinhard enttäuscht, fast bitter. Das weckte eine unbestimmte Assoziation in Justus' schlaftrunkenem Kopf, eine unbehagliche, zum Teufel damit. Er sagte aufs Geratewohl: »Sie hat sich mit einem Dr. Dreßler verlobt.«

Schweigen. Was soll er auch antworten. Ist sicher verblüfft, wundert sich, woher ich es weiß, aber warum klingt sein Schweigen so merkwürdig – Schweigen klingt –, er kicherte in sein Bettzeug, aber sein Unbehagen ließ sich nicht wegblödeln. Warum sagt er nichts. Ist er beleidigt, weil ich müde bin, lächerlich, nicht ich habe ihn aus dem Schlafe gerissen.

»Bis später also. Ich wollte nicht mit dir über Nora sprechen«, sagte Reinhard schließlich, stand in der Tür, die Hand auf der Klinke, als überlege er, ob er nicht doch bleiben sollte, sehr hell mit seinem Haarschopf und dem blassen Gesicht, und er blickte auf Justus wie einer, der Abschied nimmt. Unsinn, nimmt man Abschied, wenn man sich am Nachmittag wiedersieht? Einfälle hast du. Schlaf weiter. Aber nun war er plötzlich wach, horchte Reinhards Schritten nach, erinnerte sich, in der letzten Woche kaum mit ihm gesprochen zu haben.

Einmal traf er ihn in der Mensa zwischen Tür und Angel. Er kam und Reinhard ging und hatte keine Zeit, ihm bei einer Coca Gesellschaft zu leisten. Ein andermal sah er ihn im Seminar. Justus fiel sein Eifer auf. Früher beteiligte er sich nicht so heftig an Diskussionen. Anschließend hatte er einen Job als Weihnachtsmann bei irgendeiner Feier. Da staunst du, sagte er und verschwand, und später, als Justus im Ulmenhof anrief, mußte er die Prüfungsarbeit seines indischen Stubennachbarn nach deutschen Sprachfehlern durchsehen. Es ist wegen Nora, er ist verbittert, will einsam sein. Heute, Montag, hört er Bergner und stöbert anschließend gern im Archiv; ich werde ihn dort finden.

Am Küchentisch saß Kilian, struppig und unrasiert, nahm einen Schluck von der hellbraunen Brühe in seiner Tasse, schob sie angewidert weg. »Hast du deinen dienstfreien Tag? Warte«, sagte Justus, »ich braue uns einen Kaffee, den du nicht stehenläßt.«

»Ein Hundeleben. Meine Frau ist im Institut, kommt erst mittags zurück, denkt natürlich, ich penne bis Mittag, und das wollte ich auch, aber ich bin nicht aus Holz, nicht wahr.«

»Natürlich nicht.«

»Machst du dich über mich lustig?«

»Aber nein.«

»Und warum nicht, wenn ich fragen darf? Bin ich keine komische Figur?«

»Doch, sicher, das heißt: nein«, sagte Justus erschrocken, goß die Brühe in den Ausguß und schenkte Kilian frischen Kaffee ein; er besänftigte ihn.

»Dieser Reinhard Jöde, den ich vorhin hereinließ, ist er derselbe Reinhard, mit dem Nora liiert war?«

»Allerdings.«

»Dein Freund?«

»Ja.«

»Hat er eine andere?«

»Wo denkst du hin, so schnell verliebt sich Reinhard nicht.«

»Das ist gut.« Kilian schlürfte befriedigt seinen Kaffee.

»Nora will zu ihm zurück.«

»Bist du ihr Beichtvater?«

»Anita sagte es.«

»Ach so.«

»Ja. Könntest du Reinhard ein bißchen animieren?«

»Ich fürchte, ich habe wenig Talent, mir einen Kuppelpelz zu verdienen.«

»Das dachte ich auch von mir, aber innerhalb von drei Wochen waren sie verlobt.«

»Ich verstehe nicht.«

»Nora und Dreßler. Ich bin leider nicht unschuldig daran.«

»Du? Wie kommst denn du?«

»Ich bin ein Hornochse«, sagte Kilian betrübt, es klang überzeugend. »Jedenfalls kommt Nora heute abend – ohne Dreßler. Könntest du Reinhard mitbringen?«

»Wenn ich ihn treffe und dazu bewegen kann.«

»Bewegen kann!«

»Er hat sich die Sache zu Herzen genommen.«

»Auch das noch!«

»Ja.«

»Aber sie war doch frei. Auch benahm sie sich nicht eben zurückhaltend.«

»Kann ich mir vorstellen. Sie hat Mädchenkomplexe. Fühlt sich benachteiligt.«

»Ah ja«, sagte Kilian, sich offenbar an irgend etwas erinnernd.

So begann dieser Tag, begann mit Gerede über Nora und Reinhard, begleitet vom Geschwätz des Regens, der vom Dach der Küchenveranda plätscherte, begann mit einem Gefühl von Kälte und Verlassenheit in der menschenleeren kleinen Straße zwischen frierenden Häusern und Gärten, aus denen der Regen die letzten Farben wusch, spulte sich ab, Stunde um Stunde mit der Suche nach Reinhard in sich leerenden Hörsälen, die Gänge hinauf und hinunter, die nassen Campuswege entlang, durch stille Bibliotheken und durch das Gedränge der jobsuchenden Studenten vor dem Heinzelmännchenbüro, setzte sich fort mit dem Geruch nach Allerweltsauce, Fett und Bratwürsten in der Mensa und dem Beobachten der auf und zu schwingenden Tür. Später, am Nachmittag, kam ein beißender Wind auf mit einem Schub Polarluft. Der bleigraue Regenhimmel zerriß. Justus trank seinen dritten schwarzen Kaffee, auf die Menschen und Fahrzeuge blickend, die an der verglasten Veranda vorbeitrieben. Seine Unruhe wuchs. Es mußte etwas Wichtiges gewesen sein, das Reinhard ihm erzählen wollte. Einer Bagatelle wegen wäre er nicht zu ihm hinausgefahren; er hätte angerufen, nicht wahr. Welcher Teufel ritt mich, daß ich ihn anödete und wieder gehen ließ?

Er bemerkte die Südländer jenseits des Mittelganges, Griechen vielleicht. Wo aber zwei Griechen beisammen saßen, würde bald ein dritter und ein vierter – da kam er schon, der dritte jedenfalls, klopfte draußen an die Scheibe, man winkte, lachte; er ging um das Glashaus herum, trat ein und setzte sich zu den anderen. Der vierte, der kurz nach ihm erschien, war Kostas. Justus erschrak. Der Traum fiel ihm wieder ein, den er ganz und gar aus dem Sinn verloren hatte. Gleichzeitig dachte er an Veras Worte: Vater sagt, er erinnere ihn an Jerry. Verwirrt lauschte er dem lebhaften, plötzlich laut werdenden oder von Gelächter unterbrochenen griechischen Palaver der vier jungen Männer, zu denen sich bald noch zwei Afrikaner gesellten. Da entdeckte ihn Kostas und lud ihn ein, sich an ihren Tisch zu setzen, aber es war nach sechs; Justus konnte Reinhard vielleicht jetzt telefonisch erreichen. Er verabschiedete sich und ging durch den Innenraum mit Nischen, Polstersesseln und der großen, immer belagerten, halbrunden Bar in der Mitte auf die Telefonzellen im Hintergrund zu. Ein junger Mann, der irgendwie soldatisch wirkte, vertrat ihm den Weg. Er sagte: »Großartig, wie Sie das hingekriegt haben!« Verständnislos blickte Justus in sein selbstbewußtes Gesicht. Irgendwo hatte er ihn schon gesehen. »Ulmenhof?«

Der junge Mann nickte: »Gestatten: Blank, Wolfdieter Blank.«

Auch Justus nannte seinen Namen, was jedoch nicht nötig gewesen wäre, denn Blank kannte ihn. »Höflich, aber distanziert, so muß man ihre Zudringlichkeiten beantworten.«

»Ich verstehe nicht.«

Blank wies mit einer Kopfbewegung auf die Veranda.

Justus starrte ihn an. Das Blut schoß ihm ins Gesicht. »Sie waren nicht zudringlich. Einer von ihnen ist mein Freund«, stotterte er, außer sich vor Überraschung und Zorn.

»Vor mir brauchen Sie sich nicht zu tarnen«, sagte Blank kalt, »ich weiß Bescheid, weiß, daß Sie einer von uns sind.« Die Bar mit den hohen Hockern, den Gläsern, Flaschen, Aschenschalen und Kuchentellern fing an sich zu drehen. »Besuchen Sie mich. Haus 5, Zimmer 127. Es liegt in Ihrem eigenen Interesse. Ich erwarte Sie heute abend«, hörte Justus ihn noch sagen. Dann zog er die Tür der Telefonzelle hinter sich zu und lehnte sich an die Wand. Ein Irrtum, natürlich, eine Verwechslung, dachte er, noch immer erschrocken, mißtrauisch gegen die simple Erklärung. Seine Hand zitterte, als er die Nummer wählte; in der Ulmenhofzentrale hatte Krautwig Telefondienst, erkannte aber Justus' Stimme nicht, ein Mädchen kam an den Apparat 37, Justus bat sie, Reinhard zu rufen. Er hörte ihre Stimme durch das Haus schallen, dann sagte sie: »Er hat sich eingeschlossen, reagiert nicht.«

»Ist er denn zu Hause?«

»Ich glaube ja.«

»Sagen Sie, Justus sei am Apparat. Schlagen Sie seine Tür ein.«

»Wird gemacht.«

Er hörte das Mädchen an einer Tür trommeln, hörte einen erregten Wortwechsel, dann endlich meldete sich Reinhard. »Ich suche dich den ganzen Tag. Willst du heute abend zu uns kommen?«

»Was heißt zu uns.«

»Der junge Doktor, der dich hereinließ, Kilian Falk, Anitas Mann, er lädt dich ein, und auch ich, versteht sich, ich lade dich ebenfalls feierlich. Du mußt wissen, Nora kommt. Sie hat sich von Dreßler getrennt. Natürlich traut sie sich nicht zu dir, aber wir glauben, sie wäre froh, dir ›zufällig‹ bei uns zu begegnen.«

»Wäre sie froh?« sagte Reinhard, und das sollte vielleicht ironisch klingen, aber Justus spürte seine Erregung, merkte auch wohl, wie ungeschickt er selbst sich anstellte.

»Wirst du kommen?« fragte er, unfähig, Geduld aufzubringen, und atmete auf, als Reinhard mit veränderter Stimme ja sagte, aber was bedeutete sein Ja, freute er sich?

»Ich hatte Zeit zum Nachdenken. Ich nehme an, ich war nicht ganz unschuldig an der Verstimmung, den Mißverständnissen. Meine Eifersüchteleien – eigentlich habe ich Nora diesem Dreßler in die Arme getrieben.«

»Fein, daß du's einsiehst.«

»Ja, aber was ist mit dir? Deine Stimme klingt wie ein Reibeisen. Bist du krank?«

»Nein. Ich habe nur soeben – habe etwas Merkwürdiges erlebt. Kennst du einen Wolfdieter Blank?« Justus hörte einen erschrokkenen Laut, dann war es still. »Bist du noch da?«

»Ja. Entschuldige. Ich wollte dich warnen, aber du mußtest ja unbedingt schlafen. Moment.« Justus horchte. Vor dem Zellenfenster erschien der Kopf einer entrüsteten Dame. »Ich habe mich nur vergewissert, daß niemand zuhört«, fuhr Reinhard fort. »Heißt dein Vater Georg?«

»Ja«, sagte Justus bebend.

»Er und Blanks Vater waren – Kameraden, du verstehst.«

»Woher willst du das wissen?«

»Von Blank natürlich. Er holte mich gestern abend aus dem Bett, wollte deine Adresse haben.«

Wieder erschien die Dame vor der Glasscheibe der Tür. Sie klopfte; Justus drehte ihr den Rücken. »Wie kommt er auf mich, es gibt noch andere Leute, die Andermann heißen.«

»Nicht Justus Andermann. Sein Vater hat sich den Namen gemerkt. Diese KZ-Fritzen haben sich damals amüsiert über deinen Namen. Irgendein Ahne von dir soll Julius geheißen haben. Dein Vater soll gedacht haben, Justus klinge ähnlich. Julius gefiele ihm nicht. Übrigens behauptet Blank, er habe dir angesehen, aus welchem Stall du kommst. Und nun ist sein Vater vor ein paar Tagen – ist verhaftet worden, du verstehst. Du mußt dich darauf gefaßt machen, daß auch dein Vater drankommt. Wo bist du jetzt?«

»Im Vienna.«

»Hast du einen Wagen draußen?«

»Ja.«

»Laß ihn stehen. Nimm die U-Bahn. Ich komme gegen acht. Später, wenn du dich beruhigt hast, holen wir die Karre.«

»Ich bin ganz ruhig.«

»Um so besser. Bis nachher also. Und fange nicht erst zu grübeln an, es springt sowieso nichts dabei heraus.«

»Sieht man mir wirklich an, daß mein Vater...?«

»Sei nicht albern. Das war doch Prahlerei. Hätte Blanks Vater nicht von einem kleinen Jungen namens Justus Andermann gesprochen.«

»Du hast wohl recht«, sagte Justus und glaubte es auch. Es war nicht übertrieben, zu sagen: Ich bin ganz ruhig, eher untertrieben, dachte er. Werde ich freier atmen, wird die Luft reiner sein, wenn mein Vater im Namen des Volkes, des gleichen Volkes, wird er erschrecken, erkennen, bereuen. Zu spät. Die sich mitschuldig gemacht haben mit Wort, Schrift, Tat, Befehl, Kommentar und Schweigen, sie sind zu lange seine geheimen Komplicen gewesen beim Vertuschen, beim Heucheln und Leugnen. Ihr Lebenswille, ihr Egoismus oder wie immer der Mechanismus genannt wird, der sich in Bewegung setzt, wenn Gefahr droht, Gefahr der Wahrheit, er funktionierte schnell und perfekt, löste die Nebelbombe aus, in deren Schwaden sie sich selbst entkamen.

Mit sicherer Hand führte er das Steuer. Reinhard würde sich wundern, könnte er ihn beobachten; beinahe wunderte auch er sich. Welcher Gedanke war es nur gewesen, der ihn plötzlich beruhigt hatte – kein unbedingt angenehmes Gefühl –, und war ihm nicht ein Schreck vorausgegangen, ein Erstarren: die Andermanns! Das war es, an sie hatte er gedacht, hatte sie sitzen sehen auf ihren alten Sofas, in ausgefransten Sesseln, und er steht da und will unter ihren Augen vergehen: Sohn eines...

Nein, nicht so, sie nicht. Auch wissen sie, ich bin nicht verführbar wie mein Vater, ich bin gewarnt. Und wenn er nun angeklagt wird, denke an uns, werden sie sagen, auch uns gibt es, nicht nur ihn und seinesgleichen, auch wir sind die Deinen. Allerdings schwimmen wir nicht oben auf der Fettbrühe, aber wir sind da. Schwiegen statt zu schreien, das ist wahr, wehrten uns nicht, wie wir uns heute wehren würden, fühlten unsere Ohnmacht. Der Mensch ist schlecht gerüstet für die Strapazen, die dieses barbarische Jahrhundert ihm abverlangt, die Machtmaschinen, die ihn zermalmen, die Materialexplosionen, in deren Staub sein Protest erstickt.

Er ging auf das Haus zu, das erleuchtet war. Vor der Tür stand ein roter Sportwagen – Brinkmanns Wagen? War Brinkmann noch einmal gekommen? Bedrängte Vera vielleicht, stritt wieder mit ihr. Da stürzte er aus dem Hause, setzte sich in seinen Wagen und jagte davon.

Es war kalt und windig. Justus stemmte sich gegen den Wind, sah über der kleinen Straße einen zerwühlten Himmel, ging an der Haustür vorbei ein paar Schritte in den Garten hinein. Dort stand er im Windschatten unter den Bäumen, atmete Freiheit, ein prickelndes Selbstgefühl, das ihm neu war. Immer bewußter weggestrebt von meinem Vater, sicherer geworden von einer Einsamkeit zur anderen: ich er wer, aber immerhin weiß ich nun, wer nicht. Den du aus mir machen wolltest, absichtlich oder nicht, »einer von uns«, sagte Blank, der bin ich nicht, der wäre wie Blank. Auch er wird mich nicht aus der Bahn werfen. Weiter geht's auf meinem Weg, den nichts mehr verschütten kann.

Allerdings kam ihm sein Mut plötzlich abenteuerlich vor, ungeheuer, radikal. Vielleicht hätte er ihn nicht aufgebracht, wären ihm seine Schwäche und die Übermacht des anderen, des Feindlichen, das ihn halten und fesseln wollte, bewußt gewesen, dieses Gespinstes fein verschlungener Fäden. Seit Anbeginn, seit der ersten zagen Regung im Mutterleib, war er verstrickt und verhäkelt worden zu einem passenden Muster, aber er brach aus.

Er blickte in das wolkendurchflutete Geäst der Baumkrone. Borke bröckelte unter seiner Hand. Die Zeit war hilfreich, das Jahrhundert, vertrieb das Vatergespenst, das sich wehrte mit grausamen Hieben – sei's auch nur mit einer Hand, mit der anderen klammerte es sich an den wackelnden Stuhl seiner Macht, der schon lange kein Thron mehr war.

Träumte er denn? Ein tosender Wasserfall ineinander verzahnter, verbissener Gestalten, eine im Würgegriff der anderen zappelnd, stürzte vor seinem Blick in den Tod. Plötzlich war Ruhe, ein Horchen, ein tiefes Atemholen. Das Rätselbild der vergangenen Nacht stand groß im Raum, der Mann mit dem Schwert, der auch der andere war, der den Hals blank darbot – kein undurchsichtiges Geheimnis mehr, ich beginne zu verstehen, eine Art Opfer auch er, Wahrbild der Heuchelei einer gewalttätigen Welt, die wir zu einer Menschenwelt machen müssen, wollen wir nicht verrotten, nicht selber Henker und Opfer sein.

Ein flüchtiger Eindruck von Ferne berührte ihn, von Raumferne, von Zeitferne, in der die Greuel verrauchten. Er ging ins Haus. An der Treppe stand Anita und blickte ihm entgegen mit ihren Honigaugen, denen nichts entging. Er strich sich über die Stirn, und weshalb dachte er nun, Anita bewache die Treppe, wie kam er auf solchen Unsinn, warum sollte Anita nicht an der Treppe stehen. »Gab es Unannehmlichkeiten mit Bertram Brinkmann?« stotterte er.

Anita antwortete ruhig: »Er hat sich schlecht benommen. Komm mit. Der Tee ist fertig. Später will Nora hereinschauen. Hast du Reinhard getroffen?« Ihre Stimme klang wie immer; nichts Ungewöhnliches schwang darin. Seine Stimmung schlug um. Er kam sich lächerlich vor, hängte seinen Mantel auf und folgte ihr ins Gartenzimmer, wo Lucie, Werner und Kilian saßen wie im Warteraum eines Zahnarztes, ein höchst unangebrachter Vergleich, aber er drängte sich auf. Justus unterdrückte ein Lachen, unterdrückte auch die alberne Frage, ob sie Zahnweh hätten, die ihm auf der Zunge lag. Ging es ihn denn nichts an, zum Teufel, wenn sich Brinkmann Vera gegenüber schlecht benahm? Er dachte nur: Hauptsache er ist fort und kommt hoffentlich nicht wieder. Was mag er gesagt haben, etwas Beleidigendes, natürlich. Sie wird es vergessen. Ich werde dafür sorgen, daß sie es vergißt. Anita servierte den Tee. Lucie sprach von einer Pflanze, die Werner zum Blühen gebracht hatte, irgendein Kaktusgewächs, das dort in dem Topf am Fenster vielleicht, ein bizarres Geschöpf wie aus der Tiefsee. Auf einem phallusartigen, mit dickem weißen Stachelpelz bedeckten Auswuchs schwebte das hauchzarte Blütenwunder. Die alte Frau Andermann kam herein, Tante Hilde. Sie ging schwerfällig am Stock. Ihr Gesichtsausdruck verhieß nichts Gutes.

»Du, Mutter?«

»Jawohl, ich.«

Das klang merkwürdig aggressiv.

»Wolltest du nicht fernsehen?«

»Nein, ich wollte nicht fernsehen.« Sie stapfte auf den Lehnsessel zu, der an der Wand zwischen zwei großen Blumenkübeln stand. »Hat sich Vera beruhigt?«

»Jaja, sorg dich nicht, Simon ist bei ihr.«

»Simon! Was kann der schon ausrichten!« Das dachte auch Justus, der ihr half, sich niederzulassen, eine umständliche Prozedur, die sie jedoch nicht hinderte, in dem vorwurfsvollen und angriffslustigen Ton weiterzusprechen, den sie aus irgendeinem Grunde für angebracht hielt. »Ich habe es vorausgesehen und euch gewarnt. Umsonst. Auf mich hört ja keiner.«

»Wie hätten wir es denn verhindern können?«

»Das fragst du noch, jetzt, wo es zu spät ist.«

»Zu spät! Wir sind froh, daß sie ihn endgültig losgeworden ist.«

»Ihr glaubt wohl, sie wird es euch danken, wenn sie keinen Mann bekommt.«

Darüber hätte Justus beinahe gelacht, aber er brachte nur einen unartikulierten kleinen Laut hervor, der befremdend klang. Alle blickten ihn an, nur einen Moment lang, dann wandten sie sich wieder Tante Hilde zu. »Du willst doch wohl nicht, daß sie jemanden heiratet, der Simon beschimpft«, sagte Lucie. Das war es also, Brinkmann hatte Simon beschimpft, widerlicher Mensch, und Tante Hilde verteidigte ihn noch. »Er war erregt. In der Erregung sagt man manchmal Dinge.«

»Nicht solche, Mutter.«

»Ich möchte wahrhaftig wissen, was sie herausgefunden hat.«

»Nichts. Überhaupt nichts. Sie hat auch nicht versucht, etwas herauszufinden. Sie mag Brinkmann nicht mehr, das ist alles, das hat sie ihm gesagt – nicht zum erstenmal. Es dauerte lange, bis er geruhte, es zur Kenntnis zu nehmen. Dann legte er los.«

»Unsinn. Natürlich mag sie ihn. Aber sie hat Angst, und daran seid ihr schuld.«

Angst. Vera hat Angst. Er starrte auf die Alte, die sich ächzend aufrichtete. Groß, wogend, mit bebenden Hängebacken stand sie da, auf ihren Stock gestützt: »Jetzt rede ich! Ich verlange, daß diesem Wahnsinn ein Ende gesetzt wird. Marie würde sich im Grabe umdrehen.«

Marie, Marie Hank, ihre Cousine, dachte Justus, Lucies Mutter und Veras Großmutter.

»Mutter, beruhige dich doch.«

»Ich will mich nicht beruhigen. Ich sehe nicht länger zu, wie hier Veras Bewerber –.«

»Er war der erste, Mutter.«

»Ich bestehe darauf, daß ihr aufhört, unschuldige junge Leute für die Sünden ihrer Väter verantwortlich zu machen!«

Justus hielt den Atem an. Ihn schwindelte. Ihm war, der Boden hebe sich unter seinen Füßen, gleite weg.

Anita sagte: »Wir machen sie nicht verantwortlich. Auch Vera tut es nicht. Du solltest sie besser kennen. Hast dich oft genug mokiert über ihren – ihren Gerechtigkeitsfimmel, sagtest du.«

Ich habe nicht einmal Müdigkeit vorgetäuscht. Ich bin aufgestanden und gegangen, sah noch Werners erschrockenen Blick, Anita sagte: Was ist? und ich hörte Lucie einen Laut ausstoßen, als bedaure sie, mich einen Augenblick vergessen zu haben, ein gefährliches Tier, das man nicht aus den Augen lassen sollte. Du tust ihr Unrecht, es klang nur traurig. Ich habe meinen Mantel vom Haken gerissen und bin aus dem Hause gerannt. Es regnete. Ich bin die Fischerhüttenstraße hinuntergelaufen bis zum See. Dort stand ich und hörte die Wellen an das Ufer klatschen. Durchnäßt und frierend habe ich unter dem Dach einer Würstchenbude Schutz gesucht, aber kaum befand ich mich im Trockenen, drehte sich der Wind und spie mir den Regen ins Gesicht. Unschuldige junge Leute. Nicht verantwortlich für. Ich bin weitergestolpert auf dem glitschigen Weg rings um den See. Vera hat Angst. Das Schilf raschelte. Gedanken verfolgten mich, ein kicherndes Gesindel, Gelichter, das mir übel will, hinter Bäumen versteckt, aus Büschen springend, maßen sich Stimmen an, Gebärden, Gesichter, höhnen: Angst. Wovor hat sie Angst. Es regnete nicht mehr. Ein silbriger Wirbel entstand über dem See. Der Mond rollte tief drinnen in einem grünen Krater, den dünne, fliehende Wolkenfetzen umkreisten. Ich sah plötzlich Veras weißen Kreis, weiß auf Blau.

Von Kälte geschüttelt, lief ich zurück zur Straße. Der Kreis auf blauem Grund schwang und rollte vor meinem inneren Blick. In meinen Mantelkragen geduckt, die Hände in den Taschen vergraben, lief ich an der U-Bahn-Station vorbei durch die Fischerhüttenstraße nach Hause. Simon kam aus Veras Zimmer, blickte mich seltsam an, sagte, sie schlafe, aber ich bin an ihm vorbeigegangen und eingetreten in das große Zimmer mit dem Zeichentisch vor dem Fenster und der Staffelei. Veras Zimmer, anders als alle Räume des Hauses, hell, mit weiß übermalten Tapeten. Auch hatte Vera die Polituren von ihren Möbeln geschabt, das Holz hell gebeizt oder lackiert und farbige Hornitexplatten auf ihre Tische geklebt. Ihre Bilder wirkten an diesen Wänden nicht wie Schreie, sie leuchteten, besonders ein grünes fiel mir auf. Aber Vera war nicht hier. Sie schläft, hatte Simon gesagt.

Ich habe sie leise gerufen und bin auf die halb offene Schlafzimmertür zugegangen. Auf der Schwelle blieb ich stehen. Vera lag auf ihrem Bett und schlief nicht, war auch nicht überrascht. Ruhig, als habe sie mich erwartet, blickte sie mir entgegen. Ich bin hingestürzt zu ihr. »Sag es mir, bitte, sag mir, wovor du Angst hast.«

»Angst?« Sie hat gelächelt und dann langsam den Kopf gewendet, bis ihr Blick auf das Foto auf ihrem Nachttisch fiel, ein zärtlicher Blick. Ich erschrak. Das Bild eines fremden jungen Mannes stand dort, die Augen auf die Schlafende im Bett gerichtet, gute Augen, ein Gesicht, das mir in jeder anderen Umgebung sympathisch gewesen wäre, kein Brinkmanntyp. Wenn sie erwacht, begegnet sie seinen Augen, wenn sie einschläft, nimmt sie ihr Lächeln mit. »Mein Vater, ein Jude«, hörte ich Vera sagen und fühlte mich herumgerissen, als hätte mich eine grausame Hand im Nacken gepackt. »Seine Augen, seine Hände, nie gesehen, seine Stimme, nie gehört. Meine Mutter und er... aber Liebe war ohnmächtig, du weißt ja.«

Der Kreis schwingt aus, steht still, weiß auf Blau, unwiderruflich – nein, nicht der Kreis, ein Gesicht ist es, sein Gesicht. Die Gesichtslosen, Berge menschlicher Leiber, blicken mich an, alle blicken mich an mit den Augen von Veras Vater.

...erniedrigt, entwürdigt, gejagt, beraubt, zusammengetrieben, in Viehwagen verladen, verriegelt, versiegelt, ab in einen stinkenden Tod. Ein Acheron aus Blut und Asche wälzt sich quer durch das Land. Ich starre auf Vera und sehe sie nicht mehr. Etwas wie Nebel, eine schwarze Wand, ist niedergefallen zwischen ihr und mir, lautlos. Ihre Stimme – nein, sie kommt wieder, erhebt sich von neuem, nur auf einmal weit weg. Meine Ohren tun weh vom Horchen, und plötzlich ist sie deutlich, die Stimme, hell und zögert nicht. »Natürlich hatte ich Angst, mich zu verlieben. Das verstehst du, nicht wahr. Woher sollte ich denn wissen, daß ich nicht den Sohn des Mannes umarmte, der meinen Vater – der ihn mordete – oder der half, ihn zu morden.« Den Sohn des Mannes, den Sohn, und ich schrie nicht, mein Herzschlag setzte nicht aus. Wie von einer unsichtbaren Hand aus verstreuten Steinen zusammengefügt, entstand vor meinem Blick ein dunkel leuchtendes Mosaik, formte sich schrecklich und klar zu einem Bilde, in dem nichts fehlte. Sogar das leere Grab im Garten, das Lucie anstelle eines anderen pflegte, eines nicht existierenden, ordnete sich ein in das Bild. Rassenschande, und Hugo Andermann sieht keinen Ausweg, aber Werner sieht einen. Wenn er das Kind für sein Kind ausgibt, ist die Gefahr von Lucie abgewendet. Aber woher soll Vera nun wissen – was antworte ich, wenn sie mich fragt. Nicht gerade deinen Vater, nein, ihn vielleicht nicht, aber kann ich es mit Sicherheit sagen, und ist nicht jeder deines Vaters Bruder, den mein Vater und seinesgleichen, den sie verfolgten, den sie umbrachten.

Ich weiß nun, was mich zu dir zog, sah die Spuren der eigenen Qual auf deiner Stirn und erkannte sie nicht, sah die eigene Spannung, nur vom anderen Pol ausgelöst. Die zeichnet dich, hebt dein Gesicht heraus aus anderen Gesichtern. Wie ein Schlafwandler ging ich auf dich zu, getrieben. Denkst meine Gedanken, erkennst die Fratze hinter dem Gesicht, hörst die Leere hinter dem Wort.

Arglos blickt sie mich an, das Haar auf das Kissen gebreitet, die Stirn weiß in Weiß, den Mund leicht geöffnet. Ich neige mich zu ihr, Sohn des Mannes – ich erstarre. Rühr sie nicht an. Ein Toter steht groß an ihrem Bett und hält die Hände über ihr Haupt: *apage*. Erkennt sie mich nun, sieht mich zerfallen, uralt werden, entdeckt auf meiner Stirn ein Mal, Sohn des Kain. Ihre Augen, plötzlich riesengroß in dem entsetzten Gesicht, das sich langsam aus den Kissen hebt, ihre Stimme wie dünnes Glas, das zerspringt: »Du...?« Ich nicke, gehe rückwärts mit von mir gestreckten Händen, stolpere auf der Schwelle, immer den Blick in ihrem Blick, der auf einmal dunkel von Mitleid ist, brennend, oder von Scham.

Nachwort

Von Regula Venske

Johanna Moosdorf schrieb den Roman *Die Andermanns* Mitte der 60er Jahre parallel zur Arbeit an einem ersten Entwurf ihres *Freundinnen*-Romans. *Die Andermanns* wurde zuerst 1969 im Henry Goverts Verlag, Stuttgart, verlegt, *Die Freundinnen* konnte erst 1977 in der Nymphenburger Verlagsanstalt erscheinen; letzterer Roman wurde 1988 als Taschenbuch in der vorliegenden Reihe neu herausgegeben, was, wenn man so will, eine Renaissance ihres literarischen Œuvres einleitete.[1]

Die Andermanns stellt, stilistisch betrachtet, eine Verbindung zwischen Johanna Moosdorfs vorausgegangenen Werken, insbesondere dem Roman *Nebenan* (1961) und der Erzählung *Die lange Nacht* (1963)[2] – beide erinnern in der Schreibweise an William Faulkner, einen Lieblingsschriftsteller der Autorin – und dem Realismus ihrer nachfolgend erschienenen Romane *Die Freundinnen* und *Jahrhundertträume* (1989), aber auch der größeren Erzählung *Die Tochter* (1991) her.[3] In dieser Verknüpfung scheint mir der vorliegende Roman das schönste, ›gelungenste‹ Werk der Schriftstellerin zu sein, die größte Einheit in der Form herstellend, dabei die lebensgeschichtliche Berührtheit der Autorin nicht verleugnend, wohl aber zu künstlerischem Ausdruck, künstlerischer Wahrheit ›verdichtend‹.

1 Vgl. darin auch mein Nachwort sowie grundlegend meinen Beitrag über Johanna Moosdorf, ›Schriftstellerin gegen das Vergessen‹, in: Inge Stephan/ Regula Venske/Sigrid Weigel: *Frauenliteratur ohne Tradition? Neun Autorinnenporträts*, Frankfurt/Main 1987, pp. 190–219.

2 *Die lange Nacht* ist im Oktober 1991 neu aufgelegt worden in der eigens zu diesem Zweck gegründeten Achilla-Presse, Oldenburg – Bremen.

3 Vgl. Johanna Moosdorf: *Jahrhundertträume. Roman* (1989); *Die Tochter. Geschichten aus vier Jahrzehnten. Mit einem Nachwort von Regula Venske* (1991) sowie *Fahr hinaus in das Nachtmeer. Gedichte* (1990), alle als Originalausgaben erschienen im Fischer Taschenbuch Verlag.

In einem lyrischen Realismus eigener Prägung entfaltet Johanna Moosdorf das Schicksal der eigenwilligen Familie der *Andermanns*, die in einer ehemals herrschaftlichen Villa in Berlin-Zehlendorf ansässig ist. Ihr Familienroman beschreibt nicht den ›Aufstieg und Fall‹ einer Familie, sondern beschränkt sich auf den Abstieg, moralisch gewertet allerdings als Aufstieg. Erzählt wird nicht, wie etwa in Thomas Manns *Buddenbrooks*, linear-chronologisch. Das Schicksal der Familie Andermann wird teils in personaler Erzählhaltung, teils in Form innerer Monologe aus der Perspektive ihrer einzelnen Mitglieder, denen jeweils eigene Kapitel zugeordnet sind, entfaltet. Der Roman beginnt und endet mit dem Studenten Justus, der als Untermieter in das Haus seiner entfernten Verwandten kommt und dessen größtes Problem die Auseinandersetzung mit der nationalsozialistischen Vergangenheit seines Vaters ist. In dem ihm gewidmeten Erzählstrang nimmt Johanna Moosdorf die Auseinandersetzungen der ›Vaterbücher‹ vorweg, zu denen Elisabeth Plessens *Mitteilung an den Adel* (1976) den Auftakt bildete und die Ende der siebziger, Anfang der achtziger Jahre so populär wurden. Darin arbeitete sich die jüngere Autorengeneration, durchweg autobiographisch motiviert, am faschistischen Erbe und der Schuld ihrer Väter ab – leider erinnerte man sich, auch in den zahlreichen den Vater-Büchern gewidmeten Tagungen und Sekundärpublikationen, damals nicht an Johanna Moosdorfs literarischen Vorläufer.

Justus verliebt sich in die Kunststudentin Vera; die aufkeimende Liebe zwischen beiden ist durch den Konflikt geprägt, daß Justus der Sohn eines SS-Mörders, sie aber eine Halbjüdin ist, deren Vater im KZ ermordet worden ist. Obwohl Johanna Moosdorfs Buch vom Ansatz der Versöhnung her getragen ist, ist in der Unmöglichkeit der Verwirklichung dieser Liebe auch der Aussöhnung eine Schranke gezogen; die Liebe selbst ist es, die keine Harmonisierung duldet. Die Schuld der Väter sucht die Kinder eben doch noch bis ins dritte und vierte Glied heim.

Zwei weitere Handlungsstränge entfalten sich in diesem komplexen Romangebilde in der Rückerinnerung an zwei andere Liebesgeschichten, denen ebenfalls Dauer und Glückserfüllung versagt war. Da die zeitgenössischen Rezensenten wiederholt genealogische und die Handlung betreffende Zusammenhänge des Romans mißverstanden haben, seien sie hier kurz resümiert. Da ist zum einen die Liebesgeschichte zwischen Veras Mutter Lucie und ihrem Vater Bruno Steiner, einem Juden. In der Romangegenwart ist Lucie mit ihrem Cousin, dem Sohn des Hauses Werner Andermann, verheiratet. Er, der sie liebte, hat sie aus teils selbstsüchtigen, teils uneigennützigen Motiven geheiratet, als sie schwanger war, um ihr einen Schutz vor dem nationalsozialistischen Verdikt der ›Rassenschande‹ zu gewähren. Werner ist damit beschäftigt, die andere Liebes- und Lebensgeschichte aufzuschreiben. Das frühere Dienstmädchen Gertrud hatte über ein Jahr lang einen Deserteur der amerikanischen Besatzungsarmee, den schwarzen GI Jerry, bei sich versteckt. Dieser war geflohen, um nicht einen Rachemord an einem seiner weißen Vorgesetzten zu begehen, der in ihrer amerikanischen Heimatstadt Jerrys schwarze Freundin vergewaltigt hatte und damit indirekt zu ihrem Mörder geworden war; die fünfzehnjährige Pat war an den Folgen einer Fehlgeburt gestorben. Aus der Verbindung Gertruds mit Jerry ist Simon hervorgegangen, der nach dem Tode Jerrys und dem Rückfall seiner Mutter ins kleinbürgerliche Spießertum als Adoptivkind im Andermann-Haus aufgewachsen ist. Er ist Außenseiter aufgrund seiner Hautfarbe, ein introvertierter Jugendlicher, der gleichfalls seine Stiefschwester Vera liebt. Beide verbindet ihr Widerstand gegen den nach wie vor virulenten Rassismus der Umwelt.

Simon, Jerry, Lucies jüdischer Mann Bruno Steiner – sie zählen zu den Opfern der Geschichte, denen das Interesse und die Anteilnahme der Autorin gilt. Jerrys »Charme« und »Anmut« sind in den Augen der ihn liebenden Gertrud »Eigenschaften, die sie an Männern nicht gesucht hatte«. Aber auch der grüblerische Justus, der so sehr an der Schuld seines Vaters leidet, oder Werner Andermann, der Vater zweier fremder Kinder geworden ist, ein Eigenbrötler, durchaus nicht vor »Selbstmitleid und Zynismus« gefeit, sind Charaktere, die in ihren Brüchen und Widersprüchen mit Sympathie gezeichnet sind. Auf einer allgemeineren Ebene jedoch geht es um die Kritik an einer ›Männlichkeit‹, wie sie z. B. im deutschen Faschismus in Erscheinung trat: »Männer in Zivil und Männer in Uniform, in Braun, in Schwarz, immer mehr Männer in Uniform...« Ja, die »Männerwelt« insgesamt wird von der Großmutter Hilde als »Mörderwelt« angeklagt.

Die Andermanns ist ein Zeitroman der deutschen Geschichte, deutscher Schuld, Traumata, Verdrängungen. Manches darin – wie Rassismus und Fremdenfeindlichkeit – ist nach wie vor von beschämender Aktualität. Anderes, was in der Romangegenwart, im Herbst 1962, brandaktuell war, ist von der Geschichte inzwischen überholt worden, etwa die mit dem Mauerbau besiegelte Spaltung in »Ostberlin« und »Westberlin«, einschließlich des ideologiebesetzten Streites um die Benennung und Schreibweise dieser beiden Rumpfstädte. »Jedes Gespräch stößt einmal an die Mauer...« moniert der Schwiegersohn Kilian, »wie auch jeder Weg, den du immer geradeaus weitergehst, an der Mauer oder am Stacheldraht endet.« Es ist das dichterische Wort – um nicht von dichterischer Phantasie zu reden –, das aufzeigt, was jenseits der Mauern liegen könnte. Statt »Entsetzen«, »Ratlosigkeit und Scham«, wie sie Justus als Erbteil seines Vaters, und zwar stellvertretend für diesen, empfindet: »Güte, Selbstlosigkeit, Mitgefühl, Hochherzigkeit, Geduld und Sanftmut« – Eigenschaften, die Werner in Erinnerung an den von Jerry ausgeübten Verzicht auf Rache beschwört.

»Wer nie vor sich selber erschrocken ist, der kennt sich nicht«, zitiert Werner wiederum seinen Freund und ehemaligen Rivalen um Lucie, den ermordeten Bruno, und der Satz klingt nach in Simons Ohr. Auf die eine oder andere Weise sind alle Romanfiguren dem Erschrecken vor sich selbst als Bedingung der Selbsterkenntnis ausgeliefert. Hieraus erklärt sich wohl auch ein Sprachmittel, das sämtliche Charaktere betrifft und das also, durch sie hindurchgehend, als Charakteristikum der Autorin verstanden werden muß. Gemeint sind die unvollendeten, abrupt, gewaltsam beendeten Sätze.

»Die Angst, Vera, die Angst«, denkt Veras Mutter Lucie und wagt nicht, sich den gewaltsamen Tod ihres jüdischen Geliebten vorzustellen: »Nicht vor dem Sterben selber, das ist vielleicht nicht so schwer, aber sterben unter einem blankgewichsten Stiefel, und als letztes siehst du die zynische Fresse eines.«

Punkt, die Stimme versagt, der Blick wendet sich ab. Zugespitzt formuliert: Angesichts der Angst versagt auch das Mitleiden.

An anderer Stelle wirft der Sohn Werner seinem alten Vater dessen Angst vor:

»Du hast auch damals gewütet, als Lucie gefährdet war, hattest Angst, nicht nur um sie, nein, vor allem um dich selber, dachtest, es werde dir schaden, wenn Lucie wegen Rassenschande...«

Drei Pünktchen, auch sie markieren eine Mauer, sind kleinen Stacheldrähten im Gespräch vergleichbar, an denen etwas abreißt, etwas, das zu Ende zu denken nicht gewagt wird.

»Auch die Angst ist nur die halbe Wahrheit, alles ist nur die halbe Wahrheit«, erinnert Lucie sich an einen ebenso tröstlich wie unerbittlich wirkenden Ausspruch Brunos, einer Romanfigur übrigens, die, ebenso, wie in den späteren *Jahrhundertträumen* die Gestalt des Karl Meerstern, mit Zügen von Johanna Moosdorfs Mann Paul Bernstein versehen ist, der kurz vor Kriegsende in Auschwitz ermordet wurde.

Johanna Moosdorfs Romane sind buchstäblich, in des Wortes tiefster Bedeutung, mit Leben *gesättigt*; auf meisterliche Weise gelingt es ihr aber, dieses Leben mit all seiner Ungerechtigkeit, seiner Sinnlosigkeit, seinem Leid – und mit seiner allen Widerwärtigkeiten trotzenden Hoffnung – in Literatur zu transponieren. Wie, so überlegt Lucie, ist ein Mensch in Worte zu fassen, der ja »mehr« ist und »etwas anderes als die Summe seiner Eigenschaften«, nämlich »ein Wunder«? Wie kann es in der Erinnerung oder in einer Erzählung entstehen, dieses Wunder »aus Wort, aus Hauch, aus Luft, aus Nichts«? Ich denke, der Autorin gelingt das Kunststück, indem sie im Entwurf ihrer Charaktere »das Graue dazwischen« nicht vergißt. In den Widersprüchen, in ihren Brüchen werden ihre Romanfiguren lebendig, in ihnen werden sie überhaupt erst interessant, wie Werner an einer Stelle selbstkritisch überlegt. Wäre er nicht an einem bestimmten Punkt seines Lebens zutiefst über sich erschrocken gewesen, so hätte er seine, d. h. Jerrys Geschichte nicht schreiben können, er »hätte das Erregende an ihm nicht gespürt«, ja nicht einmal »das Bedürfnis empfunden, es zu spüren«.

Das »Graue dazwischen« füllt sich mit Farbigkeit, und in der

Tat spielen Farben in diesem Roman eine große Rolle, leuchtende, flammende, grelle Farben. Viel Rotes, Grünes, Gelbgoldenes signalisiert die Lebendigkeit der Andermanns. Vera ist umhüllt von einer Aura aus Blau und Weiß: »Wahrheitswille« und »Reinheit«, »Erwartung, Licht und Farbigkeit« bestimmen sie. Simon empfindet sogar den Geruch des Grases als wild und grün. Die dem gesamten Roman Grundierung gebende Farbmetaphorik ist durch Veras Suche nach künstlerischem Ausdruck auch inhaltlich legitimiert. Die starken Farben und gelegentlich dramatisch wirkenden Lichtstimmungen – »Das Rot und Gold erlosch. Eine schwarze Wolkenwand schob sich hinter den Häusern herauf.« – erinnern an Gemälde etwa der expressionistischen Malerin Marianne Werefkin.

Auf den Expressionismus als frühe literarische Schule (Johanna Moosdorf ist Jahrgang 1911) verweisen zahlreiche Sprachbilder in *Die Andermanns*. Man denke an die so typische Reihung des Disparaten, aus dem sich zum Beispiel gleich zu Beginn des Romans das »Getöse des Nachmittags« zusammensetzt; man denke an die Personifizierung der Dinge, ob nun das Andermann-Haus »zwischen den sauberen Neubauten der Nachbarn wie ein eigensinniger alter Kerl unter jungen Snobs« dasteht, oder ob die Stadt selbst »ihr grämlichstes Gesicht« zieht. »Die Kiefern torkelten am Himmelsrand. Der Mond riß ein weißes Maul auf.« Gemildert werden diese – heute ja schon wieder antiquiert anmutenden – Stilmittel der Moderne, weil das in ihnen evozierte Pathos scharf kontrastiert wird durch die Schlichtheit und Bescheidenheit, mit der so manches andere formuliert wird. »Aufgestanden und weitergelebt, wie habe ich das nur gemacht«, staunt Lucie, ganz unprätentiös, über sich selbst. Ein anderes stilistisches Kontrastmittel: »unsere Selbstironie, das Jüdische, unsere Spottlust«, zu finden etwa in Bruno Steiners Formulierung, er sei nun, dank der Nazis, »Mang die Juden jeschmissen«.

Wie mir die Autorin einmal erzählte, stammt dieser Ausspruch von ihrem Mann Paul Bernstein. Der Erinnerung an ihn, dem Kampf gegen das Vergessen ist ein Großteil ihres Werkes gewidmet. »Ich kann's ihr nicht geben. (Das Unsagbare) wird sterben mit mir…« bedauert Veras Mutter Lucie, als die

Tochter sie nach ihrem Vater fragt. In ihrem Schreiben hat Johanna Moosdorf einen Weg gefunden, das Unsagbare ein Stück weit der Sprachlosigkeit zu entreißen – über das eigene, begrenzte Leben hinaus.

Die Frau in der Gesellschaft

Maya Angelou
Ich weiß, daß der gefangene Vogel singt
Band 4742

Shulamit Arnon
Die gläserne Brücke
Roman. Band 4723

Mariama Bâ
Der scharlach-rote Gesang
Roman. Band 3746

Gisela Brinker Gabler
Deutsche Dichterinnen vom 16. Jahrhundert bis zur Gegenwart
Gedichte und Lebensläufe. Band 3701

Martine Carton
Etwas Besseres als einen Ehemann findest du allemal
Roman. Band 4718

Dagmar Chidolue
Annas Reise
Roman. Band 3755

Janina David
Leben aus zweiter Hand
Roman. Band 4744

M. Rosine De Dijn
Die Unfähigkeit
Band 3797

Anna Dünnebier
Eva und die Fälscher
Roman. Band 4728

Ursula Eisenberg
Tochter eines Richters
Roman. Band 10622

Oriana Fallaci
Brief an ein nie geborenes Kind
Band 3706

Maria Frisé
Montagsmänner und andere Frauengeschichten
Band 3782

M. Gabriele Göbel
Amanda oder Der Hunger nach Verwandlung
Erzählungen
Band 3760

Christine Grän
Die kleine Schwester der Wahrheit
Roman. Band 10866

Agnes-Marie Grisebach
Eine Frau Jahrgang 13
Roman einer unfreiwilligen Emanzipation
Band 10468
Eine Frau im Westen
Roman eines Neuanfangs
Band 10467

Helga Häsing
Unsere Kinder, unsere Träume
Band 3707

Helga Häsing / Ingeborg Mues (Hg.)
Du gehst fort, und ich bleib da
Gedichte und Geschichten von Abschied und Trennung
Band 4722

Bessie Head / Ellen Kuzwayo / Nadine Gordimer u.a.
Wenn der Regen fällt
Erzählungen aus Südafrika
Herausgegeben von Ann Oosthuizen
Band 4758

Fischer Taschenbuch Verlag

fi 20/18 a

Die Frau in der Gesellschaft

Jutta Heinrich
Alles ist Körper
Extreme Texte
Band 10505

Das Geschlecht der Gedanken
Roman. Band 4711

Eva Heller
Beim nächsten Mann wird alles anders
Roman. Band 3787

Irma Hildebrandt / Eva Zeller (Hg.)
Das Kind, in dem ich stak
Gedichte und Geschichten über die Kindheit. Band 10429

Claudia Keller
Windeln, Wut und wilde Träume
Briefe einer verhinderten Emanze
Band 4721

Kinder, Küche und Karriere
Neue Briefe einer verhinderten Emanze
Band 10137

Claudia Keller
Der Flop
Roman. Band 4753

Frisch befreit ist halb gewonnen
Reisebriefe einer verhinderten Emanze
Band 10752

Sibylle Knauss
Erlkönigs Töchter
Roman. Band 4704

Christine Kraft
Schattenkind
Erzählung. Band 3750

Fern Kupfer
Zwei Freundinnen
Roman. Band 10795

Jeannette Lander
Ich, allein
Roman. Band 4724

Rosamond Lehmann
Aufforderung zum Tanz
Roman. Band 3773

Der begrabene Tag
Roman. Band 3767

Rosamond Lehmann
Dunkle Antwort
Roman. Band 3771

Der Schwan am Abend
Fragmente eines Lebens
Band 3772

Wie Wind in den Straßen
Roman. Band 10042

Doris Lerche
Eine Nacht mit Valentin
Erzählungen
Band 4743

Dorothée Letessier
Auf der Suche nach Loïca
Roman. Band 3785

Eine kurze Reise
Aufzeichnungen einer Frau. Band 3775

Hera Lind
Ein Mann für jede Tonart
Roman. Band 4750

Frau zu sein bedarf es wenig
Roman. Band 11057

Fischer Taschenbuch Verlag

fi 20/20b